Ignaz Hold
Todeseiland

Buch

Eine herrenlose Pistole, ein unerklärlicher Geruch im Speisesaal, geheimnisvolle Hotelgäste und zwei Leichenfunde stellen *commissaire* Jean-Luc Papperin während seines Sommerurlaubs auf der Provence-Insel Porquerolles vor ein Rätsel. Hinzu kommen Informationen vom Geheimdienst, die die Anti-Mafia-Behörde in Paris in Alarmbereitschaft versetzen.

Bereits nach wenigen romantischen Ferientagen, die er zusammen mit seiner Freundin Nia verbringt - mit Schwimmen im tiefblauen Mittelmeer, mit Wanderungen durch die mediterrane Insellandschaft und mit dem Genuss der Sterneküche des vielgerühmten Gourmethotels – holt ihn die Pflicht ein. So traumhaft sein Urlaub begonnen hatte, so abrupt endet er wieder. Papperin wird von höchster Stelle beauftragt, das Zentrum des Verbrecherkartells zu zerschlagen, das auf seiner Urlaubsinsel vermutet wird.

Er trifft auf ein Geflecht von dunklen kriminellen Verwicklungen, bei deren Entwirrung seine langjährige Freundin unter Mordverdacht gerät, und seine engste Mitarbeiterin in Todesgefahr.

Autor

Ignaz Hold ist ein Pseudonym. Der Autor, ein reiselustiger Wissenschaftler, hat seit einem Vierteljahrhundert in der Provence eine zweite Heimat gefunden und kennt diesen Fleck Europas wie seine Westentasche. Er erholt sich, wann immer sein Beruf es ihm erlaubt, vom Stress des Universitätsalltags in seinem Haus in der Haute Provence. Dorthin, in die ländliche Idylle eines provenzalischen Dorfes, zieht er sich zurück, um zu schreiben. Neben nüchternen Fachbüchern entstehen dort seine Provencekrimis, in denen er den ganzen provenzalischen Mikrokosmos mit all seinen Problemen, Charakteren, landschaftlichen und kulinarischen Reizen einfängt und in spannende Krimis einfließen lässt.

Ignaz Hold

TODESEILAND
Commissaire Papperins dritter Fall

Ein Provencekrimi

ambiente-krimis

Verlag ambiente-krimis, Bad Aibling
www.ambiente-krimis.de
zweite Auflage 2017
ISBN 978-3-9815613-5-7
Copyright © 2014 by Ignaz Hold
Alle Rechte vorbehalten
Gesamtherstellung: CPI Clausen & Bosse, Leck
Umschlagfoto und Kartenskizze: Michael Heinhold

ISBN der e-book-Ausgabe: 978-3-9815613-4-0

„…et là-bas, à l'horizon, une île s'étalait paresseusement au milieu de la surface irisée, avec des collines très vertes, des rochers rouges et jaunes."

„… und dort hinten, am Horizont, erhob sich gemächlich, mitten aus der schillernden Meeresfläche, eine langgestreckte Insel mit sattgrünen Hügeln, mit roten und gelben Felsen."

Georges Simenon über die Insel Porquerolles
In: Mon ami Maigret, Paris 1949

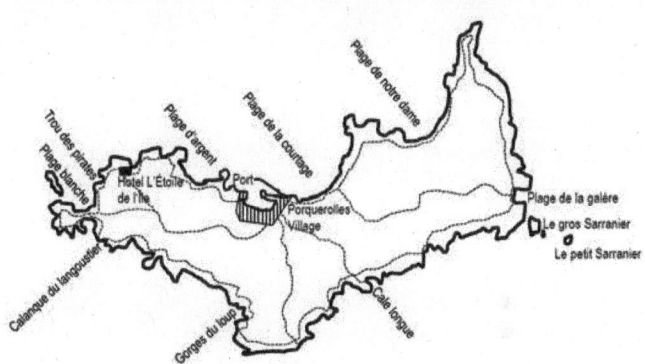

Ein seltsamer Fund

Donnerstag, 13. August

„Das darf niemand finden! Wo kann ich es nur verstecken?", grübelte Amélie Perronet. Sie blickte auf das Tagebuch, dem sie gerade ihre Gefühle anvertraut hatte, las ihre pathetisch-kindlichen Formulierungen wieder und wieder. In ihrem Kopf erlebte sie das heimliche Treffen mit Simon, dem hübschen Hotelpagen, aufs Neue. Das war gestern Nacht. Ihre Eltern hatten sich mit einem Urlauberehepaar angefreundet und in der Hotelbar die neue Bekanntschaft gefeiert und ausgiebig mit Champagner begossen, während sie Amélie in ihrer Suite friedlich schlafend gewähnt hatten. Wenn die wüssten!

Immer noch schwebte Amélie in einer anderen Sphäre, weit über allen prosaischen Alltagsproblemen. Diese hatten sie aber schnell wieder eingeholt und fest im Griff. Eine Katastrophe, wenn ihre Eltern das Tagebuch fänden. Sie musste ein Versteck finden, wo es absolut sicher war – vor allem vor ihrer Mutter.

Die zwölfjährige Amélie bewohnte mit ihren Eltern ein Ferienappartement im Luxushotel *L'Étoile de l'Île* auf der Insel Porquerolles. Sie schaute sich in der Hotelsuite um, suchte nach einem geeigneten Platz. Ihr Blick wanderte von ihrem kleinen Arbeitstischchen zur Sitzgruppe mit den bequemen Sofas und Sesseln. Sollte sie das Buch unter einem der dicken Polster verstecken? Nein, die Gefahr, dass es dort entdeckt wurde, war zu groß. Sie suchte weiter. „Vielleicht auf dem Balkon?", rätselte sie. Vor der schmiedeeisernen Brüstung stand seitlich rechts und links je ein riesiger länglicher Trog aus weißem Marmor, auf dem mehrere dichte Oleanderbüsche Sichtschutz vor neugierigen Menschen auf den Nachbarbalkons boten. Nach vorne fiel der Blick kaum behindert durch das Balkongitter hinab auf den Strand. Nein, auch hier war kein Versteck. Oder sollte sie das Tagebuch in der Erde neben den Büschen vergraben? Aber das war ihr zu schmutzig. Und außerdem – wenn es regnete, dann würde alles kaputt gehen. Sie suchte weiter.

Das Bad? Nein, dort war alles glatt, weiß gefliest, ohne geheime Nischen, in die man das flache Büchlein zwängen könnte. Im Schlafzimmer ihrer Eltern wollte sie das Buch nicht verstecken. Da käme sie nachts nicht daran, genau in der Zeit, in der sie ungestört mit ihren Aufzeichnungen Zwiesprache halten konnte. Heute war ein Ausnahmetag. Ihre Eltern hatten mit den neuen Freunden einen Ausflug aufs Festland nach Toulon gemacht und würden erst abends mit dem letzten Schiff zurückkommen. Es hatte sie viel Betteln und Flehen gekostet, im Hotel bleiben zu dürfen. Schließlich hatten ihre Eltern nachgegeben. Sie durfte bleiben. Es wurde ihr aber streng verboten, das Hotelareal zu verlassen. Vor allem durfte sie keine Spaziergänge machen, weder in das etwa eine halbe Stunde entfernte Dorf Porquerolles, noch an den Strand, und schon gar nicht auf die *crêtes*, die steilen Klippen, über die die Insel nach Süden ins Meer abstürzte. Vor allem ihre Mama war überängstlich. Was konnte ihrem kleinen Mädchen nicht alles passieren – sie könnte von den Felsen abstürzen, oder beim Schwimmen ertrinken, oder von Kriminellen entführt werden. Amélie hatte hoch und heilig versprochen, sich strikt an alle Verbote zu halten. Dies war ihr überhaupt nicht schwer gefallen, denn sie wollte gar nicht weg, sondern im Hotel bleiben und sich mit Simon treffen, wann immer sein Dienst als Page ihm dies erlaubte.

Amélie ging suchend in der großen, aus zwei Schlaf-, einem Wohnzimmer, einem Bad und einem Vorraum bestehenden Suite umher. Der Heizkörper in der Eingangsdiele zog ihren Blick an. Unter einem weißen Marmorsims und hinter einer Verkleidung aus dunkel-rötlichen Mahagonilamellen schimmerten grau die Rippen des Radiators. Sie schob das daumendicke Büchlein zwischen die Lamellen. Doch das war nichts, man konnte es von außen sehen. Als sie es wieder herauszog, merkte sie, dass das Mahagonigitter sich bewegte. Sie rüttelte daran und plötzlich fiel es ihr entgegen.

„Ein cooles Versteck!", murmelte sie und schob ihr Tagebuch von oben hinter den kalten Heizkörper. Doch es ließ sich nicht weit genug hinunterschieben. Irgendetwas war im Weg. Sie nahm ihr Buch wieder heraus und griff hinein. Nur wenige Zentimeter unter der Oberkante spürte sie ein Hindernis. Sie betastete es mit den Fingerspitzen. Es fühlte sich wie weicher Stoff an. Aber dahinter war etwas Festes - hart und lang, deutlich mehr als ihre Handspanne. Sie nahm ihre zweite Hand zu Hilfe und schob es langsam hoch. Es rutschte oben über den Heizkörper und fiel mit lautem Knall auf den Steinfußboden. Amélie schreckte zurück. Vor ihr lag matt-schwarz glänzend und hart mit dem weißen Marmor kontrastierend, eine Pistole. Ein braunes flauschiges Tuch glitt langsam über die Lamellen und landete sanft auf dem Boden.

Ängstlich nahm sie die Waffe, hob sie mit zitternden Fingern hoch, trug sie ins Wohnzimmer und legte sie vorsichtig auf den Couchtisch. Was sollte sie jetzt tun? Simon holen? Aber der müsste das der Direktion melden. Die würden ihn dann fragen, was er in ihrer Suite zu suchen hatte. Nein, ihn wollte sie nicht hineinziehen. Wer weiß, was er für Probleme mit der Hotelleitung bekäme. Die Rezeption anrufen? Die Polizei?

„Nein, ich warte auf *maman* und *papa*! Die wissen bestimmt, was zu tun ist!", überlegte sie laut. Sie wollten mit dem letzten Schiff um 19.00 Uhr zurückkommen. Bis sie dann mit der *navette de l'hotel*, dem kleinen Minibus, mit dem das *L'Étoile de l'Île* die Hotelgäste vom Hafen abholte, bei ihr wären, würde es halb acht sein. Amélie beschloss, auf der Couch im Wohnzimmer sitzen zu bleiben und die Pistole zu bewachen, bis ihre Eltern zurück waren.

„Mein Tagebuch!" Erschrocken blickte sie sich um. Es lag noch vor dem Heizkörper. Sie trug es in ihr Zimmer und versteckte es unter der Matratze ihres Bettes. Jetzt hatte sie keine Nerven, nach einem besseren Versteck zu suchen.

***

„*Chérie*, es war wunderschön. Schade, dass du nicht mitkommen wolltest!" Mit lautem Gepolter stürmte Frau Perronnet in das Appartement. Sie stoppte abrupt, als sie

11

ihre Tochter bewegungslos vor dem Couchtisch sitzen sah. Das Kind wirkte irgendwie verstört. Sein Blick war auf den Tisch vor ihm gerichtet.

„Mein Schatz, geht es dir nicht gut? Fehlt dir etwas?"

Sie machte ein paar Schritte in das Zimmer, dicht gefolgt von ihrem Mann. Ginette Perronnet schaute ihrer Tochter besorgt in die Augen.

„Da, das hab ich gefunden!"

Jetzt erst sah die Mutter die Waffe auf dem Glastisch. Zuerst glaubte sie, Amélie hatte eine Spielzeugpistole gefunden, die Kinder früherer Hotelgäste vergessen hatten. Sie merkte ihren Irrtum jedoch sofort, als sie das Ding aufhob. Schwer und kalt lag es in ihrer Hand.

„Claude, die ist echt!", rief sie erschrocken zu ihrem Mann. Neugierig nahm Perronnet seiner Frau die Waffe aus der Hand und betrachtete sie voller Interesse, während die Mutter sich neben Amélie auf die Couch setzte und ihr Kind beschützend in die Arme nahm.

„Wo hast du die her?"

Claude Perronnet, immer noch fasziniert von dem Fund, denn er hatte noch nie eine echte Pistole in der Hand gehabt, schaute seine Tochter fragend an.

Amélie deutete auf den Vorraum.

„Da, hinter dem Holzgitter."

Aller Augen richteten sich auf den Durchgang zur kleinen Diele und auf die rotbraune Mahagoniverkleidung des Heizkörpers. Amélie hatte es nicht geschafft, sie wieder richtig in der Wandnische zu befestigen. Das hölzerne Gitter war schräg gegen den Radiator gelehnt.

„Aber was hast du dort zu suchen gehabt?"

Was sollte sie darauf antworten. Sie konnte doch unmöglich sagen, dass sie nach einem Versteck für ihr Tagebuch gesucht hatte.

„I... i... ich bi... bin gestolpert und dagegen gefallen. Da ist das Ding rausgegangen und die Pi... Pistole ist mir entgegengefallen."

Gott sei Dank war ihr diese Notlüge gerade noch rechtzeitig eingefallen.

„Mein armer Liebling! Hast du dir wehgetan? Dich verletzt?"

Besorgt drückte Ginette ihre Tochter fester an sich.

Claude Perronnet hatte inzwischen die Inspektion des Fundes abgeschlossen. Gerne hätte er weiter daran herum manipuliert, den Schlitten bewegt und den Abzug berührt. Aber das traute er sich nicht. Was, wenn sich ein Schuss gelöst hätte? Eine innere Unruhe erfasste ihn. Wie kam diese Waffe in ihre Hotelsuite? Hatten hier vorher Gangster gewohnt? Womöglich kamen die wieder, um die Pistole zu holen. Vielleicht waren sie in Gefahr – Ginette, Amélie und er. Noch nie war er in einer derartigen Situation gewesen – weder privat, noch in seiner Funktion als stellvertretender Bürgermeister von Bordeaux, obwohl er dort weiß Gott viel erlebt hatte. Er wurde zusehends nervöser. Aber das konnte er sich doch nicht anmerken lassen. Deshalb verkündete er mit gespielter Souveränität:

„Darum soll sich das Hotel kümmern. Ich rufe den *concièrge* an."

Wenige Minuten später klopfte es. Der Empfangschef und der Hoteldirektor standen vor der Türe. Claude Perronnet bat die beiden herein. Dann überreichte er die in das braune Tuch gehüllte Pistole dem Hotelchef.

„Das ist meiner Tochter entgegengefallen, als sie im Vorraum gestolpert und gegen das Heizungsgitter gefallen ist. Nehmen Sie das Ding und machen Sie damit, was Sie für richtig halten. Aber sorgen Sie dafür, dass wir damit nicht belästigt werden. Schließlich wollen wir uns hier in Ruhe erholen."

„*Bien sûr monsieur le maire!* Selbstverständlich werden wir alles tun, damit Sie und Ihre Familie einen angenehmen, ungestörten und erholsamen Urlaub in unserem Haus genießen können."

Nach diesen Worten verließen die beiden Hotelmanager die Suite.

„Ich werde wohl die *Gendarmerie* informieren müssen.", meinte der Empfangschef im Aufzug.

„Nein, auf keinen Fall. Mitten in der Hochsaison! Das bringt nur Unruhe und schädigt den Ruf unseres Hauses."

Er reckte die Hand zu seinem Untergebenen:

„Geben Sie mir die Pistole! Ich werde sie, zusammen mit einer Aktennotiz über die Umstände des Fundes in einem versiegelten Couvert im Hotelsafe verwahren."

Commissaire Papperin macht Urlaub!

Tiefblauer Himmel wölbte sich über dem windgepeitschten und mit Schaumkronen übersäten Mittelmeer. Keine Wolke hinderte die mittägliche Sonne daran, ihre gleißenden Strahlen zur Erde zu schleudern.

Die *amour des îles* stampfte unruhig durch die bewegte See. Der starke Mistral schob unablässig hohe Wellen auf das Fährboot zu. Immer wieder hob sich der Bug, glitt über den Wellenkamm, krachte mit lautem Dröhnen zurück in das tiefblaue Meer und teilte das Wasser in zwei meterhohe Gischtschwalle, die rechts und links emporschossen, um sofort wieder mit ohrenbetäubendem Prasseln und Zischen ins Meer zurück zu fallen.

Jean-Luc Papperin stand ganz vorne im Bug. Er hatte seinen rechten Arm um die Frau gelegt, die sich neben ihm mühsam auf den Beinen zu halten versuchte. Er zog sie fest an sich. Sie lachten beide. Es schien ihnen Spaß zu machen, immer wieder von Schaumspritzern begossen zu werden. Papperins weißes Polohemd klebte nass an seinem muskulösen Oberkörper. Die Frau neben ihm blickte ihn glücklich an. Auch ihr hellblaues Sommerkleid, das vorher fröhlich im Wind geflattert hatte, hatte schon etliche Spritzer abbekommen und schmiegte sich jetzt eng um ihre schlanke Figur. Die beiden waren die einzigen Passagiere vorne im Bug, im Freien. Alle anderen Fahrgäste waren lieber in der riesigen Passagierkabine im Trockenen geblieben. Dort sah es aus wie in einem überfüllten Flugzeug. Links und rechts Reihen mit je sechs dunkelgrünen Plastiksitzen, in der Mitte ein großer Block mit gut hundert Sitzen, ebenfalls aus dunkelgrünem Kunststoff. Die meisten Plätze waren von laut palavernden Touristen besetzt. Bunte Strandtaschen, Sonnenschirme, Plastikeimerchen und -schäufelchen der Kinder wiesen sie als Badetouristen aus, die auf der Insel Porquerolles einen Tag an einem der feinsandigen Strände verbringen wollten. Ein paar Reisende planten offensichtlich länger auf der Insel zu bleiben. Das mitgeführte Gepäck –

Rollenkoffer, Reisetaschen und große Rucksäcke, teure Designerstücke neben billiger Supermarktware – ließ erahnen, in welchen Hotelkategorien ihre Besitzer absteigen würden.

„Komm, gehen wir rein. Langsam wird es mir zu nass."

Papperin zog die Frau hinter sich her zur Glasschiebetür, die das offene Vorderschiff vom abgeschlossenen Passagierraum trennte. Sie betraten das Passagierdeck und kämpften sich zu ihren Sitzplätzen durch.

„Dein Kollege Maigret hatte sicher eine deutlich ruhigere Überfahrt." Papperins Begleiterin spielte auf das Buch an, dass er sich als Urlaubslektüre gekauft hatte.

„Ja, die hatten ganz ruhiges Wasser. Simenon schreibt, dass Maigret und sein schottischer Kollege bei ihrer Überfahrt bis auf den Meeresgrund sehen konnten", meinte Papperin und zog aus der Seitentasche seiner weißen Leinenhose das kleine blaue Büchlein – *Mon ami Maigret*. Er hatte es bei einem Antiquar in Aix entdeckt und ein bisschen darin geblättert – zunächst ohne größeres Interesse. Als er aber merkte, dass darin sein berühmter literarischer Kollege auf der provenzalischen Insel Porquerolles ermittelte, auf eben der Insel, wo er und Nia ihren Sommerurlaub verbringen wollten, hatte er es sofort gekauft. Es war alt und bereits stark abgegriffen; im Impressum stand: Paris 1949. Vielleicht war es sogar eine Erstausgabe. Sie hatten bereits vor ihrer Abreise etwas darin geschmökert und sich als Urlaubsvergnügen vorgenommen, die Orte und Stellen zu suchen, an denen Maigret vor mehr als einem halben Jahrhundert recherchiert hatte. Sie hielten es für sehr wahrscheinlich, dass die Schauplätze des Krimis authentisch waren. Schließlich hatte der Maigret-Erfinder Simenon lange Zeit auf Porquerolles gelebt.

Das Schiffshorn stieß ein dunkles und lautes „Tuuuut" aus. Dann bog die *amour des îles* mit gedrosselten Maschinen um das Leuchtfeuer am Ende der langgeschwungenen Hafenmole und glitt, vorbei an hunderten größeren und kleineren Motor- und Segelyachten, die die Hafenbucht von Porquerolles füllten, langsam auf den Landesteg zu. Die Passagiere drängelten an der Reling, von wo sie durch eine schmale Tür und über eine kurze Gangway auf den betonierten Kai gelangten. Papperin und Nia hatten keine Eile. Sie wussten, sie würden vom Hotelbus am Schiff abgeholt werden. Erst als sich bereits alle Touristen durch die enge Öffnung in der Reling gezwängt und das Schiff verlassen hatten, nahm Papperin Nias dezent-elegante Reisetasche, stellte sie auf seinen abgewetzten schwarzen Rollenkoffer, hängte sich seine Laptoptasche um den Hals und steuerte, den Rollenkoffer in der linken und Nias Beautycase in der rechten Hand, zum Ausgang. Die Aufschrift *Hotel L'Étoile de l'Île* auf einem von rotbraunem Sand bestäubten weißen Minibus, der nicht weit vom Schiff vor der *capitainerie du port* wartete, wies ihnen den Weg. Der Fahrer, dem Aussehen nach aus dem nördlichen Afrika stammend, saß rauchend in der weit geöffneten Bustüre. Als er die ankommenden Gäste erblickte, sprang er auf und nahm Papperin das Gepäck ab. Während er die Koffer und Taschen verlud, blickten sich die beiden interessiert um. An zahllosen Alumasten flatterten Fahnen im Mistral. Im Hafen lagen nur wenige Fischerboote. Alle Molen und Stege waren von den meist blendend weißen Motor- und Segelbooten der Urlauber und Ferienhausbesitzer belegt. Dahinter, sanft den Hügel emporsteigend, erhob sich der Ort Porquerolles. Die beige und rosa verputzten Häuser schmiegten sich anheimelnd in die grüne Pinienlandschaft. Außer dem Minibus des Hotels und zwei in die Jahre gekommenen Geländewagen waren keine Autos zu sehen.

Wie schön, dachte Papperin. Eine Insel fast ohne Autos. Da konnten sie herrliche Wanderungen unternehmen, ohne von Abgasen und aufgewirbelten Staubwolken belästigt zu werden.

„He, schmeiß unseren Koffer nicht so brutal in deinen Bus!"

Eine laute, nörgelnde Stimme riss Papperin aus seinen angenehmen Urlaubsgedanken. Ein etwa vierzigjähriger Mann hatte den freundlichen Busfahrer angeraunzt, als dieser das umfangreiche Gepäck etwas unsanft unter der Heckklappe des Busses verstaute.

„Renzo, sieh mal, wie grob der mit meinem Beauty-Case umgeht. Sag doch was!"

„Wenn etwas kaputtgegangen ist, dann kannst du blechen, das wird nicht billig!" Zu seiner Begleiterin gewandt meinte er: „Die hier im Süden können sich wohl kein anständiges Personal mehr leisten. Lauter Araber! Schließlich haben wir ein Luxushotel gebucht. Ich werde mich beschweren, sobald wir dort sind."

Jean-Luc Papperin und Nia kletterten in den Bus. Ganz hinten saß schon jemand, ein Mann, etwa dreißig, mit kahl geschorenem Kopf und dunklem Drei-Tage-Bart. Schwarze Jeans, schwarzes ärmelloses T-Shirt, das seinen durchtrainierten Oberkörper provozierend betonte. Zu Maigrets Zeiten wäre der Mann völlig aus dem Rahmen gefallen, damals, in den fünfziger Jahren. Vielleicht hätte man ihn für einen Gangster gehalten. Heute dagegen war sein Aussehen ganz normal. Im Gegenteil, wenn er ein Ganove war, dann wäre das ein unauffälliges Outfit. Er war in sein Smartphone vertieft und nahm von den neuen Fahrgästen keine Notiz. Auf dem Sitz neben ihm lag eine Sporttasche von Adidas, offensichtlich eine Sonderanfertigung für seine Tennisausrüstung. Genauso gut könnte auch eine Maschinenpistole oder eine Pumpgun darin verborgen sein, dachte sich Papperin.

Nachdem auch das nörgelnde Paar Platz genommen hatte, startete der Fahrer. Zuerst ging es auf dem knapp dreihundert Meter langen Betondamm Richtung Dorf. Der Bus kam nur im Schritttempo voran. Die zahllosen Passagiere der Fähre, die zu Fuß auf den Ort zuwanderten, ließen ein schnelleres Fahren nicht zu. Dann zockelte der Bus an den vollbesetzten Terrassen der Bars und Bistrots vorbei, die sich in dichter Reihe am Kai um das Hafenrund drängten. Endlich hatten sie die Ansiedlung hinter sich gelassen. Der Bus holperte über eine steinige Piste. Gelegentlich musste er fast stehen bleiben, weil Wanderer oder Radfahrer die enge Fahrspur für sich beanspruchten. Das Hotel *L'Étoile de l'Île* lag weit ab vom Dorf Porquerolles, dem einzigen Ort der Insel. Schließlich, nach fast zwanzig Minuten holpriger Fahrt auf knochentrockenen und staubigen Pisten erreichten sie das Hotel. Es lag versteckt hinter einem Schirmpinienhain auf einer Anhöhe direkt über der *baie de l'étoile*, einer kleinen Meeresbucht mit wunderbar feinem glitzerndem Sandstrand, der – laut Hotelhomepage – ausschließlich den Hotelgästen vorbehalten war. Da sie die letzten Minuten durch dichten Wald gefahren waren, sahen sie das Haus erst, als der Bus auf den hellweiß gekiesten Vorplatz vor dem ausladenden Gebäudekomplex fuhr. Schlagartig hatte sich die Umgebung geändert. Statt des dichten Gestrüpps aus stacheligen Büschen und hoch darüber hinausragenden Schirmpinien standen hier Palmen. Und Beete mit Strelitzien, deren Blüten wie bunte, orangeblaue Papageien aus dem buschigen Grün emporragten, schwammen wie kleine runde Inseln auf dem hellen Kiesplatz. Der Bus hielt direkt vor dem elegant geschwungenen Eingangsportal aus rotem Marmor und Glas. Papperin öffnete die Autotüre und sprang hinaus. Eine Wand wie aus heißem Schaumgummi stoppte ihn abrupt, und ohrenbetäubendes Geschrei drohte seine Trommelfelle zu zerfetzen. Verstört blickte er um sich. Nicht Gummi, heiße Luft war es, und der Lärm kam von den Zikaden. Der Temperaturunterschied zwischen dem angenehm klimatisierten Businneren und der brüllenden Hitze draußen traf ihn völlig unvorbereitet. Der Vorplatz des in Form eines großen V gebauten Hotels lag geschützt im Windschatten des Gebäudes zwischen den beiden Schenkeln des V. Hier war vom Mistral nichts zu spüren, so konnte die Mittagssonne den hellen Kies und die Steinmauern des Anwesens ungehindert aufheizen.

Der Fahrer, schon wieder eine Zigarette im Mundwinkel, lud das Gepäck aus und stellte es neben den Bus. Zwei livrierte Pagen in khakifarbenen Uniformen kamen mit dem Hotelgepäckwagen herbeigeeilt. Eine schlanke junge Frau in einem eleganten blauen Kostüm und einem kleinen goldenen Namensschild am Revers – Christine Padelle war darauf zu lesen – nahm die neuen Gäste in Empfang.

„*Bon jour monsieur le président*, ich hoffe, Sie hatten eine angenehme Überfahrt", begrüßte sie zuerst den Nörgler.

„Viel zu unruhig, uns ist fast schlecht geworden, so hat das Schiff geschaukelt."

Papperin und Nia blickten sich an. Ihre Augen schienen zu fragen, was das wohl für ein *président* war. Kein Politiker, dazu war sein Benehmen zu ungehobelt. Wahrscheinlich ein Unternehmenschef – *Président Directeur Général*, wie das in der Wirtschaftswelt hieß.

„Die können sich hier wohl nicht den Einbau von elektronischen Stabilisatoren leisten, so wie bei unseren Fährschiffen in der Bretagne?", fuhr der Mann mit herablassend verächtlichem Tonfall fort.

„Gewerkschaftsboss? Vielleicht sogar der Chef von einem kriminellen Syndikat?", flüsterte Papperin seiner Begleiterin zu. „Eher Bürgermeister einer Kleinstadt", wisperte sie zurück, „so kleinkariert wie der sich benimmt. Oder Präfekt eines ländlichen Départements?"

„Übrigens, Ihr Fahrer geht mit unserem Gepäck mehr als ruppig um! So geht das nicht! Sagen Sie ihm das! Schließlich zahlen wir ein halbes Vermögen für unseren Aufenthalt hier", raunzte dieser schon wieder.

„Bitte entschuldigen Sie! Das soll nicht wieder vorkommen."

Mit gerunzelter Stirn blickte sie auf den Busfahrer. Papperin konnte förmlich fühlen, dass sich ihr Unmut eigentlich nicht gegen den Angestellten richtete, sondern gegen das harsche Auftreten des Gastes. Aber natürlich durfte sie sich das nicht anmerken lassen. Mit freudestrahlenden Augen wandte sie sich an die Begleiterin des Mannes.

„*Mademoiselle* Dupart wird Sie zu Ihrer Suite führen. Dort können Sie sich von den Strapazen der Anreise bei einem Glas *Dom-Pérignon* erholen. Alles ist für Ihren Aufenthalt vorbereitet. Ich hoffe, nein ich bin sicher, Sie werden sich in unserem Hause wohlfühlen."

Mit diesen Worten übergab Sie die beiden Gäste einer herbeigeeilten jungen Frau, die das gleiche blaue Kostüm trug.

Der sportliche Mann von der letzten Sitzreihe kam mit einem großen Satz aus der hinteren Bustüre gesprungen und drängte sich an Papperin und Nia vorbei. Er riss die Empfangsdame, die sich gerade den beiden zugewandt hatte und Nia die Hand zur Begrüßung hinstreckte, fast brutal zu sich herum und hielt sie mit beiden Händen an den Oberarmen fest. Er blickte ihr ernst in die Augen.

„Marcel, du schon wieder hier? Hast du etwas vergessen?"

Papperin schaute den beiden erstaunt zu. Er spürte, dass sie sich nicht wohl fühlte in seinem harten Griff. Zuerst versuchte sie, sich ihm zu entziehen. Schließlich, als sie das Aussichtslose dieses Versuchs einsah, umarmte sie ihn widerstrebend und hielt ihm das Gesicht für die üblichen beiden Begrüßungsküsschen auf die Wangen hin. Stattdessen nahm er sie fest in den Arm, presste sie an sich und küsste sie auf den Mund. Sie entwand sich seinem Griff und flüsterte „Marcel, nicht, die *direction*!"

„Scheiß auf die Direktion! Ich kann dich küssen, wann ich will!" Nach einer kurzen Weile, in der er um sich blickte: „Warum ist Chloé nicht da, die macht doch sonst immer den Empfang?"

„Weiß ich nicht. Sie ist weg. Seit ein paar Tagen schon. Der Chef ist total sauer."

Nach einer langen Pause, in der sein Blick immer mehr an Härte verlor, strich er liebevoll über ihr glänzendes schwarzes Haar.

„Hauptsache du bist noch hier. *Chérie*, kann ich meine alte Suite wieder haben?"

„Marcel, das geht nicht, wir sind ausgebucht."

„Du wirst schon was finden!"

Abrupt wandte er sich ab, ließ sie los und ging auf das Portal zu.

„Ich bin in der Bar. Bring mir dann den Schlüssel dahin!"

Die Empfangsdame warf mit einer ruckartigen Kopfbewegung ihr langes schwarzes Haar aus dem Gesicht. Sie wandte sich den neuen Gästen zu und plötzlich war wieder ein freundliches Lächeln in ihren Augen.

„Sie müssen der berühmte Kommissar Papperin aus Aix sein?"

Als Papperin geschmeichelt nickte, fuhr sie mit berufsmäßiger Höflichkeit fort:

„Kommen Sie bitte mit zur Rezeption, dort bekommen Sie Ihre Keycards. Anschließend darf ich Sie im Namen der Direktion zu einem Begrüßungschampagner in der Lounge einladen."

Papperin erinnerte sich, Nia und er hatten auf der Homepage des Hotels gelesen, dass alle neuen Gäste mit einem Glas Champagner empfangen würden. Während er den beiden Frauen durch die Glastüre in das herrlich kühle Foyer folgte, lud der Fahrer ihr Gepäck auf den Hotelwagen.

Papperin, der keine Lust auf Smalltalk mit der Hotelangestellten hatte und statt des Champagners viel lieber ein großes kaltes Bier trinken würde, sagte etwas barsch:

„Ich habe Durst. Champagner mag ich jetzt nicht. Komm Nia, wir gehen auf die Terrasse und lassen uns aus der Bar zwei Bier bringen." Seine Begleiterin warf ihm mit gerunzelter Stirn einen missbilligenden Blick zu.

War das zu unhöflich, fragte er sich und wandte sich mit einem entwaffnenden Lächeln der Empfangsdame zu:

„Oh, entschuldigen Sie, das war gerade nicht sehr freundlich von mir. Aber bitte verstehen Sie, die Hitze, der Staub und immer noch der Salzgeschmack von der Gischt auf dem Schiffsdeck im Mund. Da hilft nur ein großes Heineken. Oder haben Sie auch *Jupiler?*"

„Was Sie wünschen. Unser Barkeeper hat mindestens zwei Dutzend verschiedene Biere für Sie. Zwei *Jupiler pression?*"

Als Papperin und Nia begeistert nickten, gab sie die Bestellung an einen Pagen weiter, mit dem Auftrag, das Bier zu einem schattigen Tisch auf der Terrasse zu bringen. Dann ging sie zur Rezeption um die magnetischen Schlüsselkarten für die beiden Neuankömmlinge zu holen.

Als Papperin und Nia auf die Veranda kamen, leuchteten ihnen von einem kleinen runden Marmortisch bereits zwei matt beschlagene und mit goldgelbem Gerstensaft gefüllte Gläser verführerisch entgegen. Mit einem zufriedenen Seufzer ließen sich beide in die Sessel fallen. Sie prosteten sich zu und Papperin leerte sein Glas mit einem einzigen langen Zug. Er deutete dem Barkeeper mit beredten Gesten an, dass er ein weiteres Bier bräuchte, aber diesmal ein größeres. Dann schaute er Nia in die Augen.

„Schön hier", meinte er.

Sie waren die einzigen auf der Terrasse, wohl weil hier auf der Westseite des Gebäudes der Mistral heftig wehte, kaum gebremst von den hohen Schirmpinien, die vom Hotel bis zum Strand hinunter reichten. Es roch angenehm nach Harz und Piniennadeln. Das Rauschen des Windes wurde noch übertönt vom Gekreisch der Zikaden, die in Heerscharen, aber unsichtbar, von den Baumstämmen und Ästen ihr Lied hinaus schrien.

Die Empfangsdame kam wieder. Sie legte zwei Plastikkärtchen vor Papperin auf den Tisch, die sofort vom Mistral wieder fortgeblasen wurden. Papperin sprang auf, hob die Karten auf und steckte sie ein.

„Darf ich Ihnen kurz einige Informationen geben?" Nachdem Nia zustimmend genickt und die Hotelangestellte mit einer einladenden Handbewegung aufgefordert hatte, sich zu ihnen zu setzen, begann diese mit ihren Erläuterungen. Dass sich ihre Suite im Neubau in der ersten Etage befinde, nach Süden mit Balkon und Blick auf die kleine Badebucht. Dass sie sowohl im Zimmer frühstücken könnten, als auch auf der Terrasse oder im Frühstücksraum dort in dem gläsernen Anbau. Selbstverständlich könnten sie sich jederzeit durch den Zimmerservice alles, was sie sich wünschten, in ihrer Suite servieren lassen, Champagner, Austern. Auch Bier, fügte sie mit einem Blick auf Papperins schon wieder fast leeres Glas hinzu.

„Zum *dîner* stehen Ihnen unsere beiden Restaurants zur Verfügung. Bitte geben Sie bis spätestens mittags bekannt, in welchem Restaurant Sie abends speisen möchten. Im *Le*

Mimosa verwöhnt sie unser Chefkoch Pierre Canaroux mit exquisiter internationaler Küche. Es ist mittags und abends geöffnet. Im anderen Restaurant, *Le Pin Parasol*, finden zur Zeit unsere provenzalischen Wochen statt. Jeden Abend gibt es dort wechselnde Menus mit typischen Spezialitäten aus der Region. Hierzu haben wir Köchinnen und Köche von den in der Bevölkerung beliebtesten Landgasthäusern gewinnen können. Bitte haben Sie Verständnis dafür, dass die Köche rechtzeitig wissen müssen, wie viele Gäste jeweils das Provencemenu genießen wollen. Bitte lassen Sie uns das bis spätestens am Mittag wissen. Jeweils ab dem Vorabend können Sie sich über die Menus des nächsten Tages informieren. Die Speisekarten hängen an der Bar und im Foyer aus. Selbstverständlich können Sie sie auch in unserem Haus-TV-Programm in Ihrer Suite ansehen."

Sie erläuterte noch weiter, dass es auf der Insel keine Autos gebe. Eine der wenigen Ausnahmen sei der Minibus des Hotels, mit dem sie vom Hafen hierher gebracht worden seien. Er fahre stündlich ins Dorf und zum Hafen. Der erste Bus starte am Hotel um 6.30 Uhr. Der letzte fahre jetzt in der Urlaubszeit um ein Uhr früh vom Hafen ab. Nach etlichen weiteren Informationen zum Strand, den Liegen und Sonnenschirmen dort – Papperin begann sich zunehmend zu langweilen – schien sie langsam zu einem Ende zu kommen.

„Die Direktion hofft, dass Sie bei uns einen erholsamen Urlaub erleben, weit weg von den Sorgen des beruflichen Alltags, ganz ohne Stress und ohne Kriminelle." Und nach einer kurzen Pause:

„Aber hier auf der Insel werden Sie ganz ungestört sein. Hier ist alles ruhig und friedlich, hier gibt es keine Verbrechen."

Hotelleben

Jean-Luc Papperin lehnte sich über die gemauerte Balkonbrüstung und genoss die morgendlichen Sonnenstrahlen. Er war schon für den Strand gekleidet mit bunt gemusterten Bermudashorts und einem dunkelblauen T-Shirt darüber. Seine bloßen Füße steckten in blauen Flip-Flops. An seinem noch blassen Armen und Beinen sah man, dass er in diesem Sommer noch nicht viel Zeit zum Sonnenbaden gehabt hatte. Nur sein Gesicht unter dem wuscheligen schwarzen Kraushaar war sonnengebräunt.

„Sollen wir auf unserem Balkon oder unten auf der Terrasse frühstücken?"

Es war Papperins Miene anzusehen, dass er lieber alleine mit seiner Freundin auf dem Balkon ihrer Suite mit der großartigen Aussicht bleiben wollte, statt sich unter die zahlreichen Hotelgäste zu begeben. Nia aber wollte es anders.

„Aber was sollen wir uns hierher bestellen? Wir wissen doch gar nicht, was es alles gibt. Komm, Jean-Luc, lass uns hinuntergehen. Ich habe Hunger und ich bin neugierig."

„Ich mag mich aber nicht umziehen, bloß um in diesem Nobelschuppen einen guten Eindruck zu machen. Sieh doch runter, wie die alle rausgeputzt sind. Lass uns hier oben frühstücken!"

Doch Nia nahm ihn bei der Hand und zog ihn aus der Türe und zum Aufzug.

Kurz darauf wurden sie von einem der Angestellten durch die dicht gedrängten Sitzgruppen unter einem nach allen Seiten offenen weißen Zeltpavillon zu einem kleinen Tisch geführt. Nia gefiel das nicht. Sie deutete auf einen runden Marmortisch weit ab vom Zeltdach am äußersten Ende der Terrasse, direkt an der schmiedeeisernen Brüstung, die die Veranda von dem bis zum Strand hinunterreichenden Pinienhain abgrenzte. Dort wollte sie sitzen. Es war nicht so eng und wesentlich ruhiger. Der Blick war phantastisch. Durch die braunroten Stämme der Schirmpinien blitzte und glitzerte das silbrig-blaue Meer zu ihnen herauf. Die roten Felsen der kleinen Bucht leuchteten im noch milden Sonnenlicht. Es war noch früh am Tag, so dass die Sonne zwar wärmte, aber noch nicht ihre unerträglich heiße Glut verbreitete.

Sie bedienten sich am Büffet, das unter dem weißen Partyzelt aufgebaut war und von den verlockendsten Speisen überquoll. Unterschiedlichste Brotsorten, Viennoiserien, Schinken, Wurst, Fisch, Fleisch, eine fast unüberschaubare Vielfalt an Pasteten und Aufstrichen, Marmeladen, Honig, Müslis, Joghurts, Obst und Obstsalate präsentierten sich den frühstückshungrigen Hotelgästen. Es gab warme und kalte Speisen. Papperin steuerte zielstrebig auf die Fisch- und Meeresfrüchtetheke zu. Dutzende verschiedener Fischfilets, geräuchert, mariniert, in Aspik boten sich ihm an. Er konzentrierte sich auf die Meeresfrüchte. Dort lagen Langusten, Krabben, Gambas, Austern, Seeigel, Bulots und etliche Muschel- und Schneckenarten, die nicht einmal Papperin kannte, obwohl er sich etwas zu Gute hielt auf seine Kochkünste und Gourmetkenntnisse. Nach einer kurzen Diskussion mit einem der Bediensteten über die Herkunft der Austern – sie kamen aus Cancale an der Baie du Mont Saint Michel in der Bretagne – und den Unterschied zwischen den *huîtres creuses* und den *huîtres plates* bat er den Kellner, ihm zwölf *creuses* der Größe N°. *deux* sowie zwölf *oursins* an den Tisch zu bringen. Wenn schon alles im Halbpensionspreis inbegriffen war, sagte er sich, dann wollte er sich nur vom Feinsten nehmen. Zusätzlich bestellte er eine halbe Flasche *Crémant de Loire*. Dann stellte er sich bei einem der Toaster an, um die Schwarzbrotscheiben zu rösten, die er, mit Salzbutter bestrichen, zu den Austern und Seeigeln essen wollte. Auf den Zuruf von einem der nahegelegenen Tische „Antoine, mach etwas schneller. Du weißt, ich hasse es, warten zu müssen", wurde Papperin von einem breitschultrigen, glatzköpfigen Mann mit Nasenpiercing und tätowierten Unterarmen zur Seite gedrängt, der sich vor ihm an den Toaster schob. Auf sein missmutiges „Hey, so geht das aber nicht!", reagierte der Mann überhaupt nicht, sondern schob seelenruhig zwei Scheiben Weißbrot in das Gerät. Nach seinem Aussehen könnte er frisch aus *Les Baumette*s, der berüchtigten Marseiller Strafanstalt, entlassen oder ausgebrochen sein, dachte Papperin. Der Drängler brachte den Toast an den Tisch zu einem besser gekleideten Herrn, nach seinem Aussehen und dem Aktenköfferchen offensichtlich ein Geschäftsmann.

Boss und Bodyguard, dachte Papperin. Was die hier verloren haben?, fragte er sich. Strandurlaub machen die sicher nicht. Haben vielleicht irgendwelche krummen Dinge vor. Aber was geht das mich an, ich habe Ferien!

Nia saß schon am Tisch und wartete auf ihn. Vor sich eine Platte mit verschiedenen *pâtés* und *terrines*, mehreren Scheiben von rohem und gekochtem Schinken und einem beträchtlichem Berg aus dottergelber, mit schwarzen Einsprengseln durchsetzter *brouillade aux truffes* – getrüffeltem Rührei.

„Wie du das nur schaffst? So viele Kalorien und dennoch eine Traumfigur wie ein Mannequin!", bewunderte Papperin seine Lebensgefährtin.

„Aber du weißt schon", fuhr er mit oberlehrerhaftem Ton fort „Sommertrüffel reichen bei weitem nicht an den *tuber melanosporum*, den schwarzen Wintertrüffel, heran. Und schon gar nicht an den weißen Trüffel aus Alba."

„Ich weiß, aber im Winter haben die hier geschlossen. Und wo ich doch so gerne Trüffel mag."

Da ein Kellner gerade Papperins Austern- und Seeigelplatte brachte, nutzte dieser die Gelegenheit und fragte nach der Herkunft der Trüffel.

„*Je suis désolé*! Das kann ich nicht beantworten, da müssen Sie schon unseren Küchenchef fragen. Einen Moment, ich rufe ihn."

Noch ehe Papperin sagen konnte, dass das nicht nötig sei, weil er lieber ungestört und alleine mit Nia frühstücken wollte, war der Kellner schon verschwunden. Deshalb mussten sie kurz darauf eine Lektion über provenzalische Trüffel über sich ergehen lassen. Der Küchenchef war in voller Montur mit weißer Haube auf dem Kopf an ihren

Tisch gekommen. Vermutlich hatte ihn der Kellner bei den Vorbereitungen für die Mittags- und Abendmenus gestört. Natürlich, so der *maître de cuisine*, seien die weißen Albatrüffel unschlagbar im Geschmack. Aber auch die schwarzen aus der Gegend von Aups in der Haute Provence seien hervorragend. Papperin könne ihm glauben, er kenne sich damit aus, die seien mindestens so gut wie die schwarzen Perigordtrüffel. Aber leider seien das alles Wintertrüffel, und da man diese nicht konservieren könne, bleibe ihm nichts anderes übrig, als jetzt im August den *tuber aestivum* zu verwenden. Wenn man eine großzügige Menge davon nehme und die Trüffel lange genug zusammen mit den Eiern lagere – wie bei seiner *brouillade aux truffes*, dann gebe es trotzdem eine ganz hervorragende Speise.

„Sie stimmen mir sicher zu", wandte er sich Lob heischend an Nia. In diesem Moment brachte ein Kellner die bestellte Flasche *Crémant de Loire*.

„Jean-Luc, wieso hast du nur Sekt bestellt. Heute ist doch unser erster gemeinsamer Urlaubstag. Den müssen wir würdig begehen. Mit Champagner!"

Zum Kellner gewandt fragte sie: "Haben Sie Dom Pérignon? Eine halbe Flasche?" Der Ober bedauerte, Dom Pérignon hätten sie nur in 750 Milliliter-Flaschen.

„Das schaffen wir nicht. Dann eben eine 375-er Flasche Veuve Clicquot", bestellte Nia.

Natürlich war auch Jean-Luc Champagner lieber als Sekt. Aber wenn er an sein Gehalt als *commissaire* der *Police judiciaire* dachte, dann war ein *Crémant* schon fast Luxus. Eigentlich konnte er sich auch das sündhaft teure Hotel *L'Étoile de l'Île* nicht leisten. Aber erstens wollte er Nia etwas Besonderes bieten. Schließlich galt es, ihre Versöhnung zu feiern. Und da war das Beste gerade gut genug. Das Haus hier genoss einen sagenhaften Ruf und zählte zu den allerersten Adressen in Frankreich. Und zweitens war Nia Luxus gewöhnt. Da musste es schon mehr als ein üblicher Hotelurlaub sein. Als erfolgreiche Wirtschaftsprüferin und Partnerin einer international renommierten Prüfungs- und

Beratungsgesellschaft bewegte sich ihr Gehalt in Dimensionen, von denen Papperin nicht einmal zu träumen wagte.

Nia und er kannten sich seit dem Studium in Paris. Dort hatten sie sich verliebt, hatten mitten im Quartier Latin in einer geräumigen Wohnung im vierten Stock eines Stadthauses aus dem neunzehnten Jahrhundert gewohnt. Seit Papperins Versetzung nach Aix en Provence als Leiter der dortigen Mordkommission mussten sie getrennt leben, von den wenigen gemeinsamen Tagen in Paris oder Aix abgesehen, die ihre prall gefüllten Terminkalender selten genug zuließen. Diese Trennung hatte Spuren hinterlassen und ihr Leben auf harte Bewährungsproben gestellt. Doch jetzt könnte sich alles zum Guten wenden. Die ECI-Enterprise-Consultant-International, Nias Unternehmen, plante das Frankreichgeschäft aufzuspalten und in Marseille oder Aix eine für den Süden zuständige Tochtergesellschaft zu gründen. Wenn sich Nia nur dazu entschließen könnte, sich für die Stelle als Geschäftsführerin der neuen Gesellschaft zu bewerben. Umgekehrt stand für Papperin fest: Nach Paris würde er nicht zurückgehen. Da konnte ihm der Justizminister noch so verlockende Angebote machen. Er war in der Provence, in dem kleinen idyllischen Ort Cabanosque in der Nähe von Aix geboren. Er hatte dort seine Kindheit verbracht. Nach dem Studium hatte er als kleiner *brigadier* bei der *Police judiciaire* in Aix angefangen – an derselben Dienststelle, die ihm als leitendem Kommissar jetzt unterstand. Zugegeben, er hatte sich auch in Paris wohlgefühlt, hatte das Studium der Juristerei an der Sorbonne genossen, hatte dort als Kommissar große berufliche Erfolge erzielt und seine Heimat schon fast vergessen, als ihn das Schicksal zurück nach Aix geschickt hatte. Und jetzt fühlte er sich in der Provence zuhause, war hier fest verwurzelt. Er liebte das Land und seine Bewohner mit ihrer bedächtigen, lauten aber herzlichen Art, die keine Hast und keine Hektik kannten. Papperin war sich voll im Klaren: *Er* war der egoistische Teil ihrer Partnerschaft, weil er es kategorisch ablehnte, sich wieder nach Paris zu bewerben. Aber von Nia erwartete er, dass sie zu ihm in den Süden zog.

Ein lautes Rauschen, ein Klirren und ein heftiger Aufschrei rissen ihn aus seinen Gedanken. Im Aufblicken sah er gerade noch, wie ein riesiger weiß-brauner Vogel über das Geländer hinwegschoss und in den tiefblauen Himmel emporschwebte. Nia war vor Schreck aufgesprungen. Ein großer roter Fleck breitete sich auf ihrem weißen Seidenkleid aus.

Blut! Nia ist verletzt!, dachte Papperin als erstes. Dann sah er die umgestürzte Karaffe, die eben noch voll Tomatensaft gewesen war. Zwei Kellnerinnen stürzten herbei.

„Madame, sind Sie verletzt?"

Die Hotelangestellten bemühten sich eifrig, den Schaden zu begrenzen. Mit frischen weißen Servietten versuchten sie den roten Saft weg zu tupfen. Neue Teller, Gläser, Bestecke und ein frisches Tischtuch wurden gebracht.

„Maman, Maman, schau! Die Frau da hat einen dicken Blutfleck auf ihrem Kleid. So wie du neulich. Erinnerst du dich? Aber der hier ist viel schöner und größer."

„Schrei nicht so, Amélie. Das ist Tomatensaft. Du siehst doch, dass sie das Glas umgeworfen hat."

„Das sieht aber lustig aus. Das Kleid gefällt mir jetzt viel besser als vorher. Schade, sie wird den Fleck sicher rausmachen lassen. Dann ist es wieder langweilig weiß. Ich geh hin und sag ihr, dass sie ihn drauflassen soll", plapperte das Mädchen unbekümmert drauf los.

„Amélie, jetzt gib endlich Ruhe. Das geht dich überhaupt nichts an. Komm, iss dein Müsli!"

Mit einem Blick zum Unglückstisch und zu Nia meinte sie mit einer resignierenden Geste:

„Entschuldigen Sie bitte vielmals. Meine Tochter ist aber auch zu peinlich. Sie ist an sich ein sehr liebes Mädchen, aber manchmal etwas aufdringlich. "

Zwei Frauen vom anderen Nebentisch redeten tröstend auf Nia ein.

„Mademoiselle, beruhigen Sie sich. Das ist uns auch schon passiert. Es sind die Möwen. Die großen goélands, die haben es auf den gekochten Schinken abgesehen. Oh, Ihr wunderschönes Kleid. Reine Seide. Das geht nicht mehr raus. Wie traurig!"

Der Oberkellner eilte herbei, hinter ihm folgte, vom Tumult alarmiert, der Geschäftsführer.

„*Madame*, ich bin untröstlich. Darf ich Ihnen ein Glas Armagnac gegen den Schreck bringen lassen?"

„Danke nein! Mein Champagner genügt mir!"

Der Hotelchef schnippte mit den Fingern und schon hatte man ihm eine frische Champagnerflöte in die Hand gedrückt. Eigenhändig schenkte er sie voll Veuve Clicqot und reichte sie Nia.

„Wir sind machtlos! Diese Vögel sind zu intelligent. Mit allen möglichen Mitteln haben wir schon versucht, sie zu vertreiben. Sie segeln über das Dach, gleiten lautlos zu den Tischen herab, stürzen sich auf einen Teller mit *jambon à l'os* und verschwinden mit einem kräftigen Flügelschlag, ihre Beute in den Fängen. Das passiert fast täglich. Das einzige, was dagegen hilft, ist, sich unter das Zeltdach zu setzen. Aber das wollen viele Gäste nicht."

Jetzt fiel sein Blick auf den roten Fleck auf Nia Seidenkleid auf. Sein zunächst besorgter Gesichtsausdruck wurde plötzlich heiter. Schmunzelnd meinte er:

„Sieht eigentlich ganz künstlerisch aus. Wie ein Designerkleid."

„Das ist ein Designerkleid! Von Gucci!" Nia war leicht indigniert.

„Ja, aber jetzt ist es ein Kunstwerk – könnte von Kandinsky sein."

Nun musste auch Nia lachen, als sie auf ihr neu erschaffenes weiß-rotes Kunstwerk herabblickte.

„Jetzt im Ernst", fuhr der Hotelchef fort. „Selbstverständlich werden wir für den Schaden aufkommen. Chloé wird sich um Ihr Kleid kümmern. Wo ist Chloé?"

„Nicht da, Chef!" Der Oberkellner druckste verlegen herum. „Die fehlt schon seit zwei Tagen."

Plötzlich explodierte der Vorgesetzte:

„Und wieso weiß ich das nicht? *Sacrément*! Es ist eure verdammte Pflicht mir so etwas zu sagen. Jetzt, mitten in der Hochsaison brauchen wir jeden Mann ... äh ... und jede Frau. Also, was ist mit Chloé? Warum ist sie weg? Wann kommt sie wieder?"

Der Wutausbruch ihres Chefs hatte zu einem kleinen Menschenauflauf geführt. Nicht nur Hotelgäste, auch viele Bedienstete waren herbeigeeilt und umringten den Tisch.

„Chef, wir haben Ihnen das noch nicht gesagt, weil ... weil wir dachten, sie kommt bald wieder ehe Sie ... ehe es ... Pro ...Probleme gibt." Christine Padelle, die Empfangsdame, war vorgetreten und versuchte etwas unbeholfen, ihre Kollegin in Schutz zu nehmen. Nach kurzem Nachdenken und schon wesentlich fester im Ton fuhr sie fort:

„Chloé macht zurzeit viel durch, sie hat Probleme, irgendetwas bedrückt sie. Wir wollten nicht, dass sie auch noch mit der Direktion Zoff bekommt. Und wir haben es doch ganz gut hingekriegt. Es funktioniert alles. Niemand hat etwas gemerkt, keiner hat sich beschwert."

„Und Sie glauben alle, dass ich das nicht wissen muss?" Mit strengem Blick fixierte er seine Angestellten.

„Das hat ein Nachspiel, *messieurs-dames*!"

Plötzlich knipste er ein Lächeln an und wandte sich an die umstehenden Frühstücksgäste:

„Meine sehr verehrten Damen und Herren, bitte nehmen Sie doch wieder Platz. Ich entschuldige mich im Namen unseres Hauses für die Unannehmlichkeiten und möchte Ihnen zum Ausgleich ein Glas Champagner anbieten. Pierre!", wandte er sich an den Oberkellner „Kümmern Sie sich bitte darum!"

Mit einem freundlichen Nicken in alle Richtungen verschwand er im Haus.

Typisch, dachte Papperin und flüsterte seiner Freundin zu: „Ich kann es nicht ausstehen, dieses autokratische Obrigkeitsdenken, das in unseren Unternehmen immer noch herrscht. Da kann kein Vertrauen aufkommen."

***

Die kleine Bucht mit dem feinsandigen Hotelstrand lag voll in der Vormittagssonne, die inzwischen an Strahlkraft deutlich zugenommen hatte. Hellblau und weiß gestreifte Sonnenschirme und Strandliegen, deren Matratzen mit dem gleichen Stoff bezogen waren, säumten in lockerer Reihe den Uferverlauf, allerdings in gebührendem Abstand zum Meer. Wie überall an Frankreichs Küsten durfte auch hier der private Grundbesitz nicht bis ans Wasser reichen. Ein schmaler Landstreifen dazwischen befand sich in Staatseigentum und war grundsätzlich für die Allgemeinheit zugänglich. Da die Bucht aber weitab vom Ort Porquerolles und von den großen Badestränden der Insel lag – der Fußweg hierher dauerte mehr als eine Stunde – kamen nur höchst selten Wanderer bis an diese entlegene Stelle der Insel. Etwas Anderes war es mit den Booten. Im gesetzlichen Mindestabstand von der Küste hatten bereits jetzt am Vormittag etliche Freizeitkapitäne mit ihren weißen Yachten Anker geworfen und waren mit ihren Begleitungen in Schlauchbooten ans Ufer gerudert.

Nia und Jean-Luc hatten es sich im Schatten ihres Hotelschirms auf zwei Liegen bequem gemacht und sahen dem Treiben am Strand und den immer zahlreicher ankommenden Schiffen zu.

„Von wo die Boote wohl überall herkommen?", fragte sich Nia halblaut.

„Von den Yachthäfen in der Nähe – aus Toulon, Saint Tropez, Fréjus, vielleicht auch von weiter weg aus Cannes oder Sanary. Da gibt es unendlich viele Möglichkeiten."

„Glaubst du, dass auch welche aus Übersee dabei sind. Aus der Karibik? Oder aus Afrika?"

„Glaub ich nicht. Diese Freizeitschiffe sind nicht für den rauen Seegang auf dem Atlantik gebaut. Vielleicht aus Afrika oder dem Nahen Osten."

„Aber das wäre doch super zum Drogenschmuggeln. Das sollte dich als Polizist schon interessieren!"

„*Chérie*, jetzt geht deine Phantasie mit dir durch. Das sind alles harmlose Urlauber, so wie wir."

Die letzten Hotelgäste kamen vom Frühstück. Wie schon Jean-Luc und Nia vor ihnen, gingen auch sie zuerst zum Hotelboy, der an einer Theke vor einem weiß und blau gestrichenen Holzhäuschen saß. Bei ihm konnte man sich Badetücher holen, die, bestickt mit dem Hotelnamen und dem Hotelemblem, einem roten Seestern, frühmorgens frisch aus der Wäscherei an den Strand gebracht wurden. Außerdem gab es bei ihm jede Art von kalten Getränken, vom einfachen Perrier oder Badoit bis zum Champagner – exklusiv nur für Hotelgäste.

„Komm, gehen wir schwimmen!" Nia zog Jean-Luc von der Liege hoch, dann rannten beide mit langen Schritten ins Meer bis sie, von der Trägheit des Wassers gebremst, platschend in die Fluten fielen. Sie alberten herum wie kleine Kinder, spritzen sich gegenseitig an.

„Wer zuerst bei dem Boot da draußen ist!", stachelte Nia ihren Freund an. Dann schwammen sie um die Wette, klammerten sich außer Atem an der Ankerkette fest, küssten sich und kraulten zurück. Wieder am Strand rannten sie durch den heißen Sand zu ihren Liegen und ließen sich erschöpft darauf fallen.

„Liest du mir weiter aus unserem Urlaubskrimi vor?"

Papperin kramte in der Badetasche und holte das blaue leicht vergilbte Taschenbuch hervor – *Mon ami Maigret* von George Simenon. Er schlug es auf der Seite mit dem umgeknickten Eselsohr auf. Doch plötzlich hatte er keine Lust mehr vorzulesen. Er legte sich das Büchlein aufs Gesicht und schloss die Augen. Seine Stimme drang gedämpft unter diesem spitzen Papierdach hervor:

„Der Kommissar Maigret musste doch mitten im Sommer hier auf Porquerolles ermitteln. Aber er ist nie Schwimmen gegangen, trotz der Hitze."

„Er ist halt lieber in der Bar am Hafen gesessen und hat sein Viertel Weißen getrunken."

„Aber sein schottischer Kollege, den er dabei hatte, der ist dauernd ins Wasser gegangen – sogar im Hafen. Das wäre mir zu dreckig."

„Der hat auch immer so knallbunte Shorts angehabt wie du. Du könntest dir übrigens mal was Eleganteres kaufen."

Längere Zeit lagen sie schweigend nebeneinander, genossen das beruhigende Rauschen des Meeres und das Geschrei der Zikaden aus dem Pinienhain. Gedämpft hörte man Stimmen von den Badegästen ringsum, ab und zu ein helles Lachen und vom Wasser das Toben und Schreien von Kindern. Urlaubsidylle pur! Dann kamen weitere Leute und nahmen die Liegen und den Sonnenschirm direkt neben Nia und Jean-Luc in Besitz.

„*Maman*, darf ich gleich ins Wasser?"

Es war das Mädchen vom Frühstückstisch nebenan.

„Nein, Amélie, erst mit Sonnenschutz einreiben. Komm her!"

„Aber dann darf ich ins Wasser! Papa, holst du mir inzwischen eine Orangina? Bitte, bitte!"

Als ihr Papa sich nicht vom Platz rührte, fing sie mit etwas Neuem an:

„Sag mal, Papa, was ist eigentlich mit der Pistole passiert, die ich gefunden habe?"

„Das weißt du doch. Die habe ich beim Hoteldirektor abgegeben. Der hat sie sicher gut verwahrt."

„Aber warum war die bei uns im Zimmer versteckt, hinter der Heizung? Glaubst du, da wollte uns jemand erschießen?"

„Das ist doch Unsinn. Vergiss es!"

„Wenn er aber wiederkommt? *Maman*, ich habe Angst. Ich mag nicht mehr hierbleiben."

Dabei schaute das Mädchen die Badegäste in seiner Umgebung an, hoffend, deren Aufmerksamkeit zu erregen.

„Mein kleiner Schatz, du musst keine Angst haben. Außerdem fahren wir morgen sowieso nachhause. Heute ist unser letzter Tag hier. Genieße es! Geh schwimmen!"

Nachdem das Kind zum Wasser gegangen war, und ihre Eltern es sich mit Zeitschriften auf den Liegen bequem gemacht hatten, kehrte wieder Ruhe ein.

Bald wurde es Papperin zu langweilig.

„Sag mal, hast du auch Lust auf einen kleinen Spaziergang? Ein Stück den *sentier littoral* entlang und dann ins Hotel auf einen kleinen Mittagssnack?"

Nia warf sich einen modischen Pareo um die Schultern und Jean-Luc zog sich sein T-Shirt über. In Flip-Flops machten sie sich auf den Weg. Die wenigen Meter bis zum Ende des Sandstrands platschten sie durch das seichte und lauwarme Wasser. Dann ging es in einer engen und steilen Gasse bergauf über eine Unzahl von Treppenstufen, die mit verwitterten Holzbohlen in den erdigen Untergrund gesetzt waren. Rechts und links bildeten stachelige Büsche und Hartlaubgewächse übermannshohe und undurchdringliche Wände, die kaum einen schulterbreiten Raum für den Pfad freiließen. Weiter oben hörte der grüne Tunnel plötzlich auf, und der Steig führte über felsigen Grund in leichtem Auf und Ab weiter. Zur Linken fiel das Gelände fast senkrecht über schroffe rötlichbraune Klippen zum Meer ab. Unten rauschte es und weiße Gischt spritzte auf, wenn die Wellen auf die Felsen prallten. Zur Rechten stieg der Hügel weiter an. Vereinzelte Schirmpinien reckten ihre dicken Äste in den wolkenlosen Himmel. Der Boden war dort von Piniennadeln und knorrigen Wurzeln überzogen. Unter einem dieser Bäume saß regungslos ein Mann und suchte mit einem Fernglas den Horizont ab. Papperin erkannte den Sportler aus dem Hotelbus. Neben ihm lag seine Tennistasche. Der Kopf einer jungen Frau ruhte darauf. Sie lag lang ausgestreckt auf dem weichen Bett aus Piniennadeln.

„Siehst du schon was?", wollte sie mit schläfriger Stimme wissen.

Was der wohl sucht, fragte sich Papperin.

Im Weitergehen meinte Nia: „Das war die Empfangsdame aus dem Hotel. Die macht hier wohl Mittagspause mit ihrem Gigolo!"

Dann ging es wieder bergab. Das Gestein hatte die Farbe gewechselt. Durch hellgrauen, fast weißen Fels schlängelte sich der Pfad abwärts. In erdigen Felsnischen breiteten Mittagsblumen ihr dickfleischiges Blattwerk aus. Ihre weißen, gelben und roten Blütensterne öffneten sich der Sonne entgegen.

Nach einer halben Stunde setzte sich Nia auf eine vorspringende Wurzel. Sie ließ den Blick müde über das weite Meer schweifen. In der Ferne, fast am Horizont, sah man schwach die Umrisse eines großen Schiffes.

„*Chéri*, ich will umkehren. Mir tun die Füße weh. Der steinige Boden ist nichts für Flip-Flops."

„Wenn die Karte stimmt, die ich heute früh im Hotel studiert habe, dann müsste gleich da vorne ein Abstecher abzweigen, der zurück zum Hotel führt. Komm, den nehmen wir!"

***

„Das war gerade richtig. Nicht zu viel, aber sehr gut."

Commissaire Papperin räkelte sich genüsslich im breiten *grand lit*. Sie hatten im Restaurant einen kleinen Mittagsimbiss zu sich genommen. Verschiedene Tapas und dazu eine kleine Flasche Rosé aus dem berühmten Weingut Domaines Ott in Bandol. Jetzt ruhten sie sich in ihrer Suite aus. Meer, Sonne, die kleine Wanderung, das hatte Papperin angenehm müde gemacht. Hinzu kam noch der eiskalte Rosé auf der Restaurantterrasse.

„Du schläfst mir jetzt nicht ein, du Faulpelz. Komm her, jetzt gibt's den Nachtisch." Nia kitzelte ihn und als er sich lachend aufbäumte, zog sie ihn zu sich und befreite ihn mit zwei gekonnten Fußbewegungen von seinem Slip. Jetzt war er hellwach und nahm das sich ihm bietende Angebot begeistert an.

Viel später, sie lagen zufrieden nebeneinander und hielten sich glücklich an der Hand, meinte Nia:

„War das schön! Wieso kann es nicht immer so sein?"

„Meinst du jetzt mich oder das Luxushotel?"

„Komm du Schwachkopf, du weißt genau was ich meine!" Sie kuschelte ihr Gesicht in seine Armbeuge und streichelte die schwarzen gekräuselten Haare auf seiner Brust. Es dauerte nicht lange, dann war sie eingeschlafen.

Papperin neben ihr wurde immer nachdenklicher. Er liebte Nia, wahnsinnig sogar. Sie war so lebensfroh, so dynamisch und impulsiv. Er liebte ihre oft verrückten Einfälle, fürchtete aber auch ihre Wutausbrüche. Immer hatte sie es geschafft, wenn er in einem seelischen Tief war – sei es im Studium oder später in seinem Beruf – ihn herauszureißen, aufzumuntern und ihn das Leben wieder froh anpacken und genießen zu lassen. Warum aber hatte er dann mit Jeannine eine Affäre anfangen müssen, mit Jeannine Dalmasso, seiner Mitarbeiterin im Kommissariat? War es nur, weil Nia so weit weg, so unerreichbar gewesen war? Oder hatte er Jeannine geliebt? Sie passten so gut zusammen. Sie hatten den gleichen Beruf, arbeiteten in derselben Dienststelle, kamen immer auf dieselben Ideen. Ihre Gedanken harmonierten, wie er es noch bei keinem Menschen erlebt hatte. Doch, es war Liebe. Er war sich ganz sicher. Aber auch Nia liebte er. Es schien unlösbar zu sein. Doch Jeannine und er hatten das Dilemma gelöst. Sie hatten vereinbart, dass sie beruflich weiter eng und so erfolgreich wie bisher zusammenarbeiten wollten. Dabei Freunde bleiben, sich aber soweit irgend möglich rein auf das Berufliche beschränken wollten. Bisher hatte es funktioniert. Und das würde auch in Zukunft so sein. Papperin war davon felsenfest überzeugt. Nia war die Frau, mit der er leben, mit der er Kinder haben wollte. Bislang stand dem aber ein Hindernis im Weg: Die gut achthundert Kilometer, die zwischen ihnen bzw. zwischen ihrer beider Arbeitsstellen lagen.

Plötzlich schnaufte Nia zweimal tief, hob den Kopf, blickte verwirrt um sich, sah Lean-Luc neben sich, drehte sich glücklich lächelnd auf die Seite und schlief weiter. Papperins rechter Arm war jetzt frei und begann fürchterlich zu kribbeln. Er machte die Faust ein paarmal kräftig zu und wieder auf, schüttelte den Arm, und stand, als das Kribbeln endlich nachließ, vorsichtig auf. Mit dem Wanderführer *Randonnées dans les îles d'or* und einer Karte setzte er sich auf den Balkon. Etwa eine Stunde lang las er, strich interessante Routen an und markierte die Wege auf der

Wanderkarte. Es gab wunderschöne Wanderungen auf der Insel. Die längste dauerte über acht Stunden (für sportliche Wanderer, so stand es im Führer) und führte gut 30 Kilometer auf dem *sentier littoral* rund um die Insel.

„Bei der Hitze werden wir uns das nicht antun", murmelte er. Aber es gab auch kurze und ganz kurze Wanderungen. Plötzlich fühlte er ein Knabbern an seinem rechten Ohr. Er drehte den Kopf, zog Nia zu sich und küsste sie leidenschaftlich.

„Schau, was es für spannende Stellen auf der Insel gibt", sagte er, als sie sich von ihm gelöst hatte.

„*Le trou des pirates* – das Piratenloch, hier." Er zeigte auf eine Bucht an der Nordwestseite der Insel. „Oder da: Der Galeerenstrand – *plage de la galère*. Oder die Wolfsschlucht – *gorges du loup*. Oder da: *Calanque du Langoustier*. Ob es da wirklich Langusten gibt? Lauter kleine Wanderungen. Tagsüber, wenn es heiß ist, legen wir uns an den Hotelstrand und baden. In der Morgen- oder in der Abenddämmerung, wenn es kühler ist, können wir diese Natursehenswürdigkeiten erwandern. *D'accord*?"

„Ja! Aber jetzt habe ich Hunger! Wann gibt es Abendessen?"

***

„Verdammt, jetzt haben wir vergessen, bis mittags anzumelden, ob wir das Provencemenü essen wollen. Schauen wir mal, was es gibt!"

Sie gingen an die Bar, um sich die Menus anzuschauen. Aber da hingen schon die Speisekarten für den nächsten Tag aus. Doch der Barkeeper wusste Bescheid.

Im *Mimosa* gab es zur Auswahl zwölf Austern oder *foie gras* oder *millefeuilles aux cèpes* als *hors d'oeuvre*. Als Fischgang folgte Ministeinbutt auf Fenchelgemüse. Der dritte, der Fleischgang bot entweder rosa gebratene Scheiben vom Charolais-Rind mit gedämpftem Marktgemüse, oder *rognons de veaux* vom Grill mit *sauce moutarde* und *pommes de terre sautées*. Zum Abschluss gab es erst eine Auswahl vom

Käsewagen und dann Variationen vom Halbgefrorenen oder *la surprise du Chef.*

„Und was gibt es im provenzalischen Spezialitätenrestaurant?", fragte Nia den Barkeeper.

„Heute ist *la soirée de l'aïoli.*"

„Ich weiß zwar nicht, was das ist, aber es klingt sehr volkstümlich. Jean-Luc, das sollten wir nehmen!"

„*Chérie*, das mag ich nicht. Du sicher auch nicht."

„Wieso, du bist doch selbst ein Provenzale. Das muss dir schmecken."

„Ich erklär es dir. Das ist einfacher gekochter Fisch. Meist Kabeljau. Dazu gibt es Gemüse: Eine Kartoffel, eine Karotte, grüne Bohnen, etwas Blumenkohl. Auch nur in Salzwasser gekocht. Dazu kommt ein hart gekochtes Ei, meist noch in der Schale. Und das Wichtigste, das Aïoli. Das ist einfache Mayonnaise, allerdings mit sehr viel Knoblauch drin. Dazu werden zehn oder mehr Knoblauchzehen im Mörser zerdrückt, bis sie eine feine cremige Konsistenz haben. Dann kommen zwei bis drei Eigelb dazu und das Ganze wird unter behutsamer Zugabe von Unmengen Olivenöl solange gerührt, bis eine dicke breiige Masse entsteht. Salz, Pfeffer und wenn man will etwas Chili dazu und fertig ist das *aïoli*. So zumindest macht es meine *maman*. Im Hotel, da wette ich mit dir, wird es nicht mit der Hand gerührt, sondern in Sekundenschnelle im Mixer zubereitet. Aber auch wenn man es mühsam rührt, es ist nichts anderes, als fader gekochter Fisch mit fadem gekochtem Gemüse, einem Ei und der Knoblauchmayonnaise. Mir ist das zu wenig raffiniert.

Komm, gehen wir ins *Mimosa*! Gänseleber, Steinbutt und Kalbsnieren. Das klingt doch gut!"

Eine Leiche macht auf sich aufmerksam

Donnerstag 20.8.

Die folgenden Tage verwöhnten die Urlaubsgäste wieder mit herrlichem Badewetter. Jean-Luc Papperin und seine Freundin Nia genossen ihren Urlaub in vollen Zügen. Das erste Mal seit Langem konnten sie ihn zusammen verbringen, befreit von allen beruflichen Zwängen. Sie schliefen lange, frühstückten nie vor zehn Uhr. Dann ging es an den Strand. Sobald er sie erblickte, wie sie mit ihren Badesachen den gewundenen Pfad vom Hotel zu ihm herunter kamen, richtete der Hotelboy an der Strandbar ihre Liegen her und spannte den Sonnenschirm auf. Er schien die beiden zu mögen. Wohl weil Papperin sich gerne mit ihm unterhielt und ihn nicht so hochnäsig und herablassend behandelte, wie die anderen Hotelgäste. Am frühen Nachmittag, wenn die Hitze zu heftig wurde, schlenderten Jean-Luc und Nia zum Hotel zurück. Meist ließen sie sich dann in den Liegestühlen im Schatten der großen Schirmpinien vor der Hotelterrasse Champagner servieren. Unter dem lauten Gekreische der allgegenwärtigen Zikaden naschten sie von den mitgereichten Canapés und den Oliven. Mittags gingen sie nie ins Restaurant, obwohl die ausgehängten Speisekarten verlockende Mittagsmenus ankündigten. Der kleine Snack unter den Pinien genügte ihnen völlig. Sie hoben sich den großen Hunger lieber für das abendliche *dîner* auf. Angenehm müde von der Hitze und dem Champagner folgte stets eine Siesta in ihrer klimatisierten Suite. Durch die weit offenstehenden Balkontüren drang das Geschrei der Zikaden zu ihnen. Ihre Haut kribbelte angenehm von der Sonne und dem feinen Sand.

Später, wenn die Sonne etwas tiefer stand, machten sie sich meist auf, um die Insel zu entdecken. Sie wanderten auf den markierten Küstenpfaden, stießen auf einsame Strände, schwammen in engen Buchten. Einmal fuhren sie mit dem Hotelbus ins Dorf und beobachteten vom etwas oberhalb des Ortes gelegenen Fort Sainte Agathe das Treiben im Hafen. Sie sahen die Ankunft der Fähre vom Festland, neue Urlaubsgäste, die mit ihren Rollenkoffern und Rucksäcken aus dem Schiff drängten und über die Mole eilten. Abends kam dann das festliche *dîner* im Hotel. Meist aßen sie im *Le Pin Parasol*, dem Restaurant mit den provenzalischen Spezialitäten. Papperin liebte die Gerichte seiner Heimat, den Duft von Knoblauch, Thymian und Rosmarin, der den gläsernen Pavillon durchzog. Zu seinem Erstaunen bestellte sich Nia immer die deftigsten Gerichte – *soupe de poisson, moules en persillade, andouillettes, pieds et paquets, daube, poulet aux quarantes gousses d'ail*. Sie konnte gar nicht genug davon bekommen.

***

„Jean-Luc, jetzt müssen wir zurück ins Hotel. In einer halben Stunde gibt es Essen!"

Papperin schwamm ihr entgegen. Er umarmte und küsste sie stürmisch. Dann umfasste er ihre Taille und zog sie mit kräftigen Schwimmstößen der Beine wie ein Rettungsschwimmer hinter sich her. Am Ufer trug er sie ein paar Meter den schmalen Strand hinauf, legte sie vorsichtig in den Sand und fiel liebeshungrig über sie her. Die Schatten der hohen Felswände, die die kleine einsame Bucht begrenzten, wurden immer länger. Schließlich erreichten sie das Liebespaar. Erschöpft sank Papperin neben seiner Freundin in den noch warmen Sand.

„Hier will ich mit dir übernachten. Über uns die Sterne, vor uns das Meer und das Rauschen der Wellen. Und um uns keine Menschenseele weit und breit. Komm! Bleiben wir hier!"

„Erst hetzt du mich durch die halbe Insel, dann tollst du mit mir im Wasser. Schließlich nimmst du mich im Sturm wie Napoleon Italien anno 1796. Ich ..."

„He, ich bin kein kleinwüchsiger Wicht wie Napoleon!"

„Trotzdem: Ich habe Hunger und will ein großes Abenddinner. Nicht nur Sand, Sterne und Meeresrauschen. Also: Lass uns zum Hotel zurückgehen!"

***

Eine sanfte Brise wehte durch den Pinienhain und über die Terrasse, als Jean-Luc und Nia vor dem Restaurant *Le Pin Parasol* die aktuelle Speisekarte studierten. Das *menu du soir* sah verlockend aus. Als Hauptgang konnte man wählen zwischen *fricassée d'agneau au ail et basilic* oder *dorade grillée de méditerranée au thym et fenouil*[1]. Entschlossen, das Lamm zu wählen, betraten sie den gläsernen Speisepavillon. Der wunderbare Duft einer kräftigen Gewürzmischung stieg in ihre Nasen. Papperin meinte Knoblauch, Thymian und Lorbeer identifizieren zu können. Dazu kamen noch weitere Gerüche. Leicht süßlich, etwas penetrant, aber durchaus sympathisch. *Tripes*, dachte er. Das müssen Kutteln sein, wahrscheinlich auch noch andere Innereien. Aber irgendwas ist noch dabei. Vielleicht Honig?

Sie nahmen an ihrem Tisch Platz. Dem herbeigeeilten Kellner gaben sie ihre Wünsche bekannt:

„Als Vorspeise bitte einmal *soupe de poisson* und einmal *aubergines en gratin*. Und dann nehmen wir beide das Lammfrikassee."

Es war fast eine Manie bei Papperin. Für eine gute *soupe de poisson* ließ er alle anderen Vorspeisen links liegen. Und hier war sie ganz besonders gut. Man schmeckte, dass der *maître de cuisine* nur ganz fangfrische *poissons de roche* verwendete, *congres, rascasses, rougets, girelles, petits crabes*[2]. Papperin mochte die Suppe am liebsten, wenn er sie selbst gekocht hatte. Aber das war relativ selten der Fall, denn es war unmöglich, sie nur in kleinen Mengen herzustellen. Allein schon die vielen verschiedenen Fischarten, dazu das Gemüse – Zwiebeln, Lauch, Fenchel, Tomaten – ergaben eine für zwei Personen viel zu große Menge. Und tiefgekühlt und wieder aufgetaut schmeckte sie bei weitem nicht mehr so gut wie frisch zubereitet. Außerdem machte sie eine Heidenarbeit. Erst die Zwiebeln, den Lauch und die Knoblauchzehen in Olivenöl anschwitzen, dann die gewürfelten

---

[1] Lammfrikassee mit Knoblauch und Basilikum oder gegrillte Mittelmeerdorade gewürzt mit Thymian und Fenchelkraut

[2] Felsenfische, Meeraal, Drachenkopf, Rotbarbe, Lippfisch (girelles), kleine Taschenkrebse

Tomaten, etwas Fenchel und die Fische dazugeben, mit Thymian und Lorbeer würzen und in einer ausreichenden Menge Wasser zwanzig Minuten heftig kochen lassen. Dann kam die Hauptarbeit, denn das Ganze musste durch ein Sieb passiert werden. In den cremigen Fischbrei wurde eine gute Messerspitze Safran eingestreut, das Ergebnis mit Salz und Pfeffer abgeschmeckt und nochmals etwa zehn Minuten köcheln gelassen. Nebenbei musste die *rouille* zubereitet werden, frisch gerührte Mayonnaise, die mit Piment, viel Knoblauch und *spigol*[3] gewürzt wird.

Während Papperin das Rezept durch den Kopf ging, rieb er fünf goldbraun getoastete Baguettescheiben mit der in einem kleinen Schälchen mitgelieferten geschälten Knoblauchzehe ein, bestrich die so behandelten Brötchen mit *rouille* und ließ sie wie kleine Boote auf der sämigen Fischbrühe schwimmen. Zuletzt häufte er auf jedes Schiffchen noch einen Teelöffel Streukäse. Er nahm einen genießerischen Schluck Rosé aus dem berühmten Weingut Sainte Croix bei Carcès und sah dabei zu, wie sich die *baguette-rouille*-Käseschiffe mit der Fischsuppe vollsogen. Nia war schon fast mit ihren gratinierten Auberginen fertig, als Jean-Luc seinen ersten Löffel Fischsuppe mit geschlossenen Augen lustvoll im Mund zergehen ließ.

Nach dem gelungenen kulinarischen Auftakt warteten sie voller Vorfreude auf den Hauptgang. Als er endlich serviert wurde, hatten sie die Flasche Rosé schon fast leergetrunken. Jean-Luc bestellte umgehend eine neue. Dann machten sie sich über das Lammragout her: Zarte Lammfiletstücke in einem Gemüsebett aus Zucchini-, Auberginen, und Paprikawürfeln, mit einem leichten Thymianhauch und kräftigem Knoblauchduft. Papperin schwelgte genießerisch. Immer wieder hob er sein Glas und prostete seiner Lebensgefährtin glücklich zu. Zwei Bedienungen kamen und entfernten die geleerten Teller und Schüsseln.

---

[3] Eine im Handel erhältliche, vorwiegend aus Curcuma, Safran und Piment bestehende Gewürzmischung.

Jean-Luc schenkte Nia die letzten Tropfen aus der Roséflasche ein, packte sein Weinglas und blickte Nia leicht beschwipst tief in die Augen. Er versicherte ihr: „Nia, ich liebe dich! Mindestens so sehr liebe ich dich, wie ich dieses Menü hier liebe." Dabei machte er mit der anderen Hand eine den Platz, auf dem die Schüsseln mit den Speisen gestanden hatten, umfassende Bewegung. Dann stutzte er.

„Oh, die sind ja schon weg!"

„Jean-Luc, ich liebe dich auch. Aber ich glaube, du hast schon ein bisschen zu viel vom Rosé intus."

„Macht nix! Ich bin sooo glücklich! Schau, da kommt noch was!"

Ein Kellner brachte auf silbernen Untersetzern zwei Kelche mit prickelndem Champagner und einer gelben Eiskugel an den Tisch von Nia und Jean-Luc.

„Maracujasorbet in Champagner!", sagte er mit flüsternder Stimme und einer dezenten Verbeugung, während er das kulinarische Intermezzo vor sie hin stellte. Da inzwischen starker Wind aufgekommen war, wurden die fünf bislang weit offen stehenden Schiebetüren des gläsernen Restaurantpavillons von Hotelangestellten geschlossen.

„Jetzt könnten sie aber die geruchliche Untermalung des Hauptganges abstellen. Kaldaunen und Gekröse passen wirklich nicht zu Champagner", meinte Nia naserümpfend. Im Glaspavillon schwebte immer noch der intensive Duft, der ihnen schon beim Hereinkommen aufgefallen war. Jetzt war er allerdings deutlich kräftiger geworden.

Eine Angestellte nahm die geleerten Sorbetgläser vom Tisch. Eine andere legte fast gleichzeitig Teller und Besteck für den nachfolgenden Käsegang vor, und ein Kellner schob den mit fast unübersehbar vielen Sorten beladenen Käsewagen zu den beiden.

„Wieso, das passt doch hervorragend zum Käse", meinte Papperin, während er erwartungsfroh die gut zwei Dutzend Käsesorten begutachtete.

Er winkte dem Assistenten des Sommeliers, der mit einer dicken, in rotem Leder gebundenen Weinkarte herbeieilte.

„Haben Sie einen Château Sainte Béatrice?" Auf das enttäuschte Nicken des Weinkellners, der wohl gerne sein angelerntes Wissen in einer Diskussion über den zu den verschiedenen Käsesorten passenden Rotwein unter Beweis gestellt hätte, bestellte Papperin:

„Eine kleine Flasche. Cuvé Vaussière. Wenn möglich aus 2009."

Dann wandte er sich dem Käse zu und orderte voll konzentriert:

„Du bleu, du reblochon, du chevret et du tomme", dabei deutete er mit dem Zeigefingen jeweils auf die vier ausgewählten Sorten. Eine Weile aßen sie schweigend.

Ein Kellner kam an ihren Tisch.

„Terminé? Darf ich abräumen?" Mit einer angedeuteten Verbeugung entfernte er nach dem zustimmenden Nicken Papperins die Käseteller.

„Die Dessertkarte bringe ich sofort", beeilte er sich unter einer nochmaligen Verbeugung zu sagen und verschwand.

Der Ober kam wieder, diesmal mit zwei kleinformatigen Heftchen, deren Seiten von einer grünen Kordel zusammengehalten wurden. Er nahm eine wartende Stellung ein, während die beiden die Liste mit den Nachspeisen studierten.

„Ich nehme die *surprise du chef"*, sagte Nia. „Und für mich die *crème brûlée à la lavande!"*, ergänzte Papperin. „Jetzt aber bitte mit einem passenden Raumduft, z.B. einem leichten Hauch von Lavendel und Limetten", setzte er scherzend hinzu. Mit einem raumgreifenden Schwenk seines linken Armes und einem hörbaren Einatmen durch die Nase nahm er auf den stärker gewordenen Geruch im Pavillon Bezug.

Als sie die Desserts vor sich stehen hatten, meinte Nia:

„Das ist jetzt aber eine Zumutung. Es riecht grausig, nein, es stinkt! Wohl weil sie die Fenster wieder zu gemacht haben."

Das weinselige Grinsen, das zuletzt um Papperins Mundwinkel gespielt hatte, wich einem erstaunten Blick. Mit kritisch gerunzelter Stirne sog er prüfend die Luft ein.

„Du hast Recht, das passt absolut nicht zum Lavendel."

Er winkte einen Ober herbei.

„Könnten Sie bitte die Türen wieder öffnen! Es riecht hier sehr stark." Eigentlich wollte er sagen, dass es stinkt. Er hatte sich dann aber doch auf seine gute Erziehung und die höflichen Umgangsformen besonnen, die ihm seine Eltern beigebracht hatten.

„Monsieur, das darf ich nicht!", entschuldigte sich der Kellner. „Der Chef hat es angeordnet. Der Mistral bläst zu stark. Der kalte Wind würde den Genuss der Speisen beeinträchtigen."

Die meisten Gäste an den benachbarten Tischen hatten inzwischen zu essen aufgehört und den Dialog aufmerksam verfolgt.

„Das riecht wie alte Andouillettes[4]!", meinte einer von ihnen. Der Oberkellner, dem der Disput nicht verborgen geblieben war, kam von seinem erhöhten Beobachtungsposten herbeigeeilt und wurde vom Servierkellner kurz informiert.

„Meine sehr verehrten Damen und Herren! Wir haben provenzalische Wochen, es duftet nun einmal kräftig aus der Küche und lässt sich nicht vermeiden. Aber selbstverständlich komme ich Ihrem Wunsch nach frischer Luft nach."

Mit einer befehlenden Kopfbewegung wies er seinen Angestellten an, die Fenster zu öffnen. Die Gäste widmeten sich wieder den vorzüglich zubereiteten Desserts. Da der Mistral den Pavillon mit frischem kühlem Luftstrom durchwehte, war nur noch ein sanfter Hauch des vorher so aufdringlichen Geruchs auszumachen. Der Oberkellner kam an ihren Tisch und meinte mit indigniertem Tonfall und beleidigter Miene:

---

[4] Wurstspezialität aus Mägen und Därmen vom Schwein und/oder Kalb

„Wenn Sie die Provencedüfte stören, dann bitte ich Sie zu überlegen, ob Sie das nächste Mal nicht lieber im *Le Mimosa*, unserem Restaurant mit der internationalen Küche speisen möchten."

Nach dem Essen schlenderten Papperin und Nia zur Bar um dort einen kleinen *digestif* zu sich zu nehmen. Dabei kamen Sie am *Mimosa* vorbei, blieben stehen und schauten sich die Speisekarte an.

„Da drinnen stinkt es genauso", kommentierte Nia den Geruch, der ihnen aus der geöffneten Restauranttüre entgegenwehte.

„Ja, höchst unangenehm. Das geht schon seit ein paar Tagen so. Und es wird immer schlimmer", meinte ein aus dem Restaurant kommender Gast, der Nias Bemerkung gehört hatte. Ein vorbeieilender Kellner blieb stehen.

„Uns stört das auch. Wir rätseln, woher das kommt. Der Chef meint, es könnte eine tote Maus sein, die in irgendeinem der Lüftungsschächte liegt."

„Igitt!" Nia schüttelte sich vor Ekel. „Und das verbreitet sich im Restaurant und über unser Essen. Das müssen Sie aber schnell abstellen! Gott sei Dank ist unsere Suite davon nicht betroffen. Komm, *chéri*, wir gehen noch kurz in die Bar und dann schlafen!"

Die Hotelbar lag, leicht vorgeschoben zwischen den beiden Restaurants und öffnete sich in einer halbkreisförmigen Glasfront auf eine gesonderte Terrasse. Dort hatten sich bereits einige Hotelgäste zu einem den Tag beschließenden Schlummertrunk niedergelassen. Papperin steuerte auf einen freien Tische zu.

„Ich nehme ein Bier und einen Calvados", sagte er, indem er sich wohlig in den bequemen Korbsessel lümmelte.

„Und du? Einen Courvoisier? Wie immer?"

Stillschweigend in den Anblick des weiten, im Mondlicht silbrig funkelnden Meeres vertieft, warteten Sie auf die Bedienung.

„Ich geh mal rein und sage dem Barmann, was wir wollen."

Die automatische Glasschiebetüre öffnete sich mit leisem Rauschen und ließ Papperin eintreten. Auch hier hing dieser Geruch im Raum. An der Theke hatten sich ein paar Hotelbedienstete versammelt und debattierten hitzig. Als Papperin näherkam, hörte er, es ging um den Gestank, der, allen Beschwichtigungsversuchen des Managements zum Trotz, auch die Belegschaft zu beunruhigen schien.

„Unmöglich eine Maus in den vielen Lüftungsrohren zu finden. Da kommt man ja gar nicht hin."

„Dann warten wir eben, bis sie ganz verwest ist, und dann wird das schon wieder aufhören. Solange lassen wir einfach alle Fenster auf. Die Gäste werden sich schon nicht beschweren. Und wenn, dann schieben wir es auf die Provencewochen. Das haben die dir doch alle abgenommen, Pierre? Oder?"

Der Oberkellner, der sich gerade ein Glas Mineralwasser einschenkte, nickte schweigend. Dann sah er Papperin fragend an: „Womit kann ich dienen?"

„*Une bière, un calva et un Courvoisier, s'il vous plaît*", leierte Papperin Nias und seinen Wunsch herunter. Dann fuhr er fort :

„Meine Herren, Sie glauben doch nicht, dass eine kleine verwesende Maus so einen Gestank verursachen kann. Das ist etwas größeres. Mindestens eine Katze."

„Der Chef sagt, dass es eine Maus sein muss. Aber das sollen wir den Gästen nicht sagen."

„André!", fing sich der Sprecher einen tadelnden Ruf des Oberkellners ein.

„Das ist der Verwesungsgeruch eines größeren Lebewesens. Und es muss schon etliche Tage tot sein. Glauben Sie mir", beteuerte Papperin. „Ich kenne mich damit aus – leider. So riechen Leichen!"

Er sah nur abweisende Blicke aus der Runde

„*Commissaire* Jean-Luc Papperin, Mordkommission Aix en Provence", stellte er sich vor.

„Glauben Sie mir, ich weiß wie verwesende Leichen riechen. Also: Lassen Sie die Fenster öffnen, stellen Sie die Klimaanlage ab, aber fangen Sie um Gottes Willen an, die

Ursache für den Gestank suchen. Die kleinen Lüftungsrohre und –öffnungen können Sie vergessen. Das ist was Größeres. Konzentrieren Sie sich auf große Luftschächte."

Dann nahm er das Tablett, auf dem der Barmann Papperins Getränkewunsch bereitgestellt hatte und verließ mit
den Worten „Danke, das kann ich schon selber tragen" den
Raum.

***

„Jean-Luc, wach auf, das Telefon!"

Nia schüttelte ihren im Tiefschlaf leise vor sich hin sä-
genden Lebensgefährten. Als Antwort kam ein kurzer, aber
lauter Schnarcher. Ohne wach zu werden drehte sich Papperin auf die andere Seite und schlief weiter. Da das Telefon auf Papperins Seite des Doppelbettes stand, kroch sie
halb auf ihn und griff sich den Hörer.

„Hallo?", rief sie.

„Christine Padelle von der Rezeption. Kann ich bitte
schnell *commissaire* Papperin sprechen."

„Er schläft. Wissen Sie nicht, wie spät es ist? Hat das
nicht bis morgen Zeit?"

„Nein, es ist dringend. Es ist etwas Schreckliches passiert. Bitte wecken Sie ihn!"

Papperin, der von dem Gewicht der über ihm liegenden Nia schließlich doch aufgewacht war, griff schlaftrunken nach dem Hörer.

„Uaahh", gähnte er. „Papperin am Apparat. Was gibt
es zu so später Stunde?"

„Herr Kommissar, können Sie bitte sofort herunter
kommen? Wir erwarten Sie an der Rezeption."

„Warum soll ich kommen und wer erwartet mich?"

„Mein Chef, *Président Directeur Général Patrick Delmas*.
Er bittet um Ihre Hilfe", beantwortete sie nur den zweiten
Teil der Frage.

„Da muss ja etwas Besonderes passiert sein", meinte
Papperin zu Nia. In den Hörer sagte er: „In zehn Minuten
bin ich unten."

***

Als Papperin wenige Minuten später an die Rezeption kam, fand er dort vier Personen, die ganz offensichtlich nervös auf ihn gewartet hatten. Mit Ausnahme der Hausdame, Madame Padelle, kannte er keinen der drei Männer. Der mit dem dunklen Anzug dürfte der Hotelchef sein, dachte Papperin.

„*Commissaire* Papperin, danke dass Sie so schnell gekommen sind. Delmas, Patrick Delmas. Ich bin der Chef hier", stellte sich der dunkle Anzug vor.

„Das ist Charles Orbier, Leiter der Haustechnik." Dabei deutete er auf einen jungen, bärtigen Mann in Jeans und T-Shirt. Den dritten Mann, ein Muskelpaket mit Dreitagebart und glänzender Glatze, stellte er nur mit Vornamen als Paul, unser Hausmeister, vor.

„Paul hat einen entsetzlichen Fund gemacht. Ich gehe davon aus, dass Sie als hochrangiger Polizeioffizier helfen können, unser Haus aus den Schlagzeilen zu halten, damit unser international hohes Renommee keinen Schaden nimmt." Er brachte seine Besorgnis mit strengem Ton und, hochnäsiger Miene zum Ausdruck.

„Jetzt sagen Sie doch erst mal, worum es überhaupt geht", fuhr Papperin unwirsch dazwischen. Der Mann war ihm auf Anhieb unsympathisch. Auf einen Wink des Generaldirektors begann der Hausmeister zu berichten.

„Ich bekam den äh … Auftrag, woher der Gesta... ähh … nach der Ursache des Geruchs im *Mimosa* und im *Pin Parasol* zu suchen", begann dieser stockend.

„Und dabei sind sie auch in den Raum mit der Heiz- und Klimaanlagentechnik gekommen und haben was entdeckt? Eine Leiche?"

„Wo… woher wissen Sie das?", staunte der verblüffte Hausmeister. Ohne auf die Frage einzugehen, befahl Papperin: „Los, führen Sie mich hin!"

Die Gruppe setzte sich in Bewegung. Voran der Hausmeister, dann Papperin neben dem Direktor, der bemüht auf den Kommissar einredete. Zuletzt kamen Madame Padelle und der Techniker. Sie überquerten den mit weißem Quarzkies bestreuten Vorplatz, umrundeten eine Palmengruppe und gingen an einem wild wuchernden Feigenkaktus vorbei, bis sie schließlich hinter einer dichten Weißdornhecke zu einem aus rohen Kalksteinen gemauerten Anbau auf der Rückseite des Restaurantraktes gelangten.

„Das ist unsere Technikzentrale für die Restaurants und die Bar", erläuterte der Haustechniker. Er schloss die Eingangstüre aus grau gestrichenem Stahl auf und schaltete die Neonbeleuchtung ein.

„Ich habe die Anlage abgeschaltet und damit die Kühlluftzufuhr in den Restaurants unterbrochen", erläuterte er. „Ich muss Ihnen die Funktion kurz erklären: Außenluft wird auf der linken Seite des Gebäudes durch zwei große Ventilatoren angesaugt und in die verzinkten Blechcontainer dort hinten geblasen. Von dort wird sie durch Kühl- bzw. Heizlamellen geleitet. Jetzt im Sommer arbeitet natürlich ausschließlich die Kühlung. Die so gekühlte Luft wird dann durch Lüftungsschächte in die zu kühlenden Räume geleitet und durch Deckenauslässe im Raum verteilt. Im Detail ist das natürlich höchst komplex und viel komplizierter als ich es hier vereinfachend dargestellt habe. Aber im Wesentlichen funktioniert die Anlage so. Da es immer wieder vorkommt, dass die Außengitter in der Gebäudewand beschädigt werden, führen wir regelmäßige Kontrollen durch und reinigen die Zinkcontainer. Wir haben da drinnen schon Vögel oder Kleintiere gefunden. Tot, von den rotierenden Ventilatorflügeln erschlagen."

„Und ich", wurde er vom Hausmeister unterbrochen, „habe mir gedacht, weil wir sonst nichts gefunden haben, dass vielleicht wieder so ein Vieh da drinnen liegt. Deswegen habe ich die Abdeckung an der Seite da aufgemacht. Und da … da … lag eine Frau. Tot, erschossen! Das war mir sofort klar, obwohl ich sie nur von hinten gesehen habe. Statt ihrem Kopf ist da nur ein riesengroßes Loch – schwarz von geronnenem Blut. Der hat jemand von vorne in den Kopf geschossen und die Kugel hat einen Teil des Hinterkopfs zerfetzt."

Auf Papperins erstaunten Blick antwortete er:

„Ich kenn mich mit sowas aus. Ich war bei der Frem-
denlegion im Afrikaeinsatz." Er schwieg und fuhr sich mit
der Hand über seinen kahlen Schädel. „Es hat furchtbar ge-
stunken. Ich hab die Abdeckung wieder provisorisch hin-
gemacht und bin ins Hotel gerannt."

„Dort hat er *Madame* Padelle an der Rezeption getroffen, sie hat heute Nachtdienst. Und sie hat mich benachrichtigt. Da die Frau nach Pauls Schilderung erschossen
wurde, habe ich natürlich sofort an Sie gedacht, Herr
Kommissar."

Auf einen Wink des Kommissars hatte der Hausmeister
die Blechabdeckung des Lüftungscontainers entfernt. Papperin sah sofort, dass hier nichts mehr zu retten war. Eine
Frauenleiche hing verkrümmt und hineingepresst in dem
engen Behälter, das Gesicht an die Kühllamellen des
Klimaaggregats gedrückt. Ein Fliegenschwarm sirrte auf,
als der Hausmeister die Abdeckung mit lautem Knall außen an das Blechgehäuse lehnte, und gab den Blick auf die
Ausschusswunde frei. Schwarzes, geronnenes Blut und
weiße Maden, die sich zuckend bewegten.

Die muss schon länger hier liegen, wenn schon Larven
in der Wunde sind, dachte Papperin. Wie lange wusste er
allerdings nicht. Da musste ein Spezialist her, ein forensi-
scher Biologe. Aber das würden die Kollegen aus Toulon
sicher alles in die Wege leiten. Er war entschlossen, sich
seinen Urlaub mit Nia dadurch nicht verderben zu lassen.

„Ich bin als Privatmann hier, im Urlaub, und habe keine Befugnis, in diesem Fall zu ermitteln. Als erstes muss die
Gendarmerie verständigt werden. Die dürfte am schnells-
ten vor Ort sein und kann den Tatort sichern."

„Wir haben hier hochrangige Gäste. Aus den höchsten
Kreisen der Republik. Sie dürfen auf keinen Fall von den
Ermittlungen gestört werden. Die Direktion erwartet von
Ihnen, dass Sie Ihren ganzen Einfluss bei den unteren
Chargen der Polizei diesbezüglich geltend machen." Herab-
lassend blickte der Generaldirektor des Hotels auf Pappe-
rin.

„Ich selbst werde mich an höchster Stelle um die Angelegenheit kümmern, den Präsidenten des *conseil régional* und den Präfekten des Departements informieren und für eine äußerst diskrete Durchführung Ihrer Untersuchungen sorgen."

„Monsieur, das ist ein Irrtum! Es sind nicht meine Untersuchungen." Papperin ärgerte sich über das bornierte Gehabe des Hotelchefs.

„Es wird nichts unter den Teppich gekehrt. Der Fall wird selbstverständlich exakt nach Vorschrift behandelt und zunächst den örtlich zuständigen Polizeibehörden übergeben. Wenn Sie es wünschen, kann ich die Gendarmerie anrufen."

Ohne auf eine Antwort zu warten fingerte Papperin sein Handy aus der Tasche seines Polohemds und tippte die europäische Notrufnummer 112 ein. Die Leitstelle meldete sich sofort. Er gab die nötigen Daten durch und wurde unmittelbar mit der örtlich zuständigen Polizeibehörde verbunden. Das Kommissariat in Toulon sagte zu, sofort ein Ermittlerteam zu schicken. Aber das konnte dauern, bis man mitten in der Nacht einen Bootsführer gefunden hätte, der die Kollegen zur Insel brächte. Auch die Spurensicherung würde so schnell wie möglich vom Festland kommen. Zwischenzeitlich werde man die *Police rurale* von Porquerolles beauftragen, einen Polizisten zum Hotel zu schicken, der den Tatort bis zum Eintreffen der Kriminalbeamten aus Toulon bewachen solle.

„Kollege, bitte bleiben Sie am Tatort, bis jemand von der *Police rurale* eingetroffen ist", wurde Papperin aufgefordert. „Verhindern Sie, dass etwas verändert, dass Spuren verwischt werden und so weiter. Aber das wissen Sie ohnehin alles."

Ein lauter, hoher Knall ließ Papperin zusammenzucken. Die Zinkabdeckung, die der Hausmeister nachlässig an den Container gelehnt hatte, war von einer heftigen Windbö hochgewirbelt worden, mit Getöse an den Container geschlagen und dann zur Seite gekippt. Während die fünf das Umfallen der Blechplatte mit den Augen verfolg-

54

ten, begann die Leiche langsam nach unten zu rutschen. Die Erschütterung durch den Aufprall auf den Container hatte das offenbar labile Gleichgewicht gestört, in dem sie sich gehalten hatte. Mit einem leisen ‚Bumm' schlug der Kopf der Frau auf dem Boden auf. Leere Augen starrten Papperin aus einem bleichen, aufgedunsenen Gesicht an.

„Christine, das ist Chloé!" Der Hausmeister fasste Madame Padelle erschreckt am Arm. „Chloé, *monsieur le commissaire*, unsere Kollegin, die wir seit Tagen vermissen!"

„*Mademoiselle* ;erlin. Hier ist sie also." Der Generaldirektor schaute missbilligend auf den Leichnam. Papperin dachte unwillkürlich, der Hotelchef sei weniger über den Tod einer Mitarbeiterin bestürzt, vielmehr wirkte er ungehalten darüber, dass er seine Angestellte nun nicht mehr für ihr unentschuldigtes Fernbleiben vom Dienst rügen konnte.

Die Ermittlungsmaschinerie läuft an

Die Kriminalbeamten vom Festland kamen erst früh am nächsten Morgen. Um fünf Uhr ging ein Schnellboot der *Gendarmerie maritime* in der Badebucht des Hotels kurz vor Anker. Ein uniformierter Gendarm brachte zwei Kriminalbeamte der *Police judiciaire* in einem Schlauchboot an Land und kehrte, nachdem er sie am Strand dem Dorfpolizisten aus Porquerolles übergeben hatte, zu seinem Mutterschiff zurück, das sofort wieder Fahrt in Richtung Toulon aufnahm. Der Beamte der örtlichen *Police rurale* war froh, die Verantwortung für das weitere Vorgehen endlich den Kriminalbeamten überlassen zu können. Er hatte während der Nacht vor dem Gebäude mit der Klimatechnik Wache gehalten. Genauer gesagt war er in dem Sessel, den *madame* Padelle ihm freundlicherweise hatte bringen lassen, eingeschlafen, sobald Papperin ihn verlassen hatte und zu Bett gegangen war. Da die Leiche schon längere Zeit in diesem Container gelegen haben musste – er hatte sich mit *commissaire* Papperin ausführlich über diese Frage unterhalten – war das nicht weiter problematisch. Er hatte es für ausgeschlossen gehalten, dass der Täter nach so vielen Tagen zurückkommen und den Tatort verändern oder gar die Leiche entfernen würde. Deshalb war er relativ ausgeschlafen, als er die beiden Kriminalbeamten zum Fundort führte. Diese ließen allerdings keinen besonderen Ermittlungseifer erkennen. Sie vergewisserten sich lediglich, dass der Tatort vorschriftsmäßig gesichert war und gaben sich mit der Behauptung des Dorfpolizisten zufrieden, dass die Lage der Leiche nicht verändert worden sei. Dieser wusste nichts von der Erschütterung des Blechcontainers und dem dadurch verursachten Abrutschen der Toten.

Einer der beiden Polizisten, wohl der Ranghöhere, meinte: „Da können wir jetzt auch nichts machen außer zu warten, bis der Chef da ist."

„Vielleicht kriegen wir da drinnen einen *café* und ein *croissant*?", fragte der jüngere der beiden mit einer Kopfbewegung in Richtung der Restaurants, die seine lange schwarze Mähne um sein Gesicht fliegen ließ.

„Hast Recht, es ist noch verdammt früh und ich habe noch nicht gefrühstückt. Wetten, dass der Chef erst in Ruhe sein *petit déjeuner* zu sich nimmt, bevor er daran denkt, auf die Insel zu kommen!" Er wandte sich an den Dorfpolizisten: „Sie bleiben hier und passen auf. Wir sehen zu, ob wir einen Kaffee bekommen."

Die Frühstücksterrasse war um diese Zeit noch gähnend leer. Kellnerinnen und Kellner hatten eben erst begonnen, die Tische zu decken und das Frühstücksbuffet für die Hotelgäste aufzubauen. Die Angestellten, begierig Neuigkeiten und Details zu dem grausigen Fund zu hören, von dem sie nur Bruchstückhaftes aus dem Mund von *madame* Padelle erfahren hatten, scharten sich um die ankommenden beiden Polizisten und versorgten sie großzügig mit Kaffee und Backwaren. Außer der Bitte, dem Dorfpolizisten auch eine Schale Kaffee und ein Croissant zu bringen, bekamen sie aber nichts zu hören, was den aufregenden Fund betraf. Die Beamten wussten nichts Näheres und Frau Padelle, der Technikchef und der Hausmeister hatten sich weitestgehend an das Schweigegebot gehalten, das der Generaldirektor seinen drei Angestellten, die nächtens beim Fund der toten Chloé ;erlin dabei waren, auferlegt hatte.

Langsam erhob sich die Morgensonne über die Pinienwipfel und tauchte alles in warmes gelbes Licht. Ein erster Hotelgast erschien auf der Terrasse – in Joggingkluft. Er tänzelte zu einem Kellner und deutete auf einen Tisch. Den solle man ihm reservieren. Wenn er vom Laufen zurück sei, wolle er mit seiner Frau dort frühstücken.

Während gegen halb acht Uhr die ersten Frühstücksgäste auf der Hotelterrasse erschienen, herrschte in Papperins Suite noch Ruhe. Hand in Hand schliefen der Kommissar und Nia in dem großen *grand lit*. Trotz der weit offen stehenden Balkontüre hörten sie nichts vom langsam einsetzenden Konzert der Zikaden. Auch dem Gekreische der Möwen, die sich in Erwartung von fetten Schinkenhappen wieder auf dem Dach des Hotels versammelt hatten, gelang es nicht, den tiefen Schlaf der beiden zu durchdringen. Erst das laute Dröhnen eines Helikopters weckte den Kommissar und ließ ihn erschrocken hochfahren. Noch versponnen in der Handlung seines Traumes – in einer Wolke am Firmament schwebend hatte er einen dreisten Banküberfall in einer nicht identifizierbaren Stadt beobachtet, konnte aber nicht eingreifen, da ihn die weißen Wolkenbausche wie ein zäher Brei festhielten und seine Rufe erstickten – glaubte er zuerst, das Schlagen der Rotorblätter fände noch in seiner Traumwelt statt. Als er endlich realisierte, dass tatsächlich ein Hubschrauber vor seinem Fenster landete, sprang er aus dem Bett und eilte auf den Balkon. Eine weiße Riesenlibelle mit einer Banderole in den Farben der Tricolore auf dem Bauch und der Aufschrift *Police nationale* senkte sich majestätisch auf das ebene Rasenstück, das dem Hotel als Landeplatz für die Helikopter der betuchten Hotelgäste diente. Nachdem die Rotorblätter mit einem langsamen Wuff – Wuff – Wuff zum Stillstand gekommen waren, sah Papperin die Cockpittüre sich öffnen und fünf Männer aus dem Fluggerät klettern. Die Klappe zum Laderaum wurde aufgemacht und mehrere Alukoffer wurden herausgeholt. Dann setzten sich die fünf in Richtung Hotel in Bewegung. Vorneweg ein Mann in einem sandfarbenen Sommeranzug, mit braunen exakt gescheitelten Haaren. Er war der einzige, der kein Gepäckstück trug. Das wird der Leiter des Ermittlungsteams sein, dachte Papperin. Soweit er sich erinnern konnte, hatte er ihn noch nie gesehen. Wahrscheinlich ein Neuer, frisch nach Toulon versetzt. In der Karawane folgte ein etwas älterer, konventionell gekleideter grauhaariger Herr mit einem Arztköfferchen in der Hand. Die letzten drei dürften die Techniker der Spurensicherung sein, überlegte Papperin. Sie unterschieden sich allein schon durch die Kleidung von ihrem Chef und dem Polizeiarzt. Alle drei trugen bedruckte T-Shirts, zwei hatten Jeans an, einer eine Bermuda-Short.

Plötzlich umfingen ihn von hinten zwei Arme und ein warmer, weicher Körper schmiegte sich an ihn.

„Machen wir schnell, dass wir zum Frühstück kommen. Ich habe einen Riesenhunger", flüsterte Nia ihm ins Ohr. Ein paar Augenblicke lang genoss Papperin die unerwartete Umarmung, dann befreite er sich behutsam aus der Umklammerung, drehte sich um und bewunderte die atemberaubende Figur seiner Freundin.

„Wieso nimmst du nicht zu, obwohl du viel mehr isst als ich?", fragte er lächelnd. Dabei blickte er mit gespielter Resignation an sich hinab.

„Du bist nicht dick. Nur etwas stämmig, da unten herum", beruhigte ihn Nia und streichelte zart die leichte Wölbung seines Bauches. Papperin hatte für einen bald Vierzigjährigen keine schlechte, sondern eine durchaus sportlich wirkende Figur. Aber natürlich machte sich seine Vorliebe für Gourmetrestaurants und sein Koch-Hobby bemerkbar. Während Nia im Bad verschwand, schlüpfte Papperin in seine Kleider, fuhr sich mit den Fingern durch das Kraushaar, angelte die Flip-Flops unter dem Bett hervor. Kurz mit dem Rasierapparat über Kinn und Wangen gefahren und schon war er für den Gang zum Frühstücksbuffet gewappnet. Im Korbsessel auf dem Balkon wartete er darauf, dass Nia ihre Morgentoilette beendete.

Dass Frauen immer so lange brauchen. Sie sind doch ohne Makeup viel hübscher, dachte er bei sich. Er hielt nichts von Haargel und Eau de Toilette für den Herrn. Nia hatte es aufgegeben, ihn zur Verwendung von Beautyprodukten zu überreden. Dafür hatte er ihr weitestgehend abgewöhnt, sich allzu viel Schönheitsmittel ins Gesicht zu schmieren und sich in eine Duftwolke von Dior, Hermès oder von wem auch immer zu hüllen. Ganz konnte sie es aber doch nicht lassen. Als sie schließlich aus dem Bad kam – nach einer gefühlten Unendlichkeit, wie Papperin fand – war er überwältigt von der strahlenden Schönheit und Eleganz seiner Freundin. Groß, schlank, mit langen, schwarzen glänzenden Haaren, die sich wie ein Schleier um ihre braungebrannten Schultern legten, ging sie in ihrem tief dekolletierten weißen Leinenkleid auf ihn zu und nahm ihn bei der Hand. Plötzlich fühlte er sich fehl am Platze in seinen Strandsandalen, dem T-Shirt und den ausgebeulten Jeans.

„Komm, mein Naturbursche, auf zu den Fleischtöpfen! Ich sterbe vor Hunger."

***

Sie hatten gerade das erste Glas Champagner geleert und begonnen, sich auf das lukullische Speisenangebot zu stürzen, als sich der sandfarbene Sommeranzug aus dem Helikopter ihrem Tisch näherte.

„Sie sind Papperin? *Commissaire* Jean-Luc Papperin aus Aix en Provence?"

Der Angesprochene wusste nicht, ob das eine Feststellung oder eine Frage sein sollte.

„Sieht man mir das an? Und wer sind Sie?", fragte Papperin zurück.

„Kommen Sie mit! Ich benötige Ihre Aussage. Der Dorfpolizist hat mir gesagt, Sie waren bei der Auffindung der Leiche anwesend." Dabei hielt er Papperin einen Ausweis vor die Nase, der ihn als *commissaire* François Bardineux, *Police nationale* in Toulon legitimierte.

Papperin ärgerte sich über das unhöfliche Benehmen. Erstens hätte der andere sich vorstellen müssen. Das gehörte sich einfach. Und sich entschuldigen, dass er beim Frühstück störte. Aber direkt mit der Tür ins Haus zu fallen und dabei noch so zu tun, als sei er, Papperin, allein am Tisch und Nia nicht anwesend, ging ihm gewaltig gegen den Strich. Sie war schließlich eine Dame und man befand sich hier nicht in irgendeiner primitiven Vorstadtkneipe sondern in einem der exklusivsten Hotels Europas.

„Gerne, Herr Kollege", antwortete Papperin freundlich, aber mit einer herablassenden Geste.

„Sobald wir das Frühstück beendet haben, stehe ich Ihnen zur Verfügung. Sagen wir in einer halben Stunde?" Er richtete einen fragenden Blick an Nia „Ist dir das Recht, *chérie?*"

Nachdem sie mit einem resignierend wirkenden Schulterheben zugestimmt hatte, fuhr er fort: „In der Lobby des Hotels dann."

„Ich muss Sie aber sofort …"

„*Au revoir, monsieur!*", verabschiedete Papperin seinen unfreundlichen Kollegen.

Mit sichtbar zusammengebissenen Kiefern wandte sich der Polizist ab und verließ die Terrasse.

„*Chéri*, ich wusste gar nicht, dass du jemanden so kaltschnäuzig auflaufen lassen kannst. Du bist doch sonst immer so nett und herzlich zu den Leuten. Aber du hast Recht, das ist ein Ekeltyp."

„Unangenehm, unfreundlich und ohne Kinderstube. So jemanden mag ich grundsätzlich nicht! Aber wir lassen uns von dem das Frühstück nicht verderben."

***

Das Zusammentreffen der beiden Kommissare in der Lobby verlief ziemlich frostig. Papperin sah es dem leitenden Ermittler auf den ersten Blick an, dass dieser über die Anwesenheit eines Kollegen absolut nicht erfreut war. Entsprechend abweisend und kühl war auch die Begrüßung.

„Ich hoffe, Ihnen ist klar, dass ich hier die Ermittlungen leite und Sie sich als zufällig anwesender Urlauber nicht einzumischen haben."

„Herr Kollege, habe ich mich Ihnen aufgedrängt, oder wollten Sie mich unbedingt sprechen? Also bitte – kommen wir zur Sache."

Nun begann *commissaire* Bardineux seinen Kollegen auszufragen.

„Die Leiche wurde gestern Nacht gefunden. Sie sollen dabei gewesen sein. Wieso?"

„Irrtum, ich war nicht dabei, als die Tote gefunden wurde. Das war der Hausmeister. Dieser hat die Hausdame, den Leiter der Haustechnik und den Hotelchef vom Fund benachrichtigt. Letzterer hat mich hinzugezogen, da ich der einzige anwesende Polizeibeamte war. Gemeinsam sind wir gegen ein Uhr nachts zu dem Gebäudeteil gegangen, das die Klimatechnik beherbergt. Ich habe mich überzeugt, dass die Person tot war. Dann habe ich telefonisch die Polizei verständigt, worauf der Beamte der *Police rurale* vom Dorf Porquerolles gekommen ist. Dieser hat bis zum Eintreffen Ihres Teams Wache gehalten."

„Und Sie?"

„Ich bin wieder zu Bett gegangen. War es das jetzt?"

„Nein, Sie müssen noch mitkommen zum Tatort ..."

„Fundort!", korrigierte Papperin.

„Meinetwegen zum Fundort. Ich brauche auch Ihre Aussage, wie Sie die Leiche vorgefunden haben, ob etwas verändert wurde und so weiter und so fort."

An Ort und Stelle begrüßte Papperin zuerst den Polizeiarzt, der seine Untersuchung abgeschlossen hatte, und gerade damit beschäftig war, seine Arzttasche wieder zu packen. Dann gab er den anderen Beamten die Hand, dem Fotografen, das war der junge Mann in den Bermudashorts, den beiden Assistenten des Kommissars, einer der beiden war Papperin auf Anhieb sympathisch, und den beiden Spurensicherern. Man hatte vor dem Gebäude ein Zelt errichtet, in dem die Tote auf eine Bahre gebettet und mit einem blauen Laken zugedeckt lag. Nachdem Papperin ausführlich von der Lage der Toten in dem Blechcontainer und vom Abrutschen und Umfallen der Leiche berichtet hatte, meinte Kommissar Bardineux: „Sie können jetzt wieder zurück zu Ihrer Dame ins Hotel gehen."

„Ich begleite Sie", sagte der Polizeiarzt. „Nach diesem erschütternden Fund brauche ich etwas Stärkeres." Er hob seine Tasche auf, nahm Papperin am Arm, und die beiden gingen zurück zum Hoteleingang – zunächst schweigend.

„Kennen Sie Bardineux?" fragte der Arzt nach einer guten Weile. Als Papperin verneinend den Kopf schüttelte: „Ein ungehobelter Typ. Ist im ganzen Kommissariat unbeliebt. Ich hoffe, er verdirbt Ihnen den Urlaub nicht."

Auf der Terrasse vor der Bar, der Arzt hatte sich einen Armagnac bestellt und Papperin ein Glas Rosé, fing der Mediziner von selbst zu erzählen an.

„Die Frau wurde erschossen. Regelrecht hingerichtet, mit vier Schüssen, aus nächster Nähe. Einen in den Kopf, das haben Sie ja selbst gesehen, einen in den Bauch und zwei in die Brust. Drei Kugeln sind glatt durchgegangen, eine konnte ich rausholen. Normale neun Millimeter Pistolenmunition, von einer gängigen Waffe, würde ich sagen. Da nur die Kugel von dem Steckschuss in der linken Brusthälfte vorhanden ist – die, die ich herausgeholt habe – aber die drei anderen Projektile und auch die Patronenhülsen nicht gefunden wurden, müssen wir davon ausgehen, dass der Fundort nicht der Tatort ist."

„Und wie lange ist sie schon tot?", fragte Papperin.

„Schwer zu sagen. Das hängt von vielen Dingen ab. Von der Temperatur und der Luftfeuchtigkeit des Ortes, an dem die Leiche liegt, vom Gesundheitszustand und dem Körpergewicht der Leiche, ob offene Verletzungen vorliegen."

„Und da wir nicht wissen, wo die Frau erschossen worden ist und auch nicht, ob sie sofort nach der Tat an den jetzigen Fundort gebracht wurde, oder ob sie vorher längere Zeit wo anders gelegen hatte, kann man den Todeszeitpunkt nicht bestimmen", resümierte Papperin.

„Wieso wurde eigentlich nach einer Leiche gesucht? Der Kommissar hat gesagt, man habe sich gezielt auf die Suche nach einer Leiche gemacht."

„Daran bin wohl ich schuld." Papperin erzählte dem Arzt von dem heftigen süßlichen Geruch in den Speisesälen, und dass man den zuerst für einen typischen provenzalischen Küchenduft gehalten habe.

„Erst ich habe das Hotelpersonal darauf aufmerksam gemacht, dass es sich um Leichengeruch handeln könnte. Schließlich habe ich das in meinem Beruf schon öfter zu riechen bekommen. Daraufhin haben die sich offensichtlich auf die Suche gemacht. Aber nach dem, was Sie vorhin gesagt haben, besteht wohl keine realistische Chance, den Todeszeitpunkt näher zu bestimmen?"

„Ganz so schlimm ist es nicht", meinte der Arzt. „Der typische Leichengestank kann schon sehr bald einsetzen, selten aber vor dem dritten oder vierten Tag, häufiger erst nach etwa einer Woche."

Ein Kellner brachte die bestellten Getränke.

„À *votre santé*!", prostete der Polizeiarzt dem Kommissar zu und setzte dann seinen Verwesungsmonolog fort:

„Es sind aber auch Fälle bekannt, wo das erst nach dreißig Tagen losging. Die Zersetzung unserer Leiche ist ja noch nicht sehr weit fortgeschritten. Ich würde mal sagen: Schätzungsweise zwei Wochen. Plus – minus versteht sich."

„Eine Gleichung mit vielen Unbekannten", meinte Papperin. „Der Kollege Bardineux ist nicht zu beneiden."

„Genaueres könnten die Entomologen sagen, wenn sie das Entwicklungsstadium der Maden bestimmt haben, die in den offenen Wunden waren. Ich werde das in meinem Bericht erwähnen."

Papperin hatte plötzlich wieder das Surren im Ohr, das beim Aufschwirren des Fliegenschwarms – hunderte mussten das gewesen sein - erklungen war. Sie klebten wie ein schwarzer Pelz auf den Wunden der Leiche. Der Hausmeister hatte sie aufgeschreckt, als er die Blechverkleidung mit Getöse geöffnet hatte.

Eine gute Weile saßen sie schweigend in den bequemen Barsesseln und nippten an ihren Getränken. Langsam kam das Gespräch wieder in Gang. Sie unterhielten sich jetzt über allgemeine Dinge, über die sommerliche Touristeninvasion an der Küste, über das ruhige und angenehme Hotel. Papperin meinte, die Hotelleitung würde nicht sehr erfreut sein, wenn die Kriminalpolizei mit ihren Ermittlungen die Gäste belästigte. Dann beobachteten sie, wie die Bahre mit der verhüllten Leiche zum Helikopter transportiert wurde und im Bauch des Fluggeräts verschwand. Auch die Techniker von der Spurensicherung hatten ihre Ausrüstung bereits dort verstaut.

„Oh! Ich muss los! Der Hubschrauber wird bald starten. *Au revoir monsieur* Papperin! Es hat mich sehr gefreut, dass ich Sie kennen gelernt habe."

Er nahm seinen Arztkoffer, warf ein paar Münzen auf den Tisch und eilte davon. Papperin winkte den Barkeeper herbei und gab ihm das Geld.

„Nehmen Sie das als Trinkgeld und setzen Sie die Getränke auf meine Hotelrechnung – Appartement 117."

Der Arzt hatte wohl keine Ahnung gehabt von den Preisen, die man hier nahm. Für die dagelassenen Münzen hätte er nicht einmal ein Glas Mineralwasser bekommen, geschweige denn einen alten Armagnac. Papperin trank seinen Rosé aus. Dann machte er sich auf die Suche nach seiner Lebensgefährtin. Er fand sie auf dem Balkon ihrer Suite, in Simenons Porquerolles-Krimi vertieft. Das laute Brummen eines Motors ließ ihn aufhorchen. Dann sah er den weißen Helikopter der *Police nationale* über den Pinien aufsteigen, Kurs auf das Meer nehmen und in der flimmernden Luft langsam in der Ferne verschwinden.

„*Mon chéri*, dein literarischer Kollege Maigret hat in der Arche Noë im Dorf Porquerolles gewohnt und dort auch immer diniert. Wir wollen doch in diesem Urlaub auf seinen Spuren wandeln und uns Maigrets Originalschauplätze anschauen. Machen wir heute einen Ausflug hin? Ich lade dich auf einen Drink ein, auf dieselbe Terrasse, auf der dein berühmter Kollege immer sein Gläschen Weißwein getrunken hat. Dass das Lokal noch existiert, habe ich bei unserer Ankunft im Hafen gesehen."

„Erstens ist das kein Originalschauplatz, weil Maigret, das ist nur eine Romanfigur. Er kann gar nicht hier auf der Insel gewesen sein und etwas getrunken haben. Zweitens ist es viel zu heiß, um eine Stunde oder länger ins Dorf zu wandern. Komm, gehen wir lieber baden."

Bald darauf lagen sie unter ihrem Sonnenschirm auf den weiß-blau gestreiften Matratzen und lauschten dem Rauschen des Meers. Auf den Liegen neben ihnen hatte sich ein älteres Ehepaar niedergelassen. Sie war in die Zeitschrift Marie Claire vertieft, und er lag, ein aufgeschlagenes Buch auf seinem Gesicht, schlafend neben ihr – laut schnarchend, wobei sich sein gewaltiger Bauch mit jedem Sägelaut mitzitternd hob und senkte.

Wie angenehm war doch das Geplapper der Kinder gewesen, die vorher mit ihren Eltern den Platz neben ihnen belegt hatten. Aber die waren inzwischen abgereist. Plötzlich erinnerte sich Papperin an den Dialog zwischen dem kleinen Mädchen und ihrem Vater. Da ging es um eine Pistole, die das Kind im Zimmer gefunden haben wollte. Hatte der Vater nicht gesagt, er habe die Waffe dem Hotelchef übergeben? Ob da ein Zusammenhang mit dem Mord an der Hotelangestellten bestand? Das konnte von Bedeutung sein. Er musste es unbedingt den Kollegen mitteilen. Nein, erst wollte er zum Hoteldirektor und sich nach dem Verbleib der Waffe erkundigen.

„Nia, ich muss kurz rauf ins Hotel, etwas klären. Vielleicht weiß ich, wo die Tatwaffe ist."

„Du fandst den Kommissar doch so unsympathisch, dem würde ich nicht helfen. Bleib lieber hier!"

„Nein, Schatz, das geht nicht. Schließlich läuft ein Mörder frei herum. Der muss gefunden werden, auch wenn ich diesen Bardineux nicht leiden kann. Bis gleich!"

An der Rezeption fragte Papperin nach dem *Directeur général*.

„Der Chef ist in einer Besprechung. Der Kommissar aus Toulon ist bei ihm."

Nach kurzem Zögern meinte Papperin:

„Umso besser. Den brauche ich auch. Bitte melden Sie mich an."

„Man darf ihn jetzt nicht stören, das hat er ausdrücklich angeordnet. Aber ich kann Ihnen einen Termin geben. Oder … vielleicht kann auch ich Ihnen helfen?"

„Nein, sicher nicht. Es ist dringend, es geht um den Leichenfund heute Nacht. Also: wo finde ich ihn?"

Die Hotelangestellte überlegte, was für sie schlechter wäre. Wenn sie den Befehl des Chefs missachtete, oder wenn sie ihm dringende Informationen vorenthielt. Schließlich entschied sie sich, dem Wunsch Papperins nachzukommen. Nicht zuletzt, weil sie wusste, dass er ein hohes Tier bei der Polizei in Aix war. Sie griff zum Telefon.

„Chef, der Gast von Suite 117 muss sie dringend sprechen. Ich führe ihn zu Ihnen."

Pappern konnte mithören, wie aus dem Telefon eine laute Stimme erwiderte: „Haben Sie nicht gehört, ich will auf keinen Fall …"

„Chef, *monsieur* Papperin ist Kommissar bei der *Police judciaire* und sagt es geht um den Mord und es ist äußerst wichtig." Nachdem sie noch eine Weile zugehört hatte, sagte sie „*d'accord!*" und unterbrach die Verbindung.

„Ich soll Sie hoch bringen."

Im zweiten Stock des Verwaltungstraktes verließen sie den Aufzug. Die Angestellte führte Papperin an einer Sitzgruppe mit Palmen in Terracottatrögen vorbei und durch eine Glastüre mit der kunstvoll geschwungenen gravierten Aufschrift *Direction*. An einer massiven Eichentür klopfte sie kurz an, öffnete und ließ Papperin eintreten. Er fand den Hotelmanager und den Kommissar über einen Lageplan des Anwesens gebeugt. Sie nahmen keine Notiz von ihm. Offensichtlich besprachen sie den Verlauf der Lüftungsrohre, durch die sich der Leichengeruch im Haus verbreitet hatte. Papperin machte ein paar Schritte nach vorne und räusperte sich demonstrativ. Jetzt blickten die beiden auf. Das Gesicht des Touloner Kommissars begann sich tiefrot zu verfärben.

„Herr Kollege!", schlug Papperin die laute Stimme von *commissaire* Bardineux entgegen. „Ich hatte Ihnen deutlich zu verstehen gegeben, dass *ich* die Ermittlungen hier leite, und Sie als Privatmann und Hotelgast sich gefälligst nicht einzumischen haben. Also, verschwinden Sie!" Mit verärgerter Miene und einer eindeutigen Handbewegung wollte ihn der Kriminalbeamte aus Toulon des Raumes verweisen.

„Nun, wenn es Sie nicht interessiert, wo sich die Tatwaffe möglicherweise befindet, dann kann ich wieder gehen." Mit demonstrativ zur Schau gestellter Gleichgültigkeit drehte sich Papperin um und machte Anstalten, den Raum zu verlassen. Er nahm den Hotelchef am Arm, sagte „Kommen Sie bitte kurz mit, es geht um die Pistole in Ihrem Besitz." Der erschrockene Manager folgte Papperin zur Tür.

„Pistole? Welche Pistole?" Der Kriminalbeamte packte Papperin am Arm und zog ihn zurück.

„Halt, Halt! So geht das nicht! Sie dürfen nicht Informationen zurückhalten, die für die Aufklärung des Mordes relevant sind. Das ist vorsätzliche Behinderung meiner Ermittlungsarbeit. Das wird Konsequenzen für Sie haben!"

„*Mon cher collègue*", antwortete Papperin mit gespielter Freundlichkeit. „Hören Sie doch bitte mit ihrer aufgeplusterten Wichtigtuerei auf! Das waren doch Sie, der mich gerade eben rauswerfen wollte. Ich habe überhaupt keine Lust mich hier einzumischen und mir meinen Urlaub verderben zu lassen."

Nach einer kurzen Pause: „Aber auch als Privatmann ist es meine Pflicht, Informationen weiterzuleiten, die zur Aufklärung der Tat von Bedeutung sein könnten. Andernfalls würde ich mich strafbar machen." Er zitierte den entsprechenden Artikel des Strafgesetzbuches *code pénal*.

„Also kommen Sie wieder auf den Boden zurück und hören Sie zu! *Monsieur le président*", wandte er sich an den Hotelchef „Ich habe vor ein paar Tagen von unseren Strandnachbarn erfahren – einem Ehepaar mit einem kleinen Mädchen, Perronnet hießen die glaube ich, dass das Kind Amélie eine hinter einem Heizkörper versteckte Pistole in ihrer Hotelsuite gefunden hat, die Ihnen vom Vater des Kindes übergeben wurde. Wo ist diese Pistole?"

Die sich plötzlich verkrampfenden Gesichtszügen des Hotelchefs signalisierten, dass ihm diese Entwicklung des Gesprächs höchst unangenehm war.

Er hat die Waffe noch, dachte Papperin im Stillen. Laut sagte er: „Warum haben Sie die Pistole nicht der Polizei übergeben? Sie wissen schon, dazu waren Sie verpflichtet! Also: Warum? Und wo ist die Waffe jetzt?" Mit ernster, aber freundlicher Miene fixierte Papperin den Manager. Sein Kollege aus Toulon stand sprachlos mit offenem Mund daneben.

„Ich … Sie müssen verstehen, das war ich unseren hochrangigen Gästen schuldig. Sie bezahlen sehr viel Geld dafür, dass sie in unserem – übrigens für seine Diskretion und Qualität weltberühmten – Hause ihren wohlverdienten Urlaub ungestört verbringen können. Was glauben Sie, wie die Buchungen zurückgegangen wären, wenn bekannt geworden wäre, dass hier Polizisten umherschwirren und die Gäste belästigen? Nein, das war ich den Gästen und unseren Aktionären schuldig."

Der Hotelchef hatte wieder zu seiner überlegenen Unnahbarkeit zurückgefunden.

„Wo ist die Waffe?", insistierte Papperin.

„Sie befindet sich wohl verwahrt in einem versiegelten Couvert in meinem Dienstsafe."

„Und das erfahre ich erst jetzt? Dann holen Sie sie, aber schnell!", schrie *commissaire* Bardineux den Manager unbeherrscht an.

„Das könnte die Tatwaffe sein! Und er lässt uns im Dunkeln umhertappen und sagt nichts! Das hat Folgen, das kann ich Ihnen versichern! Wir werden hier alles durchsuchen, kein Zimmer verschonen, keinen Stein auf dem anderen lassen! Führen Sie mich sofort zu dem Safe und öffnen Sie ihn. Ich will die Waffe, und zwar sofort!"

Mit Zornesröte im Gesicht stach der Beamte bei jedem Wort mit dem Zeigefinger auf den Direktor ein. Dieser war sichtlich ungehalten über dieses ungehobelte und rüde Benehmen. Er trat einen Schritt zurück. Einen langen Augenblick musterte er den Ermittler mit einem Blick, den er sonst für Subjekte der untersten Gesellschaftsschicht übrig hatte – kalt, überheblich und unnahbar.

„Und Sie meinen, ich muss Ihrem Befehl gehorchen? Sie irren sich, Herr Kommissar. Solange mir kein richterlicher Beschluss vorliegt, bleibt der Inhalt des Tresors für Sie verschlossen. Es wäre ja noch schöner, wenn jeder dahergelaufene Straßenpolizist sich das Recht anmaßen dürfte, Einblick in die Interna unseres Unternehmens zu nehmen. *Mademoiselle* Christine", bat er die staunend in der offenen Türe stehende Angestellte, „führen Sie den Herrn Kommissar bitte zum Ausgang!"

„Ich komme wieder, schneller als Sie sich das vorstellen können!" Hoch erregt stampfte der Kommissar aus dem Raum, keine Notiz von der Frau nehmend, die ihm freundlich die Türe aufhielt.

„Formal sind Sie ja im Recht", meinte Papperin zum Manager. „Aber ob es klug war? Er kann Ihnen viele Unannehmlichkeiten bereiten."

„Aber solch ein Benehmen kann man ihm doch nicht durchgehen lassen", rechtfertigte sich der Hotelchef. „Selbstverständlich lege ich auf gute Zusammenarbeit mit den Behörden Wert. Aber da ist einfach der Gaul mit mir durchgegangen. Tut mir leid, dass ich die Beherrschung verloren habe", gestand er zerknirscht.

„Das mit dem Straßenpolizisten war schon heftig, aber es hat mir gefallen", lachte Papperin jetzt herzlich. Plötzlich sah er den Präsidenten in einem anderen Licht, er war ihm auf einmal sympathisch. Letzte Nacht, bei der Leiche, war er ihm so gefühllos vorgekommen, weil er nur ans Hotel und seine Gäste gedacht hatte. Aber das hatte er wohl müssen. Es war seine Pflicht – in seiner Position.

„Wie war das genau mit der besagten Pistole? Oder dürfen Sie das mir als dahergelaufenem Straßenpolizisten auch nicht sagen? Noch dazu wo ich im Urlaub, als Privatmann, hier bin."

„Wollen wir uns nicht setzen?" regte der Hotelchef an und fragte „Kaffee oder Cognac?"

Papperin zögerte etwas „Einen Calvados, wenn möglich."

Während *madame* Padelle sich entfernte, um die Getränke zu holen, öffnete der Direktor den Safe in der Wand hinter seinem Schreibtisch und entnahm ihm ein braunes Couvert im A-4-Format. Er legte es vor Papperin auf den Besprechungstisch.

„Hier ist das corpus delicti"

In inzwischen entspannter Atmosphäre schilderte der Hoteldirektor, wie er in den Besitz der Pistole gekommen war.

„Die Familie Perronnet ist über jeden Verdacht erhaben. Monsieur Perronnet ist ein hochgeachteter Jurist. Als Bürgermeister von Bordeaux hat er Erfahrung mit den sozialen Problemen in den Vorstädten. Er leitet das ständige Gremium, das den Präsidenten der Republik in diesen Fragen berät."

„Er wird trotzdem befragt werden müssen. Aber ich kann mir auch nicht vorstellen, dass er Ihre Angestellte erschossen hat und die Pistole ausgerechnet in seiner eigenen Hotelsuite versteckt. Vielleicht machen wir es folgendermaßen: Sie vertrauen mir die Waffe an und ich übergebe sie dem Kollegen Bardineux. Vielleicht gelingt es mir, die Lage zu entspannen. Sie werden ja noch länger mit ihm zu tun haben. Da ist es sicher gut, wenn Ihr Verhältnis wieder halbwegs normal ist. Ich werde versuchen, seinen Groll auf mich zu lenken. Das macht mir nichts aus. In ein paar Tagen müssen wir ohnehin abreisen. Einverstanden?"

In gegenseitigem freundschaftlichem Einvernehmen verabschiedeten sich Papperin und der Hoteldirektor.

***

Wie von Papperin vorhergesehen, hatte die Übergabe der Pistole an den die Untersuchung leitenden Kommissar in spannungsgeladener Atmosphäre stattgefunden. Da Papperin überzeugt war, dass die Waffe unverzüglich ins Labor zur Spurensicherung gehörte, hatte er nicht gewartet, bis sein cholerischer Kollege sich herabließ, ihn zu empfangen. Er war vielmehr mitten in ein Verhör geplatzt. *Commissaire* Bardineux hatte alle Hotelgäste angewiesen in ihren Räumen zu bleiben und sich für ihn zur Verfügung zu halten. Er hatte mit seinen beiden Assistenten einen kleinen Seminarraum belegt, in dem er jeden Hotelgast einzeln zu befragen beabsichtigte. Mitten während einer solchen Vernehmung war Papperin erschienen und hatte den Kommissar aufgefordert, das Verhör kurz zu unterbrechen, weil er

71

ihm die Pistole übergeben wolle. Wie erwartet, war sein Kollege wieder ausfallend geworden. Nach einigen unschönen Beschimpfungen – in Anwesenheit des staunenden Hotelgasts – hatte er Papperin das Couvert mit der Pistole buchstäblich aus der Hand gerissen.

„Jetzt gehen Sie und stören Sie mich nicht andauernd bei meiner Arbeit!" Mit diesen Worten hatte er Papperin entlassen. In der Türe war Papperin noch einmal kurz stehengeblieben und hatte zu den beiden Assistenten gesagt: „Kümmern Sie sich bitte darum, dass die Waffe schnellstmöglich ins Labor kommt. Ich fürchte, Ihr Chef könnte das verzögern – aus Wut darüber, dass ich es gewagt habe, mich hier einzumischen."

***

Nachmittags, Papperin war schon lange wieder zu Nia an den Strand zurückgekehrt, hörte er, wie das beruhigende Schwappen der Wellen von einem tiefen Brummen überlagert wurde. Ein Hubschrauber kam über das Meer geflogen. Das Motorengeräusch wurde lauter und lauter, je näher er kam. Über den Pinien vor dem Hotel schien er in der Luft bewegungslos stehen zu bleiben. Der weiße Rumpf hob sich deutlich vom tiefblauen Himmel ab. Die blauweiß-rote Banderole und die Aufschrift *Police nationale* wiesen ihn als Fluggerät der Polizei aus. Schließlich senkte er sich hinab und verschwand hinter dem Grün der Bäume. Nur wenige Augenblicke später nahm das Brummen wieder zu und der Riesenvogel entschwebte in Richtung Festland.

Jetzt hat mein Kollege Bardineux die Pistole zur kriminaltechnischen Untersuchung abholen lassen, dachte Papperin. Er legte das Buch, in dem er gerade gelesen hatte, zur Seite.

„Komm mit, gehen wir schwimmen!" Er zog Nia aus dem Liegestuhl hoch und sie rannten ins kühle Nass.

Erste Ergebnisse

Trotz strahlendstem Sonnenschein war der Strand am Mittag so gut wie leer. Es war kaum jemand dort, denn über Nacht war Mistral aufgekommen, hatte während des Vormittags mehr und mehr an Stärke zugenommen und setzte den Wellen weiße Schaumkronen auf. Am Ufer peitschte er den feinen Sand vor sich her. Auf der nackten Haut fühlte sich das wie Tausende winzige Nadelstiche an. Fast alle Hotelgäste, die nach dem Frühstück noch sonnenhungrig ans Wasser gepilgert waren, hatten sich wieder zum Hotel zurückgezogen. Nur Papperin und Nia waren geblieben. Sie hatten ihre beiden Liegen gekippt und es sich auf der Leeseite dieses Schutzwalls im Sand gemütlich gemacht. Den Sonnenschirm konnten sie wegen des Windes nicht öffnen. Aber das war gar nicht nötig, denn der kalte Fallwind, der aus dem *massif central* in das Rhônetal herabstürmte, und dessen Ausläufer mit kaum gebremster Macht über die Insel Porquerolles hinwegfegten, ließ die beiden eher frösteln als schwitzen – obwohl sie in der prallen Nachmittagssonne lagen. Das Meer war wild aufgewühlt. Die gewaltigen Wogen wälzten sich mit Schaumkronen auf den hohen Wellenkämmen unentwegt ans Ufer und brachen sich im Flachen mit lautem Getöse. Papperin las Nia aus Simenons Porquerolleskrimi vor.

„Langsam komme ich mir so vor wie dein Kollege Maigret. Schlafen, gut essen, mit den Leuten plaudern, immer wieder ein Gläschen zwischendurch. Der hat sich auch immer nur im und um das Hotel bewegt. Gut, es war nicht dasselbe Haus und er ist ab und zu an die Hafenmole spaziert. Seit gestern machen wir es im Prinzip doch ganz genau so. Nur nicht an den Hafen, sondern die paar Meter zum Strand. Wenn wir so weitermachen, *chéri*, dann werde ich aus dem Urlaub zurückkommen wie eine Dampfwalze so rund und platze dann sicher auch irgendwann. Versprich mir, dass wir morgen endlich wieder was unternehmen?"

Es war mehr eine Forderung als eine Frage.

„Nia, das ging gestern nicht anders. Ich musste mich um die Pistole kümmern. Ich bin mir fast sicher, der Hotelchef hätte sie nicht, oder nicht so schnell, herausgerückt. Aus Angst, die Ruhe seiner ach so hochrangigen Gäste könnte gestört werden. Dann hätten die Kollegen nie etwas von der Pistole erfahren."

„Wieso bist du so sicher, dass die Waffe etwas mit dem Mord an der armen Frau zu tun hat. Die kann doch schon jahrelang dort versteckt gewesen sein."

„Glaube ich nicht. Aber wir werden es hoffentlich bald erfahren." Er legte seinen Arm um Nias Schultern und zog sie fester an sich.

„Morgen unternehmen wir was. Zu Fuß ins Dorf, auf dem *sentier littoral* über die Klippen auf der Südseite der Insel. Im Dorf trinken wir einen Aperitif oder Essen zu Mittag. Und auf dem Rückweg wandern wir über die großen Strände auf der Nordseite. Vier oder fünf Stunden mindestens, reine Gehzeit, ohne Aperitif. *D'accord?*"

„Oh ja! Mittagessen in der *Arche Noë*, dem Hotel von *commissaire* Maigret." Nach einer kurzen Pause: „Jetzt wird mir langsam kalt. Gehen wir einmal kurz ins Wasser und dann zurück ins Hotel – ins warme Bett?"

Sie sprangen lachend in die tosende Brandung, kämpften sich durch das wild schäumende Wasser und versuchten gegen die Wellen anzuschwimmen. Das gelang nur, wenn man unter den heranwogenden Gischtbergen hindurch tauchte. Weiter draußen war das Meer zwar immer noch von meterhohen Wellen bewegt, aber die Schaumkronen waren nicht mehr so gewaltig. Es bereitete ihnen ein Riesenvergnügen, sich auf den Wellen zum Ufer treiben, und sich von den Wassermassen durchkneten und herumwirbeln zu lassen, wenn die Wellen sich über ihnen brachen. Immer wieder kämpften sie sich hinaus und ließen sich zurückspülen.

Plötzlich brach eine Riesenwelle über ihnen zusammen. Nia wurde von Papperins Hand weggerissen. Er sah noch, wie sie im brodelnden Schaum verschwand, dann hatte die

Wucht des Wassers ihn erfasst. Es zerrte und riss an seinen Beinen und Armen, sein Körper wurde verdreht. Er schlug mit dem Kopf auf den sandigen Grund. Doch schlagartig war wieder alles ruhig, das Inferno war über ihn hinweggerollt. Er rappelte sich auf, schaute um sich, sah Nia, die mühsam auf allen Vieren den Ufersand hinaufkroch. Schon warf ihn die nächste Welle um. Zum Glück war sie nicht so wuchtig, so dass er halbwegs unbeschädigt ans Ufer wanken konnte.

Nia saß im Trockenen, sah ihn kommen und lachte. Sie konnte gar nicht aufhören zu lachen. Dabei deutete sie mit ausgestrecktem Zeigefinger auf Papperin. Schließlich reckte sie ihm beide Arme entgegen.

„Komm her, mein nackter Neptun. Willst du hier mit mir schlafen?"

Er blickte erstaunt erst zu seiner Freundin, dann an sich hinab.

„Meine Shorts! Meine Badehose! Die verdammte Welle hat sie mir weggerissen!"

Erschrocken bedeckte er sein Gemächt mit beiden Händen. Notdürftig in ein Handtuch gehüllt lief er geschwind den Weg zum Hotel hoch, hoffend, dass ihn keiner der Gäste oder Kellner erblickte. Nia schlenderte, über das ganze Gesicht grinsend, langsam hinter ihm her.

***

Vom Abendmenü im *pin parasol* war Nia wieder vollauf begeistert. Als Hauptspeise gab es *daube de bœuf provençale*. Aus Paris kannte sie *daube* als einfachen Rinderschmorbraten: Fleisch, Zwiebeln, Karotten und Lorbeerblätter in Rotweinsoße. Sie war erstaunt, was der Küchenchef hier mit der provenzalischen Variante gezaubert hatte. Die üblichen *daube*-Zutaten hatte er mit viel Olivenöl, Knoblauch, Thymian, Rosmarin und Marc de Provence[5] verfeinert und so ein herrlich duftendes und himmlisch schmeckendes Gericht geschaffen. Begleitet von einer Flasche Gigondas

---

[5] Provenzalischer Tresterbrand

Grand Montmirail 2009, einem samtigen Roten aus der Nordprovence, verbrachten die beiden genießerisch den Abend.

Viel später saßen sie auf einen Absacker an der Bartheke des Nightclubs, Papperin mit seiner Lieblingskombination vor sich: Bier und Calvados. Nia hatte ein Glas Champagner gewählt. Mit der Zeit füllte sich die Bar. Bald waren alle bequemen Sessel besetzt, die locker im Raum um kleine niedrige Glastischchen gruppiert waren. Zwei Neue betraten die Bar. Es waren die beiden Kriminalassistenten, die Untergebenen von *commissaire* Bardineux. Sie schauten sich um, fanden aber keinen freien Sessel. Als Nia die beiden suchenden jungen Männer erblickte, winkte sie ihnen zu und wies auf zwei freie Barhocker neben sich am Tresen. Die beiden schauten sich an. Sie schienen sich über etwas zu beraten, vermutlich über die Frage, ob es dem Arbeitsklima in der Ermittlergruppe förderlich war, wenn sie sich zu Papperin und seiner Freundin setzten. Schließlich hatte ihr Chef eine deutlich sichtbare Aversion gegen seinen Kommissarkollegen aus Aix bewiesen.

„Meinst du, die trauen sich, sich zu uns zu setzen? Ich glaube es nicht!", flüsterte Papperin in Nias Ohr. Doch er täuschte sich. Mit der höflichen Frage: „Dürfen wir neben Ihnen Platz nehmen?", kletterten sie auf die beiden hohen Barhocker.

„Haben Sie keine Angst vor Ihrem Chef, dass er Ihnen eine Rüge erteilt oder schlimmer noch, anstehende Beförderungen blockiert?" Papperin konnte sich die Frage nicht verkneifen.

„Jean-Luc, jetzt sei nicht so sarkastisch. Das sind zwei nette junge Herren, die sich nach der Tagesarbeit entspannen und etwas trinken wollen. Die können doch nichts dafür, dass ihr Chef so ungut ist."

„*Excusez-moi!* Das stimmt natürlich. Darf ich Sie zu einem Drink einladen? Übrigens: Das ist meine Freundin Célestine Griffon", stellte Papperin Nia mit ihrem vollen Namen vor.

„Danke, gerne!", meinte der größere der beiden zur Einladung. „Ich heiße Pierre, *brigadier* Pierre Dumarais!"

„Ich bin Antonio Pulgerini, ebenfalls *brigadier*", ergänzte der zweite.

„Das klingt italienisch, das heißt wohl, Sie kommen aus Nice?"

„Wieso gerade Nice?", fragte Nia.

„Meine Familie lebt in Nizza, seit Generationen schon. Das reicht weit zurück in die Zeit, als Nizza noch zu Italien gehörte. Daher der italienisch klingende Name."

Die Unterhaltung plätscherte eine Weile an der Oberfläche dahin. Es ging um das Wetter, den Mistral und die Touristeninvasion. Nia erkundigte sich, ob sie heute Nacht noch aufs Festland zurück müssten und wie sie dahin kämen. Es fahre so spät sicher keine Fähre mehr.

„Nein, der Chef will, dass wir hier bleiben, solange bis er die Ermittlungen abgeschlossen hat."

„Das kann aber lange dauern", meinte Papperin. „Dann sollten Sie den Hotelkomfort richtig genießen. Dienstverpflichtet, in einem der besten Häuser Frankreichs zu ermitteln. Die Suiten sind höchst komfortabel!"

„Nein, nein! Der Hoteldirektor hat uns im Personaltrakt zwei kleine Zimmer herrichten lassen. Eins für uns beide, und eins für den Chef. Das gefällt ihm gar nicht."

„Wem, Ihrem Chef?"

„Mhm, der ist immer sauer, jetzt besonders, weil Sie hier sind."

„Ich tu ihm doch nichts. Er ist doch der Aggressive. Hätte ich ihm vielleicht die Pistole nicht bringen sollen - gestern? Der Hotelchef hätte sie ihm vermutlich vorenthalten. Der wollte alles, was ein schlechtes Licht auf das Hotel wirft, unter dem Teppich lassen."

Es entstand eine kurze Gesprächspause, weil jeder aus seinem Glas trank. Dann fragte Papperin:

„Sie sagen, Ihr Chef ist immer so schlecht gelaunt und aggressiv. Auch zu Ihnen?"

Diese Frage war den beiden unangenehm. Sie schauten sich an und schwiegen betreten.

„Sie haben Recht, das geht mich wirklich nichts an. Trinken wir noch einen?" Papperin hatte festgestellt, dass die Gläser leer waren. Er gab dem Barmann ein Zeichen, er solle noch eine Runde bringen. Als die frisch gefüllten Gläser vor ihnen standen, begann der kleinere der beiden zögernd.

„Mich mag er nicht wegen meiner italienischen Herkunft. Er ist Mitglied des *front national* und die haben was gegen Ausländer … obwohl meine Familie seit mehr als hundert Jahren die französische Staatsbürgerschaft hat."

„Mir geht's doch auch nicht besser. Der ist einfach ein Despot, ein Sklaventreiber, dem ist es egal, was seine Mitarbeiter von ihm halten. Bei dem hält es keiner lange aus. Wir haben uns beide um eine Versetzung in eine andere Stadt beworben. Ich hoffe, das wird bald bewilligt."

Wieder trat eine längere Phase der Stille ein, in der alle ihren Gedanken nachhingen und der leisen Musik lauschten, die, aus unsichtbaren Lautsprechern rieselnd, die beruhigende akustische Unterlage für das dahinwogende mehr oder weniger lautstarke Gesprächsgeraune bildete.

„Sie hatten Recht!" Der lange schlaksige Brigadier beugte sich vor, um an Nia vorbei den Blickkontakt mit Papperin zu finden. „Die Frau wurde mit Ihrer Pistole erschossen. Die Ballistiker haben das heute gemailt. Die Kugel, die unser Arzt aus der Leiche geholt hat trägt dieselben Spuren wie die Projektile, die nach Probeschüssen aus Ihrer Pistole untersucht wurden."

„Außerdem wurde die Frau misshandelt, geschlagen und gefoltert", warf *brigadier* Pulgerini ein. „Hämatome überall am Körper. Brandstellen und Aschereste von ausgedrückten Zigaretten in ihren Handflächen und am Hals. Der Chef meint, da musste jemand einen ziemlichen Hass auf sie gehabt haben, den er so abreagiert hat."

„Oder sie wusste irgendwas, das man mit brutaler Gewalt aus ihr herausbekommen wollte. Und als sie alles gesagt hatte, wurde sie erschossen, mit vier Schüssen", meinte Papperin.

„Der Arzt sagt, die zwei Bauchschüsse waren nicht tödlich, die gehörten noch zur Folter. Erst die Schüsse in die linke Brust und in den Kopf haben zum Tod geführt."

„Und sonst wurde nichts gefunden? Hautreste unter ihren Nägeln? Fingerabdrücke auf der Pistole?"

„Hautpartikel, nein. Fingerabdrücke gibt es einige. Das muss noch abgeglichen werden. Schließlich hatten mehrere Personen die Waffe in der Hand."

„Ich zum Beispiel", sagte Papperin, „dann das Mädchen, ihr Vater und der Hoteldirektor. Meine Prints finden Sie im Intranet der Polizei."

„Ja, und die Abdrücke an der Heizkörperverschalung und am Heizkörper selbst."

„Was ist mit den Kleidern, die sie anhatte?" Papperins Neugier war unstillbar. Er schien vergessen zu haben, dass er im Urlaub, und dass dies nicht sein Fall war. Nia erinnerte ihn daran.

„Jetzt hör endlich auf zu fragen, Jean-Luc. Du bist nicht im Dienst. Und die beiden sind wahrscheinlich auch froh, wenn sie irgendwann das Berufliche abschalten können. Noch dazu, wo alles so grausam ist. Die arme Frau, was muss die gelitten haben!"

Mitfühlendes Schweigen. Jeder starrte in sein Glas.

„Die Ergebnisse von den Kleidern bekommen wir erst noch. Vielleicht morgen schon." Brigadier Pulgerini leerte sein Bierglas. Wieder entstand eine Pause.

„*Chéri*, ich bin müde! Jetzt trinken wir noch einen, und dann möchte ich schlafen gehen."

Im fernen Paris: Eine Prostituierte sagt aus

Samstag, 22.8.

In der Pariser Zentrale der *Police judiciaire* im 17. Arrondissement herrschte gespannte Erwartung. Durch tagelanges Recherchieren waren die Beamten der MILAD[6] endlich fündig geworden. In den so genannten besseren Kreisen der Pariser Gesellschaft hatte in den letzten Monaten eine neuartige Droge für Furore gesorgt. *Rayon du ciel*, Himmelsstrahl, unter diesem Namen hatte sie sich ungezählte Fans geschaffen. Die Zahl der Konsumenten schien unaufhörlich zuzunehmen. Es handelte sich um ein sehr feines, leicht grünliches Pulver. Man sprach davon unter vorgehaltener Hand, auf Partys und Bällen, bei Festakten, bei privaten und bei öffentlichen Anlässen. Überall wurde darüber getuschelt, wurden Erfahrungen ausgetauscht. Das Pulver erzeugte ein lang anhaltendes berauschendes Hochgefühl, hatte aber nicht die schlimmen Neben- und Nachwirkungen wie andere Drogen. Es ging das Gerücht, dass es nicht süchtig machte. Zudem war es sehr einfach anzuwenden: Entweder man schluckte das Pulver pur oder in Flüssigkeit aufgelöst. Schneller und intensiver trat die Wirkung aber ein, wenn man es durch die Nase inhalierte. Plötzlich schien in diesen Kreisen das Schnupfen von Tabak wieder groß in Mode gekommen zu sein. Schließlich konnte ein Außenstehender nicht unterscheiden, ob es sich um normalen, handelsüblichen Schnupftabak handelte, oder ob *rayon du ciel* beigemischt war. Erste wissenschaftliche Studien und Tierversuche in den USA hatten Anlass zur Vermutung gegeben, dass durch das Mittel eine Veränderung bestimmter Bereiche im Gehirn bewirkt werden könnte, die – übertragen auf den Menschen – längerfristig zum Absterben von Gehirnzellen und in der Folge zu zerebralen Ausfallerscheinungen und zu vorzeitiger Demenz führen könn-

---

[6] Mission de Lutte Anti-Drogue (MILAD)

ten. Aber das wurde von der immer größer werdenden Fangemeinde nicht zur Kenntnis genommen.

Durch eine aufwändige geheime Überwachungsaktion und durch Einschleusen von verdeckten Ermittlern in die betroffenen Events der High-Society hatte die Drogenfahndung versucht, Informationen über die Vertriebskanäle zu gewinnen. Das war ein höchst schwieriges Unterfangen gewesen, denn in diesen Kreisen kannte man sich, es war wie eine geschlossene Gesellschaft. Man wusste Bescheid, wusste, ob der jeweilige Gesprächspartner auch dem neuen Modetrend anhing. Mehr durch Zufall und durch unwahrscheinliches Glück hatte man bei zwei verschiedenen Anlässen einen jungen Mann bei der Übergabe der Droge beobachtet. In der Folge gelang es, seine Bewegungen zu überwachen. So war man schließlich auf ein Palais im 6. Arrondissement gestoßen – der Weg des Observierten hatte diesen immer wieder dorthin geführt – in dem ein Escortservice für die High Society und, in den oberen Etagen, offensichtlich eine Art Luxusbordell betrieben wurden.

Die Fahnder wollten sofort eine Durchsuchung des Gebäudes beantragen. Es war ein heikles Unterfangen, vom zuständigen Untersuchungsrichter einen Durchsuchungsbeschluss und die Genehmigung zur Durchführung der Razzia zu bekommen. Das begann schon in ihrer eigenen Behörde. Ihr oberster Vorgesetzter, der Chef der *Police judiciaire* von Paris zögerte die Weiterleitung des Antrags an den *juge d'instruction* zu ihrem Erstaunen unverhältnismäßig lange hinaus. In der MILAD munkelte man, er tue dies, weil er vorab seine hochrangigen Bekannten informieren müsse. Es wäre doch zu peinlich, wenn man einen bekannten Politiker oder Funktionär in diesem Etablissement aufgabeln würde.

Aber offensichtlich gab es einen wichtigen Grund für den Aufschub. In einer internen Besprechung hatte der Polizeichef die Drogenfahnder darüber informiert, dass man von ganz oben, von der *direction générale de la Police nationale* einen Hinweis bekommen habe, dass nach Erkenntnissen der UCRAM[7], genauer von der Abteilung zur Bekämpfung des illegalen Waffenhandels und der Geldwäsche, an diesem Tag ein Kurier des südfranzösischen Zweigs der Mafia dort aufkreuzen solle. Den müsse man unbedingt zu fassen bekommen. Die Drogenrazzia könne deshalb erst dann beginnen, wenn die Kollegen vom organisierten Verbrechen den Mann aus dem Verkehr gezogen hätten. Zwei Beamte der UCRAM befänden sich undercover, getarnt als Geschäftsleute, bereits in diesem Etablissement. Der Polizeichef wies seine Fahnder an:

„Erst wenn diese die erwarteten Informationen und Unterlagen von dem Mafioso bekommen haben, können wir loslegen. Also: Sie stehen einsatzbereit Gewehr bei Fuß. Sobald wir von den Mafia-Kollegen grünes Licht bekommen, greifen Sie ein und führen die Razzia durch!"

***

Die Betreiber und die ‚Gäste‘ des Hauses wurden vom plötzlichen Erscheinen der Drogenfahnder völlig überrascht. Die Razzia war ein voller Erfolg. Dank der Unterstützung durch die uniformierte Polizei – sie hatte mehrere Mannschaftswagen mit voll ausgerüsteten Polizisten geschickt – stand ausreichend Personal zur Verfügung. Die Rauschgiftspezialisten nahmen, unterstützt von drei Dutzend uniformierten Streifenbeamten, das Gebäude Zimmer für Zimmer unter die Lupe.

Die Personalien aller Anwesenden wurden aufgenommen. Das in durchaus beachtlichen Mengen entdeckte Rauschgift wurde beschlagnahmt. Jede Menge weiteres Beweismaterial, vor allem Computer und externe Datenträger, wurde abtransportiert. Alle Angestellten des Etablissements und alle ‚Gäste‘, soweit sie im Besitz von Drogen waren, wurden vorläufig festgenommen und in Grünen Minnas zur Polizeizentrale im 17. Bezirk gebracht.

Die beiden als Geschäftsleute getarnten Agenten der UCRAM hatten sich dem Kommandanten der Rauschgift-

---

[7] Unité de Coordination et de Recherches Anti-Mafia

fahnder zu erkennen gegeben und berichteten vom Misserfolg ihrer Mission.

„Irgendwie muss durchgesickert sein, dass wir von der Polizei sind. Der Kurier, den wir treffen sollten, ist nicht gekommen bzw. er hat sich nicht mit uns in Verbindung gesetzt."

„Was war denn euer Plan?"

„Nun, wir sollten im *boudoir* einer Nutte warten. Er wollte um zweiundzwanzig Uhr kommen. Selbst eine Stunde später war er immer noch nicht da. Dann kam die Nutte und dachte, wir sind Freier. Aber wir waren ja nicht zum Vergnügen da."

„Leider! War nicht hässlich, die Kleine", sagte sein Kollege mit bedauerndem Grinsen im Gesicht. Der andere fuhr fort:

„Wenn er nicht kommt, lautete die Weisung, die Aktion abzubrechen und euch für eure Razzia grünes Licht zu geben."

„Um was ging es bei eurem Einsatz eigentlich? Unser Chef hat sich so kryptisch geäußert, aber nichts Konkretes gesagt."

„Das ist streng geheim. Nur soviel: Wir sind als Verbindungsleute zu einem staatlichen Rüstungskonzern aufgetreten. Welchen, dürfen wir nicht sagen. Da sollte ein Geschäft angebahnt werden. Ist alles *strictement confidentiel*."

„Ist schon toll, die Mafia kauft direkt bei der Regierung ein. Und was solltet Ihr dann tun? Die Mafia hochnehmen? Oder das Waffengeschäft abschließen?"

„Kein Kommentar!"

Nach einer längeren Gesprächspause, in der sich alle drei eine Zigarette anzündeten, meinte einer der UCRAM-Agenten:

„Die Nutte von dem Zimmer, in dem wir verabredet waren, brauchen wir!"

„Vorerst brauchen wir sie. Aber ihr könnt mitkommen, dann verhören wir sie gemeinsam."

***

In der Zentrale der Pariser *Police judiciaire* herrschte Hochbetrieb. Sämtliche Vernehmungsräume waren belegt. Der zuständige Untersuchungsrichter hatte so viel zu tun wie schon lange nicht mehr. Er unterschrieb einen Haftbefehl nach dem anderen.

Die Bewohnerin des fraglichen Zimmers war schnell gefunden und, mangels eines freien Vernehmungszimmers, in den kleinen Konferenzraum gebracht worden.

Der Drogenfahnder und die beiden UCRAM-Agenten auf einer Seite des langen Konferenztisches betrachteten die Prostituierte auf der anderen Seite. Sie war ziemlich groß und schlank, hatte lange glänzende schwarze Haare und trug ein elegantes, enges schwarzes Kleid, das ihre makellose Figur betonte. Sie war völlig ungeschminkt und sehr blass. Wie in fast allen ‚Damenzimmern' hatte man auch bei ihr eine erhebliche Menge *rayon du ciel* gefunden. Drei Dosen Hautpuder der Firma Givenchy waren mit der Droge gefüllt, anstatt – wie auf dem Etikett angekündigt –mit dem harmlosen Beautyprodukt.

Der Leiter der Drogenfahndung eröffnete das Verhör:

„Name?"

„Lilou"

„Und weiter?"

„Lilou Zédé"

„Erklären Sie uns, woher das Rauschgift kommt, das wir in Ihrem Zimmer gefunden haben."

Keine Antwort.

„Sie wissen schon, dass das kein Kavaliersdelikt ist – 150 Gramm! Das reicht für ein paar Jahre Gefängnis!"

Sie reagierte immer noch nicht. Es klopfte. Ein junger Polizist überreichte dem Vernehmungsbeamten einen Zettel. Der blickte kurz drauf und schaute dann die Prostituierte wieder an.

„Und wie kommt es, dass auf allen drei Givenchydosen Ihre Fingerabdrücke sind?"

„Klar, dass die drauf sind. Das Mittel verwende ich schon seit Langem. Ich habe die Dosen aus den Schachteln genommen, in denen sie verpackt waren. Und dann in meinen Toilettenschrank gestellt. Logisch sind da meine Abdrücke drauf."

„Auch innen?"

„Ich weiß nicht, was Sie wollen."

„Ich erkläre es Ihnen mal ganz ausführlich! Wenn man den Deckel abschraubt, dann kommt eine runde, transparente Folie. Darunter ist das Puder von Givenchy. Es ist hellbeige. Unter diesem Puder, ein paar Millimeter tiefer, ist wieder eine runde durchsichtige Folie."

„Na und!" Trotzig.

„Und darunter ist ein weißer Kunststoffdeckel. Der schließt dicht ab. Wenn man den abhebt – das geht ganz leicht, weil dafür eine kleine Lasche absteht, an dem man ihn hochziehen kann. Darunter ist ein grünliches Pulver – *rayon du ciel*. Wie sind wohl Ihre Abdrücke auf diesen zweiten Deckel gekommen – auf beiden Seiten, oben und unten?"

Trotziges Schweigen.

„Wir brauchen kein Geständnis. Die Indizien genügen bei Weitem für eine Verurteilung. Abführen!", rief der Drogenfahnder zur Türe hin, worauf zwei stämmige Beamtinnen in Uniform in den Raum kamen und die Beschuldigte rechts und links an den Armen packten und zur Tür führen wollten.

„Stopp!" Ein lauter Befehl aus Richtung der Türe brachte jede Bewegung zum Erstarren. Alle blickten dorthin. Ein Mann, klein, etwas dicklich, mit einem grauen Haarkranz um die wie poliert glänzende Glatze war eingetreten, gefolgt von einem jungen Mann, offensichtlich seinem Assistenten.

„Wir sind noch nicht fertig. Die Frau bleibt hier!" Die knallharte Stimme passte überhaupt nicht zu dem gemütlich wirkenden, eher unscheinbaren Äußeren des Eintretenden.

„*Bon jour*", wandte er sich an den Drogenfahnder.

„Yves Dereque, Leiter der *recherche anti-mafia*", stellte er sich vor. „Ich mache hier weiter! Wir brauchen dringend die Aussage der Frau." Bei diesen Worten setzte er sich, und die Befragung begann aufs Neue.

„Wieso gerade in Ihrem Zimmer?"

Keine Reaktion, nur ein gelangweilter Blick der Prostituierten.

„Ihr Zimmer war uns als Treffpunkt genannt worden. Wieso gerade Ihr Zimmer? Erzählen Sie!"

Verächtliches Schweigen.

„Jetzt passen Sie mal auf! Die Drogengeschichte interessiert mich nicht. Auch Sie interessieren mich nicht. Mich interessiert nur der Mann, den wir in Ihrem Zimmer treffen sollten."

Langes Schweigen – auf beiden Seiten des Tisches. Schließlich machte sie den Mund auf:

„Ich wüsste nicht, warum ich Ihnen etwas sagen sollte. Schließlich komme ich sowieso in den Knast – wegen dem *rayon du ciel*."

„Die Drogengeschichte können Sie vergessen. Wenn Sie mit uns zusammenarbeiten, garantiere ich Ihnen Straffreiheit."

„Aber das geht nicht! Unerhört! Sie können sich doch nicht in unsere Ermittlungen einmischen. Selbstverständlich wird die Frau dem Untersuchungsrichter vorgeführt!"

„Doch, das geht! Höherrangige Staatsinteressen." Und wieder zur Frau gewandt:

„Also, was ist? Kooperation oder Knast?"

„Wer garantiert mir, dass Sie sich an Ihr Wort halten?"

„Ich! Das muss Ihnen genügen."

Sie taxierte den kleinen Mann mit der harten Stimme lange.

„Gut!"

„Dann brauchen wir Sie nicht mehr, lassen Sie uns bitte allein!" Der angesprochene Drogenfahnder und die beiden Polizistinnen schauten sich verblüfft an. Auf eine herrische Handbewegung des UCRAM-Chefs verließen sie resignierend den Raum.

„So, jetzt erzählen Sie!"

Wieder schaute sie den kleinen grauen Mann abschätzend an.

„Ich arbeite seit zwei Jahren in dem Haus. Teilweise im Begleitservice, meistens aber kommen die Herren auf mein Zimmer. Vor einer Woche etwa kam ein Kunde, legte zwei Fünfhunderter auf den Tisch und verlangte, dass ich Samstagnacht – also heute…" Ihr Blick ging zur Wanduhr, die 3:47 zeigte. „Nein gestern, von einundzwanzig bis dreiundzwanzig Uhr nicht in meinem Zimmer sein darf. Sie brauchen das Zimmer, hat er gesagt. Ich hab ihn gefragt, ‚und wenn ich mehr Geld will?' Dann kann ich nicht mehr als Nutte arbeiten, hat er gesagt und mir plötzlich ein Messer an die Kehle gehalten, und dass sein Messer schon mehr Gesichter kaputt gemacht hat. Wär doch schade, wo ich doch so gut bin, hat er gesagt. Da hab ich die Tausend eingesteckt und *d'accord!* gesagt."

„Und dann?"

„Dann ist er gegangen."

„Wie sah er aus? Größe, Alter, Haarfarbe, Brille, Dialekt usw., usw."

„Vielleicht dreißig, nicht viel größer als ich, vielleicht einsachtzig. Dunkle Haare, fast schwarz. Dreitagebart. Schicker Mann. Hätte länger bleiben können, ich hätte nichts dagegen gehabt. Aber diesmal wollte er nicht."

„Was heißt diesmal?"

„Der war schon öfter da, früher."

„Und?"

„Was und? Der war ein ganz normaler Kunde. Gevögelt, ein bisschen geredet, und dann ist er gegangen."

„Sein Name?"

„Mann, Sie kennen sich in meiner Branche nicht aus. Das merkt man. Ich frag meine Kunden doch nicht wie sie heißen. Dann kommen die doch nie wieder."

„Was hat der denn so geredet?"

„Nicht viel. Dass ich mein Geld wert bin."

„Sonst nichts?"

„Früher mal, da hat er mehr geredet. Wie ich ihn gefragt hab, was er für einen Dialekt spricht, hat er gemeint, er kommt aus dem Süden."

„Woher genau hat er nicht gesagt?"

„*Non.*"

„Denken Sie nach!"

„Einmal, aber das ist schon lange her, hat er gesagt, er fährt zu seiner Mutter in Urlaub. Da unten bei Aix irgendwo."

„Genauer geht's nicht?"

„Wo der Picasso sein Schloss hat. Da haben wir drüber gesprochen."

Längere Pause.

„Vauvenargues."

„Na, das ist doch schon was! Jetzt nochmal genauer: Wie sieht er aus. Besondere Kennzeichen? Zahnlücken, Muttermale – und wenn er die am Arsch hat. Sie kennen ihn doch, Sie haben schließlich mit ihm gebumst."

„Nee, nichts Besonderes."

„Mit Ihrer Aussage können wir nichts anfangen. Ich übergebe Sie doch wieder den Drogenkollegen. Die sind ganz scharf auf Sie."

„Ich will aber nicht in den Knast. Und Sie haben mir Ihr Wort gegeben."

„Das gilt nur, wenn wir brauchbare Infos bekommen!"

Sie schaute den UCRAM-Chef lange zweifelnd an.

„Kann ich Ihnen vertrauen?"

„Das hängt davon ab."

„Wovon?"

„Bislang verheimlichen Sie uns etwas. Ich sehe das. Das ist schließlich nicht mein erstes Verhör."

Die Frau, die bisher lässig zurückgelehnt in dem bequemen Konferenzsessel gefläzt hatte, beugte sich vor und legte die verschränkten Arme auf den Tisch. Sie schien sich zu einem Entschluss durchgerungen zu haben.

„Was ich jetzt sage, darf die Direktion nicht wissen."

„Welche Direktion?"

„Na die von dem Puff, in dem ich arbeite."

„*D'accord*! Schießen Sie los!"

„Seit neuestem habe ich eine Kamera über dem Bett installiert."

„Freier erpressen?"

„Mhm – die schalte ich immer ein, bevor jemand kommt."

„Und unseren Mann haben Sie auch gefilmt?"

„Der müsste noch drauf sein."

„Alain, sie fahren hin, holen das Ding und bringen es in unsere Dienststelle! Wo genau ist es", fragte er, wieder an die Frau gewandt.

Nachdem sie die Lage der verborgenen Kamera erläutert hatte, machte sich der Agent auf den Weg.

Eine knappe Stunde später, der UCRAM-Chef war mit der Prostituierten in der Dienststelle der Antimafiabehörde eingetroffen, kam der Agent mit der Minikamera zurück.

Dann ging alles sehr schnell. Der Film wurde auf einen Dienstcomputer kopiert. Die drei Beamten staunten nicht schlecht, wer alles darauf zu sehen war. Die Kamera war direkt auf das *grand lit* gerichtet, deshalb konnte man alle Freier bei ihrer Betätigung beobachten – allerding in sehr schlechter Bildqualität. Da der Gesuchte das Bett und die Sexdienste von Frau Zédé nicht in Anspruch genommen hatte, sah man ihn nur ganz am Rand des Bildes und meist nur von hinten. Lediglich einen ganz kurzen Moment lang kam der Kopf ins Bild, seitlich von links hinten aufgenommen. Nicht sehr scharf, aber man konnte ahnen, wie das ganze Gesicht aussehen dürfte.

„Schickt das zur PJ nach Aix! Die sollen sehen, was sie rausbekommen. Vergesst nicht, ihnen den Hinweis auf Vauvenargues zu geben!"

Eine Spur führt auf die Insel

Sonntag, 23.8.

Bei der *Police judiciaire* in Aix en Provence herrschte nicht der übliche Hochbetrieb wie an normalen Tagen. Auch hier war so etwas wie sonntägliche Ruhe eingekehrt. Die meisten Abteilungen hatten auf Feiertagsmodus geschaltet. Selbstverständlich war kein Kommissariat unbesetzt, aber es waren eben nur Notbesetzungen anwesend. Mehr war momentan auch nicht erforderlich. Die Unterwelt schien eine Pause eingelegt zu haben. Es gab keine aktuellen Fälle, keine dringenden Recherchen. Seit Mitternacht war kein Notruf eingegangen. Die wenigen Beamten, die an diesem Sonntag Dienst hatten, beschäftigten sich mit lange vernachlässigten Routinearbeiten wie Berichte zu schreiben, Schreibtische aufzuräumen, Ordnung in die Dateien zu bringen. In der Mordkommission von *commissaire* Papperin war nur *brigadier* Jeannine Dalmasso anwesend. Sie saß vor ihrem Computer und tippte das Protokoll einer Zeugenvernehmung vom Vortag. Es war herrlich ruhig im Kommissariat. Durch das weit offen stehende Fenster schien die Morgensonne herein. Neben dem leisen Rauschen des Verkehrs hörte man das Gurren von zwei Tauben. Sie stand auf und machte ein paar Streckübungen um die Muskeln zu lockern, die sich durch das verkrampfte Sitzen am PC schmerzhaft in Erinnerung brachten. Dann ging sie in die Teeküche und um sich einen *café crème* mit der Espressomaschine zu machen. Das Gerät war nagelneu. Ihr Chef hatte es erst vor kurzem seiner Abteilung gespendet, weil sie alle über den entsetzlichen Automatenkaffee in der Kantine geklagt hatten. Sie sehnte sich nach Gesellschaft. Am liebsten hätte sie es, wenn Jean-Luc hier wäre und sie gemeinsam ihren Espresso tränken, ihr Chef und … selbst in Gedanken zögerte sie, das Wort auszusprechen – Liebhaber. Das durfte sie eigentlich nicht einmal denken. Denn sie waren sich einig, Jean-Luc Papperin, *commissaire* der *Police judiciaire* in Aix en Provence, und sie, Jeannine Dalmasso, *brigadier* im selben Kommissariat: Jean-Luc blieb bei seiner Lebensgefährtin Nia. Und sie, nun, sie würde schon wieder einen Freund finden. Hauptsache, sie konnte weiter mit ihm und seinem Team zusammenarbeiten und die spektakulären Erfolge fortsetzen, die sie mit ihren letzten Fällen erzielt hatten. Natürlich war es schwierig, nur Kollegen und Freunde zu bleiben, nach dem, was gewesen war. Sie seufzte wehmütig, während sie zusah, wie zuerst dampfender Milchschaum in die Tasse zischte und anschließend der starke schwarze Espresso langsam nachtröpfelte. In der linken Hand die Tasse mit dem verführerisch duftenden Milchkaffee, in der rechten eine Flasche Perrier und ein Glas, ging sie zu ihrem Computer zurück. Ihr Telefon läutete. Gleichzeitig sah sie, dass auf dem Bildschirm etwas blinkte, ein Hinweis, dass eine Meldung in ihrer Mailbox eingegangen war.

Sie nahm den Hörer.

„Salut Jeannine, hier Paul von der Bereitschaft. Du, gerade ist eine Eilanfrage, ein Amtshilfeersuchen von der UCRAM aus Paris gekommen. Die wollen eine Personenüberprüfung bzw. –suche. Bei den ‚Organisierten‘ ist niemand da. Könntest du dich drum kümmern? Denen pressiert es, schreiben sie."

„Das hast du mir schon weitergeleitet, ich sehe es am PC. Ja, ich schau es mir mal an. Salut Paul!"

Sie öffnete die Mail und las die Anfrage.

„Gut, dann fahr ich eben nach Vauvenargues und schau, ob ich was über den Kerl rausfinde", murmelte sie leise vor sich hin. Sie war nicht unglücklich über die Abwechslung. Weg von dem langweiligen Protokoll und den wehmütigen Gedanken an Jean-Luc, stattdessen bei herrlichem Wetter raus aus der Großstadt fahren zu können, nach dem hübschen provenzalischen Dörfchen am Fuße der Montagne de Sainte Victoire. Das war ganz nach ihrem Geschmack. Sie druckte den Text des Amtshilfeersuchens aus, ebenso das Foto, das als *pièce jointe* angefügt war und meldete sich telefonisch beim Bereitschaftsdienst ab. Dann fuhr sie mit dem Lift in die Tiefgarage.

***

Vauvenargues lag am Nordhang des Sainte Victoire Gebirges. Während das berühmte Gebirgsmassiv nach Süden in bizarren Felsabstürzen zur Ebene hin abbrach – so wie man es von den Bildern Paul Cezannes kannte – war seine Nordflanke bis hoch hinauf bewaldet. Nur die langgezogene Bergkuppe blieb baumlos. Dort gab es erst niedriges Macchiegebüsch, dann, noch weiter oben, flache Felsplatten. Direkt am Fuß des Massivs, wo die steilen Abhänge langsam ins Tal ausliefen, lag das Schloss von Vauvenargues, in dem Picasso wenige Jahre gewohnt, das er danach aber bis zu seinem Tod als Atelier benützt hatte. Etwas unterhalb des Schlosses, über dem Bachlauf des Cause, lag das kleine mittelalterliche Dorf. Es bestand nur aus wenigen engen Gassen. Die Umgehungsstraße, die nördlich an der Ansiedlung vorbei führte, hielt den ohnehin geringen Verkehr aus dem Ort fern.

Jeannine parkte ihr Auto neben dem großen Bouleplatz im Zentrum. Ein halbes Dutzend Pétanque-Spieler, meist alte Männer, standen um die Eisenkugeln und diskutierten, welche von zwei Kugeln näher an der kleinen roten Zielkugel, dem *cochonnet* lag. Zuerst versuchten sie die Entfernungen mithilfe von Handspannen zu vergleichen, kamen aber zu keinem eindeutigen Ergebnis. Die Kugeln schienen wirklich gleichweit vom *cochonnet* entfernt zu sein. Schließlich zog einer von ihnen ein Maßband aus seiner Hosentasche und maß unter den lauten Kommentaren der anderen die Abstände.

„*Trente-deux centimètre. Et ça, c'est trente-trois! Un centimètre!* Guy, ihr habt gewonnen", rief er einem der Alten zu. Daraufhin schlugen zwei Männer dem, den er Guy genannt hatte, anerkennend auf die Schulter. Schließlich wurden die Kugeln aufgehoben – die meisten bückten sich danach, mehr oder weniger ächzend. Nur zwei von ihnen, ein kleiner dicker mit rotem Kopf, der sich ständig die Schweißperlen von der Stirn wischte, und ein sehr alter, gebrechlich wirkender Greis machten sich die Physik zunutze. Mit einer Schnur, an deren Ende ein Magnet befestigt war, angelten sie sich ihre Eisenkugeln. Das Spiel konnte aufs Neue beginnen.

Jeannine hatte dem Wettbewerb und dem anschließenden Debattieren interessiert zugesehen. Jetzt nahm sie das Bild aus ihrer Handtasche und wollte die Männer fragen, ob jemand von ihnen den Mann auf dem Foto kannte. Aber da war das Spiel schon wieder voll im Gange. Die kleine rote Zielkugel war bereits geworfen, und der erste *pétanqueur* nahm gerade Maß, warf seine Kugel und sah, noch in der gebückten Haltung, in der er nach dem Wurf erstarrt war, seiner Kugel nach, die nach dem dumpfen Aufprall auf dem harten Sandplatz noch weiter rollte, bis sie nur einen Fingerbreit vom *cochonnet* liegen blieb. Jetzt kam die gegnerische Mannschaft zum Wurf.

Jeannine verfolgte das Spiel mit Spannung. Sie war fasziniert von der Konzentration, dem Ernst und der Inbrunst, die die *pétanqueurs* an den Tag legten. Altersunterschiede schienen bei diesem Sport keine Rolle zu spielen. Alles lief harmonisch ab, allerdings unter lautstarkem aber freundschaftlichem Palavern. Sie hatte den Eindruck, dass die Alten die besseren Werfer waren – auch wenn sie noch so gebrechlich daherkamen. Sie hätte noch stundenlang zuschauen können, schließlich siegte aber doch ihr Pflichtbewusstsein. Rechtzeitig zum Ende eines Matches ging sie zu den Spielern und zeigte das Foto herum, das die UCRAM-Kollegen aus Paris gemailt hatten. Aber keiner der Männer konnte etwas damit anfangen.

„Kann schon sein, dass so einer mal hier war. Aber dass er hier wohnt? Ausgeschlossen. Das wüsste ich." Der Alte mit der Magnetschnur kratzte sich nachdenklich an der Nase. Dann schüttelte er energisch den Kopf. „*Non*, kenn ich nicht! Oder habt Ihr den schon mal gesehen?", wandte er sich an seine Mitspieler. Allgemeines Kopfschütteln.

„Am besten gehen Sie in die *boulangerie* und fragen die Frau vom Bäcker. Die weiß alles und kennt jeden. Da müssen alle ihre *baguettes* kaufen, ob sie hier wohnen oder nur auf Urlaub oder zum Bergwandern hier sind. Wir haben nämlich nur eine Bäckerei im Dorf", erklärte der jüngste der *pétanqueurs*, ein circa dreißigjähriger, gut gekleideter Mann, der so gar nicht zu seinen bäuerlich wirkenden Mitspielern passte. Vielleicht der Verwalter des Picasso-Schlosses, mutmaßte Jeannine. Sie ließ sich noch kurz den Weg beschreiben, rief den Männern ein *„merci et bonne chance!"* zu und marschierte über den Dorfplatz und durch eine enge Gasse zur Bäckerei.

Die Bäckerin war eine rundliche, gemütlich wirkende Frau. Sie stand an der schmalen Verkaufstheke ganz hinten am Ende des engen schlauchförmigen Ladens. Die linke Seite des Schlauchs nahm eine gut drei Meter lange Glasvitrine ein, hinter der sich die appetitanregendsten Köstlichkeiten präsentierten. Himbeer-, Apfel-, Birnen- und Aprikosentörtchen, verschiedenste *petit fours*, neben *sacristains, oreilletes, palmiers, baisers*. Die rechte Seite des schmalen Ladens bestand hauptsächlich aus einem großen, mannshohen Spiegel. Davor stand ein flaches Regal mit Gläsern voller Süssigkeiten, die Kinderherzen erfreuten: Gummibärchen, Gummischlangen, Lakritzen, Kinderschokoladeneier und noch vielen weiteren Leckereien. Das Geschäft war voll. Jeannine stellte sich hinten, noch halb auf der Gasse in der Schlange der Wartenden an und verfolgte voller Ungeduld die sich in die Länge ziehenden Einkäufe ihrer Vorderleute. Die meisten kauften *petit fours* oder Obsttörtchen zum Nachtisch für das sonntägliche Mittagsmahl. Die Verkäuferin ließ es sich nicht nehmen, jedes Törtchen liebevoll in ein kleines bunt bedrucktes Pappschächtelchen zu verpacken, dieses mit einem Zierband und einem kunstvollen Schleifchen sorgfältig zu verschnüren und zuletzt noch ein goldenes Etikett mit dem Logo und der Adresse der Bäckerei drauf zu kleben. Nach schier endlos langem Warten, während dem Jeannine den Dorftratsch mit allen wichtigen und unwichtigen Neuigkeiten anhören musste, kam sie endlich an die Reihe. Sie wies sich als Polizeibeamtin aus und hielt der Bäckersfrau das Foto hin.

„Kennen Sie diesen Mann, der soll hier aus der Gegend stammen?" Die Frau setzte sich ihre Brille auf und betrachtete das Bild lange. Dann wackelte sie unschlüssig mit dem Kopf.

„Also, wohnen tut er hier nicht. Das wüsste ich", meinte sie. „Aber gesehen habe ich ihn schon einmal, weiß nur nicht mehr, wann das war."

Voller Neugier drängten sich die hinter Jeannine in der Schlange Wartenden nach vorne. Jeder wollte das Bild sehen, das von Hand zu Hand gereicht wurde.

„Das ist doch der Sohn von Josette!"

Auf den fragenden Blick der Polizistin präzisierte die Kundin: „Josette Berthau, eine alte Frau, wohnt mit ihren Ziegen in einem alten Bauernhaus. Sie macht *fromage de chèvre*, den sie auf den Wochenmärkten der Region verkauft."

Auf die Frage, wo sie *madame* Berthau finden könne, erhielt Jeannine zur Antwort:

„Heute dürfte sie auf dem Sonntagsmarkt in Pourrières sein."

„*Merci!*" bedankte sich Jeannine und wollte den Laden verlassen.

„Da werden Sie sie aber nicht mehr antreffen. Der Markt geht nur bis dreizehn Uhr."

„Wo kann ich sie dann finden?"

„Ich schätze, sie wird bis um drei Uhr wieder zuhause sein."

„Und wo ist das?"

„Also, Sie fahren die D10 weiter, über den Col de Claps. Irgendwo zwischen dem und dem Col des Portes geht rechts ein Feldweg weg. Den müssen Sie nehmen. Nach einigen hundert Metern treffen Sie auf die *ferme* von Josette. Es ist ein Einödhof, in dem sie ganz alleine lebt, nur mit ihren Ziegen. Sie können es gar nicht verfehlen."

***

Die Bäuerin lebte wirklich einsam. Die Straße, die *départementale № 10* entpuppte sich als enges Bergsträßchen, das sich in vielen Kurven den kleinen Pass hinaufwand. Nach dem Col de Claps fuhr Jeannine wieder bergab, eben-

falls in mehreren Kehren, bis es wieder aufwärts zum
nächsten kleinen Pass ging. Rechts und links vom Weg war
dichter Wald. Eichenwald. Nicht riesige Bäume mit wuch-
tigen Stämmen. Die Bäumchen waren kaum mehr als drei
oder vier Meter hoch. Am Boden wucherte dichtes Ge-
strüpp. Ein ideales Revier für Wildschweine, dachte Jeannine. Und Trüffel. Unter den Eichen müssten eigentlich
Trüffel wachsen, sofern die Wildschweine nicht schon alle
ausgegraben und gefressen hatten. Der berühmte *tuber melanosporum* stammte zwar aus dieser Gegend. Aber inzwischen wurde er gezüchtet, ein paar Kilometer weiter, bei
Aups und Bauduen. In diese Gedanken versunken wäre die
Polizistin fast an der Abzweigung vorbei gefahren. Erst im
letzten Augenblick sah sie den schmalen Weg, der rechts
von der Straße abging. Ihr Auto holperte über die steile
Schotterpiste – die Bezeichnung Straße hatten die beiden
Fahrrinnen nicht verdient, auf denen es sich mühsam vor-
wärts arbeitete. Schließlich wich der verkrüppelte Eichenwald und machte Platz für eine große, mit kurzem Gras,
Wacholdersträuchen, Ginster und hartlaubigen niedrigen
Büschen bewachsene Wiese. In deren Mitte stand die gesuchte *ferme*. Etwa ein Dutzend Ziegen grasten, in einem
von einem breiten orangfarbigen Plastikgitterband abgezäunten Areal neben dem Haus. Das Anwesen machte einen idyllischen Eindruck, obwohl es sehr heruntergekomm-
men war. Die Fensterrahmen hatten dringend einen neuen
Anstrich nötig. Von den Fensterläden war die ursprünglich
wohl grüne Farbe fast überall abgeplatzt und machte dem
nackten, verwitterten Holz Platz. Trotzdem wirkte alles
sehr sauber. Das Fensterglas blinkte wie frisch geputzt. Es
lag nichts unaufgeräumt herum. Arm aber ordentlich, dachte Jeannine. Die Haustüre wurde von einer dichten *trompette de jericho* umrankt. Die Kletterpflanze mit ihren unzähl-
bar vielen orangen Trompetenblüten rankte sich bis zum
Hausdach empor und verlieh dem Anwesen einen fröhlich
farbigen Charakter. In einiger Entfernung vom Haus standen ein paar korrekt beschnittene Ölbäume. Neben einem
uralten, verrosteten und sicher nicht mehr funktionsfähi-

gem Traktor stand ein mindestens vierzig Jahre alter Renault R4. Er wirkte trotz seines Alters sehr gepflegt. Seine beigen Blechteile glänzten in der Nachmittagssonne. Keine Spur von Rost war zu sehen. Mit dem Auto brachte sie wohl ihren Käse zu den Märkten. Vom Geräusch des vorfahrenden Citroën angelockt, erschien eine alte Frau in der Tür eines aus rohen Steinen gemauerten Anbaus – offensichtlich der Ziegenstall. Das dachte zumindest Jeannine, denn die Öffnung führte in den abgezäunten Weidebereich der Tiere. Nach dem Eindruck, den der Hof auf sie gemacht hatte, hatte sie eine Frau in provenzalischer Tracht erwartet. Irgendwie war sie enttäuscht, dass die Bäuerin ganz normal und modern gekleidet war. Sie trug Jeans und ein gelbes T-Shirt. Ihre dichten grauen Haare allerdings hatte sie altmodisch in einem locker geflochtenen Zopf hochgesteckt. Sie stieg leichtfüßig über die Plastikumzäunung und ging auf Jeannine zu.

„Haben Sie sich verfahren, oder wollen Sie wirklich zu mir?" Aus der Nähe sah man, dass ihr Gesicht von vielen tiefen Falten durchzogen war – eine Folge ihres Alters und sicher auch der harten Arbeit auf dem einsamen Gehöft.

„Wenn Sie Josette Berthau sind, dann will ich zu Ihnen."

„Das freut mich. Ich bekomme selten Besuch. Wollen Sie Käse kaufen?" Sie deutete auf die Steinbank, die, umrankt von der *trompette de jericho*, vor dem Haus stand.

Nachdem sich beide gesetzt hatten, begann Jeannine:

„Nein, keinen Käse. Ich bin Polizeibeamtin. Sie nahm das Foto aus ihrer Handtasche.

„Man hat mir gesagt, das könnte Ihr Sohn sein?"

„Hmmm, was wollen Sie von ihm?"

„Wie heißt er?"

„Vincent, Vincent Berthau. Aber was hat er mit der Polizei zu tun?"

„Angeblich war er Zeuge eines Raubüberfalls, in Paris. Die Kollegen von der Pariser Polizei brauchen seine Aussage." Jeannine hatte sich diese Geschichte auf der Herfahrt ausgedacht. Sie hielt es für klüger, der Mutter den wahren Sachverhalt vorzuenthalten.

„Wieso ist er auf diesem Foto?"

„Das stammt von einer Überwachungskamera in dem Gebäude. Da ist er als Passant mit draufgekommen. Es ist leider nicht sehr gut."

„In Wirklichkeit ist er nicht so hässlich", meinte die Mutter nachdenklich.

Jeannine nahm diese Bemerkung zum Anlass, sich nach einem besseren Foto zu erkundigen.

„Wie? Haben Sie ein schöneres Foto von ihm? Bilder von schönen Männern schaue ich mir immer gerne an."

„Zum Fotografieren haben wir keine Zeit. Von früher, von seiner Kommunion und seiner Firmung gibt es ein paar Fotos. Da war ein Fotograf, der hat sehr schöne Aufnahmen gemacht. Wollen Sie die sehen?"

Jeannine lehnte dankend ab. Kinderfotos konnte sie wirklich nicht brauchen.

„Wissen Sie, wo er jetzt ist?", fragte Jeannine.

„Leider nein. Er ist beruflich sehr viel unterwegs. Für eine große Firma, in Marseille glaube ich. Irgendwas mit Import oder Export. Genaueres weiß ich auch nicht. Er kommt so selten hierher, und wenn, dann erzählt er nicht viel von seinem Beruf, sondern will sich erholen, hier, in der guten Bergluft und in der Einsamkeit."

„Wann war er das letzte Mal hier?"

„Das ist gar nicht solange her. Nach drei Jahren ist er endlich mal seine alte Mutter besuchen gekommen. Ich habe noch eine Tochter. Die lebt in Belgien, aber die kommt öfter, obwohl sie so weit weg wohnt."

„Wann genau war er hier?", insistierte Jeannine.

„Das dürfte drei, nein vier Wochen her sein. Da kam er plötzlich. Sagte, er sei so fertig, brauche Ruhe."

Jeannine wurde leicht ungeduldig. Sie brauchte Daten, keine derart vagen Zeitangaben.

„Bitte versuchen Sie sich zu erinnern! An welchem Tag genau ist er gekommen und wie lange ist er geblieben?"

Die Bäuerin verschränkte die Arme und schloss die Augen. Sie schien intensiv nachzudenken. Dabei murmelte sie leise vor sich hin:

„Also am Samstag, dem ersten August, da bin ich umsonst nach Carcès gefahren, weil wegen so einer blöden politischen Kundgebung der Samstagsmarkt ausgefallen ist. Da musste ich mit meinen *fromages de chèvre* wieder heimfahren, ohne einen einzigen verkauft zu haben. Am nächsten Samstag war wieder Markt. Aber da war Vincent auf die Insel gefahren. Gekommen ist er … lassen Sie mich überlegen … am Montag. Wie ich aus Cavaillon vom Markt heimgekommen bin – da habe ich übrigens alle meine Käse verkaufen können", sagte sie mit Stolz in der Stimme zu Jeannine. „An dem Montag war er schon da, als ich zurückgekommen bin."

„Das war dann der dritte August!" konkretisierte Jeannine und notierte das Datum.

„Und wann ist er wieder gefahren?"

Frau Berthau ging nicht auf Jeannines Frage ein. Sie erzählte weiter:

„Aber ich habe ihn nicht viel gesehen. Er ist viel in der Gegend gewandert, war auf der Jagd, mit dem Gewehr meines verstorbenen Mannes."

„Es ist doch Schonzeit!" wandte Jeannine ein.

„Das hat uns hier noch nie bekümmert. Er hat aber auch nie was geschossen. Trotzdem hat er jeden Abend das Gewehr und seine Pistole gereinigt."

„Er hat eine Pistole?"

„Ja, das hat mich auch gewundert. Er hat gesagt, die braucht man bei der Jagd – für den Fangschuss. Also mein verstorbener Mann hat sowas nie gebraucht! Der war ein guter Jäger und hat immer richtig getroffen."

„Sind die beiden Waffen noch hier?", fragte Jeannine.

„Ja, das Gewehr schon. Das gehört meinem Mann."

„Und die Pistole?"

„*Non, non*! Sowas hat es hier noch nie gegeben. Die hat er dabei gehabt, wie er gekommen ist, und sie auch wieder mitgenommen."

Da Jeannine aus der Anfrage der Pariser Kollegen wusste, dass der Mann auf dem Foto ein gesuchter Mafioso war, beunruhigte sie die Handfeuerwaffe, die er offensichtlich bei sich führte.

„Wo waren die Waffen, wenn er im Haus war und nicht beim Jagen?"

„Na oben, im Zimmer."

Die Bäuerin sah die Beamtin besorgt an.

„Sie glauben doch nicht, dass er etwas mit dem Überfall zu tun hat, von dem Sie vorhin gesprochen haben. Nein, Vincent ist ein guter Junge. Immer hilfsbereit. Aber er hat in seinem Beruf soviel zu kämpfen, dass er sich in letzter Zeit nicht um mich kümmern konnte. Aber künftig will er öfter kommen, hat er versprochen."

Sie bemerkte den skeptischen Gesichtsausdruck der Polizistin.

„Er hat mir sogar Geld gegeben, dass ich am Haus was reparieren lassen kann." Sie führte Jeannine in die große Wohnküche. Aus einer verbeulten Blechdose auf dem Küchenbüffet holte sie mehrere Geldscheine und zählte sie auf den Tisch.

„Da, viertausend Euro! Er ist eben ein lieber Junge! Jetzt glauben Sie es mir doch!" Sie stopfte die Scheine wieder in die Dose.

„Wo kann ich ihn finden?", fragte Jeannine besorgt, überzeugt, dass er alles andere als ein braver, harmloser Junge war. Doch die Bäuerin ging nicht auf ihre Frage ein sondern redete unbekümmert weiter.

„Er hat sich hier wohl gefühlt. Ich habe für ihn gekocht. Aber auf einmal hat er gemeint, er müsse ans Meer. Da ist er für drei Tage weggeblieben. Wie er zurückgekommen ist, hat er gesagt, dass es sehr schön war. Der Strand, die Wellen, das Schwimmen. Auf einer Insel war er, hat er gesagt. Porquerolles, in einem Luxushotel."

„Hat er gesagt, in welchem Hotel?"

„Nein, das glaube ich nicht." Sie schaute nachdenklich in die Luft. „Nein, den Namen hat er nicht gesagt, nur dass es sehr schön dort war – und teuer."

„Und an welchen Tagen war er auf der Insel?", hakte Jeannine nach. Das wusste die Bäuerin, denn es war das Wochenende mit dem Freitagsmarkt in Lourmarin und dem Samstagsmarkt in Carcès. Ohne lange überlegen zu müssen sagte sie:

„Freitag, Samstag und Sonntag."

Jeannine rechnete schnell nach: Das war der siebte bis neunte August.

„Zwei Tage ist er danach noch hier geblieben. Dann hat ihn die Unruhe gepackt. Er muss weg, wieder arbeiten, hat er gesagt. Ja, und seit dem habe ich ihn nicht mehr gesehen und nichts von ihm gehört. Ich weiß nicht, ob er in Paris war. Aber wenn Sie es sagen, dann wird es schon so gewesen sein. Nein", endlich kam sie auf Jeannines Frage zurück. „Ich weiß wirklich nicht, wo er jetzt ist."

„Aber sein Arbeitgeber wird es sicher wissen. In welchem Unternehmen arbeitet er?"

„Irgendwas mit Import oder Export, in Marseille", wiederholte sie, was sie vorhin schon gesagt hatte.

„Genauer wissen Sie es nicht?"

„Nein, wie gesagt, er erzählt mir nie etwas über seinen Beruf. Aber er scheint ganz gut zu verdienen."

„Was für ein Auto fährt er?"

„Das weiß ich nicht. Hierher ist er mit einem Motorrad gekommen. Ein lautes rotes Ding. Ziemlich groß war es."

„Das Kennzeichen haben Sie sich nicht gemerkt?"

„*Non*, da habe ich nicht drauf geachtet."

Das Gespräch stockte für eine Weile. Vincent Berthau, der Sohn dieser gutgläubigen Bäuerin war der gesuchte Mafiakurier. Davon war sie überzeugt. Aber was nützte das. Sie brauchte etwas Handfestes, Beweise, die sie den Pariser Kollegen liefern konnte. Wenigstens seine Fingerabdrücke sollte sie sich besorgen. Das Gewehr! Das hat er in der Hand gehabt, überlegte sie.

„Würden Sie mir bitte das Jagdgewehr zeigen?", bat sie die Bäuerin. Diese führte sie durch einen Flur und über eine steile Steintreppe ins Obergeschoß. Von einer engen Diele gingen drei Türen ab. Sie deutete auf eine.

„Das ist unser Schlafzimmer", sagte sie. „Nun, jetzt schlafe ich alleine dort. Die dort führt in eine Kammer. Und das hier war früher das Zimmer von Vincent. Später hat es mein Mann benutzt, um dort seine Sachen aufzubewahren."

Sie öffnete die Türe, die den Blick in einen Raum mit grob verputzten, weiß gekalkten Wänden und einer von dicken Eichenbohlen getragenen Holzdecke freigab. Die Einrichtung war ländlich-bäuerlich. Ein Bett, ein breit ausladender, alter provenzalischer Eichenschrank, ein Tisch, ein Stuhl und eine Eichentruhe, mehr befand sich nicht im Zimmer.

„Das Gewehr müsste in der Truhe sein", sagte die Frau. Jeannine hob den Deckel an und nahm die Waffe vorsichtig heraus – eine Forest Favorite Special, wie sie anhand der Prägung auf dem Schaft sah.

„Bitte zeigen Sie mir die zur Waffe gehörenden Dokumente. Wo und wann wurde sie registriert?"

„ Papiere? Was für Papiere? Haben wir nicht. Die Flinte hat mein Mann mal mit nachhause gebracht. Er hat sie einem Jäger abgekauft. Ich weiß nicht einmal, wann das war. Es ist aber schon viele Jahre her. Von Papieren hat er nie was gesagt."

„Das ist aber Vorschrift", klärte Jeannine die Bäuerin auf.

„Aber ich habe doch keine Ahnung von solchen Sachen. Und ich brauche sie auch nicht, hab sie noch nie benutzt."

„Passen Sie auf", schlug die Polizistin vor:

„Ich nehme die Waffe mit." Auf die ablehnende Miene der Bäuerin fuhr sie fort: „Natürlich kriegen Sie eine Quittung. Ich kümmere mich um die Registrierung und den Bürokratiekram und dann bekommen Sie das Gewehr wieder. *D'accord?*" Nach kurzem Zögern antwortete die Bäuerin:

„Wenn Sie es sagen, wird es schon seine Richtigkeit haben. *D'accord!*"

„Könnte ich bitte ein Blatt Papier haben, damit ich den Empfang der Waffe quittiere"

„Das braucht es doch nicht. Ich glaube ihnen auch so, dass Sie mir die Flinte wieder bringen."

Vorsichtig trug Jeannine die Waffe die Treppe hinunter, durch den Flur und über die Wiese zu ihrem Auto. Dann verabschiedete sie sich von der gutgläubigen Bäuerin. Beim Einsteigen meinte sie noch:

„Nochmal zu Ihrem Sohn, Madame Berthau, wenn Sie von ihm hören, dann rufen Sie mich bitte an. Hier ist meine Karte."

Zufrieden mit sich, weil das mit der Flinte so problemlos funktioniert hatte, fuhr sie auf dem holprigen Schotterweg zurück zur Hauptstraße. Jetzt musste sie nur noch das Gewehr bei der Spurensicherung vorbeibringen, einen kurzen Bericht über ihren Besuch bei Frau Berthau schreiben und nach Paris schicken, und dann würde sie endlich Feierabend machen. Vielleicht sollte sie an die Küste fahren, an irgendeinen schönen Strand, und das Versinken der Sonne im Meer beobachten.

Ein alter Mord bringt die Polizei auf Trab

Montag, 24.8.

Als Jeannine am nächsten Tag gegen Mittag ins Kommissariat kam, wurde sie gleich von Monique Dépardieu, der Abteilungssekretärin, abgefangen. Ein Anruf aus Paris sei für sie gekommen mit der dringenden Bitte um Rückruf. Während Monique einen Espresso für die Brigadierin zubereitete, nahm Jeannine den Zettel mit der Nummer, die Monique für sie notiert hatte, und setzte sich ans Telefon. Am anderen Ende meldete sich eine Frau.

„Kommissariat in Aix en Provence, Jeannine Dalmasso, ich soll zurückrufen. Um was geht es bitte?"

„Wer spricht?"

„Brigadier Dalmasso, Jeannine Dalmasso, Mordkommission der *Police judiciaire* in Aix."

„Ah-ja! Moment, ich verbinde."

Nach einigen Musiktakten meldete sich eine männliche Stimme.

„*Brigadier* Dalmasso, danke, dass Sie zurückrufen. Ihre Techniker haben uns noch gestern die Prints von dem Gewehr geschickt. Wir haben sie durch unsere Datenbanken gejagt. Jetzt raten Sie, was rausgekommen ist!"

Die Stimme machte eine Kunstpause.

„Die Abdrücke waren schon im System. Und zwar in Zusammenhang mit dem Mord an einem Drogendealer irgendwo bei Ihnen unten, bei Marseille. Vor zwei Jahren. Die Kollegen dort hatten zwar die Prints, aber keinen Namen dazu. Dank Ihrer Arbeit kennen wir den jetzt. Außerdem gibt es noch das Foto – kein besonders gutes, aber immerhin."

„Dann habe ich meinen Sonntag ja nicht ganz umsonst geopfert", sagte Jeannine. „Jetzt haben Sie was in der Hand und können weiterarbeiten."

Sie wünschte ihrem Gesprächspartner weiter viel Erfolg, verabschiedete sich mit einem *salut* und wollte auflegen.

„Halt! Es geht noch weiter! Da es sich jetzt eindeutig um eine Rauschgiftgeschichte handelt sind wir, also die UCRAM, nur noch am Rande zuständig. Unsere Drogenleute wollen den Fall auch nicht. Mein Chef und der Leiter der MILAD sind der Meinung, dass jetzt die Mordkommission wieder zuständig ist, wegen dem Mord damals in Marseille. Der Fall Berthau wurde schon an die *direction nationale* der *Police judiciaire* weitergeleitet."

Was dann kam, war eine Riesenüberraschung für *brigadier* Dalmasso. Kaum hatte sie das Gespräch beendet, legte Monique Dépardieu ihr ein Blatt Papier vor.

„Das kam gerade per Fax."

Jeannine erkannte das Logo und den Briefkopf des *Directeur général de la Police judiciaire*. Staunend las sie, dass der oberste Chef der Kriminalpolizei entschieden habe, den Fall Vincent Berthau der Mordkommission der PJ in Aix en Provence zuzuweisen. Als Begründung war angegeben, dass der Mord an dem Drogenhändler Fernando Fassi vor zwei Jahren von der Mordkommission Aix en Provence unter der Leitung von *Commissaire divisionaire* Lafontaine bearbeitet worden war. Deshalb sei es geboten, mit dem Fall Berthau, der nach neuesten Erkenntnissen unzweifelhaft in direktem Zusammenhang mit dem damaligen Mord stehe, wieder dieses Kommissariat zu befassen. Unterzeichnet war die Anweisung vom Stellvertreter des *Directeur général*.

„*Commissaire* Lafontaine war der Vorgänger unseres jetzigen Chefs", sagte Monique zu Jeannine.

„Das weiß ich, ich bin doch kurz vor seiner Pensionierung zu euch gekommen."

„Da Jean-Luc Urlaub hat, dürfte Claude den Fall übernehmen. Er ist als Dienstältester sein offizieller Stellvertreter", dachte die Sekretärin laut nach. „Ich werde gleich alle zur Besprechung zusammenrufen."

Bereits nach wenigen Minuten hatten sich die Mitarbeiter von Papperins Kommissariat am großen ovalen Besprechungstisch eingefunden und diskutierten die neue Lage.

„Ich weiß gar nicht mehr, wer den Mord damals bearbeitet hat", begann *lieutenant* Claude Lavalle. „Ich kann ihn

jedenfalls nicht übernehmen. Ich habe mit dem Banküberfall auf die CA mehr als genug zu tun."

Er blickte nachdenklich jeden einzelnen in der Runde
an. Schließlich wandte er sich an *brigadier* Dalmasso:

„Jeannine, du steckst doch schon mitten drin in dem
Fall, hast die Mutter von Vincent Berthau vernommen, hast
das mit dem Gewehr und den Fingerabdrücken super gemacht. Bleib du bitte dran. Wenn du Verstärkung brauchst,
dann nimm dir …" Wieder schaute er sich fragend um,
überlegte, wer am ehesten noch freie Kapazität hatte. „Guy-
deux, kannst du ihr bei Bedarf beispringen? *Bien*, das war
es dann!"

Da es in Papperins Kommissariat zwei Guys gab, hatte
man dem jüngeren der beiden, *brigadier* Guy Debordeau,
einen schlaksigen, meist schlampig angezogenen, aber in
Computer- und Internetsachen unschlagbaren jungen
Mann einfach die Zahl zwei an den Namen angehängt:
Guy-deux.

***

Jeannine und Guy-deux hatten die damalige Akte gelesen und berieten nun das weitere Vorgehen.

„Wir wissen, wie er heißt, wir haben seine Fingerabdrücke, wissen, dass er vor zwei Jahren Fernando Fassi erschossen hat, einen Drogendealer. Wir wissen, dass er eine
Pistole hat. Angeblich arbeitet er in Marseille bei einer Im-
port-Export-Firma. Außerdem besucht er ab und zu eine
Nutte in einem Pariser Edelpuff. Und er war angeblich vor
ein paar Wochen auf der Insel Porquerolles auf Kurzurlaub.
Was können wir damit anfangen?" Fragend schaute Jeannine ihren Kollegen an.

„Guy-deux, du bist doch ein Informatik-Freak. Kannst
Passwörter knacken. Kein Computer und keine Datei sind
vor dir sicher. Fällt dir nichts dazu ein?"

„Ich kann es ja mal versuchen. Wenn er Angestellter ist,
dann müssten die Sozialversicherung und die Lohnsteuer
seinen Namen ja irgendwo gespeichert haben. Ich geh mal
rüber in mein Zimmer und probiere ein bisschen was."

Die folgende Stunde verwendete Jeannine dazu, die Akte Fernando Fassi nochmals aufmerksam zu studieren.

„Kommst du mal schnell rüber?" Guy-deux war am Apparat.

In seinem Zimmer fand sie ihn vor drei Bildschirmen sitzend und schnell etwas in die Tastatur tippend.

„Da links habe ich die Steuerverwaltung drauf, und rechts, das ist von der *sécurité sociale*. Also unter seinem Namen ist er nirgends registriert, bei beiden nicht."

„*Merde*! Dann tappen wir weiter im Dunkeln?"

„Nein, ganz so schlimm ist es nicht. Schau hier!", dabei deutete er auf den rechten Bildschirm.

„Die Sozialversicherung speichert von jedem Versicherten auch die Namen der Eltern. Und da bin ich hierauf gestoßen." Er öffnete ein neues Fenster.

„Berthau ist ein häufiger Namen. Aber Josette Berthau gibt es nur zweimal als Mutter. Schau her!"

In einer unübersichtlichen und endlos langen Tabelle erschienen zwei Namen auf dem Bildschirm: Chantal Gruhier, geborene Berthau und Grégory Haubert.

„Bei beiden heißen die Eltern Berthau, Josette und A-lain Berthau. Das sind, scheint es, die Kinder von Josette Berthau. Seine Mutter heißt doch Josette Berthau, oder?"

„Doch, schon. Aber den Namen seines Vaters weiß ich nicht. Der ist schon vor ein paar Jahren gestorben."

"Das haben wir gleich. Ich schau in den *pages blanches* der *télécom* nach. In Vauvenargues, hast du gesagt?"

Nachdem Jeannine bejahend genickt hatte, klapperte er wieder auf seiner Tastatur.

„Hier, er steht immer noch im Telefonbuch: *Alain et Josette Berthau, 978 route du col des portes, 13126 Vauvenargues.*"

„Bingo! Das ist er!", jubelte Jeannine und schlug ihrem Kollegen anerkennend auf die Schulter. „Aber wieso heißt er Haubert und nicht Berthau?"

„Er lebt unter einem falschen Namen. Ziemlich einfallslos, einfach die Silben zu vertauschen: Berthau – Haubert."

„Hast du noch mehr?"

„Ja, laut Sozialversicherungsanstalt arbeitet er in einem Import-Unternehmen. Allerdings nicht in Marseille, sondern in Aubagne. *AEA-Appareils Électroniques Aubagne s.a.r.l.* – so heißt die Firma. Ich hab auch schon einen Handelsregisterauszug ausgedruckt."

„Super! Dann fahren wir gleich hin!"

***

Sie fanden das Unternehmen ohne Probleme. Das moderne Bürogebäude mit angebauter Lagerhalle lag in der *Zone industrielle des Paluds* in einem Vorort östlich von Aubagne. Jeannine und Guy-deux waren mit ihrem als Polizeifahrzeug gekennzeichneten Dienstwagen vorgefahren. Schnell gingen sie durch die glühende Hitze, die über dem asphaltierten Parkplatz flimmerte, auf die hohe Glasfront des Gebäudes zu. Die plötzliche Kälte im Inneren traf sie wie ein eisiger Windhauch. Die Klimaanlage musste auf Hochtouren laufen, so kühl war es dort. Eine junge Frau hinter einer Empfangstheke schaute erst erstaunt das Polizeifahrzeug an, dann wandte sie den Blick den beiden Beamten zu. Schließlich stand sie auf und ging ihnen entgegen.

„Was führt die Polizei zu uns?", fragte sie.

Jeannine erklärte, dass sie im Rahmen einer Routinerecherche Erkundigungen zu einem der Angestellten der Firma durchführten. Sie würden gerne den Personalchef sprechen. Eine eigene Personalabteilung habe das Unternehmen nicht, meinte die Empfangsdame, dafür sei es nicht groß genug.

„Um wen handelt es sich denn?", wollte die Empfangsdame wissen.

„Um Ihrem Kollegen Grégory Haubert. Der ist doch hier angestellt?"

„Den habe ich noch nie gesehen, der ist im Außendienst – Ausfahrer. Er kommt selten, und dann immer abends, wenn ich schon Feierabend habe. Aber sie könnten mit dem Lohnbuchhalter sprechen, der hat ihn auch nicht oft gesehen, aber er ist für die Lohnkonten und die Gehaltszahlungen zuständig."

„Er soll gleich die Personalakte mitbringen. Die brauchen wir dringend", forderte Guy-deux.

„Das wird nicht möglich sein. Die führt der Chef selbst."

„Dann führen Sie uns eben zu Ihrem Chef."

„Das geht nicht!"

„Wieso? Ist er nicht da?"

„Natürlich ist er hier. Aber er arbeitet. Wegen so einer Lappalie darf ich ihn nicht stören."

Es kostete die beiden Polizisten einige Überzeugungskraft, die widerstrebende Angestellte zu bewegen, wenigstens bei ihrem Chef nachzufragen, ob er bereit wäre, die Kriminalbeamten zu empfangen.

Nach einem kurzen Telefonat geleitete sie die beiden Ermittler in einen geräumigen Büroraum. Ein schlanker Mann von etwa vierzig Jahren erhob sich hinter einem modernen Designerschreibtisch aus Glas und Stahl. Er war groß, trug einen hellen, leichten Sommeranzug, war braun gebrannt und hatte lange glänzende Haare, die ihm bis über die Ohren reichten. Ein wie mit dem Lineal gezogener Scheitel teilte seine schwarze Haarpracht. Er kam hinter dem Schreibtischungetüm hervor und begrüßte die Polizisten mit der Frage:

„Aus welchem Grund interessiert sich die Polizei für mein Unternehmen?"

Jeannine erläuterte, es sei nicht das Unternehmen, sondern einer seiner Angestellten, über den sie Informationen einholen müssten - Grégory Haubert.

Der Unternehmer – er hieß Ion Massoud, wie die beiden auf dem Türschild gelesen hatten – kratzte sich mit dem kleinen Finger der linken Hand am Nasenflügel und meinte dann nachdenklich:

„Grégory ist ein sehr zuverlässiger Mitarbeiter. Er arbeitet im Außendienst, in der Auslieferung. Leider können Sie ihn nicht sprechen. Er hat Urlaub, noch zwei Wochen."

Auf die Frage, ob er wisse, wo er Urlaub mache und ob man ihn dort treffen könne, antwortete er:

„Nein, dazu hat er nichts gesagt. Wissen Sie, er ist ein sehr zurückhaltender, verschlossener Mensch. Ein hervorragender Mitarbeiter, aber er hat so gut wie keine näheren Kontakte zu seinen Kollegen. Das ist auch fast nicht möglich, weil er immer auf Achse ist – Außendienst eben. Aber warum interessiert sich die Kriminalpolizei für ihn? Er ist doch nicht in etwas Kriminelles verwickelt? Das wäre ein fristloser Kündigungsgrund. Aber das kann ich mir nicht vorstellen. Für meine Angestellten lege ich meine Hand ins Feuer. Ich habe sie schließlich selbst ausgewählt und eingestellt."

Jeannine beruhigte ihn. Es gehe nur um eine Routineüberprüfung. Eventuell benötige man seine Zeugenaussage. Mehr dürfe sie leider nicht sagen – aus ermittlungstechnischen Gründen. Er verstehe das sicher. Und ob sie einen Blick in die Personalakte werfen dürften.

Nach kurzem Zögern ging der Firmenchef zu einem Stahlschrank und entnahm ihm einen dünnen Schnellhefter.

Jeannine und Guy-deux beugten sich über das Dossier. Sie notierten sich die Wohnadresse, die Telefonnummer und die Bankverbindung. Der hinzugerufene Lohnbuchhalter zeigte ihnen seine Aufzeichnungen. Die regelmäßigen monatlichen Gehaltszahlungen bewegten sich in unspektakulärem Rahmen. Alles schien normal zu sein. Die gesetzlichen Vorschriften wurden befolgt. Zu seinem Kollegen Grégory Haubert befragt, antwortete der Buchhalter:

„Den habe ich noch nie gesehen. Der ist im Außendienst."

„Also ich bin hundertprozentig sicher, dass eine Verwechslung vorliegt", meinte der Firmenchef, als sich die beiden Beamten verabschiedeten. „Ich halte es für ausgeschlossen, dass einer meiner Leute ins Visier der Polizei geraten ist. Nun ja, vielleicht mit der Verkehrspolizei wegen Falschparkens oder zu schnellen Fahrens. Aber doch nicht mit der Kriminalpolizei!"

Als sie das Unternehmen von *monsieur* Massoud verließen, war es schon spät am Nachmittag. Trotzdem fuhren
sie zur Wohnung, die in der Personalakte angegeben war.
Sie lag in einem Vorort von Marseille im vierten Stock eines
etwas heruntergekommenen Wohnblocks. Die Wohnung
war verschlossen. Nachbarn, die sie befragten, sagten, sie
stehe seit langem leer. Zumindest hätten sie nie jemanden
kommen oder gehen sehen. Auch die Nachfrage bei der
Bank, die sie am nächsten Tag aufgesucht hatten, ergab
keine brauchbaren Hinweise. Das Konto bestehe schon seit
langem. Nein, den Kontoinhaber habe man seit Jahren nicht
mehr persönlich gesehen. Alle Transaktionen würden onli-
ne abgewickelt.

Jeannine nahm sich vor, dem Hinweis der Mutter von
Vincent Berthau alias Grégory Haubert nachzugehen und
in den nächsten Tagen Nachforschungen auf der Insel Porquerolles anzustellen.

Papperins Urlaub bekommt eine neue Qualität
Dienstag, 25.8.

Gleich nach dem Frühstück waren Jean-Luc und Nia aufgebrochen. Mit Proviant und reichlich Mineralwasser im Rucksack hatten sie sich auf den Weg gemacht, den G-14, den Rundwanderweg, der rings um die Insel führte. Der Steig schlängelte sich bergauf und bergab, über kahle weiße Felsen, schroffe Klippen hoch über dem blauen Meer, durch stachelige Macchie, unter hohen, willkommenen Schatten spendenden Schirmpinien hindurch. Dann wieder durch übermannshohes Gebüsch, durch das sich der Pfad wie durch einen dunklen grünen Tunnel zwängte, so dicht verflochten waren die stacheligen Büsche über ihren Köpfen. Sie trafen auf keine Menschenseele. Die Badegäste waren offensichtlich zu träge zum Wandern. Papperin konnte es ihnen nicht verdenken, denn es war heiß. Die Sonne brannte unbarmherzig, obwohl es erst gegen zehn Uhr ging. Die Hitze traf die beiden ungemildert – nicht der leiseste Windhauch brachte Kühlung. Nur die Zikaden schienen sich in der Glut richtig wohl zu fühlen. Ihr lautes Kreischen gellte in den Ohren und übertönte jedes andere Geräusch. Den vorhersehbaren Temperaturen zum Trotz hatten sich die beiden vorgenommen, den ganzen langen *sentier littoral* zu machen. Und das wurde jetzt auch durchgezogen. Nia mit ihrer im Fitnessstudio gestählten Kondition bestand darauf. Sie hatte schon zweimal Papperins Vorschlag abgelehnt, abzubrechen, den kurzen Weg quer durch die Insel zum Ort Porquerolles zu nehmen und sich dort in eine schattige Bar zu setzen. Einmal, vom *Phare de Porquerolles*, an der südlichsten Stelle der schmalen Insel, hätte eine Straße auf kürzestem Weg direkt ins Dorf geführt. Die zweite Gelegenheit war am *cale longue de l'ousteau de dieux*. Auch von dort hätten sie das Dorf noch relativ schnell erreicht. Sie waren aber weiter gen Osten gewandert.

Nach Stunden trafen sie auf einen Schotterweg, eigentlich waren es nur zwei Fahrspuren, die, links von Norden kommend, ihren Pfad kreuzten und in eine kleine Bucht hinab führten. Dem folgten sie. Nach wenigen Minuten lichteten sich die dichten Büsche und gaben den Blick auf einen schmalen Fjord frei. Eingezwängt zwischen Felswänden leuchtete das Meer tiefblau und spiegelglatt. Davor lag sichelförmig ein Sandstrand, nur wenige Meter breit. Ein Betonblock, auf dem man bequem zu zweit sitzen konnte, ragte aus dem Sand, teilweise noch vom dichten Nadeldach einer Schirmpinie überschattet. Es war ein idealer Rastplatz. Nia und Jean-Luc ließen sich darauf nieder, packten ihren Proviant aus und legten ihn zwischen sich auf den aufgeheizten Beton.

„Wozu die den Block wohl benutzt haben?", fragte Nia und bewegte den schweren Eisenring, der an der Frontseite angebracht war. „Zum Festmachen von Schiffen - Fischerbooten?", meinte Papperin. „Aber wahrscheinlich wird der schon lange nicht mehr gebraucht. Die Fischkutter werden doch den Hafen ansteuern und nicht diese einsame, menschenleere Bucht fernab von allem Leben."

Plötzlich erklang Joe Dassins Chanson *Aux champs Èlysées*. Zuerst leise, dann immer lauter werdend.

„Mein Handy, *merde*! Wer stört uns hier?" Papperin grub das Telefon aus den Tiefen des Rucksacks.

„*Oui?*"

„*Commissaire* Papperin?"

„Am Apparat! Wer sind Sie?"

„*Pardon, je suis Denis Pardigon, Contrôleur général de la Police nationale de la région Provence-Alpes-Côte d'Azur.*"

Die Stimme legte eine kurze Pause ein, räusperte sich und fuhr dann fort:

„*Monsieur le commissaire*, ich komme gerade von der turnusmäßigen Konferenz der Leiter der Hauptabteilungen der *Police nationale*. Dort habe ich vom Direktor der MILAD folgendes erfahren: ... Sind Sie noch dran? Es rauscht so entsetzlich ... Hallo?"

„Doch, ich höre Sie. Das Netz ist nicht besonders gut hier auf der Insel."

„Also nochmal: Von der MILAD wissen wir: Die amerikanische National Security Agency hat ein Telefonat abgehört und, weil es Frankreich betrifft, unserem Geheimdienst mitgeteilt. Der hat es an unsere Antidrogenabteilung weitergegeben. Danach soll sich ein hoher Funktionär eines Rauschgiftkartells auf der Insel Porquerolles befinden oder demnächst dorthin kommen. Nach dem Telefonmitschnitt soll er die Anlieferung einer größeren Sendung von Heroin persönlich überwachen. Offensichtlich sind in letzter Zeit ein paar Unregelmäßigkeiten aufgetreten, deshalb die Einschaltung eines der höheren Bosse. Es könnte sich auch um eine andere Droge handeln, nicht um Heroin. Genaueres soll aus dem Telefonat nicht zu entnehmen gewesen sein."

Ein trockenes Husten unterbrach seinen Monolog.

„Wir haben keinerlei weitere Informationen, weder zu dieser Person, wir wissen nicht einmal, ob es sich um eine Frau oder einen Mann handelt, geschweige denn zum Zeitpunkt. Lediglich, dass er oder sie – ich zitiere wörtlich aus der NSA-Mitteilung – ,is likely to stay in a hotel of the most luxury and comfortable category as possible'. Also dass diese Person höchste Ansprüche an Luxus und Komfort stellt."

Er räusperte sich und fuhr dann fort:

„Ihr Vorgesetzter sagte mir, sein fähigster Beamter befände sich gerade zu Urlaubszwecken auf der Insel und wohne dort im besten Hotel."

Die Stimme machte wieder eine kurze Pause. Papperin schwante, was jetzt folgen würde.

„Wir haben deshalb vereinbart, Sie ab sofort mit dem Fall zu betrauen."

„Monsieur le contrôleur, das geht nicht! Ich bin mit meiner Lebensgefährtin hier in Urlaub. Ich habe seit Jahren keinen Urlaub gehabt und kann ihn jetzt nicht einfach abbrechen. Ich kann das meiner Frau nicht antun. Auf keinen Fall! Schicken Sie bitte einen anderen Beamten."

„Auf keinen Fall machst du das", schimpfte Nia, die aus Papperins Antworten korrekt geschlossen hatte, was der hohe Polizeibonze von ihrem Jean-Luc verlangte. „Sag ihm, dass das nicht geht!"

Als hätte er Nias Worte verstanden, fuhr der Polizeichef mit strenger Stimme fort:

„Erstens: Um Missverständnissen vorzubeugen: Dies ist eine Dienstanweisung, der Sie sich nicht zu widersetzen haben! Zweitens:"

Jetzt wurde sein Ton etwas milder.

„Sie sollen Ihren Urlaub ja gerade nicht abbrechen. Sie sind auf der Insel als Urlauber eingeführt und bekannt. Sie dürfen gar nicht offiziell als Polizeibeamter im Dienst auftreten. Sie müssen vielmehr weiter Ferien machen und dabei das Terrain sondieren, quasi undercover. Es wäre viel zu auffällig, wenn jetzt plötzlich, nach diesem abgefangenen Telefonat, ein neuer Polizeibeamter in Ihrem Hotel auftauchen würde, selbst wenn er sich nicht als solcher zu erkennen gibt. Polizisten werden von Ganoven immer erkannt. Es ist ein Gebot der Stunde, den Vorteil auszunutzen, den Ihr schon seit längerem dauernder Urlaub für uns mit sich bringt."

„*Monsieur le contrôleur,* ich muss mich Ihrem Befehl beugen! Aber ich tue es nur unter Protest. Es ist ein harter Eingriff in mein Privatleben."

Aus dem Hörer tönte plötzlich eine völlig veränderte, fast freundschaftlich klingende Stimme:

„*Monsieur* Papperin, ich habe den Unmut Ihrer Frau im Hintergrund sehr wohl gehört. Bitte geben Sie mir sie kurz."

Verblüfft reichte Papperin das Handy an Nia weiter.

„*Chère Madame, je suis désolé*! Aber es geht wirklich nicht anders."

Fast schmeichlerisch klang Papperins höchster regionaler Vorgesetzter jetzt:

„Ich kann Ihnen versprechen, dass Ihr Urlaub wie bisher weitergeht. Ihr Mann muss nur die Ohren ein bisschen aufhalten. Und noch etwas: Ab sofort übernimmt die *République Française* die Kosten Ihres Aufenthaltes. Vielleicht stimmt Sie das etwas milder!"

„Monsieur, aufs Geld kommt es mir nun wirklich nicht an! Aber ich kenne meinen Jean-Luc. Er ist hundertprozentig pflichtbewusst. Deshalb stellt er sein Privatleben immer hintan. Wir werden versuchen, das Beste draus zu machen. *Au revoir monsieur!*"

Sie beendete das Gespräch durch Drücken der Taste mit dem roten Hörer.

„Bist du jetzt sauer?", fragte Papperin zerknirscht.

„Nnnnein! Ich weiß ja, dass du gar keine andere Wahl hast. Aber heute Abend trinken wir eine Flasche Dom Perignon im Hotel. Und wenn sie tausend Euro kostet! Die sollen bluten für das, was sie uns antun!"

***

Selbstverständlich hatten sie ihre Inselumrundung fortgesetzt und waren nachmittags erschöpft und durstig im Dorf Porquerolles angekommen. Eine schattige Bar direkt am Hafen hatte sie unwiderstehlich angezogen. Ein Liter San Pellegrino, ein *pichet* voll eiskaltem Rosé, serviert mit kleinen Käsestangen aus Blätterteig und einer Schale schwarzen Oliven, hatten ihren Durst gelöscht, den gröbsten Hunger gestillt und ihre Lebensgeister wieder auf Vordermann gebracht. Jetzt saßen sie im Schatten des riesigen Sonnenschirms, streckten die Beine unter den Tisch und beobachteten zufrieden das Treiben im Hafen. Ein Fährschiff brachte neue Gäste auf die Insel. Sie gingen, ihr Gepäck tragend oder hinter sich herziehend, die Mole entlang zum Dorfzentrum. Manche setzten sich gleich auf die Terrasse einer der vielen Bars. Andere steuerten zielstrebig ihr Hotel an. Zwei der Schiffspassagiere, eine übertrieben modisch gekleidete und auffällig geschminkte alte Frau und ein junger Mann standen zuerst etwas ratlos am Kai und hielten nach irgendetwas Ausschau. Schließlich entdeckten sie den wartenden Shuttlebus des Hotels *L'Étoile de l'Île* und kletterten hinein – die Alte kam kaum die steilen Trittstufen hinauf. Nur mit Hilfe des Busfahrers, der sie an der Hand hochzog und ihres jungen Begleiters, der sie von hinten stützte, gelang das Unterfangen.

„Was meinst du?", fragte Papperin seine Freundin.

„Eine aufgedonnerte alte Fregatte mit ihrem Gigolo im

Schlepptau? Oder eine begüterte Mutter, die das Altwerden nicht wahrhaben will, mit ihrem braven, aber frustrierten Sohn?"

„Letzteres! Aber wir werden es ja sehen, wenn wir wieder im Hotel sind."

Papperin bestellte sich noch ein Bier und betrachtete nachdenklich die Touristenschar. Wie stellte sich Pardigon das eigentlich vor, rätselte er. Die Augen offen halten und die Insulaner unauffällig überwachen. Bei der Menschenmenge. Das sind Hunderte. Ich kann doch nicht an jeder Zimmertüre lauschen, und noch dazu in verschiedenen Hotels.

„Was schaust du so griesgrämig? War es nicht schön heute?"

„Doch schon. Aber die Oberpolizisten in Paris stellen sich alles viel zu einfach vor."

„Der hat doch nur gesagt, dass du weiter Urlaub machen sollst wie bisher, und dass Paris alles bezahlt. Also machen wir das so!"

„Du hast Recht!" Papperin winkte dem Kellner und verlangte die Rechnung. Am Rückweg zum Hotel, vorbei am langen, von Badegästen überquellenden *Plage d'Argent*, und über die schroffen Klippen des *Cap Rousset*, beschloss er, sich vorerst auf das *Ètoile de l'Île* zu konzentrieren. Er fand es sehr wahrscheinlich, dass der Boss eines Drogenkartells das beste Hotel für seinen Aufenthalt wählte und sich nicht in irgendeiner minderen Herberge niederließ. Natürlich wusste Papperin, dass er damit vielen Hotels Unrecht tat. Es gab neben dem *Ètoile* noch andere erstklassige Häuser auf der Insel. Aber irgendwie wollte er seinen Entschluss vor sich selbst rechtfertigen.

***

Das *dîner*, das sie wieder im *Pin Parasol* einnahmen, war wie stets von herausragender Qualität. Croutons mit *Tapenade*[8] und *Anchoiade*[9] als *mise en bouche*, dann lauwarmer

---

[8] Paste aus im Mörser zerstampften schwarzen Oliven, Sardellen, Kapern, abgeschmeckt mit Olivenöl, einem Spritzer Zitronensaft und schwarzem Pfeffer.

Oktopus mit gedünsteten Stangensellerie und *pommes vapeur*, beträufelt mit einem Hauch Olivenöl aus Les Baux – dem besten Öl Europas, wenn man den hochtrabenden Worten der Speisekarte glauben schenkte. Die leisen Gespräche der Speisenden bildeten eine vornehme Geräuschkulisse, die gelegentlich nur durch ein lautes, unbedachtes Klappern eines Besteckteils, oder das helle Lachen von einem der wenigen Kinder gestört wurde.

Mitten unter dem Hauptgang – sie hatten beide eine knusprig gegrillte *Dorade de la Méditerranée* gewählt – zerriss lautes Dröhnen die ruhige Geschäftigkeit. Fast alle Gäste blickten neugierig oder erschreckt auf. Gegen den fahlen Abendhimmel sah man einen Helikopter auf das als Landeplatz gekennzeichnete Rasenstück herabsinken.

Im schwachen Licht der beginnenden Nacht konnte man beobachten, wie die Türe sich öffnete und ein vollständig in weiß gekleideter Mann dem Fluggerät entstieg. Er lief auf das Hotelgebäude zu, mit einer Hand den weißen Hut festhaltend, der sonst im Windwirbel des Rotors hinweggefegt worden wäre. Man sah einen Pagen herbei eilen. Zwei Gepäckstücke wurden aus dem Hubschrauber gereicht. Noch ehe der Hoteldiener zurücklaufen konnte, schwoll das Brummen des Motors zu einem ohrenbetäubenden Lärm an. Sand und Staub wurden aufgewirbelt, als sich der Helikopter in Zeitlupe vom Boden löste, langsam an Höhe gewann und in Richtung Festland davon schwebte.

Nach dieser Unterbrechung widmete man sich auf der Hotelterrasse wieder dem Menu.

„Angeber, neureicher!" schimpfte Papperin leise, so, dass es Nia, aber nicht die Gäste an den umliegenden Tischen verstehen konnten.

„Lässt sich hier einfliegen und denkt sich nichts dabei, dass er andere mit dem Lärm und dem aufgewirbelten Staub stört. Lackaffe!"

---

[9] Paste aus im Mörser zerstampften Sardellen und Knoblauchzehen, gemischt mit Eigelb und Olivenöl.

Nach dem Hauptgang wurde der Käsewagen herangerollt und schließlich kam das Dessert. Jean-Luc und Nia wählten beide die *tarte aux citrons de Menton*, ein goldgelb überbackenes Zitronenschaumtörtchen.

Irgendwie war es inzwischen zu einer lieb gewonnenen Gewohnheit geworden, dass Nia und Jean-Luc nach dem *dîner* die Hotelbar aufsuchten, um dort den Abend langsam ausklingen zu lassen. Gerade als sie, da alle Tische bereits besetzt waren, auf die hohen Hocker am Tresen kletterten, rief eine sonore Stimme quer durch den Raum Nias Namen.

„Madame Griffon! Hallo!"

Nia drehte sich um und suchte mit den Augen den Rufenden. Ein großer schlanker Mann erhob sich an einem der Tische draußen auf der Terrasse und winkte mit beiden Armen. Es war der Mann aus dem Hubschrauber. Jetzt hatte er keinen weißen Anzug an, sondern einen dunkelblauen Blazer auf einer weißen Jeans. Er sah hoch elegant aus, fand Papperin.

Nia, die ihn inzwischen auch entdeckt hatte und, wie Papperin feststellte, offensichtlich gut kannte, winkte zurück, während sie sich vom Barhocker gleiten ließ. Sie schlängelte sich um die Tische und Stühle. Papperin folgte ihr zögernd. Der Fremde sah freudig überrascht aus. Er ging ihr ein paar Schritte entgegen. Als sie ihn erreicht hatte, fasste er ihre ausgestreckte Hand und begrüßte sie mit Küsschen auf jede Wange.

„*Bon soir, madame Griffon*! Welche Überraschung! Sind Sie beruflich hier, oder machen Sie wie ich Urlaub auf dieser wunderbaren Insel?"

Erst jetzt wandte er sich Papperin zu und musterte ihn.

„*Bon soir monsieur* …?

„Papperin, Jean-Luc Papperin", stellte dieser sich vor. Und dann fügte er noch ein halbherziges „*Enchanté*, sehr erfreut!" hinzu.

„Mein Freund", ergänzte Nia die Vorstellung.

„Wir machen hier Urlaub! Und das", Nia zeigte mit einer Hand auf den neuen Gast, blickte dabei aber Jean-Luc an „ist Monsieur Desjaques, Olivier Desjaques aus Paris."

„Ich bin Klient des Unternehmens für das Céléstine arbeitet."

Papperin fiel auf, dass er Nia bei ihrem richtigen Vornamen genannt hatte.

„Ihre … Freundin ist meine Betreuerin bei ECI-International. Ich habe ihr viel zu verdanken. Sie hat mich vor der Finanzkrise gerettet – genauer gesagt mein Geld." Dabei lachte er spitzbübisch.

„Setzen Sie sich doch zu mir! Da ist schon mal ein Stuhl."

Einen weiteren zog Monsieur Desjaques vom Nebentisch herüber, nachdem er sich höflich bei den dort Sitzenden erkundigt hatte, ob der Stuhl frei sei und ob er ihn nehmen könne.

„Das müssen wir begießen! Es wäre mir nicht einmal im Traum eingefallen, dass ich Sie hier treffe."

Er winkte den Barkeeper herbei und bestellte eine Flasche Champagner.

„Das ist Ihnen doch recht?" Fragend schaute er Nia und Jean-Luc an.

„Für mich bitte ein Bier und einen Calvados!"

Papperin brachte seine Bestellung mit einem leicht trotzig wirkenden Tonfall vor. Er war frustriert, nein, er ärgerte sich. Das war ihr, Nias und sein Urlaub, den er mit ihr alleine verbringen wollte, nicht mit irgendeinem ihrer Bekannten oder Freunden oder … ? Nachdenklich schaute er den Mann an, der in seine und Nias Zweisamkeit eingedrungen war.

„Trinken wir auf den glücklichen Zufall, dass wir alle dieselbe Idee hatten, unseren Urlaub auf Porquerolles zu verbringen."

„*Tchin – tchin*! Céléstine und …" er zögerte „…Jean-Luc! Ich darf Sie doch so nennen?"

Zwei Champagnerkelche und ein Bierglas klirrten sanft aneinander. Dann herrschte eine Weile Ruhe. Jeder hing seinen Gedanken nach.

„Ich wusste gar nicht, dass Sie auch Zeit für Urlaub haben", begann Nia. „Ich kenne Sie nur als vielbeschäftigten

Geschäftsmann, ständig unterwegs zwischen Paris und der Karibik."

Zu Papperin gewandt erklärte sie: „Monsieur Desjaques ist Generalimporteur von karibischen Rum. Seinem Unternehmen in Paris gehören mehrere Gesellschaften auf Martinique und Gouadeloupe, die Zuckerrohrplantagen betreiben und Rumdestillerien. Wir kümmern uns um die Bilanzen seines Konzerns und beraten ihn in steuerlichen Fragen."

Dann wieder zu Monsieur Desjaques gewandt: „So wie ich Sie kenne, ist das kein langer Erholungsurlaub. Sie gönnen sich höchstens ein paar Tage und dann holt Sie die Pflicht wieder ein. Ich wette, Sie hängen auch hier ständig am Telefon, weil es immer irgendetwas Wichtiges zu entscheiden gibt."

„Nein, das wird nicht passieren. Ich bleibe zwar wirklich nur einige Tage. Mein Arzt wollte mich vier Wochen aus dem Verkehr ziehen und in irgendein Sanatorium stecken. Ärzte übertreiben immer so. Ich habe ihn auf vier Tage runtergehandelt. Und so eine medizinische Heilanstalt kommt schon gar nicht in Frage. Viel lesen, spazierengehen, wenig aber gut essen, möglichst nicht rauchen und natürlich schwimmen. Mehr habe ich mir nicht vorgenommen. Meine Mitarbeiter wissen, dass sie mich nur im äußersten Notfall anrufen dürfen. So, jetzt reden wir aber über was Schöneres!"

Der Mann war Papperin schon deutlich weniger unsympathisch. Auch er hasste es, sich den Lebensrhythmus von Medizinern vorschreiben zu lassen. Gut, beim Rauchen hatten sie ihn überzeugt. Trotzdem, ab und zu genehmigte er sich eine von seinen geliebten *Gitanes maïs*. Gerade jetzt hätte er Lust darauf. Er fühlte die etwas zerdrückte Schachtel in seiner Hemdtasche. Aber das ließ er doch lieber bleiben. Seinem Gegenüber zuliebe. Als könnte dieser Papperins Gedanken lesen, sagte er plötzlich:

„Wenn Sie eine rauchen wollen, Jean-Luc, dann tun Sie sich bitte keinen Zwang an. Ich weiß, wie gut das ist, ein Bier, ein Armagnac und ein Zigarillo." Nach einer kurzen

Weile, während der er sich nachdenklich an der Nase kratzte, mit dem kleinen Finger der linken Hand, wie Papperin
beobachtete, sagte er – völlig überraschend für Papperin:

„Was soll's. Ich habe auch Lust darauf. *Garçon!*", rief er
den Kellner herbei, „bringen Sie mir bitte auch ein Bier und
einen Armagnac und eine kleine Havanna."

Der Mann hat Lebensart, dachte Papperin und fand ihn
plötzlich nicht mehr unsympathisch.

Observieren ist das halbe Polizistenleben

Nias Klient Olivier Desjaques hatte sich am Vorabend ganz offensichtlich sehr darüber gefreut, die beiden getroffen zu haben. Deshalb wäre es unhöflich gewesen, seinem Wunsch zu widersprechen, das Frühstück am nächsten Morgen zusammen einzunehmen. So saßen sie – auf Papperins Rat – unter dem Zeltdach. Er hatte Olivier, wie auch er den Neuangekommenen inzwischen nannte, vom Unfall mit der Möwe erzählt.

Interessiert hörten sie den Schilderungen über das Leben auf den französischen Karibikinseln zu. Dort, in den DOM, den *départements outre mer*, sei zwar offiziell alles wie in Frankreich. Man bezahle mit Euro, es gälten die französischen Gesetze und die Richtlinien der Europäischen Union. Die tägliche Realität sehe aber meist anders aus. Olivier berichtete von den Schwierigkeiten, die seine Geschäftsführer auf den Zuckerrohrplantagen mit den Arbeitern hatten, die sich an keine vereinbarten Arbeitszeiten hielten und nicht so zügig arbeiteten, wie er das von seinen Mitarbeitern in Paris gewohnt war.

„Wie bei uns in der Provence!", warf Papperin ein. „Wenn du hier mit einem Handwerker ein *rendez-vous* ausmachst, ist es Zufall, wenn er sich daran hält. Meistens kommt er Stunden, wenn nicht sogar Tage später. Wenn er überhaupt kommt."

„Also ich habe nichts davon gemerkt", überging Nia Papperins Einwand. „Im Haus meiner Eltern – die leben in Saint Louis auf Martinique – war alles perfekt organisiert. Die Hausangestellten waren äußerst zuverlässig. Und höflich waren die, fast untertänig. So was ist man hierzulande gar nicht mehr gewöhnt."

„Sie waren auf Martinique? Wann war das? Warum haben Sie mir nichts davon gesagt? Ich hätte Sie meinen Geschäftsführern dort anempfohlen. Die hätten Ihnen die Insel zeigen können, Dinge, die man als Tourist nicht zu sehen bekommt."

„Ach, das ist schon wieder zwei Jahre her." Nia musste an den Streit denken, den sie und Jean-Luc wegen dieser Karibikreise hatten, und dass damit alles angefangen hatte – seine Arbeit in der Ölmühle seiner Mutter, seine Versetzung nach Aix, seine Affäre mit Jeannine, die zwischenzeitliche Entfremdung zwischen ihr und Jean-Luc. Gottlob war das inzwischen Vergangenheit! Nur ihre räumliche Entfernung war geblieben – sie in Paris und er in der Provence. Aber das hatte sich gut eingespielt, damit konnten sie leben.

„Und was machen Sie hier, drei Wochen auf einer kleinen Insel. Wird das nicht bald langweilig?", fragte er Papperin.

„Nein, überhaupt nicht! Wandern, schwimmen, den Komfort des Hotels genießen, vor allem die hervorragende Küche. *Non*, langweilig wird es uns nicht, oder Nia?"

„Außerdem gehen wir einem kleinen Hobby nach. Wir verfolgen die Spuren von Jean-Lucs literarischem Kollegen auf der Insel."

Auf den fragenden Blick Oliviers erläuterte sie:

„George Simenons *commissaire* Maigret hatte einen Fall auf Porquerolles zu lösen. Wir suchen die Schauplätze des Romans und wollen die Wege nachgehen, auf denen Maigret seinerzeit gewandelt ist." Papperin ergänzte:

„Die meiste Zeit war er im Hotel-Restaurant Arche Noë im Dorf und hat sich seinem *verre de vin blanc* gewidmet. Ich wünschte, ich hätte auch so einen geruhsamen Job!"

„Sagen Sie – Sie sind Polizist?" Erstaunt blickte Olivier Papperin an.

„Ja, Leiter der Mordkommission in Aix en Provence", präzisierte Nia nicht ohne eine gehörige Portion Stolz in der Stimme.

„Und hier im Hotel hat es tatsächlich einen Mord gegeben, aber damit hat Jean-Luc nichts zu tun. Er hat vielmehr …" Sie spürte einen schmerzhaften Tritt unter dem Tisch an ihr Schienbein.

„… darauf bestanden, dass er im Urlaub ist." Nia hatte schnell verstanden, dass sie über seinen neuen Auftrag schweigen musste.

„Sie haben einen Kommissar aus Toulon geschickt. Der darf sich mit dem Fall herumschlagen und Jean-Luc und ich können weiter unseren Urlaub genießen. Übrigens ein ganz miesepetriger und bösartiger Typ, der *commissaire* Bardineux. Sie werden ihn sicher noch kennen lernen."

***

Nach dem Frühstück hatte sich ihr neuer Bekannter verabschiedet, er mache jetzt einen kleinen Spaziergang ins Dorf. Ob sie mitkommen wollten? Nia hatte gemeint, sie gehe lieber schwimmen. Am Strand hatte sie sich sofort in die Wellen gestürzt. Papperin mochte nach dem opulenten Frühstück noch nicht ins Wasser. Er setzte sich lieber mit Simenons Maigret auf seine Strandliege und las.

„*Bonjour monsieur le commissaire!*", riss ihn eine Stimme aus seiner beschaulichen Lektüre. Die Assistenten von *commissaire* Bardineux, beide in Schwimmshorts, breiteten zwei große blaue mit einem roten Seestern bestickte Hotelbadetücher auf dem freien Platz neben Papperins und Nias Strandlager aus.

„Braucht Sie heute Ihr Chef nicht?", fragte Papperin.

„Oder sind Sie in Streik getreten, weil er Sie so schlecht behandelt?"

„Er hat gestern Abend die Vernehmungen abgeschlossen. Den Bericht darüber haben wir heute fertiggestellt. Jetzt ist er mit dem Shuttlebus ins Dorf zum Mittagessen gefahren. Wir haben beschlossen hierzubleiben und ein bisschen das Meer und die Sonne zu genießen. Zwei Stunden Strandurlaub, länger wird er wohl nicht wegbleiben."

Sie legten sich auf ihre Tücher. Eine gute Weile genossen alle drei die Ruhe – Papperin in den Krimi vertieft; die beiden *brigadiers* ließen, auf dem Bauch liegend, die Sonne auf ihre Rücken brennen.

„Und? Ist was Brauchbares rausgekommen – bei den Befragungen der Hotelgäste?" Ein bisschen war Papperin schon neugierig, auch wenn ihn der Fall eigentlich nichts anging.

„Nicht viel", meinte *brigadier* Pulgerini. „Alibis konnten wir ja nicht überprüfen, weil der Todeszeitpunkt zu unbestimmt ist. Zwölf bis fünfzehn Tage, genauer wollen sich weder der Pathologe noch die Madenforscher festlegen. Aber wir haben wenigstens für ein paar Personen mehr oder weniger überzeugende Motive herausgefunden."

„Schau an!", murmelte Papperin mit einem interessierten Tonfall, der den *brigadier* zum Weiterreden bewegen sollte. Was dieser auch sofort tat:

„Ich weiß nicht, ob Sie den jungen Mann kennen, Marcel Bric, sportlicher Typ. Der wohnt in einem kleinen Zimmer im Angestelltenflügel. In den sind alle verknallt. Die Tote und die Empfangsdame, die Padelle. Fast alle Hotelangestellten wussten das. Es soll einen Riesenkrach gegeben haben zwischen den beiden mit gegenseitigen Morddrohungen, so à la ‚Wenn du deine Finger nicht von dem lässt, dann bring ich dich um'."

„Und ehe man sich versah, wurde eine von beiden ermordet", ergänzte Papperin. „Glauben Sie wirklich, dass Frau Padelle einen Mord begeht, um ihre Rivalin aus dem Rennen zu werfen? Woher soll die eine Pistole haben? Haben Sie nicht überzeugendere Motive?"

„Nach der Aussage dreier Zeugen, zwei Zimmermädchen und ein Page, hat sich diese Chloé Merlin, die Tote, diesem Bric an den Hals geworfen, sich ihm penetrant aufgedrängt. Er muss sie mehrmals angebrüllt haben, dass er nichts von ihr will. Er soll sie auch geschlagen haben. Aber ob das für einen Mord reicht? Im Verhör hat er gesagt, dass sie ihm gehörig auf den Wecker gegangen ist und sich nicht abwimmeln ließ. Auf die Frage, ob er eine Pistole besitzt, hat er gesagt, er brauche keine Pistole, er habe einen schwarzen Karategürtel und könne sich auch ohne Waffen die Leute vom Hals halten."

„Aber vom Typ her wäre er doch ein idealer Gangster", kommentierte Papperin nicht ganz ernsthaft. „Wie sieht es mit seinem Alibi aus?"

„Das ist seine Schwachstelle. Er war vor gut zwei Wochen schon mal hier. Angeblich Urlaub machen. Die Padelle bestätigt das, obwohl nichts im Gästebuch steht und er auch von der Buchhaltung nicht erfasst ist. Die Padelle sagt, er hat bei ihr im Zimmer geschlafen. Nach den Aussagen von anderen Angestellten stimmt das."

Der andere Polizist, *brigadier* Dumarais, übernahm jetzt das Wort.

„Dann gibt es noch zwei mögliche Täter bzw. Motive. Auch von den Hotelbediensteten. Offensichtlich ist unter denen allgemein bekannt, dass der Haustechniker Charles ... wie heißt er noch?"

„Orbier!"

„Richtig, Charles Orbier. Der war auf den Sportlertyp rasend eifersüchtig. Angeblich war er in die Tote unsterblich verknallt und konnte es nicht verwinden, dass die sich dem anderen an den Hals geworfen hat und nicht ihm."

„Aber dann hätte er doch wohl den Bric umgebracht, und nicht das Objekt seiner Begierde", warf Papperin ein.

„Trotzdem, der Chef meint, das müssen wir im Auge behalten. Noch was haben wir rausbekommen. Wie wir alle durch die nationale Verbrecherdatenbank gejagt haben, kam raus, dass der Hausmeister ..."

„Dieser Paul, der Ex-Fremdenlegionär", erinnerte sich Papperin an den Abend, als die Leiche gefunden wurde.

„Genau der. Der ist vorbestraft, mehrfach. Wegen Vergewaltigungen, Nötigung zu sexuellen Handlungen unter Mordandrohung. Den haben wir uns natürlich vorgenommen. Raten Sie, was der gesagt hat!"

Papperin zuckte mit den Achseln.

„Die haben was miteinander anfangen wollen. Das hat er zugegeben. Aber wie sie ihn nackt gesehen hat, da muss sie ihn ausgelacht haben. ,Mit dem kleinen Ding kannst du mir nicht imponieren, da bin ich Besseres gewöhnt', so etwa. Dann ist er durchgedreht und wollte sie verprügeln. Aber das hat er dann sein lassen, weil sie ihm gedroht hat, dass sie ihn bei der Direktion verpetzen würde. Offensichtlich hat er bei der Einstellung seine Vorstrafen verschwiegen. Dass die Direktion kein polizeiliches Führungszeugnis eingeholt hat, verstehe ich nicht. Aber es war wohl so."

„Und dann hat er sie erschossen, weil er Angst hatte, sie schwärzt ihn beim Hotelchef an, und das mit den Vorstrafen kommt raus. Möglich ist es", folgerte Papperin. „Aber wieso hat er sie gefoltert, mit Zigaretten und so. Das passt nicht recht ins Bild."

Papperin schaute die beiden Polizisten zweifelnd an.

„Also ich habe bei keinem der Motive ein gutes Gefühl. Ich glaube, da steht Ihnen noch viel Arbeit bevor. Sie sind nicht zu beneiden."

„Antonio, ich fürchte wir müssen bald wieder rauf. Wenn wir nicht da sind, und der Chef kommt, macht er wieder ein Riesentheater."

Die beiden schüttelten ihre Badetücher aus und rollten sie zusammen. Schon im Gehen drehte sich der Größere noch einmal um.

„Die im Labor haben übrigens Spuren von Rauschgift an dem Lappen gefunden, in den die Pistole gewickelt war – von der Modedroge *rayon du ciel*!"

***

Den Nachmittag verbrachte Papperin im Hotel und in dessen unmittelbarer Umgebung. Wie er Nia noch am Strand erklärt hatte, wollte er sich um seinen Auftrag kümmern und versuchen, die Hotelgäste unbemerkt zu beobachten, vielleicht mit dem einen oder anderen Kontakt aufnehmen, ins Gespräch kommen. Kurz, er wollte sich einen etwas fundierteren Eindruck von den Menschen verschaffen, die hier wohnten oder arbeiteten. Nia fand das etwas langweilig. Gerne werde sie sich mit ihm auf die Terrasse der Bar setzen und einen Drink zu sich nehmen. Aber den ganzen Nachmittag nur rumzulungern, wie sie das nannte, war ihr zu wenig.

„Vielleicht halte ich dann erstmal ein kleines Nachmittagsschläfchen, oder ich gehe spazieren oder wieder schwimmen. Zwischendurch kann ich dich ja immer wieder besuchen, und wir trinken was."

Auf der Terrasse war am frühen Nachmittag nicht viel Betrieb. Nur zwei Tische waren besetzt. Die alte Dame mit ihrem frustriert dreinschauenden Begleiter hatte sich an einem Tisch direkt an der Wand im Schatten des Gebäudes niedergelassen. Auch heute war sie wieder auffallend gekleidet, mit einem weiten flatternden weißen Chiffonkleid, auf das einige Blumen aus rotem Samtstoff appliziert waren. Dazu trug sie einen schwarzen Hut aus einem feingeflochtenem netzartigen Gewebe mit auffallend weit ausladender Krempe. Sie redete unentwegt auf den jungen Mann ein, der gelangweilt an seinem i-pad herumwischte und nur gelegentlich durch ein Nicken, einen Seitenblick oder ein hingeworfenes „Hmm, wenn du meinst" auf ihren Redeschwall reagierte, sonst aber unbeweglich im Sessel lümmelte, ab und zu einen Schluck aus dem vor ihm stehenden Glas mit rot schäumendem Inhalt nehmend.

„Was der wohl trinkt? So schön rot!", fragte Nia neugierig, als sie sich mit Jean-Luc ein paar Tische weiter unter einen Sonnenschirm setzte. Den herbeigeeilten Kellner löcherte sie dann auch sofort mit der Frage, was das denn Interessantes sei.

„C'est un tango!", war die Antwort. Da sie noch immer fragend dreinschaute, erklärte er, das sei Bier, vermischt mit einem Schuss *Sirop de Grenadine*."

„Igitt! Das mag ich sicher nicht. Was meinst du, Jean-Luc?"

„Das glaube ich auch. Trink lieber einen Champagner. Und für mich bitte einen Kaffee und eine kleine Flasche Perrier", orderte er beim Barmann.

„Nein, keinen Champagner! Bringen Sie mir bitte...", sie überlegte ... „einen *kir pêche*[10]."

Eine gute Weile saßen sie schweigend nebeneinander, nippten immer wieder an ihren Getränken und beobachteten die wenigen Anwesenden. An einem weiter entfernten Tisch saß der bullige Mann, der Papperin vor ein paar Tagen am Frühstücksbuffet so unhöflich angerempelt hatte.

---

[10] Weißwein mit einem Schuss Pfirsichlikör oder -sirup

Der silberne Ring in seiner gepiercten Nase blitzte in der Sonne. Aufs Neue fielen Papperin die vielen Tattoos auf seinen muskulösen Armen auf. Wieder erinnerte ihn der Muskelmann an einen Gefängnisinsassen. Der Mann neben ihm wirkte wesentlich zivilisierter. Er blätterte in einem Aktenordner, und machte sich hier und da Notizen. Auf einen kurzen gebellten Befehl sprang der Tätowierte auf und eilte ins Haus. Kurze Zeit später kam er wieder mit einem roten Schnellhefter, den er seinem Chef reichte. Dieser schien die Eintragungen in beiden Dossiers zu vergleichen. Zumindest vermutete Papperin das, denn er fuhr mit dem Zeigefinger der linken Hand eine Seite im Schnellhefter entlang, synchron dazu bewegte er den Finger der rechten Hand im dicken Ordner. Wieder bellte er einen Befehl, und sein Lakai sprang auf, lief an den Bartresen und kam gleich darauf mit einer Flasche Badoit und einem Glas zurück.

Ein Geschäftsmann mit seinem Buchhalter, dachte Papperin. Nur, dass der Gangstertyp absolut nicht dem Klischee eines Buchhalters entsprach. Eher noch ein Kredithai mit seinem Geldeintreiber und Bodyguard. Könnte das der gesuchte Drogenboss sein, fragte sich Papperin.

Ein Windstoß fuhr über die Terrasse, erfasste den Sonnenhut der Frau am Nebentisch und wirbelte ihn hoch in die Luft. Dann segelte er wie ein Fallschirm langsam herab, um schließlich auf Papperins Schoß zu landen. Dieser sprang sofort auf und nützte die Gelegenheit, mit den beiden ein Gespräch anzufangen.

„*Madame, votre chapeau de soleil.* Wer hätte gedacht, dass plötzlich so ein heftiger Wind aufkommt."

„*Merci, jeune homme! Merci beaucoup!*" Nach einem schnellen Blick zu dem jungen Mann an ihrer Seite fügte sie hinzu:

„Möchten Sie sich nicht zu uns setzen. Ich finde es schön, wenn man im Urlaub nette Leute kennen lernt, nicht wahr, Fabrice?" Der Jüngling neben ihr brummte etwas. Papperin war sich nicht sicher, ob das als Zustimmung gemeint war. Trotzdem nahm er neben der Alten Platz.

„Ja, das finde ich auch. Ein wunderschöner Platz, um hier Urlaub zu machen. Gefällt es ihnen auch so gut hier?"

„Mir sagt es sehr zu, aber für meinen Sohn ist es wohl etwas langweilig. Wenn er nicht alle seine Computer und so Zeug um sich hat, wird er unglücklich."

„Verzeihung! Ich habe mich gar nicht vorgestellt: Papperin, Jean-Luc Papperin. Ich bin aus Aix und verbringe ein paar Urlaubswochen mit meiner … Verlobten hier."

„*Enchantée*! Wir kommen aus Belgien, aus der Gegend von Bruxelles. Comtesse Éloise de Montbéliard und mein Sohn Damien-Fabrice. Wir sind jedes Jahr sechs Wochen zur Sommerfrische hier. Obwohl man bei diesen Temperaturen eher nicht von Frische sprechen kann. " Sie lachte laut. Papperin wollte ihr zustimmen, kam aber gar nicht zu Wort. Sie sprach ohne Pause weiter, erzählte von ihrem *Château* bei Brüssel, und dass es so entsetzlich teuer sei, es zu unterhalten. Aber ihr verstorbener Gatte habe Gott sei Dank bestens für sie und ihren Sohn gesorgt, so dass sie es sich leisten könnten, auch diesen sehr kostspieligen Erholungsurlaub hier. Ihr Redeschwall ging unaufhörlich weiter. Papperin verstand ihren jungen Begleiter nur zu gut, dass er so frustriert wirkte und nicht auf ihr endloses Redegeplätscher einging.

Mit Mühe gelang es ihm, sich loszueisen und an seinen Tisch zu Nia zurück zu kehren.

„Papa, ich will eine Orangina! Bitte, bitte krieg ich eine Orangina?", quengelte eine Kinderstimme. Ein junges Paar kam mit seinem etwa fünfjährigen Sohn und einem Baby im Kinderwagen auf die Terrasse. Der Mann wählte einen Tisch ganz am anderen Ende.

„Damit unsere Kinder Sie nicht so stören", rief er zu Papperin und Nia herüber.

Langsam füllte sich die Veranda. Immer mehr Leute kamen vom Baden zurück um eine spätnachmittägliche Erfrischung zu sich zu nehmen – zwei ältere Ehepaare, und noch eine junge Familie mit vier Kindern, die sich alle lautstark beschwerten, dass sie vom Wasser weg mussten und jetzt mit den langweiligen Erwachsenen brav am Tisch sitzen sollten.

„Dann geht halt spielen!", erlaubte der Vater. „Aber nur hier oben und nicht so weit weg. Wir wollen euch immer im Blick haben!" Das ließen sich die vier nicht zweimal sagen.

„Los, wir spielen Fangen!" Laut schreiend rannten sie zwischen den Tischen und Stühlen umher.

„Ich glaube, ich geh jetzt ein Nickerchen machen. Observiere du nur eifrig deine Verdächtigen!", scherzte Nia und stand vom Tisch auf. Eine laute Stimme ließ sie innehalten.

„Hallo Célestine, Jean-Luc! *Bon soir*! Ich will gerade schwimmen gehen. Kommen Sie mit?"

„Jean-Luc muss arbeiten, aber ich begleite Sie gerne. Einen Moment! Ich hole nur schnell meine Sachen."

Olivier Desjaque stellte seine elegante Badetasche auf Nias freigewordenen Stuhl und stützte sich auf den Tisch.

„Das sieht nicht gerade nach Arbeit aus, so wie Sie hier sitzen."

„Nein, ist es auch nicht. Ich muss nur über etwas nachdenken. Nichts Wichtiges, nur etwas Berufliches."

„Na dann will ich nicht stören. Kommen Sie, Célestine!", wandte er sich Nia zu, die aus dem Haus gelaufen kam, in einen Pareo gewickelt, unter dem ihr Bikini, wenn nicht zu sehen, so doch zu erahnen war.

„Salut, Jean-Luc! Bis später!"

***

Jean-Luc Papperin blieb etwas frustriert auf der Barterrasse zurück und versuchte die immer zahlreicher eintreffenden Hotelgäste zu taxieren und sie in drei Kategorien einzuordnen: Harmlos, unklar und verdächtig. Die Familien mit kleinen Kindern steckte er, ohne sich weiter den Kopf darüber zu zerbrechen, in die Schublade mit den Harmlosen. Auch die Comtesse mit ihrem Sohn landete nach längerem Überlegen darin. Den mutmaßlichen Geldverleiher und seinen Inkasso-Muskelmann steckte er sofort in das Verdächtigen-Fach. Desgleichen den Karatesportler Marcel Bric. Wegen seines langen Vorstrafenregisters wurde auch Paul, der Hausmeister zu den Verdächtigen gepackt, obwohl er nicht die Statur des Bosses eines Drogensyndikats hatte. Aber vielleicht war er dessen Handlanger.

Eigentlich gehörte der Nörgler mit seiner Begleiterin, den die Empfangsdame mit *monsieur le président* angesprochen hatte, auch in diese Schublade. Vorher wollte Papperin aber noch klären, woher der kam und welchen Beruf er hatte. Sollte er tatsächlich Bürgermeister sein, wie Nia vermutet hatte, dann war er wohl eher harmlos. Obwohl, bei den vielen korrupten Politikern konnte man das nicht so ohne weiteres unterstellen. Folglich landete er vorerst in der Unklar-Schublade.

Nachdem keine neuen Gäste mehr auf der Terrasse erschienen, meinte Papperin, er habe fürs erste genug für seinen Auftrag gearbeitet und jetzt etwas Stärkeres als Kaffee und Mineralwasser verdient.

„*Une bière et un calva, s'il vous plaît!*", rief er einem vorbeieilenden Kellner nach. Als seine Lieblingskombination vor ihm stand und er von einem der Getränke einen großen und vom anderen einen kleinen Schluck getrunken hatte, kehrten seine Gedanken wieder zu seinem Fall zurück.

Ob der Mord an der Hotelangestellten etwas mit seinem Auftrag zu tun hatte, fragte sich Papperin. Wenn das nur das Ergebnis eines Eifersuchtsdramas war, dann wohl eher nicht. Aber die Tatsache, dass die Pistole, mit dem diese Chloé erschossen wurde, in einem Tuch eingewickelt war, an dem die Chemiker im Polizeilabor Rauschgiftspuren entdeckt hatten, und er, Papperin, beauftragt war, in einem Rauschgiftfall zu observieren, gab ihm doch zu denken. Musste er deshalb Christine Padelle, die nette Empfangsdame, auch zu den Verdächtigen zählen? Und wenn die, dann auch den Hoteltechniker Charles Orbier. Aber hingen deren Liebesaffären wirklich mit seinem, Papperins, Drogenfall zusammen? Der spielte doch in einer ganz anderen Liga und sollte mit den lokalen Kabale-und-Liebe-Problemchen der Inselbewohner nichts zu tun haben. Aber

wieso hatte er dann den Hausmeister und den Karatesportler in die Schublade zu den Verdächtigen gesteckt? Irgendwie war das alles noch zu konfus, passte nicht richtig
zusammen. Er brauchte noch mehr Informationen, dachte
er. Der Nachmittag war für ihn enttäuschend verlaufen.
Statt ihn mit Nia am Strand zu verbringen, hatte er sich in
fruchtlose Beobachtungen und Spekulationen verbissen
und Nia der Gesellschaft ihres Bekannten überlassen. Er beschloss nach oben zu gehen und sich für das *dîner* umzuziehen. Dann wollte er wieder auf die Barterrasse kommen
und bei einem Pernod auf Nia und Olivier warten.

***

„Jean-Luc, es war himmlisch am Wasser. Nachdem der
Wind die meisten Leute vertrieben hatte, hatten wir fast
den ganzen Strand für uns. Der Strandwart, du weißt
schon, dein Hotelboy dort unten, hat uns ein Surfbrett ge-
liehen. Olivier hat mir Surfen beigebracht. Nun, besonders
gut kann ich es noch nicht. Aber wenigstens bin ich am
Schluss nicht mehr so oft vom Brett gefallen. Für dich wird
es ein bisschen langweilig gewesen sein, Olivier, oder?"

Jetzt duzt sie ihn schon, wunderte sich Papperin. Als
hätte sie seine Gedanken erraten, meinte sie, indem sie von
einem zum anderen blickte: „Ihr solltet euch auch duzen!"

„Wenn es sein muss", fügte sich Papperin. „Aber das
müssen wir begießen. Herr Ober, drei Glas Champagner
bitte!" Dann fügte er schmunzelnd hinzu: „Aber eines sag
ich dir Olivier, falls ich dich verhaften muss, dann sieze ich
dich wieder."

„Wieso solltest du mich verhaften wollen?", fragte Olivier mit gespieltem Erschrecken.

„Nun, zum Beispiel wegen ...", Papperin schaute sein
Gegenüber ernst an. „Wegen Diebstahls – meiner Braut."

Dann lachten alle drei und stießen mit dem soeben ser-
vierten Champagner auf ihren Urlaub an. Keiner von ihnen
hatte auch nur die geringste Ahnung, wie nah Papperin mit
seinem Scherz der Wirklichkeit kam.

Jeannines Auftritt stößt nicht auf ungeteilte Zustimmung

Donnerstag, 27.8.

Heute wollte *brigadier* Jeannine Dalmasso die Spuren von Grégory Haubert suchen, die dieser auf der Insel Porquerolles hinterlassen hatte. Sie hoffte, dass sich die Mutter des Gesuchten nicht in der Insel getäuscht hatte. Vor den Küsten der Provence und der Côte d'Azur gab es mehrere, die sich der Gangster für seinen Kurzurlaub ausgesucht haben könnte. Aber *madame* Berthau hatte eigentlich ziemlich sicher gewirkt. Egal, Porquerolles war der einzige handfeste Hinweis, den sie hatte. Sie verließ Aix schon früh am Morgen. Wenn sie das Schiff um neun Uhr erreichen wollte, musste sie zeitig aufbrechen, denn es war nicht auszuschließen, dass der morgendliche Berufsverkehr zu dem einen oder anderen Stau führte. Vor allem die Stadtdurchquerung von Toulon konnte viel Zeit kosten.

Zunächst ging es sehr schnell und problemlos. Die A8 war völlig frei. Nach der Zahlstelle La Barque hätte sie fast die Abzweigung auf die nach Aubagne und Marseille führende A52 verpasst, so sehr hatte das in der Morgensonne strahlende Felsmassiv des Sainte-Victoire-Gebirges ihre Blicke auf sich gezogen. Kurz vor Aubagne wurde der Verkehr immer dichter. Sie musste sich auf das Fahren konzentrieren, sah deshalb nicht viel von der großartigen Landschaft rechts und links von der Straße; sah nicht den Garlaban mit seinem massigen Felsgipfel, nicht die Hügel, in denen Marcel Pagnol seine Kindheit verbracht hatte, die er so gefühlvoll in seinen Büchern beschrieben hatte.

Hinter Aubagne wurde der Verkehr noch schlimmer. Zum Berufsverkehr kamen die Sommerurlauber, die die Küstenautobahn bevölkerten. In endlosen Autoschlangen ging es vorbei an La Ciotat, Bandol und La Seyne, bis schließlich vor Toulon alles stillstand. Die Durchquerung der Hauptstadt des Departements Var war wie immer eine Katastrophe, obwohl die Straße weitestgehend durch Tunnels unter der Stadt hindurchführte. Die vielen Fahrzeuge, die in den zahlreichen Einmündungen auf die unterirdische Autobahn drängten, dazu die Rückstaus der Autoschlangen, die die Ausfahrten verstopften, machten das Vorwärtskommen zu einer nervenaufreibenden Angelegenheit.

In diesem Stau hatte Jeannine reichlich Zeit zum Nachdenken. Ob sie wohl brauchbare Hinweise auf den gesuchten Mörder finden würde? Sie hatte die Hotels auf Porquerolles gegoogelt und eine Reihe von in Frage kommenden Herbergen gefunden. Nach der Aussage seiner Mutter hatte er in einem Luxushotel gewohnt. Mit welchem sollte sie anfangen? Ob der Sohn einer Bäuerin und Lieferfahrer einer Importfirma das beste Haus gewählt hatte, das Hotel *Étoile de l'Île*? Wahrscheinlich war das ein paar Nummern zu groß für einen einfachen Verbrecher. Andererseits machte Jean-Luc dort Urlaub – mit seiner Nia. Ihr zu begegnen hatte sie zwar kein Verlangen, aber Jean-Luc würde sie schon gerne treffen.

Hinter Toulon ging es wieder etwas voran. Problemlos erreichte sie das Autobahndreieck, wo die A570 nach Hyères abging. Links lag das *Centre Pénitentiaire La Farlède*. Sie kannte das Gefängnis. Während ihrer Ausbildung auf der Polizeischule, hatte sie zweimal einen Gefangenentransport dorthin begleiten müssen. Sie erinnerte sich nicht gerne daran. Der martialische Eingangsbereich mit dem riesigen dreieckigen Torgebäude, das wie ein Drachenkopf aus den hohen, stacheldrahtbewehrten Betonmauern herauswuchs, ließ ihr immer noch einen Schauder über den Rücken laufen, wenn sie daran dachte.

Das letzte Autobahnstück hatte sie schnell durchfahren. Der Stau vor dem großen Kreisel in Hyères hielt sie nicht lange auf. Von hier ging es die letzten circa fünfzehn Kilometer bis La Tour Fondue, dem kleinen Fährhafen, von dem die Schiffe auf die *îles d'or* abfuhren. Die kleine Straße führte durch Vororte, vorbei an mehreren Gärtnereien, dann am Étang de Pesquiers mit seinen Salzgewinnungsbecken entlang, bis sie schließlich am südlichen Abhang der Halbinsel von Giens abrupt endete. Ab hier gab es nur noch Wasser. Einige Kilometer weiter draußen lag die Insel Por-

querolles. Wie der dunkelgrüne Rücken eines Riesenkroko-
dils ragte sie aus dem spiegelglatten tiefblauen Meer.

***

Bei ihrer Ankunft auf der Insel wurde sie schon erwartet. Ein Beamter der *Police rurale* saß in einem Polizeijeep an
der Mole. Sie hatte ihr Kommen der kleinen Polizeistation
auf der Insel telefonisch angekündigt. Man hatte ihr zugesichert, ein Fahrzeug mit Fahrer zur Verfügung zu stellen.
Jeannine stieg als eine der ersten die Holzstufen hinab, die
man an die geöffnete Reling geschoben hatte, um den Hö-
henunterschied zwischen der Bordkante und dem Pier aus-
zugleichen. Wegen der herrschenden Flut lag das Schiff besonders hoch über der Mole.

Der uniformierte Polizist begrüßte Jeannine, stellte sich
als Christophe Gilbert vor und meinte, man solle zunächst
zur Polizeistation fahren, um zu besprechen, wie man ihr
am besten helfen könnte. Der kleine Geländewagen drängte
sich mit eingeschaltetem Blaulicht durch den Strom der ankommenden Urlauber und schlängelte sich dann durch die
engen Gassen des Dorfes ein kurzes Stück bergan zu einem
kleinen Steinhaus. Auf dem Dach wehte die Tricolore und
über dem Eingang prangte die Aufschrift: *Police rurale*.

In der Amtsstube wurde sie von einem zweiten Polizisten begrüßt. Auf die Frage, was sie als Erstes zu tun beab-
sichtige, antwortete sie:

„Es tut mir leid, ich hätte das schon vorher telefonisch
mit Ihnen klären können. Ich muss wissen, ob vor etwa drei
bis vier Wochen ein gewisser Vincent Berthaud in einem
der Inselhotels abgestiegen ist. Er kann auch als Grégory
Haubert aufgetreten sein. Er soll etwa drei Nächte geblieben sein." Leider wisse man nicht genau, wie er aussehe.
Das einzige Foto, das von ihm existiere, stamme von einer
Überwachungskamera und sei von so schlechter Qualität,
dass man lediglich sagen könne, er habe dunkle, nicht sehr
lange Haare und ein eher volles Gesicht – ohne Bart. Möglicherweise habe er aber keinen der beiden Namen benutzt,
und sich mit einem anderen Alias-Namen angemeldet.

Der Beamte, der sie abgeholt hatte, meinte, das sei kein größeres Problem. Man kenne schließlich alle Hoteliers und ihre Angestellten und könne das schnell telefonisch herausfinden. Wenn sie sich einstweilen in eine Bar am Hafen setzen wolle, dann würden er und seine Kollegen die Hotels abtelefonieren. Ob sie wisse, in welcher Hotelkategorie der Gesuchte abgestiegen sei."

„Nach unserer Informantin muss es eher ein besseres Haus gewesen sein – ein Luxushotel."

„Dann wollen wir mit denen beginnen! Schreiben Sie uns bitte noch die beiden Namen auf!"

Jeannine schrieb: Vincent Berthau alias Grégory Haubert. Darunter notierte sie noch die beiden Adressen, die er eventuell als Wohnanschrift angegeben haben könnte: die in Vauvenargues und die in Marseille.

Sie hatte gerade den dritten Kaffee bestellt, als die beiden Dorfpolizisten endlich zu ihr in die Bar kamen. Sie brachten keine Erfolgsnachricht. In keinem der Inselhotels enthielten die gesetzlich vorgeschriebenen Meldebücher einen der beiden Namen. Innerlich gestand sich Jeannine, dass sie nichts anderes erwartet hatte. Aber trotzdem, man durfte nichts unversucht lassen. Sie bedankte sich und fragte nach dem Weg zum Hotel *l'Étoile de l'Île*.

Wie sie vermutet hatte, boten sich beide Polizisten an, sie dorthin zu fahren. Für sie war es allemal angenehmer, eine attraktive Kollegin, noch dazu von der Kriminalpolizei, durch die Insel zu kutschieren, als in der öden Amtsstube Dienst zu schieben. Aber einer musste in Bereitschaft bleiben, denn man konnte die Station nicht unbesetzt lassen. Da dies keiner beiden wollte, losten sie, wer die attraktive Kriminalbeamtin fahren durfte. Das Los traf Christophe, der sie auch schon vom Schiff abgeholt hatte. Es bereitete ihm sichtlich ein großes Vergnügen, die Kollegin aus Aix durch die Landschaft zu fahren, ihr die Sehenswürdigkeiten zu zeigen – es waren ausschließlich Naturschönheiten, Badestrände, kleine Buchten, bizarre Felsformationen oder besonders schöne Bäume. Für Jeannine war es sehr verwirrend. Bei den zahllosen, kreuz und quer durch die

Insel verlaufenden staubigen Wegen hatte sie sehr schnell die Orientierung verloren. Sie hatte den Eindruck, der Polizist fuhr lauter Umwege, nur damit die Fahrt länger dauerte. Als sie endlich nach mehr als einer halben Stunde an ihrem Ziel ankamen, sagte ihr Fahrer mit Bedauern in der Stimme:

„Schade, ich hätte noch stundenlang mit Ihnen durch die Gegend fahren können. Wenn ich Sie wieder abholen soll, rufen Sie bitte an."

Dann kritzelte er seine private Handynummer auf ein Stück Papier und gab es ihr.

***

Jeannine wies sich an der Rezeption als *brigadier* der *Police justiciaire* von Aix aus und verlangte Einsicht in das Meldebuch. Es wurde ihr bereitwillig vorgelegt. Die Angestellte am Empfang wunderte sich etwas, dass so kurz nach dem Telefonat aus der örtlichen Polizeistation schon wieder eine Polizistin auftauchte und noch einmal nach diesen beiden Namen fragte. Aufs Neue verneinte sie die Frage. Jeannine legte auch das Foto vor, das die Prostituierte in Paris von dem gesuchten Mann gemacht hatte, und wollte wissen, ob dieser Mann irgendwann in den ersten beiden Augustwochen im Hotel logiert hatte. Wahrscheinlich hatte er ein Einzelzimmer gehabt.

„In der Hochsaison haben wir so viele Gäste, die können wir uns gar nicht alle merken. Kann schon sein, dass der dabei war. Ich kann ja mal meine Kollegen fragen. Aber haben Sie kein besseres Foto? Auf dem hier erkennt man ja fast nichts, es ist so unscharf."

Jeannine gab ihr das Foto und bedauerte, dass es kein besseres gebe.

„Können Sie mir wenigstens sagen, wer in der fraglichen Zeit ein Einzelzimmer gebucht hatte? Für zwei oder drei Nächte."

Nachdem sie sich die betroffenen Namen notiert hatte, fragte sie nach *commissaire* Papperin und wo sie ihn jetzt finden würde.

„Ja, der Herr Kommissar und seine Frau sind Gast hier. Jetzt dürfte er…" Die Angestellte warf einen Blick auf die Wanduhr. „… um diese Zeit dürften die beiden am Strand sein." Sie beschrieb Jeannine den Weg dorthin.

***

Von oben bot die Bucht einen malerischen Anblick. Das tiefblaue Meer nahm gegen das Ufer zu, wo das Wasser seichter wurde, eine hellere, ins Türkise changierende Färbung an. Die hellblau und weiß gestreiften Sonnenschirme und Matratzen der Strandliegen harmonierten mit dem silbrigen, von der Mittagssonne aufgeheizten Sand. In Verbindung mit den dunkelblauen hoteleigenen Badetüchern ergab sich eine wunderbare Farborgie in Blauschattierungen. Eingerahmt wurde dieses Gemälde rechts und links von roten Felsen, die sich unterhalb der grünen Pinien ins Meer stürzten. Jeannine verharrte eine Weile und genoss die überwältigende Aussicht. Dann stieg sie den kleinen Weg durch die Felsen hinab, die den Strand von der höher gelegenen Parkanlage des Hotels abgrenzten.

Es war nicht leicht, unter den halbnackten und braungebrannten Körpern Jean-Luc, ihren Chef, herauszufinden. Sie platschte barfuß, ihre Schuhe in der Hand, durch das flache Wasser den Strand entlang und musterte die unter den Schirmen oder in der prallen Sonne Liegenden. Sie ging von einem zum anderen Ende der kleinen Badebucht und wieder zurück, konnte ihn aber nirgends entdecken.

„Hallo! Jeannine!" Ein lauter Ruf aus dem Wasser beendete die Suche. Jean-Luc Papperin winkte ihr mit beiden Armen. Dann schwamm er auf das Ufer zu, bis er im Flachen, Wasserfontänen um sich verspritzend, zu ihr gerannt kam.

„Was machst du hier? Auch Badeurlaub?" Sie schüttelte verneinend den Kopf.

„Komm, ich stell dir Nia vor. Du kennst sie ja noch gar nicht." Bei diesen Worten fasste er sie am Arm und dirigierte sie zu einem der Strandlager. Jeannine sah eine braungebrannte Frau von etwa dreißig Jahren. Sie war groß, hatte

140

lange schwarze Haare und eine vollendete Figur, die durch ihren schwarzen Bikini noch betont wurde. Sie lag auf einer der blau-weißen Matratzen und las in einem Buch.

„Nia, schau, wir haben Besuch!"

Papperin machte die beiden Frauen miteinander bekannt. Es entstand eine etwas peinliche Pause, in der Nia Jean-Lucs Mitarbeiterin kritisch von Kopf bis Fuß musterte. Hübsch ist sie, dachte sie, mit ihren dunklen Haaren und den blondierten Strähnen. Ein bisschen kleiner als ich, gute Figur. Etwas viel Busen, aber das mag er ja.

„Sie sind also diese Jeannine, die meinem Jean-Luc den Kopf verdreht hat! *Bon jour!*" Sie nahm die Hand, die ihr zur Begrüßung hingestreckt wurde.

„Jeannine will nicht uns besuchen. Sie ist rein beruflich hier", glaubte Papperin sagen zu müssen.

„Ja, und bevor ich Ihnen zufällig über den Weg laufe, und Sie weiß Gott was vermuten, fand ich es besser, Sie zu suchen und zu begrüßen."

Typisch Jeannine, dachte Papperin. Immer den Stier gleich bei den Hörnern packen.

Nia deutete auf die zweite Liege.

„Dann setzen Sie sich doch!" Und an Papperin gewandt: „Jean-Luc, geh bitte zum Hotelboy da vorne und hol etwas zu trinken! Was hätten Sie gerne? An der Strandbar gibt es fast alles, vom einfachen stillen Wasser bis zum Champagner!" Nia machte ganz auf vornehme Gastgeberin.

„Nur ein Wasser … Jean-Luc, bitte!"

„*Chéri*, für mich wie immer Champagner!"

Nachdem sie Papperin fortgeschickt hatte, kam auch Nia sofort zur Thema.

„Ich glaube Ihnen nicht! Jean-Luc hat mir geschworen, es sei vorbei. Aber offensichtlich stimmt das nicht. Ganz schön unverfroren, einfach so in unseren Urlaub hineinzuplatzen. Am besten, Sie verschwinden so schnell wie möglich von der Insel!"

„Nia … Entschuldigung, ich weiß nicht, wie Sie richtig heißen …"

141

„Das ist ja auch egal!"

„Glauben Sie mir, ich muss hier ermitteln. Ein komplizierter Mord, den Jean-Lucs Vorgänger ... äh ... der Kommissar, der vor Ihrem ... Freund ... die Mordkommission geleitet hat, also, den der bearbeitet hat. Zu diesem Mordfall gibt es seit gestern neue Hinweise, die auf diese Insel führen. Und da Jean-Luc im Urlaub ist, wurde mir der Fall übertragen."

„So, und ein anderer konnte ihn nicht übernehmen. Das haben Sie doch absichtlich so gedreht."

„Schauen Sie, Nia ... darf ich Sie so nennen? Ich bin nur ein kleines unbedeutendes Rädchen in der Polizeiorganisation. Was die Oberen beschließen, das sind Dienstanweisungen, Befehle für uns kleine *brigadiers*, dem können wir uns nicht widersetzen. Gut, bei Jean-Luc wäre das anders gewesen. Mit ihm kann man diskutieren, der berücksichtigt persönliche Wünsche. Bitte glauben Sie mir: Ich bin ausschließlich aus dienstlichen Gründen hier."

„Dienstliche Gründe? Lass hören, was für einen Fall man dir angehängt hat? Das interessiert mich, auch wenn ich im Urlaub bin." Papperin, der ein Tablett mit den Getränken trug, hatte Jeannines letzte Worte gehört. Er stellte es auf dem kleinen Strandhocker ab, verteilte die Gläser – zuerst den Champagner für Nia, dann das Wasser für Jeannine. Dann setzte er sich in den Sand, prostete den beiden Frauen mit seinem Bier zu und forderte Jeannine auf:

„Los, erzähle! Um was geht es?"

Nun berichtete Jeannine von dem alten Mord an Fernando Fassi in Marseille, der Prostituierten in Paris, dem Mafiakurier, der den Kollegen in der Hauptstadt durch die Lappen gegangen war. Ausführlich schilderte sie ihren Besuch bei der Bäuerin in Vauvenargues, von den Fingerabdrücken auf dem Gewehr, die von ihrem Sohn, dem gesuchten Mafiakurier stammten und eindeutig dem damaligen Mörder von Fassi zuzuordnen waren.

„Wir kennen zwei seiner Namen – Vincent Berthau, seinen richtigen Namen, und Grégory Haubert, ein Alias. Unter dem Namen arbeitet er bei einer Importfirma in Aubagne als Fahrer, ist aber zurzeit im Urlaub. Ich bezweifle, dass er dorthin zurückkommt. Er dürfte ja wissen, dass nach ihm gefahndet wird. Wir haben seine Fingerabdrücke und ein leider so gut wie unbrauchbares Foto. Und wir wissen, dass er Anfang August zwei oder drei Tage in einem Luxushotel auf Porquerolles gewesen ist. Deswegen bin ich hier – in allen Hotels zu recherchieren, das Foto herum zeigen, Meldebücher durchsehen, wer alles in der fraglichen Zeit ein Einzelzimmer gebucht hatte, und so weiter, und so weiter. Du kennst ja die zeitraubende aber notwendige Polizeiroutine. Deswegen bin ich hier, und sonst wegen gar nichts!" Sie schaute Nia in die Augen.

„Trotzdem freue ich mich natürlich, Jean-Luc hier zu treffen ... und Sie!", fügte sie nach kurzem Zögern hinzu.

„Ich bin mir noch nicht sicher, ob Sie mich überzeugt haben. Aber", Nia schaute Jeannine schon etwas weniger ablehnend an „da haben Sie ja einiges an Arbeit vor sich. Das schaffen Sie doch heute gar nicht alles."

„Ja, das ist mir inzwischen auch klar geworden. Wenn ich mit den Gästen, die auch Anfang August schon hier waren, und mit den Angestellten im *Étoile de l'Île* durch bin heute Abend, dann werde ich mir ein Hotel im Ort unten nehmen."

„Unseres hier dürfte bei weitem zu teuer sein. Das bekommen wir niemals von der Rechnungsprüfung genehmigt", meinte Papperin. Im Stillen dachte er: Und ich darf dir das auch nicht bezahlen, das würde Nia nicht zulassen.

Jeannine leerte ihr Glas und stand auf.

„Jetzt muss ich aber wirklich mit der Arbeit weitermachen. Das Meldebuch habe ich schon durchgesehen. Die Namen der Gäste mit Einzelzimmern in der fraglichen Zeit habe ich schon. Die werde ich heute Abend nach Aix schicken. Guy-deux soll sie durch die Datenbank jagen. Vielleicht kommt was dabei raus. Aber nachdem wir wissen, dass unser Mann verschiedene Decknamen benutzt, bin ich nicht sehr zuversichtlich. So, jetzt werde ich mich mit dem Personal hier unterhalten.

Sie gab Nia die Hand. Von Jean-Luc verabschiedete sie sich mit den üblichen beiden Wangenküsschen.

***

Jeannine war auf die Insel gekommen, um dem gesuchten Vincent Berthau nachzuspüren. Aufgrund der Aussage seiner Mutter wusste sie, dass und wann er auf Porquerolles war. Als erstes musste sie das Hotel finden, in dem er vom siebten bis neunten August gewohnt hatte. Dass er nicht unter den beiden Namen aufgetreten war, die der Polizei bekannt waren, wusste sie aus der Telefonumfrage der beiden Dorfpolizisten. Sie hatte nicht mehr als das unscharfe Foto, das die Pariser Prostituierte von ihm geschossen hatte, eine grobe Beschreibung seiner Person, seine Fingerabdrücke und die Tatsachen, dass er eine Pistole bei sich trug, ein rotes Motorrad fuhr und gerne auf die Jagd ging. Sie begann ihre Recherchen im Hotel *Étoile de l'Île* und nahm sich vor, alle Hotelbediensteten zu befragen und auch diejenigen Gäste, die an den drei fraglichen Tagen schon hier gewohnt hatten. Sie hoffte, dass sie – falls der Mafioso in diesem Hotel abgestiegen war – weitere Details zu seiner Person erfahren würde.

Der Hotelchef, mit dem sie als erstem gesprochen hatte, war sehr entgegenkommend. Nachdem sie ihm zugesichert hatte, den Hotelbetrieb nicht zu stören und im Übrigen völlig unauffällig vorzugehen, hatte er ihr einen kleinen Raum in der Wäscherei im Untergeschoß der Hotelanlage zur Verfügung gestellt. Christine Padelle, die Empfangsdame, wurde von ihm angewiesen, die Beschäftigten nacheinander dorthin zu schicken.

Die Befragung verlief ziemlich enttäuschend. Die ersten beiden Verhörten, zwei Zimmermädchen, hielten es zwar für möglich, dass der Mann auf dem Foto einer von den Dreien sein könnte, die in der betroffenen Zeit als alleinstehende Gäste im Hotel logiert hatte. Der Monat August sei jedoch die Haupturlaubszeit, da herrsche soviel Betrieb im Haus, und so viele Leute kämen und gingen. Nein, mit Bestimmtheit könne man gar nichts sagen. Natürlich stellte

144

Jeannine auch die Frage, ob man bei einem der Gäste eine Handfeuerwaffe gesehen habe. Eines der Mädchen antwortete dazu: „Gesehen habe ich keine Waffe. Aber kürzlich hat man in einer Suite eine Pistole gefunden, die dort versteckt war."

„Und wo ist die Pistole jetzt?"

Als hätte ein unsichtbarer Regisseur die Szenenabfolge geplant, ging plötzlich die Türe mit Schwung auf und knallte gegen die Wand. Mit hochrotem Kopf stürmte ein Mann in die Kammer und stellte sich breitbeinig vor Jeannine.

„Ich habe gehört, dass Sie hier polizeiliche Ermittlungen anstellen. Wer hat Sie dazu autorisiert. *Ich* führe hier die Untersuchung in dem Mordfall!"

„Und wer sind Sie, wenn ich fragen darf? Und welchen Mordfall meinen Sie?", antwortete Jeannie verblüfft mit zwei Gegenfragen.

„Bardineux, *commissaire* Frank Bardineux, *Police judiciaire* in Toulon", stellte sich der Kommissar reflexartig vor und merkte erst dann, dass er keine Antwort auf seine Frage erhalten hatte.

„Raus hier!", herrschte er die beiden Zimmermädchen an, und dann wiederholte er in harschem Ton seine Frage:

„Wer hat Sie ermächtigt, hier in meinem Mordfall zu ermitteln?"

Jeannine erläuterte ihm, dass ihr Kommissariat in Aix en Provence vom *Directeur général* der *Police judiciaire* den Auftrag bekommen hatte, die Ermittlungen im Mordfall Fernando Fassi wieder aufzunehmen, und dass sie in diesem Zusammenhang Recherchen auf der Insel Porquerolles durchführen müsse.

„Ich weiß nicht, welchen Mordfall Sie bearbeiten. Doch nicht auch den Mord an Fassi vor zwei Jahren in Marseille? Übrigens, mein Name ist Dalmasso, *brigadier* Jeannine Dalmasso."

Sie sah, wie sich ihr Gegenüber entspannte und Erleichterung von ihm Besitz ergriff.

„Dann ermitteln wir in zwei verschiedenen Fällen. Sie können meinem Brigadier hier", dabei deutete er auf den hinter ihm in der Türe stehenden Polizisten „ihre Ergebnisse mitteilen. Möglicherweise sind die auch für meinem Fall von Bedeutung."

Im Bewusstsein, der Ranghöhere zu sein, nickte er der Polizistin mit einer herablassenden Geste zu, wandte sich um und verließ die Kammer, nicht ohne seinem Untergebenen noch befehlerisch entgegen zu bellen: *„brigadier* Pulgerini: Sie berichten mir, was bei ihren", dabei machte er eine Kopfbewegung in Richtung Jeannine, „Verhören rausgekommen ist!"

„In was für einem Mordfall sind Sie zu Gange?", fragte Jeannine ihren Kollegen aus Toulon. Dieser berichtete von dem Mord im Hotel, dass man zwar die Pistole gefunden habe, mit der sie erschossen wurde, dass aber vom Täter jede Spur fehle. Anschließend erzählte Jeannine von ihrem Fall. Sie vereinbarten, sich nach Abschluss von Jeannines Befragungen wieder zu treffen. Dann ging *brigadier* Pulgerini.

Jeannine führte sich nochmals alles vor Augen, was ihr der Kollege erzählt hatte. Dabei fiel ihr auf, dass die Zeit, in der sich ihr Mafiakurier auf Porquerolles aufgehalten hatte innerhalb der Zeitspanne gelegen war, die der Pathologe für den Mord an der Hotelangestellten Chloé angesetzt hatte. Damit bestand die Möglichkeit, dass der Mörder von Chloé Merlin mit dem gesuchten Vincent Berthau identisch war. Diese zeitliche Übereinstimmung konnte sie nicht unberücksichtigt lassen.

Kann ich ausschließen, fragte sie sich, dass er von hier kommt, eventuell sogar im Hotel beschäftigt ist? Ich muss von allen, die sich vom siebten bis neunten August auf Porquerolles befunden hatten, feststellen, wo sie in der Zeit waren, als Vincent nachweislich seine Mutter besucht hatte. Außerdem war Vincent am 22. August in Paris.

Diese Fragen stellte Jeannine jedem, mit dem sie dann gesprochen hatte. Von den Hotelangestellten war nur Charles Orbier, der Technikchef, in den ersten beiden Augustwochen nicht im Hotel, sondern auf einem Lehrgang in Lyon. Das wurde vom Hotelchef bestätigt, der die Maßnahme angeordnet und bezahlt hatte. Ob er wirklich dort war, hatte aber niemand überprüft. Wenn er der gesuchte Vincent war, dann hätte er durchaus die Kurse für eine Visite bei seiner Mutter unterbrechen können. Die anderen männlichen Bediensteten waren an den fraglichen Zeiten ohne Ausnahme im Hotel. Sie hätten zwar den Mord an dieser Chloé begehen können, kamen aber als der gesuchte Mafiakurier Vincent alias Grégory nicht in Betracht. Ein Rätsel gab ihr der Hausmeister Paul auf. Er war mehr als grob zu ihr und beantwortete keine ihrer Fragen. Aber offensichtlich war er auch immer im Hotel oder in der Nähe gewesen.

Gegen Abend traf sich Jeannine mit dem *brigadier* aus Toulon. Dieser hatte nichts Neues zu berichten.

„Mein Chef sagt, Sie sollen so schnell wie möglich von hier verschwinden. Richtig wütend war er, dass schon wieder jemand von der Polizei in seine Ermittlungen hineinpfuscht. Aber nehmen Sie das bitte nicht ernst. Er ist einfach unerträglich."

„Ich bin hier sowieso fertig. Morgen muss ich mich in den anderen Hotels umsehen. Aber eine Bitte hätte ich noch. Es kann ja nicht völlig ausgeschlossen werden, dass euer Mörder und mein Mafiatyp dieselbe Person sind. Deswegen interessiert mich die Pistole, die ihr gefunden habt. Kann ich dazu die Daten bekommen – Fingerabdrücke, Gutachten der Ballistiker und so?"

„Die hortet mein Chef, aber ich sage es ihm und kümmere mich darum, dass er Ihnen das zukommen lässt. An die Mordkommission in Aix?"

Jeannine nickte zustimmend.

„Danke, Kollege! Und *salut*! Jetzt werde ich mich noch bei meinem Chef verabschieden und dann bin ich weg."

***

Das Abendessen nahmen Nia und Jean-Luc wieder zusammen mit ihrem neuen Freund Olivier ein. Auf dessen

Wunsch aßen sie nicht im *Pin Parasol* mit der provenzalischen Küche, sondern im *Le Mimosa*. Heute schienen besonders viele Gäste dieses Lokal vorzuziehen. Papperin erkannte den Nörgler mit seiner aufgedonnerten Frau. Der Geldverleiher mit seinem Bodyguard saß ebenso hier wie der Karatesportler. Alle schienen sie den Hummer lieber zu mögen als die *pieds et paquets*, die es im *Pin Parasol* als Hauptgang gab.

Selbstverständlich schmeckten auch Papperin die Austern und der Hummer vorzüglich. Der Sancerre, den sie dazu tranken, ließ keine Wünsche offen. Trotzdem, Papperin wäre lieber in das provenzalische Restaurant gegangen. Als die Nachspeise serviert wurde – ein herrlich duftendes Kastaniensoufflee – läutete plötzlich Oliviers Telefon. Er entschuldigte sich, stand auf und verließ das Restaurant, um seine Freunde und die anderen Gäste nicht mit dem Telefonat zu belästigen. Papperin und Nia ließen sich das Dessert schmecken. Das wunderbar lockere Soufflee zerging förmlich auf der Zunge und harmonierte herrlich mit den in Armagnac eingelegten Kirschen, die neben einem kleinen Schlagsahnehäubchen, den Genuss noch verstärkten.

In der Restauranttüre erschien Jeannine und blickte sich suchend um. Papperin winkte sie an ihren Tisch.

„Möchtest du auch ein Dessert? Es schmeckt himmlisch", schwärmte er. Nia schien diese Einladung nicht zu passen, wie ihr ablehnender, ja zorniger Blick verriet. Jeannine, der Nias Reaktion nicht verborgen geblieben war, meinte, sie sei nur gekommen, um sich zu verabschieden, zumindest für heute. Vielleicht sehe man sich ja morgen. Allerdings sei das eher unwahrscheinlich, da sie morgen die anderen Hotels der Insel abklappern müsse.

„Wie kommst du so spät zurück ins Dorf? Der Shuttlebus des Hotels fährt um diese Zeit doch nicht mehr?", fragte Jean-Luc.

„Oh, ich habe einen Privatchauffeur! Der Dorfpolizist besteht unbedingt darauf, mich zu fahren. Er wartet schon vor dem Hotel. Er hat mir auch eine günstige Unterkunft besorgt. Im Dorf, in einer kleinen Pension. Da kann ich morgen gleich mit der Befragung des Personals in den Dorfhotels anfangen."

„Siehst du", blaffte Nia zu Papperin, „sie hat schon einen neuen Verehrer, da braucht sie dich gar nicht mehr. Also, auf Wiedersehen!"

Nia machte eine eindeutige Handbewegung in Richtung Ausgang. Dort sah sie Olivier stehen und interessiert zu ihnen herüberschauen. Sie winkte ihm, er winkte zurück. Plötzlich fasste er sich an die Stirne, als hätte er etwas vergessen, drehte sich abrupt um und verließ eilig das Restaurant.

„Warum ist Olivier wieder gegangen, sein Nachtisch wird ja ganz kalt", bedauerte Nia und wies kopfschüttelnd in Richtung der Türe. Die beiden anderen drehten sich um und schauten zum Restauranteingang, erhaschten aber nur noch einen Blick auf einen Blazer und eine weiße Hose, die rasch aus ihrem Blickfeld verschwanden. Papperin erklärte Jeannine, das sei ein Klient Nias beziehungsweise ihres Unternehmens, der auch hier Urlaub mache und gemeinsam mit ihnen hier zu Abend esse.

„So, ich muss jetzt endgültig gehen!"

Jeannine verabschiedete sich von Jean-Luc demonstrativ mit zwei Küsschen. Nia nickte sie nur kurz zu, ohne ihr die Hand zu geben und verließ das Lokal.

Eine unbekannte Stimme erhält einen Auftrag

Freitag, 28.8. Nachts gegen drei Uhr

Er lehnte sich an die Toilettentüre und schaute zweifelnd auf das Display seines Handys.

„Wen soll ich anrufen, wem den Auftrag erteilen?", fragte er sich.

Nachdenklich ging er die Telefonliste durch.

Hier – das war die richtige Person.

Er wählte und wartete, bis sich eine Stimme meldete.

„Bist Du allein?"

Er hatte es nicht nötig, seinen Namen zu nennen.

„Auf der Insel ist eine Polizistin aufgetaucht. Die muss weg, ehe sie Unheil anrichten kann."

Er konzentrierte sich auf die Stimme aus dem Hörer.

„Nein, nicht in Uniform. ... Ihren Namen? Dalmasso! ... Der Vorname? Warte mal! Jeanette? ... nein: Jeannine. Du musst ..."

Sein Gesprächspartner fiel ihm ins Wort.

„Nein, du kannst sie nicht verfehlen. Sie ist schlank, ungefähr einssiebzig groß, lange glatte dunkle Haare."

Wieder wurde er von seinem Gesprächspartner unterbrochen.

„So um die Dreißig, schätze ich mal, vielleicht auch achtundzwanzig oder dreiunddreißig. Trägt eine von den modischen Umhängetaschen, diesen bauchigen, aus schwarzem Leder. Meistens hat sie Jeans an, ganz normale dunkelblaue. Und oben ein T-Shirt. ... Die Farbe? Die wechselt wahrscheinlich. Heute war es hellblau ... besondere Merkmale? Nein, keine."

Die Stimme im Hörer stellte noch eine Frage.

„Na, hier auf der Insel. Sie steckt ihre Nase überall rein."

Wieder hörte er eine Weile zu.

„Wie du es machst, ist mir egal. Aber nicht mehr so stümperhaft wie mit der Hoteltussi. Nochmal so ein Fehler, dann bist du dran!"

Die Stimme im Handy wurde lauter, schriller.

„Da gibt es nichts zu rechtfertigen! Die sollte verschwinden – spurlos! Jetzt wimmelt es hier nur so von Bullen."

Die Stimme hatte noch eine Frage.

„Nein, so schnell wie möglich!"

Kurz dachte er nach, dann kam er zu einem Entschluss:

„Ab sofort keine Kontakte mehr! Zu gefährlich. Und vernichte die Sim-Karte und dein Handy!"

Zufrieden nahm auch er die Sim-Karte aus seinem Telefon, warf sie in die Toilettenschüssel und drückte die Spülung.

Sicher ist sicher, sagte er zu sich. Selbst wenn es eine anonyme Prepaid-Karte war, bei deren Erwerb er sich mit einem gestohlenen Pass ausgewiesen hatte. Wenn der Auftrag erfüllt war, blieb er weiter unentdeckt. Die Polizistin konnte ihm dann nicht mehr schaden.

Nia täuscht sich

„Weißt du, wozu ich heute Mittag Lust hätte?"

„Mmmh?", brummte Papperin fragend, der im Schatten des blau-weißen Sonnenschirms vor sich hin dösend auf seiner Strandliege lag. Sein Kopf war angenehm leer, keine beunruhigenden Gedanken quälten ihn, seinen Beruf hatte er in die hintersten Winkel seines Bewusstseins verdrängt. Er genoss die Ruhe, die sich in ihm breit gemacht hatte, und die weder das rhythmische Rauschen der Brandung, noch die gelegentlichen Gesprächsfetzen der Badegäste um ihn, oder die Schreie der spielenden Kinder beeinträchtigen konnten. Er wandte sich Nia zu. Im Gegensatz zu ihm lag sie in der prallen Sonne. Bäuchlings auf dem heißen Sand, auf beide Ellenbogen gestützt, las sie in Simenons Porquerolleskrimi.

„Wir könnten nachher mit dem Hotelshuttlebus ins Dorf fahren und in der *Auberge l'Arche de Noë* etwas Kleines zu Mittag essen. Das wollten wir doch schon immer. Im Restaurant, wo auch Georges Simenon immer gegessen hatte. Weißt du, der hatte ein Haus auf Porquerolles und hat seine eigenen Lieblingsplätze in dem Roman verewigt.

„Mittagessen klingt super", meinte Papperin, bei dem sich trotzt des opulenten Frühstücks schon wieder die Lust auf einen appetitlichen Snack eingestellt hatte. Vorschlägen, etwas Gutes zu essen, war er selten abgeneigt.

„Ich lese gerade, wie Simenon den Aufenthalt von Maigret in der Auberge schildert. Gut, sein Zimmer mit Blick auf die kleine Kirche werden wir nicht anschauen können, selbst wenn es noch so existieren sollte, wie es Simenon beschrieben hat."

„Ich habe im Internet gelesen", wurde sie von Papperin unterbrochen, „dass die jetzigen Besitzer das Gasthaus bei der Renovierung soweit wie möglich im Originalzustand belassen haben sollen. Das Zimmer dürfte es also noch geben. Allerdings wird es jetzt in der Hochsaison bewohnt sein."

„Ich will ja vor allem ins Restaurant, auf die Terrasse mit den duftenden Eukalyptusbäumen ringsum."

„*Bien*! Und dann essen wir einen gegrillten Fisch und trinken *un verre de vin blanc* dazu, so wie es Maigret immer gemacht hat. *D'accord!* Wann geht der Bus? Vorher will ich aber noch ins Wasser. Kommst du mit?"

***

Sie planten, den Shuttlebus des *L'Étoile de l'Île* um 13.30 Uhr zu nehmen. So hatten sie noch genügend Zeit, um zu schwimmen und anschließend zu duschen und sich für den Ausflug umzuziehen. Während sie bei einem *kir-pêche* in der Hotelbar auf die Abfahrt des Minibusses warteten, gesellte sich ihr Freund Olivier zu ihnen.

„Kommst du mit ins Dorf? Mittagessen im Arche Noë, anschließend durch die Gassen bummeln, vielleicht ein bisschen Shopping, und dann wieder zurück ins Hotel?", fragte Nia.

„Eigentlich bin ich zu faul dazu. Außerdem muss ich noch ein paar Telefonate erledigen."

Er überlegte eine kurze Weile und meinte dann bedauernd:

„Nein, ich bleibe lieber hier. Ich werde mich an den Strand legen und den Rat meines Arztes befolgen: Nichts tun, nur ausspannen. Aber Danke für das Angebot mitzukommen. Wir sehen uns dann beim *dîner*."

***

Die Terrasse des Restaurants Arche Noë war gut besucht. Trotzdem ergatterten Papperin und Nia einen freien Tisch am Rande, direkt unter den Schatten spendenden Ästen eines Eukalyptusbaumes. Das Restaurant, das sich nicht nur zu Maigrets Zeiten einer vorzüglichen Küche rühmte, genoss auch jetzt noch höchstes Ansehen. Vor allem die fangfrischen Fische, die Muscheln und die anderen Meeresfrüchte wurden von den gängigen Restaurantführern in den höchsten Tönen gelobt. Papperin wählte kein Menu, denn sie wollten nicht soviel essen, dass in ihren Mägen kein Platz mehr für das abendliche Sternemenu des *L'Ètoile de l'Île* wäre. Vorspeise, Hauptgang, Käse und Nachspeise, das wäre zu viel gewesen. Auch vertrug sich ein derart opulentes Essen nicht besonders mit der mittäglichen Hitze – es hatte weit über dreißig Grad. Papperin bestellte einen *turbot grillé* und als Beilage einfache Petersilienkartoffeln. Die Zeit, bis der Steinbutt zubereitet war, überbrückten sie mit einem erfrischenden Rosé aus der Domaine de la Bastide Blanche auf der Halbinsel von Saint Tropez.

***

„Es geht doch nichts über eine einfache, unverfälschte Zubereitung. Nur leicht würzen, mit Salz und ganz wenig Pfeffer und dann auf den Grill. Kein Schnickschnack, keine raffinierten Saucen, mit denen man nur den Eigengeschmack des Fisches übertüncht. Dazu Dampfkartoffeln und etwas Olivenöl. Was kann es Besseres geben?"

Papperin kam richtig ins Schwärmen, so gut hatte ihm der Steinbutt gemundet. Nia musste sich unwillkürlich daran erinnern, wie sie ihren Freund kennengelernt hatte, damals beim Studium in Paris. Ursprünglich war sie der Ansicht gewesen, er sei ein Koch. Hatte er doch für eine Studentenfete, auf der sie sich heiß und hungrig diskutiert hatten, ein hervorragendes provenzalisches Mitternachtsmenu aus den Resten gezaubert, die Kühlschrank und Tiefkühltruhe hergegeben hatten. Umso erstaunter war sie gewesen, als er ihr gesagt hatte, er studiere Jura und sein Berufsziel sei der höhere Polizeidienst. Nach dem Studienabschluss folgte ein steiler und rasant schneller Aufstieg auf der Karriereleiter. Damals war er der jüngste Kommissar gewesen, den die *Police judiciaire* in ihrer langjährigen Geschichte jemals gehabt hatte. Aber seine Liebe zum Kochen und zu gutem Essen und Trinken hatte er trotz seines aufreibenden Berufs nicht verloren.

„Jetzt bestellen wir noch ein Dessert. Ich hätte Lust auf eine *tarte tatin*[11]. Aber das ist wohl eher was Nordfranzösisches. Das werden sie hier nicht haben. *Garçon, la carte des desserts, s'il vous plaît!*", rief er den Kellner herbei.

In der Tat stand die ersehnte Nachspeise nicht auf der Karte. Papperin entschloss sich für eine *coupe colonel*[12], während sich Nia mit einem kleinen Espresso begnügte.

***

Bedächtig rührte Nia Zucker in ihren Kaffee. Sie war allein, denn Papperin war, auf der Suche nach den Toiletten, im Restaurant verschwunden. Sie beobachtete die wenigen auf der Terrasse verbliebenen Restaurantgäste. Die Mittagessenszeit war längst vorbei, so dass nur noch ein paar Tische besetzt waren. Genießer, die wie sie und Papperin das ausgezeichnete Essen langsam ausklingen ließen und sich nicht von tatsächlichem oder eingebildetem Urlaubsstress unter Druck setzten.

Plötzlich stockte der Löffel in ihrem Tässchen. Kam da nicht auf die Terrasse, direkt auf sie zu ... ja doch ... schlank, dunkles Haar mit ein paar hellen Strähnen, Jeans und T-Shirt, die schwarze lederne Umhängetasche lässig schwenkend, außerdem diese typische Art zu gehen ... das war ... Jean-Lucs Mitarbeiterin, diese Jeannine. Sie nahm unmittelbar neben ihrem und Papperins Tisch Platz, setzte sich mit dem Rücken zu ihr und studierte die Getränkekarte.

Unverschämt, dachte Nia. Sie verfolgt uns. Die will noch was von Jean-Luc. Auch wenn er das nicht merkt. Männer haben kein Gespür für so etwas. Die versucht, ihn mir auszuspannen, ihn zu sich zu ziehen. Natürlich, das kann sie problemlos. Sie sieht ihn ja täglich im Dienst. Und ich, ich bin an Paris gefesselt und kann nichts dagegen tun. Scheiß Job! Nia starrte den Rücken ihrer Rivalin hasserfüllt

---

[11] Dessert aus karamellisierten Apfelschnitten in Calvados auf Mürbteig (manche Rezepte auch Blätterteig), warm mit crème double serviert.
[12] Zitronensorbet auf Vodka

an. Na warte! Der werde ich zeigen, zu wem Jean-Luc gehört!

Sie stand auf und machte die paar Schritte zum Nachbartisch. Sie stellte sich aggressiv und kampfbereit vor die erstaunt aufblickende Jeannine. Die Hände in die Hüften gestemmt und mit vorgerecktem Kinn fixierte sie ihr Gegenüber.

„Ich will nicht, dass Sie sich zwischen uns drängen! Haben Sie verstanden?", sagte sie ruhig, aber mit eisiger Stimme. „Jean-Luc und ich, wir gehören zusammen. Sie haben hier nichts zu suchen. Ich lasse nicht zu, dass Sie unsere Beziehung zerstören. Also verschwinden Sie!"

Da Jeannine nach wie vor gelassen sitzen blieb und ihr kampfbereites Gegenüber ruhig anschaute, mit Erstaunen, ja sogar mit einer leichten Belustigung im Blick, verlor Nia die Fassung. Sie schrie:

„Hauen Sie ab! Wenn Sie Ihre Finger nicht von Jean-Luc lassen, dann werde ich … dann … dann … werde ich … dann …"

Im Rhythmus ihrer Worte stieß sie mit ihrem rechten Zeigefinger gegen Jeannines Brust.

Diese schaute sie befremdet an:

„Was soll das? Nehmen Sie Ihre Finger von mir und lassen Sie mich in Ruhe!"

Bei diesen Worten schob sie Nias zustoßende Hand zur Seite.

„Ich weiß gar nicht, was Sie haben!"

Jetzt reichte es Nia. Sie griff mit beiden Händen in Jeannines dichtes Haar und riss ihren Kopf vor und zurück. Dabei schrie sie schrill:

„Dann … dann … bringe ich Sie um. Ich bring Sie um! Kapieren Sie das endlich! Ich bring Sie um, wenn Sie Jean-Luc nicht in Ruhe lassen!"

„Nia, was ist los!"

Papperin, der die Handgreiflichkeit und die letzten lauten Worte gehört hatte, kam aus dem Restaurant herbeigestürmt und drängte sich durch den Kreis, den die wenigen

Restaurantgäste um die beiden Frauen gebildet hatten. Nia ließ Jeannine los und warf sich an Papperins Brust.

„Ach Jean-Luc! Deine Jeannine, da! Jetzt ist sie schon wieder hier. Sie will unsere Liebe zerstören! Jean-Luc, was können wir tun? Kannst du sie nicht rausschmeißen, oder versetzen lassen? Sie muss weg, weg von dir! Oder ich bring sie um!"

Papperin umarmte Nia. Gleichzeitig wandte er sich mit einem fragenden Blick zu der anderen Frau.

„Was soll das, Jeann … Sie sind nicht Jeannine. Nia, das ist nicht Jeannine! Auch wenn sie ihr zum Verwechseln ähnlich sieht."

Er wandte sich an die fremde Frau:

„Je m'excuse mille fois! Es ist ein Missverständnis, eine Verwechslung. Meine Frau hat Sie mit jemandem verwechselt. Hat sie Ihnen wehgetan? Sind Sie verletzt?"

Die fälschlich für Jeannine Gehaltene blickte prüfend an sich herab und schüttelte dann den Kopf.

„Nein, ich bin ok."

„Bitte entschuldigen Sie die Unannehmlichkeit! Fehlt Ihnen wirklich nichts?"

Nia, die von der kämpferischen Amazone zu einem verschreckten und zerknirschten kleinen Mädchen geschrumpft war, begann, sich stotternd zu entschuldigen.

„Es … es … tut mir leid … fürchterlich leid. Es scheint, ich habe Sie verwechselt. Aber sie sehen sich so ähnlich. Entschuldigung! Ich will Ihnen nichts Böses! Wirklich nicht!"

Die Frau, die sich von Nias Auftritt nicht aus der Ruhe hatte bringen lassen, meinte mit einer einladenden Geste:

„Kein Problem. Sie tun mir leid. Kommen Sie, setzen Sie sich und beruhigen Sie sich."

„Non, merci! Aber ich will heim. Jean-Luc, bitte bring mich nachhause – ins Hotel! Bitte!"

Ein turbulentes Wochenende mit Überraschungen

Samstag, 29. bis Montag 31. 8.

Papperin erwachte vom Gurren der Ringeltauben, das durch das offene Fenster in das Zimmer drang. Er räkelte sich im Bett, blickte schlaftrunken um sich. Mit einer Hand tastete er nach rechts neben sich. Er fühlte die Wärme von Nias Körper und hörte beruhigt ihre regelmäßigen Atemzüge. Sie schien völlig entspannt zu schlafen. Gott sei Dank! Nach den nervenaufreibenden Geschehnissen und den nachfolgenden Diskussionen bis weit nach Mitternacht war Schlaf das Beste, das Heilsamste, was ihr widerfahren konnte.

Den gestrigen Tag würde er am liebsten ausradieren – aus seiner Erinnerung ebenso wie aus ihrem gemeinsamen Leben. Nia war völlig neben sich gewesen. Sie hatte fast nur geweint, den ganzen Nachmittag bis spät in die Nacht. Er hatte sie getröstet, auf sie eingeredet, versucht, mit ihr rational zu diskutieren. Vergebens. Sie fühlte sich erniedrigt, beschämt, dass sie in aller Öffentlichkeit einen solch blamablen Auftritt hingelegt hatte. Dass sie einer falschen Frau eine derartige Szene gemacht hatte, sie beschimpft und sie sogar körperlich attackiert hatte. Neben dieser Scham fraß noch ein anderes Gefühl in ihr. Sie war nach wie vor überzeugt, dass sich seine Mitarbeiterin Jeannine zwischen sie und Papperin drängte, dass sie ihr ihren Jean-Luc wegnehmen wollte. Nichts hatte geholfen, sie von diesem Wahn abzubringen, keine Versprechen, keine Beteuerungen, keine Liebesschwüre.

Papperin war betroffen, bis ins Innerste erschüttert. Er hatte keine Ahnung gehabt, wie sehr Nia an ihm hing, seelisch von ihm abhing, und wie sehr der bloße – ungerechtfertigte - Verdacht, eine andere Frau könnte ihre Stelle einnehmen, sie außer Kontrolle geraten ließ. Er hatte immer geglaubt, Nia sei der nüchterne, rational und objektiv denkende Part in ihrer Beziehung, während er, Papperin, eher gefühlsmäßig reagierte und sich von Stimmungen beeinflussen ließ. Er sah sich stets in der Rolle des psychologisch Einfühlsamen, Mitfühlenden, sich in die Seelenlage seiner Mitmenschen Hineindenkenden, der sich durchaus auch zu vorschnellen und unbedachten Bemerkungen und Handlungen hinreißen ließ – ganz im Gegensatz zu Nia. Wie konnte er sich in ihr nur so getäuscht haben.

Frühstücken auf der Terrasse unter all den Leuten wollte er Nia jetzt nicht zumuten. Sicher hatte sich der Vorfall von gestern bis ins *L'Étoile de l'Île* herumgesprochen. Also griff er kurz entschlossen zum Telefon und bat die Dame an der Rezeption, das *petit déjeuner* in seine Suite zu bringen zu lassen.

Die Gegenfrage „Was hätten Sie denn gerne? Oder soll ich zuerst die Karte bringen lassen?" überraschte ihn. Das erschien ihm in ihrer Lage absolut nebensächlich. Also bellte er in den Hörer:

„Volles Programm. Und eine Flasche Veuve Cliquot!"

Das war jetzt nicht sehr höflich, dachte er. Eigentlich hätte er ‚Bitte' sagen können.

***

Das gemeinsame Frühstück auf dem Balkon ihrer Suite verlief überraschend harmonisch und geruhsam. Der tiefe Schlaf hatte Nia gut getan. Sie hatte sich sichtlich erholt, konnte sogar über ihren gestrigen Auftritt und die Verwechslung lachen.

„Die arme Frau, die muss denken, ich bin verrückt. Ich weiß wirklich nicht, was in mich gefahren ist. Vielleicht der Rosé, noch dazu in der Mittagshitze?"

Mit Heißhunger sprachen die beiden dem reichhaltigen Frühstücksangebot zu.

„Ach Nia, du glaubst gar nicht, wie froh ich bin, dass du wieder okay bist. Vergessen wir alles, was gestern war! *À la tienne, ma chérie!"*

Er hielt ihr seinen Champagnerkelch hin. Ein heller Glockenton erklang, als sie mit ihren Gläsern auf ihrer beider Wohl anstießen.

Sie beschlossen, zu dem kleinen Strand in der einsamen Bucht zu wandern, an dem sie vor ein paar Tagen schon einmal Rast gemacht hatten. Mit Proviant und reichlich Getränken im Rucksack machten sie sich auf den Weg. Trotz Urlaubszeit und Wochenende trafen sie auf keine anderen Wanderer. Wann immer es der enge Pfad zuließ, gingen sie nebeneinander Hand in Hand und plauderten munter drauflos. Oft blieben sie stehen und umarmten und küssten sich. Der Zwischenfall vom Vortag war vergessen.

In der kleinen Bucht, die erwartungsgemäß menschenleer war – die Hitze hatte offensichtlich alle vom Wandern abgehalten – ließen sie sich nieder. Immer wieder gingen sie ins Wasser, schwammen, tauchten nach den leuchtend roten Seesternen, die unter Wasser an den Felsen klebten. Dann wieder legten sie sich auf den warmen Sand im Schatten unter der Schirmpinie, lauschten den Geräuschen der Natur und genossen den sie umströmenden Duft nach Meer, Piniennadeln und Kräutern der Macchie.

„Trotzdem, *chéri*, nimm dich in Acht. Diese Jeannine wird es immer wieder versuchen."

Als sie Papperins ungläubige Miene sah, bekräftigte Nia:

„Doch, ich bin mir sicher, das wird sie! Aber das lasse ich nicht zu!"

***

Am späten Nachmittag, sie waren aus ihrer idyllischen Bucht zurück ins Hotel gekommen und saßen jetzt auf der Terrasse bei einem erfrischenden Bier vom Fass, ging Papperin das heikle Thema wieder an.

„Weißt du was wir jetzt machen sollten? Wir rufen Jeannine an. Sie soll kommen und wir besprechen alles. Ich möchte, dass du überzeugt bist. Ich will nicht so weiterleben: Du bist misstrauisch, siehst immer die Gefahr, dass sich alles wiederholt. Das treibt einen Stachel in unsere Be-

160

ziehung. Außerdem vergiftet es das Klima in meinem Kommissariat. Ich ruf sie an!"

Nia hob mit einer zweifelnden Geste die Schultern.

„Wenn du meinst. Aber ich fürchte, es wird nichts klären, sie nicht ändern."

Papperin hatte bereits sein Handy gezückt und Jeannines Nummer gewählt. Es meldete sich aber nur die Automatenstimme: „Der gewählte Teilnehmer ist momentan nicht erreichbar." Er wählte noch zweimal, jedesmal mit demselben Ergebnis.

„Sie hat ihr Handy ausgeschaltet. Versuchen wir es später noch einmal."

***

Das *dîner* nahmen sie wieder gemeinsam mit Olivier ein. Natürlich hatte er vom Auftritt Nias am Vortag im Dorf gehört. Gerüchte und Klatsch schienen sich auf der Insel schnell und ungehindert zu verbreiten. Wie überall auf der Welt funktionierten auch hier die unsichtbaren Informationskanäle und –netze. Gentleman, der er war, ging er allerdings fast stillschweigend über den Vorfall hinweg und beließ es bei einem „Du glaubst gar nicht, wie froh ich darüber bin, dass du wieder ganz die Alte bist!"

Mitten im Hauptgang begann Papperins Handy die Anrufmelodie zunächst ganz leise, dann aber imm lauter werdend zu intonieren: Aux Champs Élysées … *Aux Champs Élysées … Aux Champs Élysées …*

Der Kommissar fummelte es aus seiner Hosentausche und schaute auf das Display.

„Mein *Grand-Chef* in Paris. Entschuldigt mich bitte kurz."

Mit dem Apparat am Ohr schlängelte er sich an den Restauranttischen vorbei in die Hotellobby.

„Hallo …? Haaallooo! Ja, jetzt höre ich Sie gut."

„Monsieur le commissaire, neue Erkenntnisse zwingen uns, schnellstmöglich eine Besprechung abzuhalten. Ihre Anwesenheit ist hierbei unverzichtbar. Morgen um Punkt neun Uhr in der Zentrale der *Police judiciaire* hier in Paris …

nein, per Telefonschaltung geht das nicht. Es ist absolut vertraulich, und Sie wissen ja selbst, wie sicher Telefongespräche sind. Oder besitzen Sie ein Handy mit kryptographischer Verschlüsselung? ... Nein? ... Gut, also morgen um neun. Und seien Sie pünktlich! *À demain et au revoir!*"

Papperin überlegte. Es war schon halb neun Uhr abends, wie sollte er es schaffen, bis neun Uhr morgens in Paris zu sein. Er war hier immerhin auf einer Insel, und die letzte Fähre zum Festland war sicher schon weg.

„*Monsieur le directeur*, das wird zeitlich nicht zu machen sein. Ich bin hier auf einer Insel und glaube nicht, dass um diese Zeit noch ein Schiff fährt. Selbst wenn ich die *Gendarmerie maritime* um Amtshilfe, um ein Schiff bitte, dürfte es nicht reichen, um rechtzeitig in Paris zu sein. Ich werde also ein paar Stunden zu spät zu Ihrer Konferenz kommen. Das wird sich nicht vermeiden lassen."

„*Non*, das ist absolut unmöglich. Es handelt sich um eine äußerst dringliche Angelegenheit von nationaler Bedeutung. Wir können nicht auf die Reisepläne eines Kommissars Rücksicht nehmen. Ich schicke Ihnen einen Helikopter, der soll sie nach Marseille zum Aéroport oder zum Gare-TGV bringen. Ich erwarte Sie morgen um neun Uhr pünktlich. *Au revoir!*"

„Merde!", entfuhr es Papperin. „Verdammter Zentralismus. Können die nicht in Marseille konferieren. Aber die Herren Chefs da oben sind sich zu gut und zu vornehm, um ihre Ärsche hierher zu bewegen."

Er kam zurück an den Tisch.

„Ich muss nach Paris, gleich!", verkündete er missgelaunt. Sein Lammkarree war inzwischen kalt geworden. Er hatte auch gar keine Lust mehr darauf. Der Appetit war ihm vergangen. Ihn einfach aus dem Urlaub weg zu kommandieren. Gerade jetzt, wo Nia ihn so dringend brauchte.

„Was heißt gleich? Du kommst doch gar nicht mehr von der Insel weg heute. Geht die nächste Fähre nicht erst morgen?", fragte Nia besorgt.

„Der schickt einen Heli. Wenn der sich was in den Kopf setzt, dann wird alles möglich gemacht."

„Wer ist der?", fragte Olivier.

„Der alleroberste *flic* – der *Directeur général de la Police nationale de la République.*"

„Seit wann bist du so wichtig, dass du unbedingt dabei sein musst? Um was geht es überhaupt?", fragte Nia.

„Keine Ahnung. Die brauchen halt einen Idioten, dem sie die Arbeit aufhalsen können. Wird schon irgendwas Unwichtiges sein, vielleicht so ein dämlicher Staatsbesuch, der das neue Museum in Marseille sehen will, das MuCEM[13]. Ist ja erst vor kurzem eröffnet worden und hat Marseille zum Titel ‚Kulturhauptstadt Europas' verholfen.

„Es wird schon nicht so pressieren. Jetzt genieße wenigstens den *plateau de fromage* und das *dessert* und dann packe ich dir dein Bordcase", beschwichtigte Nia seinen Zorn.

Der rote *cru classé* aus dem Weingut Château Rimoresq am Fuße des Massif des Maures schmeckte Papperin trotz der zu erwartenden Hektik der Abreise hervorragend. Dazu der Käse, ein Stückchen vom Brie de Meaux, etwas Reblochon, ein klein wenig vom Roquefort und das frische, knusprige und noch ofenwarme Baguette. Papperin begann sich wieder wohl zu fühlen. Dann kam das Dessert – alle drei hatten die *crème brûlée* gewählt – und wurde mit Genuss verspeist. Gerade wurde der Kaffee serviert, als das laute Brummen eines sich nähernden Hubschraubers die über den Tischen schwebende Geräuschkulisse aus leisen Gesprächen und klapperndem Besteck zu übertönen begann.

Mit den Worten „Ich gehe schnell und hole das Nötigste", erhob sich Papperin und eilte zu seiner und Nias Suite. Mit einem kleinen Rucksack lässig über der linken Schulter baumelnd kam er zurück an den Tisch und verabschiedete sich mit einem langen Kuss und einem sorgenvollen Blick von Nia. Olivier, dem er zum Abschied die Hand gab, meinte: „Keine Sorge, ich kümmere mich um sie."

„Morgen, spätestens am Montag bin ich wieder zurück." Dann eilte er zu dem riesigen weißen Fluggerät mit

---

[13] Musée des Civilisations de l'Europe et de la Méditerranée

der blauen Aufschrift *Police nationale*, das mit laufendem Motor und wirbelnden Rotoren auf ihn wartete.

***

„Mesdames, messieurs, bon jour!"

Der Herr über alle Polizeibeamten des Landes, der *Directeur général de la Police nationale de la République*, blickte bedeutungsvoll in die Runde und nickte jedem Anwesenden an dem riesigen Konferenztisch zur Begrüßung zu.

„Ich habe Sie zu dieser ungewöhnlichen Zeit zusammengerufen, weil sich ein zunächst klein erscheinender Kriminalfall in einem Ausmaß entwickelt hat, welches für die innere Sicherheit unseres Landes bedrohliche Dimensionen annimmt. Ich begrüße ausdrücklich den Stellvertreter des obersten Vertreters der *Gendarmerie nationale*, Général aah ....."

Er blickte auf das vor ihm liegende Dossier und nuschelte dann ein paar unverständliche Silben. Ganz offensichtlich war ihm der Name des Generals entfallen und auch nicht aus den Papieren vor ihm ersichtlich.

„Der Herr Innenminister ist momentan noch verhindert, wird voraussichtlich aber später zu uns stoßen."

Er schaute bedeutungsschwer um sich und fuhr dann fort.

„Ich begrüße den Leiter der Anti-Mafia-Kommission UCRAM sowie den Chef der nationalen Mission zur Bekämpfung der Rauschgiftkriminalität in Frankreich, MILAD. Selbstverständlich begrüße ich alle anwesenden leitenden Ermittler, die direkt von der Front, vom täglichen Kampfeinsatz gegen das Verbrechen zu dieser Besprechung gekommen sind." Dabei blickte er insbesondere *commissaire* Papperin an.

„Wie viele unter Ihnen bereits wissen, wurde die Regierung vom amerikanischen Geheimdienst NSA informiert, dass eine größere Drogenmenge in der nächsten Zeit nach Frankreich gebracht werden soll. Angeblich soll es sich um eine außergewöhnliche Menge an Rauschgift von unüblich hohem Wert handeln. Genauere Informationen sind uns nicht bekannt, insbesondere was den Zeitpunkt anbelangt. Nach den Erkenntnissen unserer amerikanischen Freunde sollen die Anlandung und die Übergabe der Drogen auf der Ferieninsel Porquerolles stattfinden. Deswegen habe ich den leitenden Kommissar Jean-Luc Papperin von der *Police judiciaire* in Aix en Provence zu dieser Besprechung eingeladen."

Eingeladen ist gut, dachte Papperin. Befohlen hast du es, knallhart, ohne Wenn und Aber.

„Es ist ein Glücksfall, dass er sich seit knapp zwei Wochen zu Urlaubszwecken auf der Insel aufhält, und sich dort deshalb völlig frei bewegen kann, ohne bei etwaigen sich bereits dort aufhaltenden Kriminellen Verdacht oder Misstrauen zu erregen."

In der Runde machte sich Unruhe breit, weil der Polizeichef bisher absolut nichts Neues gesagt hatte.

„Nun komme ich zu den neuen Erkenntnissen und Informationen, die mich veranlasst haben, diese Besprechung anzuberaumen.

Plötzlich herrschte wieder aufmerksame Ruhe im Raum.

„Drei Ereignisse, die bislang voneinander unabhängig zu sein schienen, stehen, wie jüngste Recherchen ergeben haben, in direktem Zusammenhang.

Der oberste Polizeichef räusperte sich, blätterte in seinen Unterlagen. Dann blickte er Aufmerksamkeit heischend in die Runde.

„Erstens: Der Mord an Chloé Merlin, einer Angestellten des Hotels *Ètoile de l'Île* auf Porquerolles, dem Hotel in dem Kollege Papperin seinen Urlaub verbringt. Ihm ist es zu verdanken, dass die Mordwaffe, eine Pistole vom Typ…"

Wieder blätterte er suchend im vor ihm liegenden Dossier und meinte, als er nicht fündig wurde ärgerlich:

„Ach, ist ja auch egal! Also diese Mordwaffe wurde von ihm ausfindig gemacht und den polizeilichen Ermittlungen zugeführt."

Zweitens: Der angebliche Mafia-Kurier, der in einem gewissen Etablissement hier in Paris den Kollegen der MI-

LAD und der UCRAM durch die Lappen gegangen ist. Von ihm kennen wir dank verdienstvoller Recherchen des Kommissariats von Kollegen Papperin sowohl den Namen – Vincent Berthau alias Grégory Haubert – als auch, und das ist besonders wichtig, die Fingerabdrücke. Er zählt nach unseren Erkenntnissen zu einem Zweig der italienischen Mafiaorganisation, die sich in unserem Land zunehmend breit macht und sich insbesondere auf Rauschgift, Menschenhandel und illegalen Waffenhandel spezialisiert haben soll – jeweils in größtem und höchst bedrohlichem Ausmaß. Umso bedauerlicher ist es, dass es den Einsatzkräften der MILAD und UCRAM nicht gelungen ist, diesen Mann zu fassen.

Drittens: Der Mord, der vor einigen Jahren an dem als solchem bekannten Mafiaboss Fernando Fassi in Marseille begangen wurde, und der bis zum heutigen Tag nicht aufgeklärt werden konnte."

Wieder blickte der Polizeichef auffordernd in die Runde, als erwarte er die jetzt fällige Frage, weshalb diese drei allen Anwesenden bekannten Ereignisse jetzt plötzlich so bedeutend geworden seien.

Doch niemand fragte.

„Heute kann ich Ihnen die sich aufdrängende Frage beantworten: Was haben diese drei Fälle miteinander zu tun? Nun, nach neuesten ballistischen Untersuchungen ist die Waffe, mit der diese Hotelangestellte erschossen wurde, identisch mit der Waffe, mit der vor drei Jahren in Marseille der Mafiaboss Fernando Fassi ermordet wurde. Es liegt der Schluss nahe, dass hier dieselbe Verbrecherorganisation im Spiel ist. Weiter ist bekannt, dass die Fingerabdrücke, die wir vom Mörder dieses Fassi haben, identisch sind mit den Abdrücken derjenigen Person, die in jenem Pariser Etablissement vor gut einer Woche - lassen Sie mich dies präzisieren ..."

Er blätterte wieder in seinen Unterlagen. Diesmal wurde er fündig.

„...am zweiundzwanzigsten dieses Monats ... bedauerlicherweise nicht dingfest gemacht werden konnte."

Das war nun wirklich etwas Neues. Es dauerte aller-dings eine Weile, bis die Anwesenden die Zusammenhänge in vollem Umfang begriffen hatten. Die Ausdrucksweise ih-res obersten Bosses war auch zu verschwurbelt. Aber schließlich war allen klar: Es steckte ein und dieselbe Orga-nisation hinter allen drei Ereignissen. Und zwar handelte es sich um den Zweig der italienischen Mafia, der sämtlichen Sicherheitsbehörden Frankreichs in rasant zunehmendem Maße Probleme bereitete. Damit kam dem NSA-Hinweis auf die zu erwartende Rauschgiftlieferung erheblich höhere Bedeutung zu. Zudem kannte man einen der Beteiligten, den Mafiakurier Vincent Berthau alias Grégory Haubert, und dieser war identisch mit dem Inselmörder vor zwei Wochen und dem Fassimörder vor drei Jahren. Vor allem letzteres war eine wirklich überraschende Neuigkeit.

„Sie sehen die Konsequenzen, meine Damen und Her-ren: Der zunächst unbedeutende Mord an der Hotelange-stellten wurde in Zusammenhang mit der unsere Sicher-heitsbehörden seit langem beunruhigenden Verbrecheror-ganisation begangen."

Er machte eine längere Pause und schenkte sich aus ei-ner der auf dem Tisch bereitstehenden Perrierflaschen ein Glas Mineralwasser ein. Nachdem er einige Schlucke ge-trunken hatte, ergriff er wieder das Wort.

„Ich werde deshalb die Ermittlungen konzentrieren und sowohl den Mordfall an dieser Hotelbediensteten von deren bisherigen Leiter *commissaire* …äh… „

Wieder suchte er nach dem Namen in seinen Papieren.

„Bardineux, Frank Bardineux von der *PJ* in Toulon", warf Papperin ein.

„Ganz richtig, Frank Bardineux! Also: Ich werde die Ermittlungen in diesem Fall und auch in dem von unseren amerikanischen Freunden entdeckten und an uns übermit-telten Drogenfall an *commissaire* Papperin und sein Kom-missariat übertragen. Hier wurde bereits wertvolle Vorar-beit geleistet – zum Beispiel bei der Identifizierung dieses Berthau."

Wieder nahm er einen Schluck aus dem Wasserglas.

„Die neue Aufgabenverteilung sieht folgendermaßen aus: Leitung der Ermittlungen und Koordination aller Maßnahmen liegen ab sofort in Händen von Kollegen Papperin und seines Kommissariats – selbstverständlich in enger Abstimmung mit mir. Alle anderen Organisationen und Abteilungen werden hiermit verpflichtet, unter Außerachtlassung des üblichen Dienstweges sämtliche relevanten Informationen an die Ermittlungsleitung weiterzuleiten und auf Anfrage Personal abzustellen und Sachmittel zur Verfügung zu stellen."

Unruhe machte sich im Raum breit. Für die an strenge hierarchische Regeln und Dienstwege gewohnten Teilnehmer kam diese Maßnahme mehr als überraschend. Der *Directeur général* merkte, dass sich Widerstand zu formieren drohte. Deshalb ergriff er mit strengem, befehlsgewohntem Ton wieder das Wort:

„Um keine Missverständnisse aufkommen zu lassen: Diese Regelung ist sowohl mit dem Innenminister abgesprochen, als auch", und dabei blickte er die Teilnehmer aus dem Kreis der *Gendarmerie nationale* an, „mit dem Verteidigungsminister. Sie gilt uneingeschränkt ab sofort bis zum Ende der Ermittlungen."

Den Anwesenden war klar geworden, dass sie, wenn ihre Karriere keinen Schaden nehmen sollte, diese Regelung akzeptieren mussten. Im Raum wurde es wieder deutlich ruhiger.

Nachdem er den für ihn schwierigsten Teil der Konferenz hinter sich gebracht hatte, nahm der *Directeur général* Platz und lockerte den straffen Knoten seiner Krawatte. Mit deutlich erleichterter Stimme wandte er sich an die Runde.

„Sie werden sich fragen, warum ich Sie alle hierher nach Paris beordert und Ihr wohlverdientes Wochenende damit zerstört habe. Denn, soweit hätte das auch telefonisch geklärt werden können. Ich habe Sie aber hierher gebeten, um uns gemeinsam sämtliche Informationen und Daten, die im Zusammenhang mit einem dieser drei Fälle irgendwo aufgelaufen sind, und erscheinen sie noch so unbedeutend, noch einmal – für den einen oder anderen viel-

leicht auch erstmals – vor Augen zu führen und zu diskutieren. So, jetzt wollen wir eine kleine Kaffeepause einlegen
um uns dann – sagen wir in fünfundvierzig Minuten – wieder hier zu treffen und uns dem umfangreichen Datenma-
terial zuzuwenden."

Der Konferenzsaal leerte sich überraschend schnell. Da
man aus Erfahrung mit ähnlichen Situationen wusste,
welch langdauernde Diskussionen und Beratungen ihnen
bevorstanden, wollten sich die meisten Teilnehmer noch
schnell ein zweites Frühstück gönnen. Ein Großteil von
ihnen begab sich allerdings nicht in die Kantine der Polizeidirektion. Insider kannten den gräulich schlechten Fil-
terkaffe, der dort ausgeschenkt wurde. Die auswärtigen
Konferenzteilnehmer waren schnell überzeugt, stattdessen
die kleine Bar gegenüber vom Amtsgebäude anzusteuern.

Dort gab es frische, knusprige Croissants und andere
wohlschmeckende Viennoiserien. Vor allem aber waren der
Espresso und der Cappuccino um Welten besser, als in der
Kantine.

Im Meer ist nicht nur Wasser

Montag, 31. 8.

„Herrlich! Dieses klare Wasser! Und die sanften Wellen! Das war eine tolle Idee, noch vor dem Frühstück Schwimmen zu gehen. André, ich liebe dich!"

Das junge Paar hatte die kleine Pension, in der es ein verlängertes Wochenende auf der Insel verbrachte, sehr früh am Morgen verlassen. Die beiden waren eine kurze Weile den Klippenpfad entlang gegangen, bis sie eine Stelle entdeckten, wo sie relativ einfach über die scharfkantigen Felsen zum Wasser hinunterklettern konnten. Schnell hatten sie sich ihrer Kleider entledigt und waren ins tiefblaue Meer gesprungen. Langsam aber stetig schwammen sie weit hinaus ins Tiefe, weg vom felsigen Ufer. Dann drehten sie sich in Rückenlage, fassten sich an der Hand und ließen sich treiben. Das salzhaltige Wasser trug wunderbar. Sie mussten fast keine Schwimmbewegungen mehr machen.

„Huuuh! André, jetzt hat mich was am Fuß berührt! Gibt's hier Haie?"

„Quatsch, das ist das Mittelmeer. Wir sind doch nicht in Australien."

„Doch, schon wieder! André, ich hab Angst!"

„Ein Hai kann es nicht sein, der hätte dir längst das Bein abgebissen. Lass sehen!"

Ihr Freund ließ ihre Hand los und tauchte unter ihren Fuß. Plötzlich schlug und trat er wie wild um sich, dass das Wasser nur so aufspritzte. Schreiend versuchte er wegzuschwimmen und gleichzeitig seine Freundin mit zu ziehen.

„André, was ist? Ist es doch ein Hai?"

„Nein", japste er und blies Wasser aus seiner Nase.

„Nein, ein Mensch, eine Leiche!"

Ungläubiges Entsetzen lag im Blick seiner Freundin. Sie klammerte sich an ihn.

„Bist du sicher?"

Als er stumm nickte, sagte sie bibbernd:

„Ich will weg. Schnell. Komm, wir schwimmen zurück."

Sie zitterte am ganzen Körper, gerade so, als schwimme sie in eiskaltem Wasser. Aber das Meer hatte fast dreißig Grad. Ihr Freund hatte langsam wieder zu seiner üblichen Coolness gefunden.

„Nein", meinte er. „Ich schau nochmal nach. Vielleicht ist es doch was anderes."

Er schwamm behutsam zurück, dann tauchte er und blieb lange Zeit unter Wasser. Seine Freundin überfiel wieder die Angst. Wie eine Sturmbö griff sie nach ihr und ließ sie noch heftiger zittern. Ganz allein, mitten im spiegelglatten Meer, ihr Freund in den Fängen eines Ungeheuers unter Wasser. Panik überkam sie. Sie schrie und schlug wild um sich. Plötzlich tauchte er wieder auf, direkt neben ihr. Aus seinem blassen Gesicht stachen die schwarzen Augenbrauen kontrastreich hervor. Bisher war ihr nie aufgefallen, wie schwarz und dicht seine Brauen waren. Er nickte langsam.

„Doch! Es ist eine Leiche, eine Frau."

Seine Freundin atmete tief durch. „Ertrunken?"

„Sicher nicht. Sie ist voll angezogen – mit Schuhen. An einem Bein ist eine Schnur, da hängt was dran. Die wurde ertränkt."

„Was machen wir jetzt? André, schwimmen wir an Land. Außer uns weiß es doch niemand."

Als ihr Freund stumm den Kopf schüttelte, fuhr sie fort, ihn zu überreden.

„Die ist tot, der können wir eh nicht mehr helfen. Schauen wir, dass wir wegkommen!"

„Nein Julie, die ist umgebracht worden. Wir müssen irgendwie die Polizei rufen." Er sah ihr nachdenklich in die Augen:

„Am Ufer ist mein Handy. Aber wenn wir an Land schwimmen um zu telefonieren, dann treibt die Frau weiter, und die Polizei findet sie vielleicht nicht mehr. Nein, einer muss hierbleiben, am besten sie festhalten. Das mache ich, du schwimmst zurück!"

„Ganz allein?"

Beide blickten auf das weit entfernte Ufer.

„Okay! Bist du sicher, dass dir nichts passieren kann? Wenn die ermordet wurde, kann da nicht der Mörder noch in der Nähe sein?"

„Spinn nicht! Da ist niemand, das sieht man doch." Dabei machte er eine ausholende Armbewegung, um zu demonstrieren, dass weit und breit keine Menschenseele auf der glatten Wasserfläche zu sehen war. Unvermittelt stockte sein Arm. Um die Spitze einer felsigen Landzunge schob sich ein kleines rosa Segel. Ein Mensch schien sich daran festzuhalten.

„Ein Surfer!", flüsterte er. Dann begann er zu schreien und mit beiden Armen wild zu winken.

„Hallo! Hilfe! ... Verdammt, schau doch her du Arschloch! Hiiiilfe!"

Julie fiel mit einer hohen, schrillen Stimme ein.

„Hallo! Hilfe! Hallo! Hilfe!", schrien beide, immer wieder. Endlich, ihre Stimmen begannen schon krächzend zu werden und an Lautstärke nachzulassen, endlich schien der Surfer auf sie aufmerksam geworden zu sein, denn er änderte seinen Kurs und kam auf sie zu. Es dauerte lange, eine gefühlte Ewigkeit, denn es wehte nur ein schwaches Lüftchen. Entsprechend langsam kam er näher. Aber irgendwann hatte er sie doch erreicht. Ein weißhaariger klapperdürrer, aber tiefbraun gebrannter Mann, mindestens siebzig, schätzte Julie, schaute verwundert aus fast zwei Metern Höhe auf die beiden Köpfe im Wasser.

„Ihr seht mir nicht so aus, als ob ihr absaufen würdet. Warum schreit ihr dann um Hilfe?", fragte der Mann.

„Da ... eine Tote ... unter Wasser", stammelte Julie und deutete nach unten. André schilderte dann in zusammenhängenden Worten, was sie entdeckt hatten.

„Und jetzt müsste man die Polizei verständigen. Aber wenn wir an Land schwimmen um zu telefonieren, dann treibt die Frau ab und man findet sie vielleicht nicht mehr."

Der Alte hatte schweigend zugehört und meinte dann bedächtig:

„Jetzt suchen wir die erst mal wieder. Dann binden wir sie an mein Brett, damit sie nicht verschwinden kann. Und dann schwimmen wir zu eurem Handy ans Ufer. Okay?"

Es dauerte einige Zeit, bis sie die Leiche wieder gefunden hatten. Die leichte, beim Schwimmen kaum spürbare Strömung, hatte sie tatsächlich bereits eine beträchtliche Strecke mitgenommen – einmal abgesehen davon, dass die beiden Schwimmer den genauen Fundort mitten im Meer nicht angeben konnten. Der ältere Mann erwies sich als relativ kaltschnäuzig. Er tauchte ohne Bedenken zu der Toten hinab und zog sie zu seinem Surfbrett. Er hakte den Trapeztampen seines Riggs in das Seil ein, das vom Fuß der Toten zu dem Gewicht ging, mit dem sie unter Wasser gehalten wurde.

„Die hat jemand erschossen", sagte er, als er wieder aufgetaucht war. „Von hinten in den Kopf."

„Oh Gott, wie grausam!", entsetzte sich das Mädchen.

„Wieso ist sie eigentlich nicht untergegangen, wo doch ein Gewicht an ihrem Fuß hängt?", fragte André. Er hatte sich schnell von dem Schrecken erholt. Der alte Mann meinte nachdenklich:

„Der Mörder hat wohl nicht bedacht, dass in den Kleidern, im Darm und in der Lunge jede Menge Luft ist. Dazu die Gase, die sich in dem warmen Wasser hier im Körper einer Leiche bilden. Das dürfte das Gewicht des Steins neutralisiert haben. Erstaunlicherweise gerade so weit, dass sie nicht bis an die Oberfläche getrieben wurde, sondern irgendwo darunter so dahin schwebte."

„Woher wissen Sie das alles? Haben Sie öfter mit Wasserleichen zu tun?", fragte André skeptisch. Könnte es sein, dass dieser Mann auch der Mörder ...? Dann verwarf er den Gedanken wieder.

„Jetzt nicht mehr, aber als ich jünger war, war ich bei der SNSM[14], da haben wir viel mit Wasserleichen zu tun gehabt."

Nebeneinander schwammen die drei auf das Land zu.

---

[14] Société Nationale de Sauvetage en Mer

Die bunten Kleider und Handtücher des jungen Paares wiesen ihnen die Richtung. Nach geraumer Zeit erreichten sie das felsige Ufer. Andrés Sorge, dass es an dem abgelegenen Küstenstreifen kein Netz, keine Telefonverbindung gab, erwies sich zum Glück als grundlos. Er wählte die 112 und wurde, nachdem er vom Leichenfund berichtet hatte, sofort zur *Gendarmerie maritime* im Hafen von Toulon weiterverbunden.

Bereits kurze Zeit nach diesem Telefonat sah man in der Ferne ein weißes Schiff, aus westlicher Richtung kommend, das sich mit großer Geschwindigkeit der Insel näherte. Bald konnte man die Schrift am Bug erkennen:

GENDARMERIE MARITIME.

***

Die Bergung der Leiche verlief reibungslos und routinemäßig. Die Tote und das sie markierende Surfbrett mit Segel wurden an Bord genommen. Auf Anweisung der Gendarmeriezentrale nahm das Schiff Kurs auf den Hafen von Porquerolles. Der Fall der ermordeten Wasserleiche sollte von der regional zuständigen *Police judiciaire* in Toulon übernommen werden, so hatte man es an oberster Stelle schnell entschieden. Er wurde dem ohnehin bereits auf der Insel ermittelnden *commissaire* Bardineux zugewiesen.

Von den Touristen unbemerkt brachte man das Mordopfer auf Bardineux' Wunsch in die kleine Station der *Police rurale*. Dorthin hatte er auch den Polizeiarzt und die Spurensicherung bestellt.

Das kleine Dienstgebäude der Polizei im Dorf Porquerolles war für eine Leichenschau nicht eingerichtet. So musste man sich mit einem Provisorium begnügen. Man hatte zwei Tische zusammengeschoben, auf die man den Leichensack mit der Toten legte. Im Nebenraum nahmen die beiden Mitarbeiter von *commissaire* Bardineux die Aussagen des jungen Paares, das die Leiche entdeckt, des Windsurfers, der sie vor weiterem Abdriften gesichert, sowie des Kapitäns der Mannschaft, die die Leiche an Bord genommen hatte, zu Protokoll. Dann endlich, als Arzt und Spurensicherer mit einem Polizeiboot aus Toulon eingetroffen waren, wurde der Leichensack geöffnet.

Die Tote dürfte ungefähr fünfundzwanzig bis dreißig Jahre alt sein. Sie war etwa einssiebzig groß, schlank und hatte dunkle, halblange Haare, die von hellen Strähnen durchzogen waren. Sie trug dunkelblaue Jeans und ein weißes T-Shirt mit kurzen Ärmeln. An den Füßen hatte sie Turnschuhe der Marke Nike. Sie hatte nichts bei sich, keine Handtasche, keine Papiere. An ihrem rechten Fußknöchel war eine Schnur geknotet, an der im Abstand von etwa fünfzig Zentimetern ein zerbrochener Ziegelstein befestigt war, einer von den sogenannten Lochziegeln, wie sie beim traditionellen Hausbau Verwendung fanden.

Die Anwesenden schauten die Tote mit traurigem Interesse an. Alle waren erschüttert, dass ein offensichtlich blühendes junges Leben durch ein gemeines Verbrechen plötzlich ausgelöscht worden war. Die Frau war immer noch sehr schön. Ihr Gesicht war unverletzt. Die entstellenden Aufblähungen der Haut, die Wasserleichen üblicherweise aufwiesen, waren bei ihr noch nicht eingetreten. Offensichtlich hatte sie nicht allzu lange im Wasser gelegen. Betroffenes Schweigen beherrschte den Raum.

„Aber das ist doch … Nein, das darf nicht sein! … Das ist die … die … die …" erschüttert stand er mit offenem Mund vor der Toten.

Alle Blicke wandten sich dem stotternden Dorfpolizisten zu.

„Aber ja! Das stimmt, Christophe", gab ihm sein Kollege von der *Police rurale* Recht. „Das könnte sie sein!"

„Verdammt, jetzt sagen Sie schon, wer das ist!", donnerte Bardineux ungeduldig. Sein *brigadier* Antonio Pulgerini antwortete mit fast unhörbarer Stimme:

„Chef, das ist eine Kollegin, Brigadierin Jeannine Dalmasso von der *Police judiciaire* in Aix en Provence, die hier nach einer gesuchten Person recherchiert hat. Sie haben doch selber mit ihr gesprochen."

In stillschweigendem Einvernehmen nahmen die beiden uniformierten Beamten der Dorfpolizei das Barett vom Kopf, legten die rechte Hand zum Salut an die Stirne und standen stramm. Auch der Kapitän der *Gendarmerie maritime* zog seine weiße Schirmmütze und senkte den Kopf. Die beiden ihn begleitenden Gendarmen salutierten – eine letzte Ehrerbietung an die ermordete Kollegin.

„Gut! Dann ist das Opfer identifiziert", konstatierte *commissaire* Bardineux ungerührt.

„Auch Sie haben sie zweifelsfrei erkannt?", vergewisserte er sich bei den beiden Dorfpolizisten.

„Das könnte sie sein", murmelte Christophe Gilbert, der *policier*, der Jeannine durch die Insel chauffiert hatte. Irgendetwas an der Leiche machte ihn stutzig, aber er wusste nicht was.

„Doch, das ist sie!", bestätigte sein Kollege. Als auch Christophe, wenngleich zögernd, seine Zustimmung durch bejahendes Kopfnicken gab, wandte Bardineux sich zum Arzt.

„Jetzt können Sie ran. Todesursache, Todeszeitpunkt und so weiter. Sie wissen ja, was uns interessiert."

Der Pathologe beugte sich über die Leiche und betrachtete sie gründlich von allen Seiten. Dabei murmelte er:

„Todesursache Genickschuss. Das Projektil ist am ersten Halswirbel eingetreten, es ist steil von unten gekommen, hat das Gehirn durchquert und ist etwa in der Mitte des Cranium wieder ausgetreten. Keine größeren Zertrümmerungen der Schädeldecke – erstaunlich! Das lässt auf ein Stahlmantelgeschoß schließen. Gewehr! Keine Faustfeuerwaffe. Keine Verbrennungs- oder Schmauchspuren am Hals, also ist sie aus größerer Entfernung erschossen worden. Todeszeitpunkt? Sehr schwer bestimmbar, wegen des Wassers. Da kann man die gängigen Regeln nicht anwenden – Leichenstarre und so weiter."

Mit lauter Stimme wandte er sich an Bardineux:

„Dazu kann ich erst was sagen, wenn ich sie auf meinem Seziertisch habe."

„Das hilft uns jetzt überhaupt nicht weiter. Sie sollten doch in der Lage sein, die Zeit wenigstens grob einzugrenzen. Sie sind ja lange genug Polizeiarzt. Also …?"

Dr. Quesnel schaute den Kommissar geringschätzig an.

„Wahrscheinlich irgend wann am Wochenende. Von Freitagnacht bis Sonntagnacht ist alles denkbar. Genauer geht's momentan wirklich nicht. Ich bin schließlich kein Hellseher."

Dann wandte er sich an die Spurensicherer:

„So, jetzt sind Sie an der Reihe. Ich fahre dann mal zurück. Die Leiche lassen Sie bitte in die Pathologie nach Toulon bringen. *Au revoir messieurs … euh … et madame*", ergänzte er, als er wahrnahm, dass sich die junge Frau, die als erste auf die Leiche gestoßen war, noch im Raum befand.

„Sie können gehen!" Bardineux deutete auf die beiden jungen Leute, auf den Kapitän und die beiden Gendarmen, die den Leichensack vom Schiff zur Polizeistation getragen hatten.

„Die anderen bleiben hier. Lagebesprechung, sobald die Leiche fort ist!"

***

„Eigentlich wollte die Kollegin Dalmasso am Wochenende aufs Festland zurück, zu sich nachhause", dachte Christophe Gilbert laut nach.

„Dann ist sie das doch nicht? Warum sagen Sie das jetzt erst?" *Commissaire* Bardineux schaute den Dorfpolizisten streng an.

„Nun, ich habe sie hier auf der Insel immer gefahren. Dabei haben wir uns unterhalten, und da hat sie das mehrmals gesagt. Vielleicht ist die Tote wirklich jemand anderes?" Ein Hoffnungsschimmer blitzte in seinen Augen auf.

„Ich kann das nachprüfen, ich habe Jeannines Handynummer und kann bei ihr anrufen." Er holte sein Telefon aus der Brusttasche seiner Uniform und wählte. Es kam aber nur die Automatenstimme:

„Le numéro que vous avez composé n'est pas accessible!"

„Sie hat entweder kein Netz oder ihr Handy ist ausge-schaltet. Ich rufe mal in ihrer Pension an, vielleicht weiß die Zimmervermieterin etwas."

Bardineux, dem es gegen den Strich ging, dass jemand anderes und nicht er die Initiative ergriffen hatte, noch da-zu so ein kleiner Dorfpolizist, blieb nichts anderes, als zu-stimmend zu nicken. Dann kam ihm selbst die Idee, dass er sich an ihrer Dienststelle nach ihrem Verbleib erkundigen könnte.

„*Brigadier* Dumarais, geben Sie mir die Nummer des Kommissariats in Aix. Der Angesprochene googelte die ge-suchte Nummer auf seinem Smartphone, dann wählte er und reichte seinem Chef das Handy.

„*Police judiciaire* in Toulon, *commissaire* Bardineux. Wir haben hier einen Todesfall. Ich brauche die Brigadierin Dalmasso, Jeannine Dalmasso. Verbinden Sie mich mit ihr wenn sie da ist!"

Monique Dépardieu, Papperins Kommissariatssekretä-rin, ärgerte sich über den schroffen und unhöflichen Ton des Anrufers. Deswegen antwortete sie genauso kurz ange-bunden:

„Das geht nicht. Sie ist dienstlich unterwegs – auf Por-querolles. *Au revoir monsieur Bardi...?* Wie war Ihr Name? Ist ja egal, *au revoir!*" Damit beendete sie das Gespräch.

Was der sich einbildet, empörte sie sich. Ohne Anrede, ohne Begrüßung, nur der gebellte Befehl: Verbinden Sie mich! Mit Absicht hatte sie ihn nicht mit seinem Dienstrang angesprochen und auch nicht mit seinem vollen Namen, den sie natürlich kannte. Hoffentlich ärgerte er sich dar-über.

„In Aix ist sie nicht", informierte *commissaire* Bardineux mit knappen Worten die Anwesenden. Aus dem Neben-raum kam Christophe, der Dorfpolizist mit der Nachricht, dass die Vermieterin in *brigadier* Dalmassos Zimmer nach-gesehen habe. Nichts lasse darauf schließen, dass sie für das Wochenende die Insel habe verlassen wollen. Ihr weniges Gepäck sei alles noch da, mit Ausnahme der Handtasche.

Mit ungehaltener Stimme rügte *commissaire* Bardineux den Polizisten:

„Wieso haben Sie uns mit Ihrer Bemerkung vorhin in die Irre geführt? Es war doch von Anfang an klar, dass die Leiche diese Dalmasso ist. Sie haben sie ja selbst identifiziert. Meine Leute übrigens auch."

Er erhob sich und stützte sich mit beiden Händen auf den provisorischen Besprechungstisch – es waren die beiden zusammengeschobenen Tische, auf denen bis vor kurzem die Leiche gelegen hatte.

„*Brigadier* Dumarais und *brigadier* Pulgerini, Sie hören sich im Dorf um, sammeln Informationen, wer ein Interesse am Tod dieser Brigadierin haben könnte. Die beiden Beamten hier", dabei wedelte er mit einer Hand achtlos in Richtung der beiden Dorfpolizisten „können Ihnen dabei zur Hand gehen. Nächste Besprechung heute Mittag, Punkt zwölf Uhr hier in diesem Raum!" Abrupt drehte er sich um und verließ grußlos den Raum und das Gebäude.

***

Wie befohlen fanden sich Bardineux' Brigadiere und die beiden Dorfpolizisten pünktlich zur Besprechung in der kleinen Polizeistation ein. Die beiden Polizisten aus Toulon hatten in der Zwischenzeit Jeannines Pension aufgesucht, die Vermieterin befragt und alles gründlich inspiziert, was Jeannine dort gelassen hatte. Soweit die Pensionsinhaberin und die Polizeibeamten das beurteilen konnten, deutete alles darauf hin, dass ihre Kollegin jederzeit wieder in ihr Zimmer zurückkommen würde. Allem Anschein nach hatte sie keine längere Abwesenheit geplant. Alle Toilettenutensilien, die man als Frau üblicherweise mitnahm, wenn man über Nacht wegblieb, hatte Jeannine dort zurückgelassen – Zahnbürste, Deospray, Schminksachen, alles war noch in dem kleinen Bad des von ihr gemieteten Appartements vorhanden – mit Ausnahme der Handtasche, des Handys und der Dienstpistole.

Christophe Gilbert hatte seinen Partner überredet, zu überprüfen, ob die Kollegin nicht doch die Insel verlassen

hatte. Sie hatten im örtlichen Büro der Schifffahrtsgesell-
schaft recherchiert, die die Fährverbindungen zum Festland
betrieb. Weil wegen der nur kurzen Fahrzeit und des hohen
und sich ständig ändernden Fahrgastaufkommens keine
Passagierlisten geführt wurden, war es unmöglich, festzustellen, ob Jeannine Dalmasso die Insel mit einer der Fähren
in der fraglichen Zeit verlassen hatte. Auch die Befragung
des *capitaine de port* und der Hafenarbeiter, die die ankommenden Schiffe vertäuten und die Gangways anlegten,
führte nicht weiter. Es waren zu viele Frauen, die ankamen
und wegfuhren. Wie eine anonyme, gesichtslose Masse zo-
gen die Passagiere am Hafenpersonal vorbei. Niemand
konnte sich an einzelne Personen erinnern.

„Wir haben also keine Anhaltspunkte, dass die Kollegin
aus Aix die Insel verlassen hat", beendete Christophe Gilbert seinen Bericht. Und damit ist die letzte Hoffnung ge-
schwunden, dass die Tote doch nicht unsere Kollegin ist,
dachte er bei sich.

„Dann steht jetzt endgültig fest, dass es sich bei der
Leiche um diese Jeannine Dalmasso handelt. Das war mir
von vornherein klar: Wenn sie also auf Porquerolles geblieben ist, und eine Leiche, die wie eure Kollegin aussieht,
nicht weit vom Ufer im Meer geschwommen ist, dann handelt es sich auch um diese Frau. Sie wurde auf der Insel
ermordet und dann, mit einem Ziegelstein beschwert, ins
Meer geworfen. Bleibt nur noch die Frage: Von wem?"

Commissaire Bardineux blickte die vier ihn umgebenden
Beamten auffordernd an.

„Ich erwarte jetzt von Ihnen, dass Sie endlich mit der
Suche nach dem Täter beginnen. Schwärmen Sie aus und
befragen Sie die Leute. Wer hat die Tote wann und mit
wem zusammen gesehen? An die Arbeit, *messieurs*!"

***

Als Leiter der Ermittlungen nahm *commissaire* Bardineux selbstverständlich nicht an der mühevollen Befragungsaktion teil. Er begab sich vielmehr zu einem etwas
verspäteten Mittagessen in ein Restaurant. Da er seine Ruhe

haben wollte, nahm er nicht auf der Terrasse Platz. Dort waren zu viele Leute, und es war ihm viel zu laut. Kinder rannten zwischen den Tischen umher, laut lachend und rufend. Außerdem waren fast keine Plätze mehr frei – mit Ausnahme eines Tisches am Ende der Veranda, an der Hauswand, zwischen der Türe zur Toilette und einem Abfalleimer. Dort wollte der Kommissar nun wirklich nicht sitzen. Er suchte sich im völlig leeren Gastraum einen ihm genehmen Tisch und befahl einen vorbeihuschenden Kellner mit lauter Stimme zu sich.

„Was haben Sie, das nicht lange dauert, aber trotzdem gut ist?"

„Monsieur, ich bringe Ihnen unsere Karte. Dort finden Sie unsere Menüangebote und selbstverständlich auch eine große Auswahl an Gerichten *à la carte*."

„Das ist mir zu kompliziert. Ich habe nicht soviel Zeit. Bringen Sie mir ein *entrecôte double et frites*!"

„*Quelle cuisson*? Wie möchten Sie es gerne?", erkundigte sich der Kellner nach dem gewünschten Garzustand des Fleisches.

„*Saignant*! *Et un Coca*!"

Es dauerte in der Tat nicht lange, bis der Ober das blutige, nur kurz angebratene Steak und die Pommes Frites brachte. Er stellte das Gericht vor Bardineux auf den Tisch und wollte sich mit einer angedeuteten Verbeugung entfernen.

„Und meine Coca Cola?"

„Oh, das habe ich vergessen. *Excusez-moi*!"

Am Bartresen sagte der Kellner zu dem für den Getränkeausschank zuständigen Angestellten:

„*Un Coca* für den alten Knacker da hinten. Ich schätze, von dem kriege ich keinen Sou Trinkgeld, so griesgrämig wie der dreinschaut."

„Pascal, das ist doch der *commissaire*, der den Mord im *L'Étoile de l'Île* bearbeitet und der auch heute dabei war, als die Leiche an Land gebracht worden ist. Frag ihn doch mal, ob man schon weiß, wer der Tote ist."

„Welche Leiche? Da weiß ich ja noch gar nichts davon."

„Das war ganz früh. Da hattest du noch keinen Dienst."

Gespannt hörte der Kellner dem Bericht des Barkeepers zu. Da heute sein freier Vormittag gewesen war, hatte er noch nichts von den Gerüchten mitbekommen, nach denen die *Gendarmerie maritime* eine Wasserleiche aufgefischt hatte. Zumindest hatte man angenommen, dass der schwarze Sack, den sie aus dem Polizeiboot ausgeladen und in die Polizeistation gebracht hatten, eine Leiche enthalten hatte.

„Klar, den frage ich. Ich erzähl es dir dann."

Mit elegantem Schwung stellte der Kellner eine Coladose und ein Glas vor den Gast.

„*Votre Coca, monsieur le commissaire*! Sagen Sie, weiß man schon, wer der Tote von heute Morgen ist?"

Bardineux wollte schon zu einer abweisenden Antwort ansetzen, als ihm einfiel, er könnte sich auch in die Befragungsaktion einschalten. Und wenn es nur war, um vor seinen Untergebenen mit eigenen Ergebnissen aufwarten zu können. Vielleicht kam etwas Verwertbares dabei heraus, womit er vor seinen Leuten seine Überlegenheit demonstrieren konnte.

„Es ist kein Toter", korrigierte er den Kellner.

„Es handelt sich um eine Frau, zirka fünfundzwanzig bis dreißig Jahre alt, groß, schlank, dunkle Haare. Wir wissen auch schon wie sie heißt."

Er stoppte seine Rede für einen kurzen Moment und fuhr dann fort:

„Jeannette Dalmasso, eine Polizistin aus Aix, die hier ermittelte." Seine Worte klangen etwas dumpf, denn er aß weiter, während er sprach.

Der verblüffte Gesichtsausdruck des Kellners veranlasste ihn zur Frage:

„Was schauen Sie so? Kennen Sie die Tote?"

„Ja, das ist doch die Kommissarin, die sich in allen Hotels hier nach einem Mann erkundigt hat."

„Keine Kommissarin, nur Brigadierin!", warf *commissaire* Bardineux herablassend ein. Es war ihm wichtig, den Rangunterschied zwischen sich und der einfachen Polizistin zu betonen.

„Egal! Das ist die, die im Arche Noë von einer Frau beleidigt und attackiert worden ist."

Angespannt beugte sich Bardineux nach vorne. Hier schien sich eine viel versprechende Spur auf zu tun.

„Mehr Präzision, wenn ich bitten darf! Wann und von wem angegriffen?"

„Nun, ich hab es ja nicht selbst erlebt. Aber man hat mir erzählt, dass eine Dame – letzten Freitag soll das gewesen sein – sie erst beschimpft und dann geschlagen hat. Sie soll sogar Morddrohungen ausgestoßen haben. Aber wie gesagt, ich weiß das nur vom Hörensagen."

„Aber wer die Angreiferin war, wie sie heißt, wissen Sie hoffentlich."

„Nein"

Bardineux ließ sich das Gehörte durch den Kopf gehen. Irgendetwas in der Rede des Kellners hatte ihn stutzig gemacht. Was war das nur? … Die Dame!

„Sie haben von einer Dame gesprochen. Wieso Dame und nicht einfach nur Frau?"

„Weil sie sehr elegant gekleidet gewesen sein soll. Designerklamotten, sagt man. Aber ich weiß es nicht, ich war ja nicht dabei."

„Ach! Sie wissen ja überhaupt nichts. Bringen Sie mir die Rechnung!"

Während Bardineux die letzten Bissen des blutigen Steaks verschlang, kam der Kellner zurück und stellte ein Schälchen mit dem Computerausdruck der Rechnung vor ihn hin. Bardineux wischte sich den Mund ab, zog sein Portemonnaie aus der Sakkotasche und legte einen Schein und etliche Münzen hinein. Dann stand er abrupt auf und verließ grußlos das Restaurant.

„Wie ich gesagt habe. Pedantisch genau den Rechnungsbetrag, bis auf den letzten Cent. Aber kein Fitzelchen Trinkgeld. Schenk mir einen *Ricard* ein, Pierre, bitte!"

Dankbar nahm der Kellner das Glas mit der klaren honiggelben Flüssigkeit, das der Barkeeper vor ihn hingestellt hatte und goss etwas Wasser aus der bereitstehenden grellgelben Plastikkaraffe dazu. Dann stürzte er das plötzlich

milchig-trüb gewordene Gemisch auf einen Satz in seine
Kehle.

***

Nachmittags meldeten sich die vier von ihm losge-
schickten Beamten wieder bei *commissaire* Bardineux zum
Rapport in der Polizeistation.

„Wie wir wissen, war *brigadier* Dalmasso auf der Suche
nach einem Mann namens Vincent Berthau alias Grégory
Haubert. Das wurde uns von allen Hotelangestellten der
Insel, die wir heute befragt haben bestätigt", begann *brigadier* Pulgerini.

„Die waren alle schwer erschüttert, dass sie ermordet
worden ist."

„Wir wissen außerdem", fuhr sein Kollege Dumarais
fort, „und das hat sie uns selbst gesagt, dass es sich bei dem
Mann um ein Mitglied der Marseiller Mafia und um einen
gesuchten Mörder handelt. Mit hoher Wahrscheinlichkeit
dürfte dieser Mann auch für den Mord an unserer Kollegin
verantwortlich sein. Davon sind wir überzeugt – alle vier."

„Und sonst haben sie nichts Konkretes erfahren?"

„Nein, eigentlich nicht. Sie schien sehr beliebt gewesen
zu sein. Alle mit denen wir gesprochen haben, fanden sie
sympathisch. Aber irgendjemanden konkret Verdächtigen
haben wir nicht ausfindig machen können. Da gab es keinerlei Hinweise."

Commissaire Bardineux räusperte sich.

„Dann sind Sie eben nicht gründlich genug vorgegan-
gen. Ich habe in der Zwischenzeit erkundet, dass sie auf der
Terrasse des Restaurants Arche Noë von einer Dame verbal
attackiert, körperlich angegriffen und dabei mit Morddrohungen belegt worden ist. So, meine Herren, geht richtige
Polizeiarbeit!", plusterte sich Bardineux stolz auf.

„ Suchen Sie diese ‚Dame' und Sie haben die Täterin."

Die beiden Untergebenen des Kommissars blickten sich
mit gespielter Verzweiflung an.

„Ja Chef, die Geschichte haben wir auch gehört", begann *brigadier* Dumarais.

„Aber das war jemand anderes, die da bedroht wurde. Nicht Jeannine Dalmasso. Zugegeben, sie sah ihr wohl sehr ähnlich, aber es war nicht unsere Kollegin. Dutzende Zeugen haben uns das bestätigt. Nein, Chef, diese Spur können wir vergessen."

„Nichts können wir vergessen! Meinetwegen war das eine Verwechslung. Aber jetzt hat sie eben die richtige umgebracht. Sie sagten doch selbst, die beiden sehen sich sehr ähnlich. Also: Bringen Sie mir diese Frau, die Angreiferin von dem Vorfall auf der Restaurantterrasse!"

„Und die Spur mit diesem Mafiamörder?"

„Kommen Sie mir nicht mit dem! Das sind doch Phantasiegebilde, alles viel zu vage. Der ist doch gar nicht auf der Insel. Sonst hätte ihn doch Ihre Brigadierskollegin längst gefunden. Wie kann er dann der Mörder sein. Nein, ich will die Frau von dem Vorfall am letzten Freitag. Sie werden sehen – das ist die Mörderin!"

***

„Was fällt Ihnen ein, mich hierher in die Polizeistation zu verschleppen. Wie eine Schwerstkriminelle habe ich mich gefühlt, als Ihre Schergen mich mitten aus den Gästen auf der Hotelterrasse herausgeholt hatten."

Bei diesen wütend hervorgestoßenen Worten deutete Nia auf die beiden Beamten in Zivil. Sie sah die verlegen an der Wand stehenden Männer an und meinte dann mit etwas milderem Tonfall:

„Ich muss allerdings sagen, sie haben sich sehr höflich benommen. Es hat keinen Aufruhr, keinen Eklat gegeben. Trotzdem: Es ist eine Unverschämtheit. Was wollen Sie eigentlich von mir?"

Den beiden angesprochenen Brigadieren war nicht wohl in ihrer Haut. Durch Recherchen unter den Gästen und den Angestellten des Restaurants Arche Noë hatten sie schnell herausgefunden, wer die Person war, die für die Attacken und Beleidigungen gegen die fälschlich für Jeannine Dalmasso gehaltene Frau verantwortlich war, und dass es sich um die Freundin des Kommissars aus Aix handelte.

185

Commissaire Jean-Luc Paypperins Freundin eine Mörderin? Das konnten sie sich nicht vorstellen. Sie hielten es für absolut unwahrscheinlich. Aber ihr Chef hatte darauf bestanden, sie sofort zur Vernehmung in die kleine Polizeistation zu bringen. Sie hatten sich bemüht, so unauffällig wie irgend möglich aufzutreten und Frau Griffon höflich gebeten, mit ihnen zu kommen. Ihr Vorgesetzter, *commissaire* Bardineux wolle sie dringend sprechen.

Und jetzt stand sie hier in der Station der *Police rurale* von Porquerolles vor dem Kommissar und funkelte den Beamten mit zornesblitzenden Augen an.

„Was soll das alles? Was wollen Sie von mir?"

„Setzen Sie sich!", befahl dieser mit harter Stimme.

„Geben Sie mir Ihre *carte d'identité*!"

Nia kramte aus ihrer Handtasche das gewünschte Ausweisdokument und reichte es dem Beamten.

„Ich weiß zwar nicht, was das soll – aber: Bitte sehr!"

Commissaire Bardineux betrachtete den Personalausweis lange. Dann schaute er wieder zu Nia.

„Sie sind Célestine Griffon, 34 Jahre alt, wohnhaft in …" Um die kleinere Schrift entziffern zu können, musste er eine Brille aufsetzen. Dann las er laut Nias Wohnadresse.

„Stimmt das noch, ist das aktuell?"

„Natürlich ist das korrekt. Aber ich frage Sie nochmal: Was soll das Ganze?"

„Zeugen haben Sie zweifelsfrei als die Person identifiziert, die am Freitagmittag einen Gast des Restaurants Arche Noë verbal und physisch angegriffen hat."

„Na und, da lag eine Verwechslung vor. Ich hatte mich in der Person getäuscht und mich entschuldigt. Das geht die Polizei überhaupt nichts an – es sei denn, die Frau hat eine Anzeige gegen mich erstattet. Das kann ich mir aber nicht vorstellen."

„Sie haben der Frau gedroht, sie zu ermorden. Geben Sie das zu?"

„Ja, aber ich sagte bereits, es lag eine Verwechslung vor. Wir haben uns im Frieden getrennt."

„Die Frau, die Sie ursprünglich gemeint hatten, ist tot aufgefunden worden. Ermordet!"

„Nein! Das ist nicht wahr!"

Man sah Nia das Erschrecken an, das diese Nachricht in ihr auslöste.

Das Handy des Kommissars meldete sich mit lauten Glockenklängen. Er nahm das Gespräch an, meldete sich mit Namen und Dienstrang. Dann konzentrierte er sich auf die Stimme in seinem Telefongerät.

„Und das ist hundertprozentig? Nicht früher und nicht später?"

Die anderen Personen im Raum hörten zwar ein leises Quäken aus dem Handy, konnten allerdings kein Wort von dem verstehen, was Bardineux' Gesprächspartner sagte. Dieser beendete das Telefonat und wandte sich wieder an Nia:

„Was haben Sie in der Zeit zwischen Samstagnacht ein Uhr und Sonntagmittag vierzehn Uhr gemacht?"

„Was soll ich nachts schon gemacht haben. Geschlafen natürlich."

„Allein im Bett? Kann das jemand bezeugen?"

„Wie denn? Natürlich war ich alleine. Mein Freund – übrigens Ihr Kollege, *commissaire* Jean-Luc Papperin – wurde ja von seinen Chefs nach Paris abkommandiert. Ich hole mir doch keinen Ersatz ins Bett, wenn mein Freund nicht da ist."

Wütend wegen dieser unausgesprochenen Unterstellung warf sie ihm eine Provokation an den Kopf:

„Das machen Sie vielleicht so! Aber anständige Menschen tun so etwas nicht!"

„Wissen Sie, was Sie gerade gesagt haben? Das war Beamtenbeleidigung! *Outrage à un foncionnaire de la République*! Allein deswegen könnte ich Sie jetzt festnehmen."

Trotz seiner harschen Reaktion fühlte sich Bardineux irgendwie ertappt. Sein Verhältnis zu Frauen war, gelinde gesagt, sehr oberflächlich. Als Junggeselle – bislang hatte sich noch keine Frau ernsthaft für ihn interessiert – hatte er ein sehr überschaubares Sexualleben. Ab und zu fuhr er nach Nizza oder Marseille, um sich dort in den einschlägigen Etablissements abzureagieren. Natürlich inkognito. Das war weit genug entfernt. In Toulon ging das nicht, da hätte man ihn erkannt. Seine Dienststelle sollte auf keinen Fall davon erfahren. Denn das, so fürchtete er, könnte sich negativ auf seine Karriere auswirken. Andererseits: Bei der Polizei kam das öfter vor. Aufreibende Arbeitsbedingungen und ungeregelte Dienstzeiten machten es fast unmöglich, dauerhaft eine enge Beziehung einzugehen. Den Vorgesetzten war das durchaus bewusst. Sie tolerierten es, wenn es nicht zu sehr überhand nahm. Vor allem durften die Medien nichts davon erfahren, geschweige denn darüber berichten. Das würde das Vertrauen der Bevölkerung in die Polizei endgültig erschüttern. Es gab schon so genügend Probleme, etwa die immer wieder auftretende Brutalität von Beamten gegen Demonstrierende, oder die vor allem im Süden verbreitete und nur schwer zu unterbindende Bestechlichkeit und Korruption, vom einfachen Straßenpolizisten bis hinauf in die höchsten Stufen der Polizeiorganisation.

Commissaire Bardineux, der sich für kurze Zeit durch diese Gedanken hatte ablenken lassen, konzentrierte sich wieder auf die ihm gegenüberstehende Célestine Griffon.

„Und am Sonntag. Vormittags bis zwei Uhr? Was haben Sie da gemacht?"

„Warum wollen Sie das wissen? Ich wüsste nicht, was Sie das angeht."

„Das kann ich Ihnen sagen. Der Anruf eben, der kam aus der Pathologie. Die Kollegin Dalmasso ist in der Zeit zwischen Samstagnacht ein Uhr und Sonntagmittag vierzehn Uhr getötet worden."

Seine beiden Assistenten wunderten sich. Jetzt war die Tote auf einmal seine Kollegin, wo er sie vor kurzem noch ganz von oben herab, wie eine minderwertige Untergebene behandelt hatte.

„Also: Wo waren Sie am Sonntagvormittag? Für die Nacht davor, das haben Sie gerade eben selbst zugegeben, haben Sie kein Alibi."

Entgeistert starrte Nia den Kommissar an. Erschrecken, Entsetzen, Verblüffung, Erstaunen, Belustigung – all das spiegelte ihre Miene wieder.

„Und jetzt glauben Sie, ich sei die Mörderin, nur weil ich für die Nacht kein Alibi habe. Machen Sie sich doch nicht lächerlich! Ich kann Ihnen Dutzende, ja Hunderte Personen nennen, die genauso wie ich für diese Zeitspanne kein Alibi haben. Damit Sie zufrieden sind, kann ich Ihnen sagen, dass ich auch den Sonntag, zumindest den Vormittag, allein verbracht habe. Um exakt zu sein: Früh habe ich verschlafen. Zum Frühstück war es fast zu spät. Ich habe es ausfallen lassen, weil ich nicht mutterseelenallein auf der Restaurantterrasse essen wollte. Ich bin Wandern gegangen, habe in meinen Rucksack Getränke und Kekse aus der Minibar gepackt und bin auf dem Klippenpfad zu einer einsamen Bucht gewandert, habe dort geschwommen, mich gesonnt, die Ruhe genossen. Gegen vier Uhr etwa bin ich zurück ins Hotel und habe an der Bar einen *café* und ein Eis zu mir genommen. Zwei Kugeln, eine *chocolat noir* und die andere *rhum raisins*, wenn Sie es ganz genau wissen wollen." Bei diesen Worten blickte sie den Kommissar frech grinsend an.

„Schauen Sie nicht so überheblich! Sie haben weiß Gott keinen Grund dazu."

Bardineux stand auf und schob den Bürostuhl mit den Kniekehlen nach hinten und stützte sich mit beiden Händen auf die Schreibtischplatte. In vornüber gebeugter Stellung, den Blick starr vor sich auf einen dort liegenden Aktendeckel gerichtet, resümierte er mit emotionsloser Stimme:

„Unsere Recherchen haben ergeben, dass Ihr Freund ein Verhältnis mit seiner Brigadierin Jeannine Dalmasso hatte. Sie wissen davon und haben unter Zeugen einer Frau, die Sie für die Kollegin Dalmasso hielten, die Ermordung wegen dieser Liaison angedroht. Kurze Zeit später wird die Leiche dieser Polizistin aufgefunden, hier auf der Insel bzw. im Meer nicht weit vom Ufer - erschossen und mit einem Gewicht beschwert. Wie Sie soeben zugegeben haben, haben Sie für die Tatzeit kein Alibi. Da braucht es des Deliktes der Beamtenbeleidigung gar nicht, um Sie festzunehmen."

Jetzt richtete er sich zu seiner vollen Größe auf und blickte der vor ihm stehenden streng in die Augen.

"Célestine Griffon, ich verhafte Sie wegen des Verdachtes des Mordes an *brigadier* Jeannine Dalmasso."

Er wandte sich an die beiden Dorfpolizisten:

"Gibt es hier Räumlichkeiten, wo sie sicher untergebracht werden kann?"

"Chhmm, … Chrr … Ja wir haben eine kleine Zelle im Souterrain."

Policier Gilbert musste sich erst kräftig räuspern, ehe er seine Sprache wiedergefunden hatte.

"Die benutzen wir gelegentlich zur Ausnüchterung von betrunkenen Randalierern. Sie ist allerdings nicht sehr komfortabel."

"Macht nichts. Auf Komfort kommt es wirklich nicht an, bei einer Mörderin. Es ist ja auch nur für kurze Zeit, bis zur Überstellung ins Bezirksgefängnis in La Farlède."

Nia, die bewegungslos vor dem Kommissar gestanden hatte – nur durch die Schreibtischplatte von ihm getrennt – und ihn wie in Trance nur als graue Schattenfigur wahrgenommen hatte, erwachte schlagartig aus ihrer Erstarrung. Sie besann sich auf ihre Ausbildung und die juristische Erfahrung, die sie in ihrem Beruf gemacht hatte. Mit Strafrecht hatte sie zwar bislang in der Praxis noch nicht zu tun gehabt. Trotzdem, ein bisschen glaubte sie, sich auch auf diesem Gebiet auszukennen.

"Sie haben überhaupt kein Recht, mich festzunehmen. Ohne Zustimmung des Untersuchungsrichters dürfen Sie das nicht. Ohne Haftbefehl begehen Sie einen Rechtsbruch. Wo ist der Haftbefehl? Los – zeigen Sie ihn mir!"

"Sie scheinen sich ja gut auszukennen. Dann wissen Sie sicher auch, dass ich Sie bei Fluchtgefahr achtundvierzig Stunden lang inhaftieren kann – auch ohne *mandat d'arrêt* des *juge d'instruction*", konterte Bardineux.

„*Messieurs les policiers*", wandte er sich an die beiden Dorfpolizisten:

„Abführen! Bringen Sie die … Dame … in die Zelle. Solange sie hier inhaftiert ist, hat einer von Ihnen beiden immer hier zu bleiben. Sollte sie eine Aussage machen wollen, ein Geständnis ablegen, dann rufen Sie mich. Und Sie", er blickte seine beiden Assistenten an, „*Brigadier* Dumarais, Sie nehmen Kontakt mit dem *juge d'instruction* auf und besorgen den Haftbefehl! Und Sie, Pulgerini, informieren das Kommissariat in Aix, dass wir die Mörderin von Kollegin Dalmasso festnehmen konnten."

Ganz offensichtlich genoss er die Situation.

***

„*Police judiciaire, Aix en Provence, commissariat de Jean-Luc Papperin*, Monique Dépardieu am Apparat."

„*Bon soir, madame*", klang eine männliche Stimme aus dem Hörer.

„*Je suis brigadier Pulgerini, commissariat de Toulon*. Wie Sie wissen, untersuchen wir zwei Mordfälle auf der Insel Porquerolles. Mein Chef hat sie ja schon informiert. Er hat mich beauftragt, Ihnen mitzuteilen, dass wir den Täter inzwischen fassen konnten. Es handelt sich um eine Frau, die Ihre Mitarbeiterin erschossen hat. Mir tut es wahnsinnig leid …"

„Nein!"

Ihr Aufschrei unterbrach ihn.

„Bitte nicht, das darf nicht …"

Papperins Sekretärin war wie vor den Kopf geschlagen. Jeannine war auf der Insel. Sollte sie … ermordet … aber das hätte doch dieser Kommissar gesagt! Sie fasste sich wieder, überlegte kurz und nahm das Gespräch wieder auf:

„*Brigadier* Dalmasso erschossen? Wer soll uns informiert haben? Weiß mein Chef das schon?"

Sie holte tief Luft.

„Nach meinem Kenntnisstand hält sich Jeannine Dalmasso auf Porquerolles zu einer Personenrecherche auf. Sie sagen jetzt, sie sei erschossen worden. Ich kann es nicht glauben. Ist das wirklich sicher?"

„Leider, sie wurde von mehreren Personen identifiziert. Traurig, sehr traurig! Ach was, eine verdammte Scheiße ist das. Sie war so freundlich, so nett! … Aber wieso wissen Sie das nicht. Mein Chef hat doch bei Ihnen angerufen."

„Dieser Bardineux? Er hat nur gefragt, ob er Jeannine sprechen kann. Mehr hat er nicht gesagt. Er ist ein Volltrottel! Richten Sie ihm das aus. Aber jetzt bitte Genaueres. Ich muss sofort meinen Chef in Paris anrufen und dazu muss ich alles wissen."

Nach gut zehn Minuten legte sie auf. Dieser *brigadier* Pulgerini, er schien übrigens sehr nett und mitfühlend zu sein, hatte ihr ausführlich berichtet. Sie war erschüttert, konnte es immer noch nicht glauben. Wie sollte sie das ihrem Chef beibringen? Wie würde er es verkraften? Jeannine, seine Geliebte, tot, und Nia, seine Freundin die Mörderin. Wo sich inzwischen doch alles so gut entwickelt hatte. Monique kannte alle Einzelheiten. Die Affäre zwischen Jeannine und Jean-Luc, aber auch, dass die beiden dies inzwischen auf eine rationale Basis zurückgeführt hatten, die eine zwar herzliche, aber sachliche Zusammenarbeit ermöglichte. Auch von Nia und Jean-Lucs innerer Zerrissenheit wusste sie. Sie glaubte, dass er ernsthaft daran dachte, sich nach Paris versetzen zu lassen, um wieder in ihrer Nähe zu sein. Und jetzt das! Armer Jean-Luc!

***

Mitten in der Besprechung in der Zentrale der *Police judiciaire* in Paris erklang plötzlich Jo Dassins Chanson *Aux Champs Élysées*. Zuerst leise, dann immer lauter. Papperins Handy! Mit einem entschuldigenden Blick in die Runde schaltete Papperin den Ton ab. Auf dem Display sah er, dass Monique die Anruferin war. Er tippte eine SMS ins Gerät: „Was Wichtiges? Bin mitten in Konferenz!"

Die Antwort kam umgehend:

„Jeannine ermordet. Ruf sofort an!"

Wie vom Donner gerührt starrte Papperin auf sein Handy.

„Wir hatten vorhin besprochen, dass *commissaire* Papperin jetzt kurz erläutert, was er ..."

Der Konferenzleiter blickte erstaunt zu Papperin, der wie zu einem Eisblock gefroren dasaß und auf sein Handy starrte.

„*Commissaire* Papperin, Sie haben das Wort! ... *Monsieur* Papperin, was ist mit Ihnen?"

Ein Ruck ging durch den Angesprochenen.

„Ich erfahre gerade per SMS, dass meine Mitarbeiterin ermordet wurde. Ich muss sofort anrufen. Entschuldigung!"
Er eilte hastig aus dem Raum und ließ die Gruppe entsetzt und ratlos zurück.

***

„Monique, was ist passiert? Schnell, sagen Sie, was ist mit Jeannine?"

Seine Sekretärin berichtete von den beiden Anrufen, dem des *commissaire* Bardineux, und dem seines Mitarbeiters Pulgerini. Dass ein junges Paar die Leiche von Jeannine im Meer treibend entdeckt hatte, in den Kopf geschossen, und dass Bardineux Nia als Mordverdächtige festgenommen hatte. Wie er auf Nia gekommen sei, wisse sie, Monique, nicht so genau – irgendetwas mit Eifersucht und Liebeskummer.

„Jean-Luc, du musst sofort zurückkommen. Dieser Bardineux scheint ein Volltrottel zu sein. Ich kann nicht glauben, dass deine Nia eine Mörderin ist."

Seine Sekretärin duzte ihn. Nicht von Anfang an, erst seit sie es mit mütterlichem Instinkt und diplomatischen Geschick fertig gebracht hatte, dass Jeannine und Jean-Luc sich nicht ins Unglück stürzten, aus unterdrückter Liebe und ostentativem Sich-aus-dem-Weg-Gehen, aus dem Gefühl, nicht voneinander lassen zu können und sich trotzdem – oder gerade deshalb – aufs Härteste zu bekriegen.

Papperin selbst aber war beim Sie geblieben, nicht weil Monique knapp fünfzehn Jahre älter war als er, sondern aus Respekt, aus Hochachtung vor der Art, wie sie das Betriebsklima in seinem Kommissariat gestaltete. Mit Strenge, organisatorischem Talent und sehr viel mitmenschlichem Fein- und Mitgefühl gelang es ihr, die sehr heterogenen Charaktere in seiner Abteilung zu einer homogenen Gruppe, ja fast zu engen Freunden zusammen zu schweißen. Sie war schon Sekretärin bei seinem Vorgänger im Kommissariat gewesen. Sie kannte sich in der Verwaltungsbürokratie bestens aus, kannte die Probleme zwischen Untergebenen und Vorgesetzten, die im von Paris aufoktroyierten Hierarchiesystem üblicherweise herrschten. Mit ihrer großen Erfahrung und ihrem sozialen Gespür hatte sie es fertig gebracht, dass sich seine Mitarbeiter nicht argwöhnisch beäugten, neidisch waren auf Erfolge der Kollegen und schadenfroh, wenn diesen etwas misslang. Dafür war ihr Papperin unendlich dankbar.

„Jean-Luc, du musst zusehen, dass man diesen Bardineux von dem Fall abzieht und dich als Ermittlungsleiter einsetzt. Du sitzt doch gerade in dem Gremium, das dafür zuständig ist. Aber sag ihnen lieber noch nichts von Nia, sonst könnte es sein, dass man dich wegen Befangenheit nicht ran lässt."

„Monique, das ist wie ein Alptraum, eine Horrorvision. Und ich will es nicht glauben. Aber es ist Wirklichkeit. Weißt du, wie weh das tut? Jeannine! Nia!"

Vor Schmerz schrie er in den Hörer: „Ich finde ihn, diesen, diesen, diesen … Mörder. Dann Gnade ihm Gott. Leider gibt es die Guillotine nicht mehr! Ich bring ihn um! Sobald ich ihn habe, bring ich ihn um. Ganz langsam. Er soll wissen, wie Schmerz sich anfühlt."

„Jean-Luc, reiß dich zusammen. Das ist Schwachsinn, was du da redest. Jetzt musst du klar denken, rational analysieren und gründlich ermitteln. So wie ihr das immer gemacht habt – du und Jeannine. Trauern kannst du hinterher."

Papperin straffte sich.

„Du hast Recht. Danke, Monique. Wie fangen wir an?"

„Als erstes buche ich dir einen Flug von Paris direkt nach Toulon-Hyères."

Es folgte eine kurze Gesprächspause. Papperin konnte das Klappern der Tastatur hören, als Monique ihr Keyboard bearbeitete.

„Ich sehe es gerade am Display: Abflug Paris/Orly um 19.15, Ankunft 20.35 Uhr. Ich regle das so, dass du direkt zum Boarding gehen kannst ohne den Check-in-Quatsch. Okay? Ich sorge dafür, dass man dich in Hyères am Flugzeug abholt. Vermutlich willst du zuerst zu Jeannine – in die Pathologie?"

„So ist es. Danke Monique. Sobald ich was Neues weiß, rufe ich Sie an. *À bientôt!*"

Mit energischen Schritten betrat Papperin den Konferenzraum. Bestürzte, betroffene Blicke empfingen ihn. Ganz offensichtlich hatte man die Beratungen unterbrochen und wartete auf nähere Einzelheiten. Selbst der Vorsitzende, der sonst bei jeder sich bietenden Gelegenheit das Wort an sich riss, starrte den Eintretenden stumm an.

In die erwartungsvolle Stille hinein sagte Papperin mit lauter, harter Stimme.

„Meine Mitarbeiterin Jeannine Dalmasso ist während ihrer Recherchen auf der Insel Porquerolles erschossen worden – von hinten in den Kopf."

Betroffenes Schweigen, Entsetzen beherrschte den Raum.

„Ihnen allen ist klar", fuhr Papperin fort, „dass ein unmittelbarer Zusammenhang mit dem Fall besteht, über den wir hier konferieren – sie hat auf der Insel nach diesem Vincent Berthau gesucht. Ich gehe davon aus", dabei blickte er den Konferenzleiter und obersten Polizeichef der Republik an, „dass Sie mir die Ermittlungen auch für diesen neuen Mord übertragen. Ich werde mich sofort an den Ort des Verbrechens begeben. In einer Stunde startet mein Flugzeug nach Toulon-Hyères. *Monsieur le Président*, Kollegen, bitte haben Sie Verständnis, dass ich nicht weiter an dieser Konferenz teilnehmen kann. *Au revoir!*"

***

Das Flugzeug, eine Canadair der Air France, landete planmäßig um 20:35 in Le Palyvestre, dem gemeinsamen Flughafen von Toulon und Hyères. Seine Sekretärin hatte wirklich alles perfekt organisiert. In Orly hatte ihn ein Dienstwagen der Flughafengesellschaft direkt zum Flugzeug gebracht. In Hyères wartete schon ein Fahrzeug der *Police nationale* unmittelbar neben dem Standplatz des Fliegers auf seine Ankunft.

Auf der Fahrt zur Pathologie am gerichtsmedizinischen Institut von Toulon saß Papperin schweigend neben dem Fahrer. Genauso wortlos zeigte er dem Nachtportier am Eingang seinen Ausweis. Man hatte ihn schon erwartet. Ein junger Arzt führte ihn durch das Gebäude. Vor dem Raum, in dem die Leichen auf blanken Edelmetalltischen obduziert wurden, wartete Dr. Quesnel. Der Polizeiarzt, den Papperin schon von der Insel kannte, begrüßte den Kommissar mit einem festen Händedruck.

„Sehr tragisch!" sagte er nur. Und dann: „Ihre Sekretärin hat gemeint, sie wollen die Tote sehen. Deshalb habe ich gewartet."

Papperin dankte ihm wortlos, nur mit einem Kopfnicken. Auf einen Wink des Arztes zog der Assistenzarzt, der ihn durch das Gebäude hierher geführt hatte, aus der matt glänzenden Edelstahlwand eine Schublade. Unter dem weißen Tuch konnte man die Formen eines menschlichen Körpers erkennen. Das Tuch wurde zurückgeschlagen. Papperin trat näher und schaute auf den nackten Körper, der vor ihm auf der Totenbahre lag. Groß, schlank, lange Beine, dann das Gesicht - dunkle Haare mit hellen Strähnen.

Lange betrachtete der Kommissar das blasse, schöne Antlitz. Es war totenstill. Nur das leise Surren der Kühlaggregate schwebte fast unhörbar im Raum. Ansonsten war es totenstill.

Plötzlich:

„Das ist nicht Jeannine!"

Er packte den Polizeiarzt an den Revers seines weißen Kittels.

„Haben Sie verstanden? Das ist nicht Jeannine. Diese Tote ist nicht meine Mitarbeiterin!"

Vor Freude wurden seine Knie weich. Er musste sich festhalten, an der Schublade mit der fremden Toten.

Gott sei Dank, dachte er. Jeannine, du lebst!

Er schämte sich für die Erleichterung, die seinen Körper freudig durchzog. Nicht Jeannine lag hier vor ihm auf der Bahre. Die Tote sah ihr allerdings ähnlich, zum Verwechseln ähnlich. Es war die Frau aus dem Restaurant, die auch Nia schon mit Jeannine verwechselt hatte.

Todesgefahr

Jeannines Recherchen auf der Insel waren mehr als frustrierend verlaufen. Sie hatte keine Spur des Vincent Berthau alias Grégory Haubert gefunden. Niemand von den zahllosen Hotelbediensteten und *chambre d'hôtes*-Vermietern, mit denen sie gesprochen hatte, konnte sich an die beiden Namen erinnern. Das Foto hatte auch nicht weitergeholfen – es war zu schlecht, aus einer ungünstigen Perspektive aufgenommen und dazu auch noch sehr unscharf. Ehe sie sich mit den Vermietern von Ferienwohnungen befasste, wollte sie sich seine Wohnung in Marseille nochmals vornehmen. Deshalb hatte sie die Insel verlassen. Der Vorort Marseilles, in dem sich das Appartement Hauberts befand, gehörte zu der trostlosen Art von *banlieues*, die sich am Rande jeder Großstadt breit machten. Zum Glück war sie mit ihrem Privatauto unterwegs, einem schon etwas mitgenommenen älteren Citroën, dessen inzwischen matt gewordener Lack etliche Dellen und Beulen aufwies, die von rigorosen Ein- oder Ausparkmanövern zeugten. In einem als Polizeifahrzeug gekennzeichneten Wagen hier zu parken, vor allem nachts, war undenkbar. Das Risiko war zu groß, dass sich Banden jugendlicher Arbeitsloser und *gangs* von kriminellen, meist illegal ins Land gekommenen Ausländern, die sich sonst in den *banlieues* Bandenkriege lieferten, zusammentun und das Polizeifahrzeug demolieren würden. Gut, dass sie ein Auto fuhr, das hier nicht weiter auffiel. Auch die 13 in der Autonummer ließ annehmen, dass es aus Marseille war – genau genommen hatten alle Fahrzeuge, die im Department Bouche du Rhône registriert waren, diese Zahl im Kennzeichen, nicht nur die in Marseille, sondern auch Jeannines in Aix zugelassenes Auto. Zum Glück konnte man das am Nummernschild nicht erkennen.

Sie parkte in einer Lücke in Blickweite vom Hauseingang. Als erstes wollte sie sich die Wohnung genauer ansehen. Ohne Durchsuchungsbeschluss war das zwar nicht ganz korrekt, aber der offizielle Weg dauerte ihr zu lange, zumal am Wochenende. Und mit dem Argument, dass Gefahr im Verzug vorgelegen habe, konnte sie ihr Vorgehen nachträglich legalisieren. Im Treppenhaus hing immer noch der unangenehme Geruch nach Dreck, Abfall, Kot und Urin. Die nackten Betonwände waren beschmiert mit teils kunstvollen Graffiti sowie mit obszönen Texten und Zeichnungen. Nichts hatte sich geändert, seit sie das letzte Mal mit Guy-deux hier war. Ohne Zwischenfälle erreichte sie die vierte Etage. Das Türschloss bereitete ihr keine nennenswerten Schwierigkeiten. Neben vielem Unnötigem hatte sie auf der Polizeischule auch Brauchbares gelernt, zum Beispiel Schlösser zu knacken. Leise drückte sie die Türe mit dem Ellenbogen zurück ins Schloss. Dann streifte sie dünne Latexhandschuhe über und schaltete ihr Handy aus. Sie wollte keine Spuren ihres Eindringens hinterlassen und, falls jemand sie anrufen sollte, ihre Anwesenheit auch nicht durch lautes Klingeln ihres Telefons verraten.

Die Wohnung bestand aus zwei Räumen, einer Wohnküche und einem Schlafzimmer. Zusätzlich gab es eine kleine Kammer mit WC und einem Waschbecken – keine Dusche, keine Badewanne. Jeannine schaute sich gründlich um. Anders als die Wohnungsnachbarn vor knapp einer Woche behauptet hatten, wurde das Appartement durchaus benutzt. Im Kühlschrank fand sie eine angebrochene Packung Schinken. Laut Etikett lag das Verpackungsdatum zwei Wochen zurück, als Mindesthaltbarkeitsdatum war der fünfte September angegeben. Trotz gründlichster Durchsuchung konnte Jeannine aber nichts finden, was Licht auf die Person des Gesuchten geworfen hätte – keine Personaldokumente, keine Fotos, nichts Schriftliches. Offensichtlich wurde die Wohnung nur als Unterschlupf und nicht allzu häufig benutzt. Zwei angebrochene Sixpacks mit Bierdosen von Heinecken, ein Aschenbecher voller ausgedrückter Zigarettenstummel, Marlborough-Filter, waren die wenigen Hinweise, die Rückschlüsse auf den Bewohner zuließen. Jeannine steckte mehrere der Kippen in ein Plastiktütchen. Die daraus zu ermittelnde DNA könnte bei der Identifizierung nützlich sein – falls sie den Monsieur Berthau jemals zu fassen bekamen.

Durch die geschlossene Wohnungstüre waren Schritte zu hören. Jemand stapfte die Treppen herauf. Er blieb vor der Türe stehen. Jeannine drückte sich so an die Wand, dass sie von der Türe verdeckt war, falls die Person hereinkommen sollte. Sie entsicherte ihre Dienstpistole und wartete mit angehaltenem Atem. Draußen fiel ein Schlüsselbund klirrend zu Boden. Ein lauter Fluch drang durch die Türe. Dann war zu hören, wie die Tür zur gegenüberliegenden Wohnung aufgesperrt wurde. Entwarnung! Es war nur der Nachbar. Jeannine blickte sich nochmals um, kontrollierte, dass sie nichts zurückgelassen oder verändert hatte, was ihre Anwesenheit verraten hätte. Dann legte sie ihr Ohr an die Türe und verließ, als nichts zu hören war, lautlos das Appartement.

Etwas enttäuscht vom Ergebnis ihrer Wohnungsdurchsuchung setzte sie sich in ihr Auto. Es war Wochenende, ihr freies Wochenende. Aber was sollte sie alleine zuhause in ihrer kleinen Wohnung im Zentrum von Aix? Genauso gut konnte sie die Zeit sinnvoll verbringen und an ihrem Fall weiterarbeiten. Wenn sie schon hier war, könnte sie auch die Wohnung von Berthau überwachen. Vielleicht kam er ja am Wochenende zurück. Sie hatte fast keine anderen Anhaltspunkte, wo und wie sie ihn finden konnte. Kurz entschlossen fuhr sie zur nächstgelegenen Gendarmeriewache, um die Kollegen davon zu informieren, dass sie hier nachts eine Wohnung zu observieren beabsichtigte. Der Diensthabende schaute sie zweifelnd an und meinte:

„Mutig, als Frau alleine! In *der* Gegend, nachts im Auto!" Zu Ihrer Sicherheit werde ich öfter einen Streifenwagen vorbeischicken. Also dann, *bon courage!*"

Jeannine gab ihm noch ihre Autonummer, nannte Farbe und Marke ihres Autos und verließ den Wachposten. In einem kleinen Huit-à-Huit-Supermarché kaufte sie sich ein paar kleine Flaschen Volvic und eine Baguette. Dann steuerte sie wieder die Straße an, in der Berthaus Wohnung lag. Zweimal musste sie um den Block fahren, bis eine Parklücke auf der gegenüber liegenden, linken Straßenseite, zum Glück aber noch in Sichtweite des Hauses, frei wurde.

***

Von ihrem Beobachtungsposten hatte sie sowohl die Haustüre im Blick, als auch die beiden Fenster im vierten Stock, die zur Wohnung des Gesuchten gehörten. Die Zeit zog sich endlos langsam dahin. Anfangs fuhren noch öfters Autos und Mopeds durch die Straße. Je später es wurde, desto weniger Fahrzeuge ließen sich blicken. Herrschte schon tagsüber kaum Fußgängerverkehr, so war die Gegend nach Einbruch der Dunkelheit völlig ausgestorben. Stundenlang tat sich nichts. Ab und zu kam ein Auto vorbei. Einmal schnupperte ein herrenloser Straßenköter an den Reifen ihres Fahrzeugs und urinierte an das linke Hinterrad. Ab und zu huschten Ratten am Rinnstein entlang und verschwanden in einem Gully oder hinter einem Kanalgitter. Eine Gruppe Jugendlicher, fast noch Kinder, scharte sich plötzlich um ihr Auto, sie rissen die Fahrertüre auf und versuchten sie aus dem Wagen zu ziehen. Vermutlich wollten sie sich das Fahrzeug für eine Spritztour ‚ausleihen' – wenn nötig mit der Gewalt ihrer Übermacht. Als Jeannine ihre Polizeimarke vorzeigte und die Pistole aus dem Halfter zog, gaben sie klein bei und verdrückten sich lautlos.

Lange ereignete sich nichts. Zweimal kam ein Streifenwagen, fuhr langsamer, als er auf Jeannines Höhe war, und beschleunigte wieder, als sie mit hochgerecktem Daumen signalisierte, dass alles okay sei.

Spät, es ging auf zwei Uhr zu, kamen zwei Betrunkene laut grölend einher gewankt. Sie hielten sich fest an den Schultern umschlungen und gingen mitten auf der Straße. Als sie Jeannine im Auto sitzen sahen, torkelten sie zu ihr hinüber und klopften an das rechte Seitenfenster.

„Ha… ha… hallo, Sü… Süße. Mach auf! Komm schon, mach die Türe auf!", lallte der erste.

„Wir ha… ha… haben wa… was für dich!", fiel der zweite ein. Dabei riss er am Reißverschluss seiner Jeans.

Jeannine rührte sich nicht und schaute gelangweilt drein. Als aber einer der beiden auf die Fahrerseite kam und mit Gewalt versuchte, die Türe aufzureißen und, als ihm das nicht gelang, mit Fäusten und Fußtritten auf das Gefährt eindrosch, stieß sie mit einem heftigen Ruck die Türe auf und sprang aus dem Wagen.

„Verpiss dich!", zischte sie den Mann an. Davon unbeeindruckt versuchte er, ihr um den Hals zu fallen, während der zweite um das Heck kam und sich den beiden näherte. Der Gestank nach üblen Körperausdünstungen, nach Zigaretten und Schnaps umfing Jeannine, als der erste sich an sie drängte, mit einem Arm versuchte, sie zu umklammern und mit der anderen Hand nach ihren Brüsten grapschte. Mit einem mächtigen Kniestoß zwischen seine Beine und einem nicht minder heftigen Hieb mit dem Ellenbogen mitten in sein Gesicht befreite sie sich. Heulend vor Schmerz ging er zu Boden. Sein Partner wandte sich von Jeannine ab und half seinem Freund mühsam wieder auf die Beine. Laut vor sich hin schimpfend machten sich die beiden davon. Jeannine atmete ein paarmal tief durch und begab sich wieder auf ihren Beobachtungsposten.

Irgendwann in den frühen Morgenstunden fiel ihr plötzlich Licht auf, das hinter den Fenstern der Wohnung brannte. Sie hatte weder jemanden ins Haus gehen sehen, noch hatte sie bemerkt, wie das Licht eingeschaltet wurde. Sollte sie kurz eingeschlafen sein? Voller Tatendrang verließ sie ihr Auto und schlich sich unter dem dichten Platanendach der Alleebäume, unsichtbar für Beobachter aus den oberen Stockwerken, zum Wohnblock. Sie überlegte, ob sie die Kollegen zur Verstärkung rufen sollte, ließ es aber sein. Erst wollte sie sich vergewissern, dass es tatsächlich Berthaus Wohnung war, in der das Licht brannte. Sie war sich nicht ganz sicher. Es konnte ja auch eine Nachbarwohnung sein, in der ein Bewohner aufgewacht war, weil er auf die Toilette musste, oder weil er Durst hatte, oder aus einem anderen Grund. Leise stieg sie im Dunkeln die Treppen zur vierten Etage hoch. Durch die Ritzen an den Rändern des Türblattes drang kein Schimmer. Sie legte ihr Ohr an die Türfüllung und lauschte. Es war ruhig in der Wohnung, totenstill. Sie wollte sich aufrichten, eine Stiege höher steigen und den Eingang von oben beobachten. Plötzlich wurde die Türe mit einem Ruck aufgerissen und kräftige Arme zerrten sie grob in die Wohnung. Zu Ihrem Erstaunen war es dort auch dunkel. Sie konnte ihre Angreifer nicht erkennen. Sie hatten das Licht ausgemacht. Aber woher wussten sie, dass jemand vor der Wohnung war und sie belauschte? Unmöglich konnte man sie von oben gesehen haben, als sie zum Haus gegangen war. Sie wurde auf einen Stuhl gestoßen, ihre Arme wurden nach hinten gedreht und schmerzhaft zusammengebunden. Hätte sie nur ihre Kollegen zur Verstärkung gerufen! Aber sie war sich nicht einmal sicher gewesen, ob es die richtige Wohnung war, in der plötzlich Licht gebrannt hatte. Lange saß sie im Finstern. Die Männer hatten von ihr abgelassen und beschäftigten sich mit irgendetwas. Sie konnte nichts sehen, hörte aber ein Rascheln und Klappern hinter ihrem Rücken und ab und zu Menschen, die flüsterten. Dann Schritte.

Auf einmal wurde es hell, grelles Licht blendete sie. Nur langsam gewöhnten sich ihre Augen an die Helligkeit. Sie konnte drei Männer erkennen. Einen etwas älteren und zwei jüngere. Der erste, sie schätzte ihn auf etwa vierzig, war von kräftiger sportlicher Statur, trug ein modisches, aber leicht zerknittertes hellbeiges Leinensakko über einer dunklen Jeans. Er hatte extrem kurze schwarze Haare, fast so kurz wie der Dreitagebart, der seine Wangen und sein Kinn bedeckte. Die beiden anderen waren jünger, zwischen zwanzig und dreißig etwa. Sie waren wesentlich schlampiger gekleidet, mit ausgebeulten, teils zerschlissenen Jeans und ärmellosen T-Shirts mit irgendwelchen bunten Aufdrucken. Sie war erstaunt, dass keiner der drei vermummt war. Das verhieß nichts Gutes.

Hart gebellte Fragen knallten Jeannine entgegen:

„Was hast du hier zu suchen? Wer hat dich geschickt? Wieso wissen die Bullen, dass wir uns hier treffen?"

Woher wissen die, dass ich von der Polizei bin, fragte sich Jeannine. Die haben mich doch noch nicht durchsucht, meine Dienstmarke, meinen Ausweis und meine Pistole noch gar nicht gesehen. Sollte einer von der Gendarmerie-wache, denen sie ihr Vorhaben mitgeteilt hatte, die drei informiert haben? Ein Leck in der Organisation der Marseiller Polizei. Unwahrscheinlich, aber nicht unmöglich.

Sie schwieg.

Ein harter Schlag mit dem Handrücken traf sie unvorbereitet im Gesicht und riss ihren Kopf zur Seite.

„Mach's Maul auf und antworte!", wurde sie grob aufgefordert.

Sie schwieg weiter.

„Wenn du nicht reden willst, ist es auch egal. Du kommst hier eh nicht mehr raus – zumindest nicht lebend", lachte der ältere, der sie verhört und geschlagen hatte.

„Also, ich höre!"

Jeannine schwieg immer noch, überlegte aber panisch was sie tun konnte, um den Gangster von seinem Vorhaben abzubringen.

„Ihr glaubt doch nicht, dass ich alleine hier bin. Gleich sind meine Kollegen da. Hört ihr? Im Treppenhaus?"

„Ach was! Du lügst. Louis, schau raus und sondier die Lage. Wenn alles ok ist, gibst du ein Zeichen. Dann legst du sie um, Gianni! Aber geräuschlos!" Dabei schaute er den anderen der beiden jüngeren an.

„Und dann verschwinden wir. Also los, Louis!"

Jeannine zerrte an ihren Fesseln.

„Bis deine Kollegen hier sind, sind wir längst weg. Wenn sie überhaupt kommen."

Er zog eine Pistole aus dem Gürtel über seinem Gesäß und richtete sie auf Jeannine. Gleichzeitig warf er sich eine Umhängetasche, die auf einem kleinen Tisch lag, über die Schulter und drehte sich zur Wohnungstüre.

Starr vor Staunen sah Jeannine, wie ein Ruck durch ihn ging. Er aufschrie und dann langsam in sich zusammensank. Dann erst hörte sie den Knall und die laute Stimme: „Hände hoch!"

Drei, vier, fünf schwarz vermummte Männer mit Schutzhelm, schusssicheren Westen und Pistolen im Anschlag stürmten in den Raum. Die weiße Rückenaufschrift wies sie als Beamte der *Gendarmerie nationale* aus. Jeannine fühlte, wie ihre Fesseln gelöst wurden.

***

Im Gendarmerieposten herrschte hektische Betriebsamkeit. Gut ein Dutzend uniformierte Gendarmen und die fünf Vermummten, die die Wohnung gestürmt hatten, drängten sich in dem nicht allzu großen Raum. Jeannine saß, immer noch blass von dem Schock, an einem der Schreibtische und hielt mit beiden Händen ein Glas Wasser, das man ihr gereicht hatte.

Meine Retter, dachte sie dankbar. Sie konnte immer noch nicht fassen, dass sie aus ihrer Notlage befreit und dem Tod buchstäblich in letzter Sekunde entkommen war. Sie blickte um sich. An der Wand gegenüber standen zwei der drei Männer, die sie in ihre Gewalt gebracht hatten, mit dem Gesicht zur Wand und die Hände mit Handschellen auf dem Rücken gefesselt. Daneben saß der dritte ihrer Peiniger. In sich zusammengesunken kauerte er auf einem Stuhl. Ein dicker provisorischer Verband war um seinen rechten Oberschenkel gebunden. Auch seine Hände steckten in Handschellen.

„Wieso seid ihr in die Wohnung …? Woher wusstet ihr, dass ich …?", stammelte sie, immer noch fassungslos.

Der Gendarm, dem sie ihre Beobachtungsaktion angekündigt hatte, trat vor sie und fragte mitfühlend: „Sind sie wirklich okay? Die Kollegen sagen, dass Ihnen nichts fehlt." Dabei deutete er auf die fünf Einsatzkräfte, die, immer noch in den dicken kugelsicheren Westen, jetzt aber mit dem Helm in der Hand, neben der Türe standen.

„Ich hatte ihnen doch gesagt, dass wir regelmäßig mit einem Streifenwagen durch ihre Straße fahren wollten. Als die Streife bei der letzten Kontrollfahrt Ihr Auto verlassen, mit einem Sprung im Fenster und einer ziemlich verbeulten Fahrertüre vorgefunden hatte, hat man mich alarmiert. Und ich hab dann das Kommando losgeschickt. Wir wussten ja, welche Wohnung Sie observiert haben."

Jeannine bedankte sich bei den Gendarmen. Dann fragte sie:

„Und wie geht es jetzt weiter? Wir sollten die drei in die Mangel nehmen!"

„Vermutlich müssen wir sie an die *Police judiciaire* überstellen, weil das ja deren Fall ist. Vorher aber quetschen wir sie aus. Und dann kommen sie erst zum Erkennungsdienst und dann in U-Haft. Dazu brauchen wir einen Richter. Aber das hat noch Zeit. Zwei Tage können wir sie erst mal behalten."

Die anschließenden Verhöre brachten Jeannine im Fall Berthau nicht viel weiter. Sie erfuhren zwar, wieso die Gangster wussten, dass Jeannine Polizistin war und vor der Wohnung wartete. Die Jugendlichen, denen sie sich als Polizistin zu erkennen gegeben hatte, hatten das weiter erzählt, und irgendjemand hatte dann die drei Männer telefonisch informiert.

„Die sind alle kriminell und gut vernetzt in den *banlieues* – damit haben wir täglich zu kämpfen in Marseille", meinte einer der Gendarmen.

Langsam rückten die Verhörten auch damit heraus, welche Verbindung zwischen ihnen und Grégory Haubert bestand. Mit dem Namen Vincent Berthau konnten sie nichts anfangen. Seine Wohnung wurde benutzt, um Rauschgift an Kleindealer zu verteilen. Der ältere, besser gekleidete der drei war der Lieferant, quasi der Großhändler. Er gab an Paul Gauguin zu heißen. Ausweispapiere führte keiner der drei mit sich. In der Wohnung verkaufte er die Droge an seine Straßendealer. Dafür bekam Haubert einen fixen Geldbetrag, den ihm der angebliche Gauguin jeweils monatlich in die Wohnung brachte. Der nächste Zahltermin sei am 15. September.

Die sicher gestellte Umhängetasche hatte tatsächlich eine größere Menge *rayon du ciel* enthalten, aufgeteilt in viele in Briefchen verpackte Kleinstportionen.

Alle diese Informationen mussten die Polizisten den getrennt Verhörten in langwierigen Vernehmungen aus der Nase ziehen. Wobei nur die Tatsache zum Erfolg führte, dass die Beamten durch geschickte Schuldzuweisungen und das Erwähnen von vermeintlichen Geständnissen der jeweils anderen Gangster die Aussagebereitschaft förderte. Als der Damm schließlich gebrochen war, versuchten sich die beiden Kleindealer auf Kosten ihres Lieferanten Vorteile bei der Strafzumessung zu verschaffen. Alle belastenden Details schoben sie diesem in die Schuhe.

Nach den sich endlos hinziehenden Vernehmungen, und nachdem alles protokolliert und unterschrieben war, und die Verbrecher in den Zellen der *Centrale de la Gendarmerie de Marseille* weggesperrt waren, konnte Jeannine sich endlich auf den Heimweg machen. Ein Gendarmeriekollege brachte sie zu ihrem Auto, mit dem sie schließlich nach Aix und zu ihrer Wohnung fahren konnte. Übermüdet wie sie war, wollte sie nur noch schlafen. Schlafen und dabei die Todesängste vergessen, die sie in der Wohnung in Marseille ausgestanden hatte. Aber der ersehnte Schlaf wollte sich nicht einstellen. Immer wieder schreckte sie hoch, sah wie das Licht ausging, sah sich, an den Stuhl gefesselt. Dann den Mann in dem Leinensakko, wie er seine Pistole auf sie richtete. Die Waffe, die immer näher kam, bis sie sich brutal und kalt an ihre Stirn presste. An dieser Stelle schnellte sie jedes Mal in ihrem Bett hoch, schaute sich erschreckt und verwirrt um. Schließlich war sie es leid. Sie stand auf, ging in die Küche, drehte den Hahn auf und trank gierig das schal schmeckende Leitungswasser.

„Nein, so wird das nie etwas."

Sie brauchte jemanden zum Reden. Jean-Luc war nicht da. Wo konnte sie hin? Wer konnte ihr aufgewühltes Inneres beruhigen?

„*Maman*! Ich fahr zu meiner Mutter!"

Sie suchte ihr Handy.

„*Merde*! Wo ist das nur?"

Endlich fand sie es, tief unten in ihrer Handtasche. Es war immer noch ausgeschaltet.

Sie wählte, musste es lange läuten lassen, bis sich schließlich eine verschlafene Stimme meldete.

„*Maman*! Entschuldige, dass ich dich geweckt habe. Aber ich habe solche Alpträume. Darf ich zu dir kommen?"

So kam es, dass *brigadier* Dalmasso in den frühen Morgenstunden nach Brignoles zu Ihrer Mutter fuhr. Dort wurde sie liebevoll umsorgt und nach einem Beruhigungstee und zwei Schlaftabletten ins Bett gesteckt. Und ihre *maman* hielt ihre Hand, solange, bis sie fest eingeschlafen war.

Niemand hörte das Läuten des Telefons in Jeannines Wohnung in Aix. Sie bekam nichts mit von den Ereignissen auf Porquerolles und von Papperins Sorge um sie in Paris. Sie schlief den ganzen folgenden Tag bis in die Nacht hinein. Tief und traumlos.

Papperin kommt auf die Insel zurück

Montag, 31.8.nachts

Spät abends noch hatte sich Papperin mit einem Schiff der Küstenwache auf die Insel übersetzen lassen. Es war schon dunkel, als er die kleine Polizeistation in Porquerolles betrat. Christophe Gilbert, der sich bereit erklärt hatte, die erste Nacht über die Inhaftierte zu wachen, so wie *commissaire* Bardineux es angeordnet hatte, blickte erstaunt auf. Zwar hatte er befürchtet, dass der Kommissar aus Aix hier auftauchen würde, sobald er von der Verhaftung seiner Freundin erfuhr. Allerdings wusste der Dorfpolizist auch von der Abberufung Papperins nach Paris und glaubte deshalb, dieser könne frühestens am morgigen Tag zurückkommen. Dann wäre er auf *commissaire* Bardineux getroffen und ihm, Christophe, wäre dieses peinliche Zusammentreffen jetzt erspart geblieben. Am Mienenspiel Papperins sah er sofort: Der Kommissar wusste Bescheid!

Er erhob sich respektvoll.

„Bon soir monsieur le commissaire. Je suis désolé! Es tut mir sehr leid, dass Ihre … äh … Frau hier … Aber der Leiter der Ermittlungen … *commissaire* Bardineux … hat dies so angeordnet. Sie soll hier bleiben, bis der Haftbefehl vorliegt und sie nach La Farlède überstellt werden kann."

„Und Sie hat er dazu verdonnert, hier Wache zu halten, damit sie nicht fliehen kann. Mit welcher Begründung hat er Frau Griffon festgenommen? Gibt es Bewiese oder wenigstens belastbare Indizien für ihre Täterschaft?"

„Er hat gesagt, sie hat kein Alibi und sie hat die Ermordete schon einmal bedroht."

„Sonst nichts?"

„Polizistenmord ist ein besonderes schweres Verbrechen, hat er gesagt. Deswegen muss er sie festnehmen … wegen … wegen … der Fluchtgefahr, hat er gesagt, muss er sie einsperren."

„Erstens: Die Tote ist nicht meine Mitarbeiterin *brigadier* Dalmasso."

„*Dieu merci!*" entfuhr dem Polizisten ein Seufzer der Erleichterung. „Das freut mich. Sie glauben gar nicht, wie mich das freut."

„Es ist eine Frau, die ihr zum Verwechseln ähnlich sieht. Ich weiß nicht, ob Sie von dem Zwischenfall am letzten Freitag gehört haben?"

Der Dorfpolizist nickte. „Das war für Bardineux .... *commissaire* Bardineux ... der Anlass für die Verhaftung."

„Zweitens wurde mir und meinem Kommissariat vom *Directeur géneral de la Police nationale de la République* die Leitung der Ermittlungen von sämtlichen in Zusammenhang mit dieser Mafiasache stehenden Fällen übertragen."

„*Bien!* Und *commissaire* Bardineux? Ist er noch ...?"

„Nein. Auch der Mord an Chloé Merlin gehört zu dieser Mafiageschichte."

„Und Ihre ... äh ... Frau?"

„Meine ... Lebensgefährtin hat allem Anschein nach nichts mit dem Mord zu tun. In Paris geht man davon aus, dass der Anschlag auf *brigadier* Dalmasso diese von weiteren Ermittlungen abhalten sollte. Schließlich hat sie in dieser Sache recherchiert und wichtige Ergebnisse erzielt."

„Dann darf ich *madame* Griffon ... ?"

„Freilassen. Ja, das dürfen Sie."

Papperin zögerte. Konnte er sich so einfach über die von seinem Kollegen angeordneten Maßnahmen hinwegsetzen? Vor allem, weil es sich um Nia handelte, seine Freundin? Konnte man ihm Befangenheit, Vetternwirtschaft vorwerfen, wenn er sie jetzt aus der Haft entließ? Andererseits war er sich hundertprozentig sicher, dass der Mord an der Unbekannten mit dieser Mafiageschichte zusammenhing. Auch der *Directeur géneral* teilte diese Ansicht. Und das hatte nichts mit Nia zu tun. Absolut nichts!

„Zuerst sollten Sie sich aber versichern, dass das auch stimmt, was ich Ihnen gesagt habe. Dass ich die von mir behaupteten Vollmachten auch wirklich habe. Im Intranet der Polizei dürfte inzwischen eine entsprechende Verfügung des *Directeur général* stehen. Bitte überprüfen Sie das!"

Der Dorfpolizist schaute Papperin verblüfft an. Das hatte er noch nicht erlebt, dass ein im Rang weit über ihm stehender Beamter ihn aufforderte, seine, des Höherrangigen Legitimation zu überprüfen, ehe er dessen Befehle ausführte. Dabei war es nicht einmal ein Befehl gewesen, eher eine Zustimmung zu seinem eigenen Wunsch. Die Behauptung des Kommissars überprüfen, ihn kontrollieren? Nein, das war nicht nötig, das wollte er nicht! Er holte den Schlüssel zur Zelle aus der Schreibtischschublade und ging zur Türe.

„Dann holen wir sie. Sie wird froh sein, Sie zu sehen."

Papperin hielt ihn zurück.

„Machen Sie das bitte alleine. Sie soll nicht wissen, dass ich ihre Freilassung veranlasst habe. Ich bitte Sie, mich völlig aus dem Spiel zu lassen. Ich sehe sie dann sowieso im Hotel."

„Aber, wenn sie mich fragt? Sie wird sicher wissen wollen, warum ich sie jetzt plötzlich gehen lasse."

„Sagen Sie einfach, Sie hätten den Befehl dazu erhalten. Genaueres wüssten Sie nicht."

Papperin verabschiedete sich vom *policier* mit Handschlag und einem verschwörerischen Augenzwinkern. Dann verließ er die Polizeistation.

***

Der lange Fußmarsch von der kleinen Polizeistation im Dorf quer durch die halbe Insel zum Hotel *L'Étoile de l'Île* tat Papperin unglaublich gut. Die körperliche Bewegung nach dem langen Sitzen, erst auf der Konferenz in Paris, später im Flugzeug, dann die unangenehme Luft im Leichenschauhaus und in der muffigen Polizeistation. Wie befreiend war es hier, in der Natur. Die klare Luft, der würzige Duft nach Pinien, Eukalyptus und Kräutern ließen ihn zum ersten Mal seit Stunden wieder richtig tief durchatmen. Die Erde strahlte noch die Wärme des heißen Sommertags ab, während die sanfte Brise, die, vom Meer kommend, über die Insel wehte und sein Gesicht angenehm kühlend umschmeichelte. Er schritt kräftig aus, hatte alle Gedanken an den Fall und die bevorstehende Arbeit abgeschaltet und genoss die nächtlichen Geräusche – hier und da das glockenhelle Zirpen einer Grille, nicht das kreischende Geschnarre von Zikaden, die tagsüber die Landschaft mit einem Lärmteppich überzogen. Gelegentlich der Ruf eines Vogels – einer Nachtigall? Er wusste es nicht, fand den Gesang aber wunderschön. Dazu kam das leise Rauschen des Windes in den Bambushecken und im Blätterwald der riesigen Eukalyptusbäume. Er freute sich auf das Wiedersehen mit Nia. Gleichzeitig fürchtete er sich etwas vor ihrem Temperament und ihren Wutausbrüchen. Sie konnte sich unglaublich und lautstark aufregen, wenn jemand ungerecht behandelt wurde. Und diesmal war sie selbst betroffen.

Papperin war sich sicher, dass der Dorfpolizist sie mit seinem Dienstjeep zum Hotel gefahren hatte. Sie würde also lange vor ihm dort sein. Denn der Weg über den Klippenpfad, den *sentier littoral*, den er genommen hatte, dauerte ungleich länger als die Autofahrt – trotz der holprigen und staubigen Inselsträßchen, die nur wenig mehr als Schrittgeschwindigkeit zuließen. Nachdem er einen kleinen Hügel erklommen hatte – der Steig führte quer über eine felsige Landzunge – kam endlich das hell erleuchtete Hotel in Sicht. Wo würde er Nia finden? Sicher nicht im Restaurant. Wie er sie kannte, hatte sie nach diesen schrecklichen Erlebnissen nicht die Nerven, ein zweifellos hervorragendes, aber doch sehr lang dauerndes Gourmetmenü zu genießen. Außerdem war es, wie ein Blick auf seine Uhr zeigte, schon sehr spät, das Restaurant dürfte bereits geschlossen haben. Vielleicht in der Bar, wo sie ihren Kummer und ihre Wut in Alkohol ertränken konnte? Das hielt er für wesentlich wahrscheinlicher. Möglicherweise mit Olivier, ihrem und Jean-Lucs neuem Freund. Doch er hatte sich getäuscht. Die Hotelbar war zwar gut besucht, aber Nia war nirgends zu sehen, weder auf der Terrasse noch drinnen. Olivier Desjaques saß am Tresen und unterhielt sich mit anderen Hotelgästen. Zum Glück schaute er in die andere Richtung und nicht zu Papperin, so dass sich dieser schnell zurückziehen konnte, ehe er entdeckt und zum Mittrinken aufgefordert wurde. Smalltalk, belangloses Geplauder, dazu hatte er jetzt wirklich keine Lust und keine Zeit. Er wollte zu Nia, so schnell wie möglich. Sie musste also oben sein. Aber auch in den beiden Zimmern ihrer Suite war niemand. Ein achtlos über das Bett geworfenes Kleid, Dessous und Sandalen auf dem Terracottaboden zwischen Bett und Türe zum Bad, das Rauschen von Wasser und ein geträllertes Lied verkündeten jedoch deutlich Nias Anwesenheit.

Papperin war erleichtert, sie gut gelaunt vorzufinden. Auf der Polizeistation hatte er mit dem Wachhabenden vereinbart, so zu tun, als wüsste er, Papperin, nichts von ihrer Verhaftung. Hoffentlich hatte sich der *policier* daran gehalten. Mit fröhlicher Stimme rief er: „Nia, *ma chérie*! Ich bin wieder da! Zurück aus Paris! Es war stinklangweilig." Bei diesen Worten riss er die Türe auf.

„Hast du mir jetzt einen Schrecken eingejagt!"

Patschnass von Kopf bis Fuß entstieg Nia den glitzernden Wasserperlen des Duschhimmels, zögerte kurz, umschlang dann Papperin mit beiden Armen – pitschnass wie sie war – und küsste ihn leidenschaftlich und lange.

„Das habe ich jetzt gebraucht, auch wenn ich deinen Anzug ruiniert habe."

Sie trat ein paar Schritte zurück und betrachtete ihren Freund, auf dessen hellem Leinenanzug sich die Konturen ihres Körpers als Wasserflecken abzeichneten.

„Du glaubst gar nicht, was mir alles passiert ist, während du weg warst. Ihr Polizisten seid doch ein lächerlicher Haufen!"

Auf Papperins erstaunt fragenden Blick korrigierte sie sich:

„Du natürlich nicht, aber dein Kollege hier auf der Insel."

Sie schlang ein weißes Badetuch um ihren Körper, schlüpfte in die hoteleigenen Frotteeschlappen und dirigierte ihn ins Schlafzimmer. Dort warf sie sich lachend auf das Bett und zog ihn zu sich herab.

„Küss mich nochmal! Es ist schön, dass du wieder da bist, so beruhigend, einen normalen Menschen um sich zu haben."

Und dann begann sie zu erzählen. Kommissar Bardineux kam in ihrem Bericht nicht gut weg.

„Jetzt habe ich einen Riesenhunger. Bitte ruf den Zimmerservice und bestell was zu essen. Egal was, ein *casse croute* oder was Größeres. Und den guten Rosé dazu, du weißt schon welchen!"

Während Papperin den *service d'étage* anrief und eine umfangreiche Bestellung aufgab, kleidete Nia sich an. Papperin plünderte einstweilen die Minibar. Zwei Kronenbourg 1664 gegen den schlimmsten Durst waren im Nu durch seine Kehle geflossen, gefolgt von etlichen Schluck Armagnac – Calvados gehörte zu seinem Bedauern nicht zum Sortiment der Minibar.

„Das mit deiner Jeannine tut mir sehr leid. Ich mochte sie nicht, das weißt du ja, aber das … ich weiß nicht, was ich sagen soll. Sie umbringen, erschießen. So eine Gemeinheit. Das heißt, sie war auf der richtigen Spur und man hat sie deswegen …"

„Jeannine ist nicht tot. Die andere, die du auch schon mal mit ihr verwechselt hast, die Frau aus dem Restaurant, die wurde ermordet."

Papperin sah, wie Nia zusammenzuckte und ihn mit offenem Mund anstarrte. War das Erleichterung darüber, dass seine Kollegin doch nicht das Mordopfer war? Oder Erschrecken, dass ihre Rivalin nicht tot war und alles wieder von Neuem beginnen könnte?

Nias Stimme durchbrach die beklemmende Stille, die sich kurz zwischen den beiden breitgemacht hatte.

„Jean-Luc, das freut mich für dich. Ehrlich! Aber …", sie zögerte etwas: „Ein bisschen habe ich auch Angst vor der Zukunft. Du weißt schon warum."

Es klopfte, die Türe zum Apartment wurde aufgestoßen und ein livrierter Page rollte einen Klapptisch herein.

Papperin war absolut nicht glücklich über diese Unterbrechung. Viel lieber hätte er jetzt ernsthaft mit Nia gesprochen, ihr klar gemacht, dass ihre Angst unbegründet war.
Aber das ging jetzt nicht. Schweigend beobachteten die
beiden, wie der Page die beiden Flügel des Rolltisches auf-
klappte, ein weißes Tischtuch darüber warf und zwei Ge-
decke zurechtrückte. Dann verschwand er kurz und kam
mit einem zweiten Tischchen zurück. Ein Weinkühler mit
der bestellten Flasche Rosé befand sich darauf, und mehrere silberne Kuppeln, die verhinderten, dass die warmen Gerichte auf den Platten darunter zu schnell kalt wurden. Die
Kuppeln wurden weggenommen und die dampfenden
Speisen serviert.

„*Voilà! Madame, monsieur*, es ist angerichtet. *Bon
appétit!*"

„*Merci!*", bedankte sich Papperin, kramte aus einer Tasche seines durchnässten Anzugs einen zerknitterten Geld-
schein und reicht ihn dem Pagen. Mit einem gemurmelten
„*Merci infiniment!*" und einer tiefen Verbeugung verließ der
junge Mann im Rückwärtsgang die Suite.

Die nächste Stunde verbrachten die beiden bei ihrem
sehr verspäteten Abendessen. Anfangs fielen sie über die
Gerichte her, als hätten sie tagelang hungern müssen. Bei
Papperin traf das auch fast zu. In Paris hatte er außer einem
hastigen Hotelfrühstück mit *café* und einem *croissant* keine
Zeit mehr gehabt. Dann die stressige Konferenz und
schließlich die schreckliche Nachricht von Monique – keine
Chance an Essen zu denken, geschweige denn es tatsächlich
zu tun. Auch später, im Flugzeug, in der Leichenhalle und
in der Polizeistation – zu viele entsetzliche Neuigkeiten waren über ihn hereingebrochen. Sie hatten keinen Gedanken
an Essen und Trinken aufkommen lassen. Erst auf der kurzen Wanderung zurück zum Hotel hatte er von seinem
knurrenden Magen Kenntnis genommen.

Bei Nia war es nicht ganz so schlimm, denn sie hatte
morgens ein ausgiebiges Hotelfrühstück genossen. Aber die
dann folgenden Ereignisse – als Mörderin beschuldigt zu
werden, Verhaftung, Gefängniszelle – hatten nicht nur an

ihren Nerven gezerrt, sondern sie auch körperlich angegriffen. Wenn ich jetzt auf eine Waage steige, dachte sie, dann habe ich bestimmt ein paar Kilo weniger.

Nachdem sie ihren Heißhunger gestillt hatten, begann Papperin zu erzählen. Ausführlich berichtete er von der Konferenz, dass man ihm den Inselfall, wie er ihn nannte, übertragen habe, mit all seinen Verzweigungen. Dass der Mord an der Hotelangestellten, der von Jeannine gesuchte Berthau und der Mord vor drei Jahren in Marseille damit zusammenhingen. Dass man aufgrund von Abhörmaßnahmen des Geheimdienstes von einer bevorstehenden Rauschgiftlieferung gigantischen Ausmaßes wisse – hier auf der Insel solle das stattfinden. Dass er jetzt die Verantwortung trage. Das habe man in Paris so bestimmt.

„Gleich morgen früh muss ich alle Polizei- und Gendarmeriedienststellen der Region PACA davon benachrichtigen und sie zur Mitarbeit verpflichten. Vor allem muss ich schnellstmöglich meine Mitarbeiter hierher holen."

„Und Jeannine?"

„Ich verstehe nicht, warum sie sich nicht meldet. Sie müsste gemerkt haben, dass wir sie suchen. Monique hat mehrfach bei ihr angerufen – auf ihrer Festnetznummer und auf ihrem Handy. Auch der *policier* vom Dorf hier hat es öfter versucht, sagt er. In ihrer Wohnung ist sie offensichtlich nicht. Hoffentlich ist ihr nichts passiert!"

„Vielleicht hat der Mörder inzwischen gemerkt, dass er die falsche umgebracht hat, und hat sie jetzt im zweiten Anlauf …"

„*Merde*! Das wäre entsetzlich! Ich muss sofort etwas unternehmen. Wo ist mein Handy?"

„Morgen, mein Liebling, jetzt erreichst du nichts mehr. Es ist weit nach Mitternacht. Du brauchst Schlaf nach all dem Stress. Außerdem haben wir etwas zu viel getrunken, um noch ganz klar denken zu können. Komm mit, gehen wir ins Bett."

Jetzt merkte er plötzlich, wie schwer seine Augenlider und wie müde seine Beine geworden waren. Müdigkeit und Erschöpfung überfielen ihn. Nach den beiden Bier und dem Armagnac zu Beginn und dann der Flasche Rosé, die er weitgehend allein geleert hatte, fühlte er auf einmal: Ja, er sehnte sich nach seinem Bett. Trotzdem nahm er sein Handy und rief bei der Notrufzentrale der *Gendarmerie nationale* in Toulon an. Was er hörte, beruhigte ihn etwas. Nein, es seien keine weiteren Frauenleichen in der Region aufgefunden worden. Er bat darum, einen Streifenwagen zum Haus zu schicken, in dem sich die Wohnung von *brigadier* Dalmasso befand. Er solle die ganze Nacht dort bleiben und sofort Meldung machen, wenn jemand die Wohnung betrat.

„Sie erreichen mich jederzeit an meinem Handy. *Merci et au revoir*!", verabschiedete er sich von dem diensthabenden Kollegen.

***

Eng aneinander gekuschelt lagen Nia und Papperin in dem übergroßen *grand lit*. Während er sofort in tiefen traumlosen Schlaf gefallen war, lag Nia noch lange neben ihm wach. Sie lauschte den beruhigend gleichmäßigen Atemzügen ihres Freundes. Dabei dachte sie an die Folgen dessen, was sie heute erlebt und gehört hatte. Ihr Urlaub dürfte ab sofort völlig anders verlaufen, als sie geplant hatten. Jean-Luc würde kaum noch Zeit für sie haben. Wenn er mit einem Fall befasst war, dann nahm dieser all seine Kraft und seine Zeit in Anspruch. Kein gemeinsames Schwimmen mehr, keine Wanderungen auf geheimnisvollen Pfaden durch die herrliche Insellandschaft. Vielleicht konnten sie wenigstens zusammen frühstücken. Wenn sie sehr viel Glück hatte, dann sprang gelegentlich ein gemeinsames Abendessen heraus. Jean-Luc tat ihr leid. Er hatte sich so auf die Kochkünste des berühmten Sternekochs gefreut, überhaupt auf den gesamten Urlaub. Vielleicht sollte sie abreisen – zurück nach Paris. Es wartete genug Arbeit auf sie. Nein, sie konnte Jean-Luc jetzt nicht im Stich lassen. In den wenigen Momenten, die ihm an Freizeit blieben, wollte sie für ihn da sein. Und … wenn ihr nichts zugestoßen war, dann würde er wieder mit Jeannine zusammenarbeiten. Wenn sie das schon nicht verhindern konnte, dann wollte sie ihr wenigstens das Feld nicht stillschweigend überlassen, ihr stets vor Augen führen, zu wem Jean-Luc gehörte, in seinem Privatleben. Beunruhigend genug, dass sie sich in die berufliche Arbeit nicht einmischen konnte. Solche Gedanken quälten sie, während sie neben ihm lag, ihren Kopf auf seiner Brust, der sich mit jedem seiner Atemzüge hob und senkte. Lange lag sie da und starrte auf das Licht- und Schattenspiel, das die flatternden Seidenvorhänge im fahlhellen Licht des Mondes auf die weiße Wand projizierten. Vor lauter Sorge hörte sie nichts, nicht das leise Rauschen des Windes, nicht einmal das Fauchen und Schreien zweier Kater, die lautstark auf der Wiese unter dem Balkon um die Gunst einer Katzendame kämpften. Endlich, der Mond war schon ein gutes Stück weitergezogen, fiel auch Nia in einen unruhigen Schlaf.

Aus der Schusslinie– wörtlich genommen

Dienstag, 1. 9.

Der neue Tag begann wie erwartet - hektisch. Lediglich für einen liebevollen Kuss blieb Zeit, mit dem Nia frühmorgens von ihm geweckt wurde.

„*Chérie*, ich muss gleich weg. Kommst du schnell mit auf einen *café*? Oder möchtest du lieber noch schlafen?"

Sie räkelte sich wohlig im blütenweißen Seidenbett, sprang dann aber schnell auf. Da gab es nichts zu überlegen. Selbstverständlich wollte sie mit ihm frühstücken, wenn sie ihn schon den ganzen Tag lang nicht mehr sehen würde. Ein Blick aus den weit offenstehenden Balkontüren zeigte ihr, wie früh es noch war. Die Sonne war gerade erst aufgegangen und hing noch ganz tief über dem Horizont. Ihre blass-orangen Strahlen ließen die Pinien und Palmen im Hotelpark noch überlange Schatten werfen.

Jean-Luc stand schon voll angezogen im Zimmer. Eilig griff sie sich ein Kleid aus dem Schrank – egal welches, nur schnell sollte es gehen – und schlüpfte hinein. Während sie sich gleichzeitig ein buntes Tuch um die Schultern warf und in die Sandalen schlüpfte, rief sie:

„Ich bin fertig! Gehen wir!"

Auf der Frühstücksterrasse waren die Tische noch nicht gedeckt. Die Angestellten waren gerade dabei, das Buffet aufzubauen. Während Nia beim Personal zwei *cafés* und *croissants* bestellte, telefonierte Papperin mit Christophe Gilbert, dem Dorfpolizisten von Porquerolles. Er hatte ihn aus den Federn geklingelt. Nach einer kurzen Entschuldigung für die frühe, fast noch nächtliche Störung, bat er um einen Wagen, der ihn schnellstmöglich zum Hafen bringen sollte. Mit der *Gendarmerie maritime* hatte er bereits vorher gesprochen. Man hatte zugesagt, sofort ein Boot zu schicken, das ihn von der Insel abholte und nach Toulon bringen sollte. Dort würde ein Polizeifahrzeug bereit stehen, mit dem er auf schnellstem Wege nach Aix fahren konnte.

„Nia, mein Liebling, es tut mir so leid! Ich werde gleich abgeholt und bin den ganzen Tag weg. Hoffentlich wird es dir nicht langweilig. Vielleicht kannst du mit Olivier etwas unternehmen. Oh, *Merci!*", sagte er zu dem Kellner, der zwei Kaffeetassen, eine Thermoskanne und ein Körbchen mit *croissants* und *pains au chocolat* vor sie hin stellte. Dann tunkte er ein Hörnchen in den Kaffee und biss genießerisch hinein.

„Die letzten Minuten Ruhe vor dem Sturm", meinte er.

„Oh, da ist ja schon Christophe Gilbert, mich abholen. *Salut* Nia!"

Er beugte sich zu ihr hinüber und gab ihr einen schnellen Kuss.

„Ich weiß nicht, wann ich heute wieder komme. Aber nachts bin ich ganz sicher hier. Vielleicht geht sich auch das *dîner* aus. Aber das kann ich nicht versprechen. *Ciao, Chérie!*"

„*Bon jour* Christophe! Danke, dass Sie so schnell gekommen sind. Dann mal los!"

***

Die Fahrt zum kleinen Hafen von Porquerolles war holprig und staubig. Der *policier* hatte auf Drängen Papperins den Jeep gnadenlos über die Schotter- und Sandpisten gejagt. Am Kai lag ein schnittiges weißes Schiff. Die dunkelblaue Aufschrift *Gendarmerie maritime* am Heck wies es als das von Papperin angeforderte Boot aus. Auf der Fahrt hatte Papperin dem *policier* erklärt, dass er vordringlich seine verschwundene Mitarbeiterin suchen wolle. Außerdem hatte er ihn gebeten, sich mit seinem örtlichen Kollegen auf der Insel gründlich umzusehen.

„Ich hoffe es zwar nicht, aber ausschließen kann ich es auch nicht, dass der Killer noch einmal zugeschlagen und jetzt die Richtige erwischt hat. Aber eigentlich glaube ich das nicht, ich hab da so ein undefinierbares Gefühl. Mein Unterbewusstsein sagt mir ... Ich weiß nicht, ob Sie das verstehen, doch bevor wir eine groß angelegte Suchaktion starten mit Helis, Hunden und Hundertschaften von Polizisten, will ich erst in Aix nachforschen. Trotzdem, bitte halten Sie auf der Insel die Augen nach Jeannine offen!"

„Wir werden in jeden Winkel, in jedes Felsenloch schauen, *monsieur le commissaire*! Auch wir mögen Ihre Kollegin. Es wäre furchtbar…"

Er stockte. Nach einer kurzen Pause gab Papperin ihm die Hand.

„*À très bientôt!* Und lassen Sie bitte das *monsieur le commissaire* weg. Ich heiße Jean-Luc Papperin. Für Sie nur Jean-Luc, *d'accord?*"

„*Bonne chance! … Jean-Luc!*", salutierte der Polizist zum Abschied.

***

Die Überfahrt nach Toulon, das Umsteigen in das Polizeifahrzeug und die Autobahnfahrt nach Aix waren völlig problemlos. Trotz des dichten morgendlichen Berufsverkehrs kamen sie zügig voran. Blaulicht und gellende Sirene bahnten ihnen stets freie Gassen, selbst durch den dichtesten Stau. Der Fahrer, ein junger Gendarm, schien große Freude daran zu haben, das Auto mit Vollgas über den Asphalt zu jagen. Während der Fahrt telefonierte Papperin mit seiner Sekretärin. Auch sie hatte nichts Neues zu berichten. Von Jeannine kein Lebenszeichen. Er bat sie, alle Mitarbeiter seiner Abteilung in einer guten Stunde ins Kommissariat zur Lagebesprechung zu rufen. Er selbst wollte vorher noch in Jeannines Wohnung schauen.

Der Streifenwagen hielt vor dem Haus, in dem Jeannine Dalmasso wohnte, in der Nähe des Musée Granet in der rue Cardinale, einer engen Einbahnstraße. Es gab keine Parklücke, nicht einmal eine freie Toreinfahrt, wo das Fahrzeug halten konnte. Papperin stieg aus und forderte den Gendarmen auf, den Block immer wieder zu umrunden, er würde, wenn er in der Wohnung fertig war, auf dem Gehsteig warten, bis der Wagen wieder vorbei komme.

In die Wohnung im zweiten Stock zu gelangen war kein Problem. Papperin wusste von seinen früheren Besuchen – Gott wie lange war das her – dass die Nachbarin einen Schlüssel hatte. Bereitwillig schloss diese ihm auf und drängte sich noch vor ihm hinein. Nur Mit Mühe gelang es Papperin, sie wieder hinaus zu komplimentieren. Vor ihrer eigenen Wohnungstüre drehte sie sich noch einmal um und sagte:

„Ich habe sie schon lange nicht mehr gesehen, Ihre Jeannine. Vorgestern Nacht wollte ich schon fast die Polizei rufen. Da war jemand in ihrer Wohnung, aber nur ganz kurz." Elektrisiert von dieser Nachricht zog Papperin die alte Dame wieder in Jeannines Wohnung.

„Wann war das und warum haben Sie die Polizei nicht gerufen?"

„Am Sonntag, das habe ich doch schon gesagt. Ich hab nicht schlafen können. Da ist die Türe gegangen – die quietscht immer so." Zu diesen Worten bewegte sie die schwere eichene Wohnungstüre hin und her. Es war eher ein Knarren als ein Quietschen, aber ziemlich laut. Papperin zweifelte nicht, dass man es in der Nebenwohnung hören konnte.

„Und weiter?", drängte er die Dame.

„Nun, irgendwann hat Wasser gerauscht und dann hat die Türe wieder gequietscht und dann war alles ruhig."

„Und was haben Sie dann gemacht?"

„Dann bin ich wieder eingeschlafen."

Papperin ging durch die Wohnung. Diele, Wohnzimmer, Küche – er fand alles so vor, wie er es von seinen früheren Besuchen kannte. Ordentlich, sauber und sehr gemütlich. Nur im Schlafzimmer war es anders. Das Bett war zerwühlt. Sollte sie hier geschlafen haben? Und plötzlich wieder fortgegangen sein? Mitten in der Nacht und in Eile? Normalerweise hätte Sie das Bett ordentlich gemacht. Hatte sie eine Spur verfolgt? Aber welche? Außerdem hätte sie sich sicher gemeldet. Einen ganzen Tag zu verschwinden, ohne eine Nachricht zu hinterlassen? Das sah ihr nicht ähnlich. Ratlos öffnete Papperin den Schlafzimmerschrank, zog die Schubladen der alten Renaissancekommode heraus und schob sie wieder hinein. Nichts, absolut nichts, was einen Hinweis auf ihren Verbleib geben konnte.

Plötzlich erklang ein gedämpftes Ding-Dong. Dann wieder: Ding-Dong.

„Das ist ihr Handy", meinte die alte Dame, die immer noch hinter ihm stand.

„Da, aus dem Bett kommt es."

Papperin stürzte zum *grand lit* und suchte unter der zerwühlten Bettdecke das Telefon. Endlich – da war es. Das Ding-Dong erklang jetzt viel lauter. Er drückte auf den „Annehmen"-Button.

„Na endlich Jeannine, wo bist du? Ich versuche dich seit Tagen zu erreichen!"

„Wer spricht dort? Wer sind Sie?", fragte Papperin die ihm unbekannte Frauenstimme.

„Und wer sind Sie? Warum geht Jeannine nicht hin?", antwortete die Stimme mit einer Gegenfrage.

„*Commissaire* Jean-Luc Papperin, *Police judiciaire*! Frau Dalmasso ist nicht hier. Jetzt sagen Sie endlich. Wer Sie sind!"

„Nadine Belbonne, eine Freundin von Jeannine. Ich versuche seit gestern sie zu sprechen, aber sie geht nicht ran. Wissen Sie, wo sie ist? Sie sind ihr Chef, habe ich Recht? Aber wieso haben Sie ihr Handy? Na egal! Wenn Sie sie sehen, sagen Sie ihr, sie soll mich anrufen, ja? *Au revoir!*"

Papperin starrte auf das kleine Telefongerät in seiner Hand. Er drückte auf den Menübutton, kam aber nicht weiter, weil die Tastensperre aktiviert war. Nachdem er sie gelöst hatte, konnte er die Anrufliste aufrufen. Auf dem kleinen Display erschienen Nummern und Namen. Ganz oben stand ‚Nadine'. Das war das Gespräch, das er soeben angenommen hatte. Dann folgten ein paar Nummern von eingegangenen Anrufen. Als nächstes stand dort ‚*maman*'. Der grüne Pfeil zeigte, dass es sich um ein abgegangenes Gespräch gehandelt hatte.

Dann hat sie als letztes mit ihrer Mutter telefoniert. Die wohnt in Brignoles, erinnerte er sich. Er drückte auf die Anruf-Taste und wartete auf das Läuten.

„*Oui?*", meldete sich eine Frauenstimme.

„*Commissaire Jean-Luc Papperin ici, Police judiciaire*. Bin ich mit Frau Dalmasso verbunden."

„*Oui!*", sagte die Stimme wieder.

„Ich suche Jeannine, Ihre Tochter. Sie muss vorgestern Nacht mit Ihnen telefoniert haben. Wissen Sie, wo sie ist?"

„*Oui!*", sagte die Stimme wieder. „Sie ist hier. Sie sind ihr Chef, oder? Kann ich ihr etwas ausrichten?"

Vor Erleichterung kamen Papperin die Tränen. Bitte, geben Sie sie mir, schnell. Ich suche sie seit zwei Tagen und habe schon das Schlimmste befürchtet."

„Das geht jetzt nicht. Sie ist gerade erst aufgewacht und ist im Bad und duscht. Sie hat Entsetzliches mitgemacht. Wissen Sie das nicht?"

„Nein! Holen Sie sie ans Telefon. Bitte. Auch wenn sie unter der Dusche ist und nichts anhat!" Ich weiß ja, wie sie aussieht, hätte er fast noch hinzugefügt.

„Es ist äußerst wichtig, bitte!"

„Na gut! Aber es wird etwas dauern."

Er hörte Schritte, dann ein lautes Klopfen und eine besorgte Stimme:

„Jeanie, Jeanie? Hörst du mich? Es ist Dein Chef, am Telefon. Er will dich dringend sprechen."

Dann wurde das Rauschen lauter, eine Türe klappte. Endlich hörte er die vertraute Stimme:

„Jean-Luc, du? Wie hast du mich gefunden? Ich hab verschlafen. Meine Mutter hat mir Schlaftabletten gegeben. Wo bist Du? Ich komme sofort hin."

„Jeannine, *dieu-merci!* Du lebst. Auf Porquerolles haben sie eine Tote gefunden und alle haben geglaubt, das seist du. Aber was hast du Entsetzliches mitgemacht? Deine Mutter hat so etwas angedeutet."

„Das erzähle ich dir später. Wo bist du? Ich komme!"

„Nein, bleib wo du bist. Ich bin in deiner Wohnung, hab dein Handy dort gefunden. Draußen wartet ein Streifenwagen. Sag mir die Adresse, ich bin schon unterwegs."

Er beendete das Gespräch, bedankte sich bei der alten Dame und bat sie, die Wohnung wieder abzusperren. Dann stürmte er die Treppen hinunter. Auf den alten klapperigen

Aufzug zu warten, der sich durch den vergitterten Liftschacht zwischen den Treppen ächzend nach oben bewegte, hatte er jetzt keine Zeit und keine Nerven.

Auf der Straße vor dem Haus stand der Streifenwagen mit rotierendem Blaulicht. Da in der engen Gasse ein Vorbeikommen nicht möglich war, hatte sich hinter ihm eine schier endlos lange Autoschlange gestaut. Der Gendarm war offensichtlich die ganze Zeit mit seinem Fahrzeug mitten auf der Straße stehen geblieben und hatte auf ihn gewartet. Keiner schien sich darüber groß aufzuregen, niemand hupte. Alle warteten geduldig.

C'est la Provence, dachte er. Südländische Gelassenheit, keine Eile und Hast. Wie war er froh, Paris und die Hektik und Rastlosigkeit der Metropole hinter sich gelassen zu haben.

***

Die gut sechzig Kilometer schafften sie in weniger als einer halben Stunde. Auf der Fahrt über die A8 nach Brignoles führte Papperin mehrere Telefonate: Mit Monique, die er bat, die Besprechung um eine Stunde zu verschieben, mit Nia, um ihr zu sagen, dass er Jeannine lebend und gesund gefunden habe, mit Christophe, dem *policier* auf Porquerolles, dem er das Gleiche berichtete. Zuletzt benachrichtigte er noch seinen obersten Chef, den *Directeur général de la Police nationale de France*, dass Jeannine wohlauf sei. Das war unerlässlich, denn schließlich hatte er dessen Konferenz in Paris vorzeitig verlassen, mit der Begründung, dass seine Mitarbeiterin ermordet worden sei. Dessen ungehaltene Feststellung, es gehe nicht an, dass er, Papperin, ihr unentschuldigtes Fernbleiben vom Dienst einfach so dulde, noch dazu in einem so wichtigen Fall, machte Papperin vorübergehend sprachlos.

„Erfreulich, dass die Wasserleiche nicht ihre Brigadierin war, sondern jemand anderes. Trotzdem, einen ganzen Tag lang zu verschwinden! Und das, ohne eine Nachricht zu hinterlassen. *Monsieur* Papperin, da müssen Sie etwas dagegen unternehmen!"

„*Monsieur le Directeur général*! Nichts werde ich tun, vor allem keine disziplinarrechtlichen Schritte gegen sie einleiten, wie Sie das gerade angedeutet haben. Soweit ich bis jetzt weiß, ist sie in einer höchst gefährlichen dienstlichen Mission unterwegs gewesen – in Zusammenhang mit meinem Ermittlungsauftrag. Sobald ich Näheres weiß, erstatte ich Bericht. Sie können von Paris aus überhaupt nicht beurteilen, was hier los ist!"

„Jetzt gehen Sie doch nicht gleich in die Luft, Papperin!", beschwichtigte sein Gesprächspartner.

„Verständlich, dass Sie ihre ... ihre ..."

Er schien nach einem passenden Wort für Geliebte zu suchen. Sollten die in Paris Bescheid wissen, fragte sich Papperin?

„...Ihre Kollegin in Schutz nehmen." Der Polizeichef hatte sich nach kurzem Zögern für dieses neutrale Wort entschieden. Da Papperin nichts sagte, fuhr er fort:

„Jetzt tun Sie nicht so überrascht! Selbstverständlich wissen wir über alles Bescheid, was in unseren Kommissariaten vor sich geht. Nur weil Sie beide als Ermittlerpaar so herausragende Erfolge erzielen, haben wir davon abgesehen, *brigadier* Dalmasso aus Aix abzuziehen und sie in eine andere Stadt zu versetzen. Also, machen Sie weiter und bringen Sie so schnell wie möglich Ergebnisse. Der Innenminister ist höchst beunruhigt. *Au revoir, monsieur Papperin!*"

***

Jeannine aus der Obhut ihrer besorgten Mutter loszueisen kostete einige Überzeugungskraft. Auf der Rückfahrt nach Aix – sie fuhren in Jeannines Citroën, den Gendarmen hatte Papperin mit dem Streifenwagen nach Toulon zurückgeschickt – erfuhr Papperin von Jeannines nächtlichem Horrorerlebnis in Marseille.

„Bei mir zuhause hat mich das weiter verfolgt und am Schlafen gehindert. Da bin ich zu meiner *maman* gefahren. Du warst ja in Paris! Die hat mich so mit Beruhigungs- und Schlafmitteln vollgepumpt, dass ich bis heute früh geschlafen habe. Aber jetzt bin ich wieder fit! Auf ins Büro – und dann auf die Insel, oder?"

Die Lagebesprechung im Kommissariat in Aix begann sehr emotional. Jeannine war gerührt von der Erleichterung, die ihr Erscheinen bei den Kollegen auslöste. Sie wurde von allen herzlich umarmt, so manche Träne wurde heimlich aus den Augenwinkeln gewischt. Die Konferenz selbst dauerte nicht lange. Man vereinbarte, dass Papperin, sein *lieutenant* Claude Lavalle, *brigadier* François Legrand, der Computerspezialist Guy-deux und natürlich Jeannine mit Papperin auf die Insel zurück fuhren. Die restlichen Mitarbeiter sollten die alten Fälle weiter bearbeiten, mit denen das Kommissariat schon vor dem Inselfall befasst war.

***

Papperin und sein Team setzten mit dem regulären Fährschiff auf die Insel über. Dem am Kai auf sie wartenden Dorfpolizisten Christophe Gilbert kamen Tränen in die Augen, als er Jeannine erblickte. Er umarmte sie so herzlich, dass Papperin fast eifersüchtig wurde. Sie fuhren im Dienstjeep der Ortspolizei zu dem *chambre d'hôtes*, in dem Jeannine schon einquartiert war. Drei weitere Zimmer hatten sie noch von Aix aus telefonisch für *lieutenant* Lavalle, *brigadier* Legrand und Guy-deux reserviert.

„Ich schlage vor, Sie beziehen erst einmal in Ruhe ihre Zimmer und gehen dann kurz Mittagessen. Die Essenszeit ist zwar längst vorbei, aber es gibt ein paar Bistrots am Hafen, wo man immer etwas Warmes bekommt – *steak frites, moules frites, andouillettes, chèvre chaud* oder was ähnliches. Wir treffen uns dann in einer Stunde, sagen wir lieber in eineinhalb Stunden, in der Polizeistation. Ich will kurz in mein Hotel und dort nach dem Rechten sehen."

Er wandte sich an den *policier*:

„Christophe, könnten Sie mich bitte hin fahren?"

„Gerne! Ich hole Sie auch wieder ab."

„Perfekt! *Merci*!"

Eigentlich hätte Papperin zusammen mit seinen Mitarbeitern essen gehen sollen. Andererseits wollte er sich um

Nia kümmern, die er so früh am Morgen verlassen musste. Er war jetzt zwar nicht mehr im Urlaub, trotzdem sollte sie ihre Ferien weiter genießen – und das soweit wie irgend möglich gemeinsam mit ihm. Er war sich bewusst, dass diese Momente der Zweisamkeit in der nächsten Zeit höchst selten sein würden.

***

Er fand Nia in einer Hollywoodschaukel unter einer der Schirmpinien in der Parkanlage des Hotels. Neben ihr saß Olivier. Vor ihnen, auf einem kleinen Klapptisch aus Teakholz, standen zwei Weingläser, ein *brique à vin*, ein tönerner Weinkühler, mit einer Flasche Rosé darin, sowie drei Schälchen mit schwarzen Oliven, *tapenade* und *anchoiade*. In einem Strohkörbchen lagen goldbraun getoastete Baguettescheiben in eine weiße Serviette gehüllt.

„*Salut*, ihr beiden! Ihr lasst es euch gut gehen, während ich armer Beamter mich zu Tode schuften muss. Rückt ein wenig zur Seite!"

Er setzte sich auf den freigemachten Platz neben Nia. Olivier erbot sich, ein weiteres Glas aus der Bar zu holen. Als sie alleine waren, schaute Nia ihren Freund sorgenvoll an.

„*Chéri*, du siehst erschöpft aus."

„Küss mich, dann geht es mir gleich besser!"

Nachdem sie sich voneinander gelöst hatten, musste Papperin berichten, was er alles erlebt hatte.

„Jeannine war also nicht die Tote. Wer ist es dann?"

„Das müssen wir jetzt rausfinden, noch wissen wir nur, dass die beiden sich zum Verwechseln ähnlich sehen."

„Aber wo war Jeannine? Ihr habt sie doch gesucht, in Aix und hier auf Porquerolles. Die beiden *policiers* aus dem Dorf haben auf der ganze Insel nach ihr gesucht und uns fast verrückt gemacht vor lauter Fragen. Jetzt erzähl schon! Ich weiß nur, dass du sie gefunden hast, aber nichts Genaueres."

Olivier kam mit einem dritten Weinglas und ein paar Snacks zurück.

„Du hast sicher Hunger!"

Er stellte alles vor Papperin hin: eine Minipizza, eine kleine Quiche und zwei Blätterteigröllchen, die je eine *merguez*, eine dieser kleinen, scharf gewürzten Bratwürste umhüllten.

„Und jetzt wollen wir hören, was du so getrieben hast, den ganzen Tag über, weshalb du Nia allein gelassen hast. Wenn ich nicht gewesen wäre, hätte sie sich wahrscheinlich tödlich gelangweilt. Also: Deine Mitarbeiterin wurde nicht ermordet. Das wissen wir schon. Aber was war sonst noch los? Wie hast du sie gefunden?"

Papperin trank zuallererst einige kräftige Schlucke von dem herrlich kalten Rosé, während er überlegte, was er alles sagen durfte, ohne Dienstgeheimnisse zu verraten.

Egal, dachte er. Nia hat ein Recht, alles zu erfahren. Erstens, weil es um Jeannine geht und zweitens, weil ich sie allein gelassen habe. Also berichtete er ausführlich von der Suche nach seiner Mitarbeiterin und schilderte dann ihre Erlebnisse in Marseille.

„Das war dann schon der zweite Mordversuch an ihr", unterbrach Nia seinen Bericht. „Wer wohl was gegen sie hat, dass er so hartnäckig hinter ihr her ist?"

„Du glaubst also, der Mord an der Frau hier auf der Insel hat Jeannine gegolten? Das denke ich auch. Allerdings wissen wir noch nicht, wer die Tote ist. Das in Marseille hat mit ihrem Fall aber nichts zu tun. Da ging es um etwas anderes. Das waren einfache Straßendealer, die sich in der Wohnung mit ihrem Lieferanten getroffen haben. Marseiller Kleinkriminelle!"

Angesichts der kleinen Köstlichkeiten, die Olivier aus der Bar mitgebracht hatte, wurde es Papperin erst bewusst, dass er bisher so gut wie nichts gegessen hatte – von dem einen Croissant zum eiligen Frühstück um sechs Uhr abgesehen. Mit Heißhunger verschlang er deshalb die vor ihm stehenden Snacks. Ein Blick auf die Armbanduhr ließ ihn erschrecken.

„*Mon dieu*! Schon so spät. Seit einer halben Stunde warten meine Mitarbeiter in der Polizeistation auf mich."

„Du meinst die beiden Dorfpolizisten? Lass sie doch warten!"

„Nein Nia, ich habe mein halbes Kommissariat mitgebracht. *Lieutenant* Lavalle, *brigadier* Legrand, Guy-deux und natürlich Jeannine. Wir müssen rausfinden, wer die Tote ist. Wir wissen auch noch nicht, wo sie ermordet wurde, geschweige denn von wem. Bislang ist auch noch nicht bewiesen, dass dieser Mord mit unserem Fall zusammenhängt. Es gibt also genug zu tun."

Nia schaute ihn nachdenklich an.

„Hast du gar keine Angst, dass Jeannine etwas passieren könnte, hier auf der Insel. Wenn der Mordanschlag tatsächlich ihr gegolten hat, dann ist sie in Gefahr. Der Täter könnte es wieder versuchen. Schick sie lieber zurück, dann ist sie aus der Schusslinie."

Und außerdem mag ich nicht, dass sie bei dir ist und eng mit dir zusammenarbeitet, dachte sie nicht ganz uneigennützig.

„Das wird sie nicht wollen."

„Dann befiehl es ihr doch, schließlich bist du der Chef."

„Ach Nia, du weißt doch, wie ich meine Abteilung führe. Wir sind ein Team, kooperativ, gleichberechtigt. Nicht ein Haufen Befehlsempfänger mit einem Diktator als Chef. Aber du hast Recht, wir müssen auf sie aufpassen."

Ihr Freund Olivier Desjaques hatte dem Dialog erstaunt zugehört. Jetzt ergriff er Nias Partei:

„Wenn wirklich etwas dran ist an Nias Befürchtung, dann ist sie tatsächlich in Gefahr, deine Mitarbeiterin meine ich. Da trägst du verdammt viel Verantwortung, wenn du sie hier lässt. Also wenn ich du wäre, ich würde das Risiko nicht eingehen. Du hast doch noch andere Mitarbeiter, die du stattdessen her beordern kannst, oder?"

Papperin wollte gerade antworten, dass man auch in Aix einen Anschlag auf sie verüben könne, und sie auch dort nicht sicher wäre. Noch ehe er diese Gedanken laut aussprechen konnte, wurde er gerufen.

„*Commissaire* Papperin, Jean-Luc! Entschuldigen Sie, ich habe mich verspätet."

Christophe, sein Chauffeur, kam durch die Bar und über die Terrasse auf die Gruppe der drei zugelaufen. Etwas außer Atem entschuldigte er sich nochmals:

„Excusez moi! Aber wir haben nicht auf die Uhr geschaut und das *déjeuner* war so gut, und wir haben deswegen nicht gemerkt, dass ich Sie längst hätte abholen sollen."

Papperin klopfte ihm beruhigend auf die Schulter und meinte, dass er auch gerade erst fertig gegessen habe.

„Also gut, dann fahren wir."

Zu Nia gewandt meinte er mit entschuldigender Geste:

„Désolé, aber ich muss wieder weg, *ma chérie."*

Zu Olivier sagte er: „Lieb von dir, dass du dich um Nia kümmerst. Ich weiß nicht, ob ich zum *dîner* wieder zurück sein kann. Wenn ja, dann essen wir zusammen!"

Er küsste Nia auf die Stirn, gab Olivier die Hand und eilte hinter Christophe her, der schon zum Auto vorausgegangen war

***

In der kleinen Polizeistation schien ein Orkan zu wüten. Papperin und Christophe hörten schon im Vorraum lautes Schreien aus der Wachstube.

„Halten Sie Ihren Mund! Sie haben hier gar nichts zu sagen. Ich bin der Kommissar und leite die Ermittlungen. Was Ihr Chef gesagt oder gemacht hat, interessiert mich nicht. Kapiert?"

Eine leise Stimme antwortete. Draußen konnte man nicht verstehen, was sie sagte. Papperin nahm an, das war sein *lieutenant.*

„Sie sollen von hier verschwinden und meine Arbeit nicht stören", brüllte es zurück. „Fahren Sie sofort zum Hotel und holen Sie die Gefangene wieder her. Sie weigern sich? ... Wie reden Sie mit mir als ihrem Vorgesetzten? Ich hänge Ihnen eine Disziplinarstrafe an, da können Sie sich drauf verlassen."

Papperin, der bis jetzt interessiert zugehört hatte, entschloss sich, nun einzugreifen. Er musste verhindern, dass sich einer seiner Mitarbeiter zu Äußerungen hinreißen ließ, die mit dem Dienstrecht nicht vereinbar waren. Er stieß die Türe auf und blickte sich mit strenger Miene im Raum um. Seine drei Mitarbeiter und der zweite Dorfpolizist standen hinter dem Tresen, der den Raum in zwei Hälften teilte. Sie schauten erleichtert auf, als sie ihren Chef im Türrahmen erkannten.

„Ich lasse Sie in den Streifendienst zurückversetzen wegen Insubordination einem Vorgesetzten gegenüber und wegen Befehlsverweigerung", bellte *commissaire* Bardineux, mit dem Rücken zu den Eintretenden stehend. Dabei schlug er mit der Faust mehrmals auf die Theke, die ihn von den Beschimpften trennte.

„Das werden sie schön bleiben lassen!" Papperin nutzte eine Pause, die sein wütender Kollege zum Luftholen brauchte.

„Sie haben meinen Mitarbeitern keine Befehle zu erteilen!"

Bardineux wandte sich um und funkelte Papperin zornig an.

„Sie hier? Dann kann ich Ihnen selbst sagen, was Ihre Leute schon zu hören bekommen haben. Verschwinden Sie und ihre *équipe* von hier. Zurück nach Aix! Ich bin für Porquerolles zuständig und leite hier die Ermittlungen."

Er machte eine deutliche Handbewegung zur Türe hin. Als Papperin sich nicht rührte, sondern sein Gegenüber nur ernst anschaute – Jeannine glaubte, ein leicht belustigtes Funkeln in seinen Augen entdeckt zu haben, trat Bardineux zwei Schritte auf Papperin zu und zischte mit kämpferisch vorgeschobenem Unterkiefer:

„Was fällt Ihnen überhaupt ein, meine Gefangene frei zu setzen. Das lasse ich mir nicht bieten. Sie ... Sie ... werden die Folgen zu spüren bekommen!"

„Nichts werde ich! Und bevor sie auch noch handgreiflich werden, darf ich Sie davon in Kenntnis setzen, dass ich seit gestern den Oberbefehl über alle Vorgänge auf der Insel hier übertragen bekommen habe – vom *Directeur général* in Paris persönlich."

„Das glaube wer will, ich nicht. Sie wollen doch nur Ihrer Schickse imponieren, mit der Sie hier Bumsurlaub machen. Nur deswegen haben Sie sich gestern so aufgespielt und sie aus der Zelle geholt. Aber nicht mit mir, das sage ich Ihnen: Nicht mit mir!"

Wortlos ging Papperin an dem anderen vorbei, hob die Klappe des Tresens, trat hindurch, schloss sie wieder und wandte sich zu dem Telefonapparat, der auf einem der beiden Schreibtische stand. Er nahm den Hörer und wählte.

„*Commissaire* Papperin am Apparat. Bitte verbinden Sie mich mit dem *Directeur général*! Danke, ich warte."

Nach einer Weile, in der alle stumm auf den Telefonierenden geschaut hatten, sagte dieser, nachdem die üblichen Begrüßungsworte ausgetauscht waren:

„Monsieur le *directeur*, bitte klären Sie *commissaire* Bardineux auf, was gestern auf der Konferenz beschlossen wurde. *Monsieur* Bardineux hat offensichtlich Ihren Runderlass zu den neuen Befehlsstrukturen im Inselfall noch nicht gelesen. Ich übergebe ihm jetzt den Hörer."

Was dann geschah, überraschte alle aufs Äußerste.

„Sehr wohl, *monsieur le directeur ... bien sûr, monsieur le directeur*. Aber selbstverständlich. ... Nein, *monsieur le directeur*, ich werde ihm alles ... Ganz, wie Sie befehlen! ... *Au revoir monsieur le directeur!*"

Mit versteinertem Gesichtsausdruck legte er den Hörer auf und wandte sich zu Papperin.

„Fein haben Sie das gedeichselt. Ihre ... Ihre...", er zögerte, suchte nach einem passenden Wort. „... Ihren Betthasen vor dem Gefängnis bewahrt. Auch wenn Sie vorübergehend das Sagen haben: Ich werde die Wahrheit ans Licht bringen ... und Ihre ‚Dame' hinter Gitter. Darauf können Sie sich verlassen."

„Haben Sie sich jetzt ausgetobt? Dann gehen Sie bitte! Verlassen Sie die Polizeistation, am besten gleich die ganze Insel, und behindern Sie uns nicht länger bei der Arbeit."

Mit einer ironisch-höflichen Geste hielt Papperin die Türe auf, machte eine leichte Verbeugung und deutete mit einer Bewegung der anderen Hand die Richtung an, in die sich *commissaire* Bardineux bewegen möge.

„So, und jetzt an die Arbeit! Als erstes müssen wir wissen, wer die Ermordete ist, ob sie nur für einen Tagesausflug auf die Insel gekommen ist, oder für längere Zeit hier war. Hatte sie irgendetwas bei sich, anhand dessen man sie identifizieren kann?"

Fragend schaute er die beiden Dorfpolizisten an, die den Weg der Leiche von Anfang an mitgemacht hatten – von der Anlandung im Hafen bis zur Überstellung in die Gerichtsmedizin. Als Antwort kam nur ein doppeltes Kopfschütteln.

„Nein, nichts! Keine Papiere, keinen Schmuck oder auffällige Kleidungsstücke."

„Fingerabdrücke? Hat das etwas ergeben?"

„Das wissen wir nicht, das hat Ihr Kollege, *commissaire* Bardineux veranlasst. In seinem Kommissariat sollten sie wissen, ob schon Ergebnisse vorliegen."

„Der wird jetzt den Teufel tun und uns irgendwelche Unterstützung geben. Aber vielleicht seine Mitarbeiter. Dieser Pulgerini war doch nicht gut auf seinen Chef zu sprechen. Hat jemand seine Handynummer?"

Jeannine nickte und bekam den Auftrag, Kontakt mit *brigadier* Antonio Pulgerini aufzunehmen. Sie verließ den Raum, um in Ruhe telefonieren zu können. Falls das nichts ergab, musste man eben alle Hotels, Pensionen und Privatvermieter auf der Insel befragen und erforderlichenfalls die Medien in die Suche einbeziehen – einen Aufruf in Zeitungen und Fernsehen lancieren, mit einer Beschreibung der Toten und einem Foto vom Gesicht der Leiche. Bereits nach kurzer Zeit kam Jeannine mit gesenktem Daumen zurück. Ihr Kollege Pulgerini habe den Abgleich beantragt und eine negative Antwort erhalten. In der nationalen Fingerabdruckdatei hatte sich kein zu den Abdrücken der Toten passendes Gegenstück gefunden.

„Nun, dann bleibt uns nichts anderes übrig, wir müssen mit der Befragungsaktion anfangen – auch wenn es sehr umständlich ist", meinte Papperin mit Bedauern in der Stimme.

„Das mit den Prints hätte uns viel Arbeit erspart. Christophe, Sie und Ihr Kollege kennen sich hier am besten aus. Teilen Sie meine Mitarbeiter ein, und hängen Sie sich dann alle ans Telefon. Fragen Sie, ob eine Frau ein Zimmer gebucht oder gemietet hat, es aber seit Sonntag leer stehen ließ. Christophe und ich, wir werden dann mit einem Foto der Frau zu den betreffenden Häusern fahren und klären, ob es sich bei den abgängigen Gästen um unsere Tote handelt. Das sollten wir heute Abend noch hinbekommen. Wenn das auch nichts bringt, dann werden wir morgen die Medienkampagne starten."

In der folgenden Stunde ging es zu wie im Call-Center eines Versandhauses. Nummer über Nummer wurde gewählt, immer dieselben Fragen wurden gestellt, die Antworten notiert. Zweimal mussten Papperin und Christophe Gilbert los, nur um festzustellen, dass es sich bei der fraglichen Person nicht um die Tote handelte. Ein Anruf schließlich führte zum Erfolg. Als Papperin und der Dorfpolizist der Empfangsdame des betroffenen Hotels das Foto vorlegten, nickte diese.

„Ja, das ist unser Gast Martine Dupré. Sie hat ein Zimmer im Altbau gebucht, bis einschließlich kommenden Sonntag. Die Zimmermädchen sagten, dass sie seit Samstag ihr Zimmer nicht mehr benutzt hat. Da sie uns bei der Buchung ihre Mastercard-Daten gegeben hatte, haben wir uns keine weiteren Sorgen gemacht. Es kommt öfters vor, dass Gäste ihren Urlaub für ein paar Tage unterbrechen. Die meisten gehen nach Monte Carlo ins Casino. Ich muss das gleich unserem Chef melden, dann können wir das Zimmer weitervergeben. Die Nachfrage nach Zimmern ist nach wie vor riesengroß. Obwohl schon September ist."

„Moment, Moment! Nicht so schnell! Zunächst brauchen wir weitere Informationen zu der Toten – zu Ihrem Gast. Und dann müssen wir das Zimmer sehen. Wir versiegeln es, und das muss solange bleiben, bis die Spurensicherung damit fertig ist."

Die beiden Beamten erfuhren, dass es sich bei der Toten um eine Immobilienmaklerin aus Lyon handelte. Sie war offensichtlich single, da sie ein Einzelzimmer gebucht hatte. Die für den Altbau zuständige Hausdame wurde auf Papperins Wunsch gerufen. Sie hatte sich öfters mit dem Gast unterhalten und konnte den Beamten berichten, dass Frau Dupré vor kurzem einen Großauftrag erfolgreich abgeschlossen und sich von ihrem Superhonorar einen Luxusurlaub auf Porquerolles geleistet hatte.

***

Nias und Oliviers Bemerkung, dass Jeannine in Gefahr wäre, ging Papperin nicht aus dem Kopf. Anfangs war er davon überzeugt gewesen und froh, dass der Anschlag auf Jeannines Doppelgängerin – wie er die Tote bei sich nannte – nichts mit seinem Fall und den Recherchen seiner Mitarbeiterin zu tun hatte. Dann waren ihm immer mehr Zweifel an dieser so bequemen Lösung gekommen. Bestünde nämlich kein Zusammenhang zwischen dem Mord und seinem Drogen- und Mafiafall, dann hätte er die Ermittlungen in dem Wasserleichenfall ruhig bei seinem unsympathischen Kollegen Bardineux belassen können, und hätte seine auch ohnedies schon mehr als schwierige Mission nicht damit zu belasten brauchen. Denn wenn er ehrlich zu sich war, dann musste er sich eingestehen, den Mord an Martine Dupré nur deshalb an sich gezogen zu haben, weil Nia darin verwickelt war. Oder besser: Weil sein Kommissarkollege der Überzeugung war, Nia wäre die Täterin, und sie hätte den Mord nur begangen, um eine Rivalin im Kampf um ihn, Papperin, zu beseitigen. Das aber hielt er für absoluten Unsinn. Wenn aber diese abstruse Nebenbuhlerinnentheorie nicht das Mordmotiv war, sondern etwas anderes? Wenn Jeannine tatsächlich auf eine heiße Spur gestoßen war, und sich irgendjemand dadurch bedroht fühlte? Dann hatte der Mordanschlag seiner Mitarbeiterin gegolten und nicht dieser fremden, unbeteiligten Maklerin, der nur ihre Ähnlichkeit mit Jeannine zum Verhängnis geworden war.

„Zu allererst müssen wir klären, ob es ein belastbares Motiv für den Mord an Martine Dupré gibt", fasste Papperin seine Überlegungen in Worte.

„Falls wir da nichts finden, müssen wir davon ausgehen, dass der Anschlag dir gegolten hat", dabei blickte er Jeannine an.

„Das hieße dann aber auch", setzte *lieutenant* Lavalle die Überlegungen seines Chefs fort, „dass du bei deinen Ermittlungen auf irgendetwas gestoßen bist, das jemandem gefährlich wird. So gefährlich, dass er vor einem Polizistenmord nicht zurückschreckt."

Schlagartig wurde allen klar, was das bedeutete: Jeannine wäre in höchster Gefahr, falls diese Hypothese zutraf.

Papperin fasste einen Entschluss:

„Jeannine, du verschwindest hier von der Insel bis das geklärt ist. Claude, Sie und Jeannine recherchieren, ob es Motive für den Mord an der Maklerin gibt, und wer ein Interesse an ihrem Tod haben könnte. Ihren Bekanntenkreis, ihr berufliches und privates Umfeld, da gibt es eine Menge zu tun. Dazu müssen Sie nach Lyon. Heute noch, denn Jeannine muss so schnell wie möglich aus der Schusslinie gebracht werden."

Er erschrak über seine Worte, als ihm klar wurde, dass die Metapher in diesem Fall wörtlich zu verstehen war.

„Am besten fliegt ihr dorthin. Vom *aéroport* Toulon-Hyères. Monique soll die e-Tickets buchen."

In Gedanken sah er die einzelnen Fahrtetappen vor sich: Mit der Fähre nach La Tour Fondue, mit dem Auto zum Flughafen, warten auf einen Flieger."

„Gibt es heute überhaupt noch einen Direktflug?"

Bei seinen Mitarbeitern löste diese Frage eifriges Wischen auf ihren Smartphones aus.

„*Non, Chef!* Alles über Paris, dauert mindestens vier Stunden."

„Das muss schneller gehen. Ihr sollt ja heute noch dort anfangen! Ich besorge einen Hubschrauber."

Ein klein wenig zweifelte Papperin, ob seine Sonderbefugnisse ausreichen würden, so kurzfristig und unter Umgehung des üblichen langdauernden Dienstweges einen Hubschrauberflug genehmigt zu bekommen. Noch dazu über eine so große Distanz. Mit dem Auto waren das gut vierhundert Kilometer. Er wählte die Nummer seiner Sekretärin, schilderte ihr die Lage und beauftragte sie, den Helikopterflug zu organisieren.

Währenddessen ging die Lagebesprechung in der kleinen Polizeistation weiter. Die Spurensicherung wurde für den nächsten Tag angefordert. Sie sollte das Zimmer der Toten gründlich durchkämmen.

„Guy, Sie lassen sich von Jeannine genau erklären, was sie hier auf der Insel recherchiert hat, und machen da weiter, wo sie aufgehört hat. Jetzt gleich, bitte, weil sie dann ja weg ist. So, das wäre wohl alles für heute."

Das Telefon läutete. Monique berichtete, dass der Hubschrauber in einer guten Stunde auf die Insel kommen würde, zum Landeplatz des Hotel *L'Étoile de l'Île*.

„Christophe, bitte bringen Sie Jeannine zum Helikopter, wenn sie mit Guy hier fertig ist. Ich werde jetzt zurück in mein Hotel gehen. Mit Nia dinieren.

„Soll ich Sie hinfahren?"

„*Non, merci!* Ich glaube, eine halbe Stunde strammer Fußmarsch tut mir jetzt ganz gut. Also dann, bis morgen – um acht Uhr hier in der Polizeistation. *Au revoir!*"

***

Natürlich erreichte Papperin das Hotel viel zu spät, um noch in den Genuss des ganzen Gourmetmenüs zu kommen. Die Teller des Hauptganges waren bereits abgeräumt, als er sich an den runden Tisch am Ende der Restaurantterrasse zu Nia und Olivier setzte. Trotzdem bekam er nachträglich wenigstens noch den Fischgang serviert.

„*Duo des filets de loup de mer et de la baudroie, avec des coquilles Saint Jaques poêlées, dans une sauce de Champagne*", murmelte der Kellner, als er den rechteckigen, wellenförmigen Teller vor Papperin stellte. Während dieser die köstlichen Fischfilets und die kurz angebratenen und einen sanften Knoblauchhauch verströmenden Jakobsmuscheln genoss, berichtete er von den Ereignissen in der Polizeistation und dass er Nias und Oliviers Rat befolgt und Jeannine aufs Festland geschickt habe.

„Sie fliegt heute noch zurück – wird mit dem Helikopter abgeholt, hier auf dem Hotellandeplatz. Nia, ich muss dich vorwarnen. Es ist nicht auszuschließen, dass sie uns hier sitzen sieht und sich noch kurz zu uns gesellen wird, wenn Sie auf dem Weg zum Heli hier vorbeikommt."

„Soll ich deswegen weglaufen? Dann soll sie halt kommen. Ich gehe ihr nicht an die Gurgel, auch wenn dein dämlicher Kollege das glaubt."

Papperins Gedeck wurde abgetragen und der Boy mit dem Käsewagen rollte auf ihren Tisch zu.

„Ich glaube, ich verzichte heute auf die Desserts." Olivier klopfte mit der Hand auf seinen Bauch. „Ich habe schon zu viel gegessen. Muss aufpassen, dass ich hier nicht völlig außer Form komme und aus den Nähten platze. Nia, jetzt brauchst du meine Gesellschaft nicht mehr, Jean-Luc ist ja wieder hier. Außerdem muss ich mich endlich meinen Geschäften widmen, nachdem wir den ganzen Tag miteinander verbracht haben. Entschuldige, Nia, das war nicht so unhöflich gemeint, wie es wohl geklungen hat. Auf höchst angenehme Art verbracht haben, wollte ich sagen. Dafür danke ich dir. Aber jetzt will ich noch einige wichtige Telefonate erledigen, bevor es zu spät dazu ist. Entschuldigt mich bitte!"

Er erhob sich, nahm Nias Hand, beugte sich darüber und hauchte einen Kuss auf ihren Handrücken.

„*Bonne nuit*, Nia! Es war ein wunderschöner Tag. *Salut* Jean-Luc!" Er nickte seinem Freund zu und ging zum Hoteleingang. Als sie allein waren, erzählte Nia, was sie alles mit Olivier unternommen hatte.

„Er ist ein sehr netter, anregender und unterhaltsamer Gesellschafter", gestand sie Papperin. „Mir ist keine Sekunde langweilig gewesen."

Eigentlich fand dieser das gar nicht so toll. Ein klein wenig, so hatte er gehofft, würde sie ihn vermisst haben. Aber gut, er war selbst Schuld, beziehungsweise sein

Dienst. Bei angenehmem Geplauder verzehrten die beiden zunächst die erlesenen Käsedelikatessen, begleitet von einem Glas *cru classé* aus dem Château Roubine, einem berühmten Weingut in der Nähe von Draguignan. Dann folgten die Dessertkreationen des Küchenchefs. Bis schließlich zwei kleine *cafés,* ein Grand Marnier für Nia und ein Calvados für Jean-Luc den kulinarischen Abschluss bildeten.

„Hallo Jean-Luc!"

Eine helle Stimme klang fröhlich über die Restaurantterrasse. Viele Köpfe wandten sich zur Ruferin um. Eine junge Frau in weißen Jeans und einer schrill-grünen Designerbluse, die sich eng um ihre makellose Figur schmiegte, zwängte sich zwischen den Restauranttischen hindurch. In ihrem Schlepptau folgte ein großer, schwergewichtiger Mann mit roten Haaren, der zwei kleine Handköfferchen trug.

„Jeannine und Claude! Kurz vor dem Abflug? Der Hubschrauber ist noch gar nicht da. Wollt ihr etwas trinken?"

Ohne auf die Antwort zu warten, hatte Papperin einen Kellner herbeigewinkt.

Mein Gott ist die elegant, kein Wunder, dass die ihm gefällt, dachte Nia, die genauso wie die meist älteren Männer auf der Terrasse die auffallend schöne Frau abschätzend musterte. Auf den fragenden Blick des Kellners sagte der Leutnant:

„*Une bière, s'il vous plaît!*"

„*Et pour moi un café!*" ergänzte Jeannine.

Die Blicke der meisten männlichen Hotelgäste hatten sich wieder ihren eigenen Tischpartnerinnen zugewandt. Die Getränke wurden gebracht, und man prostete sich zu. Schließlich meinte Nia:

„Es ist sehr vernünftig von Jean-Luc, dass er Sie von hier wegschickt. Falls der Anschlag Ihnen gegolten hat, würden Sie hier auf der Insel in ständiger Lebensgefahr schweben. Ich an Ihrer Stelle hätte fürchterliche Angst."

Nach ein paar Minuten mit Smalltalk wandte sich Papperin an Jeannine:

„Hast du Guy jetzt informiert? Weiß er alles, was du bisher recherchiert hast, und kann er hier nahtlos weiter machen?"

Jeannine nickte.

„Ja, schon. Ich habe die Hotels und die *chambres d'hôtes* alle durch. Jetzt kommen die Vermieter von Ferienwohnungen und der Campingplatz dran. Aber ich glaube nicht, dass das viel bringen wird. Wir haben zu wenig von diesem Berthau, nur eine vage Beschreibung und ein grottenschlechtes Foto."

Dann berichtete sie nochmals, was sie bereits ihrem Kollegen Guy Malmotte in der Polizeistation gesagt hatte. Papperin hakte nach:

„Und ihr habt überhaupt nichts herausbekommen, was uns zu diesem Berthau führen könnte? Die Aussage seiner Mutter?"

„Das hat schon etwas gebracht: Seine Fingerabdrücke!"

„Und sein Arbeitgeber, den hast du doch auch interviewt. Das war ein Araber, oder?"

„*Non, non*, das war schon ein Franzose. Er hatte nur so einen ausländisch klingenden Namen: Massoud. Das klingt zwar so, er ist aber kein Araber."

„Und der konnte dir auch nicht weiterhelfen?"

„Nein, er zeigte sich zwar sehr hilfsbereit, hat uns aber keinen Deut weitergebracht. Irgendwie fand ich das in dem Unternehmen merkwürdig. Unser Berthau, alias Haubert, ist dort als LKW-Fahrer beschäftigt. Die Angestellten – zumindest die, mit denen ich gesprochen habe - kennen ihn aber nicht, weil er sehr selten, und dann nur abends nach Feierabend auf das Firmengelände kommt. Ein tolles Unternehmen übrigens, ein moderner Glaspalast, super moderne Designermöbel, überall Klimaanlage. Nur der Chef ist ein bisschen komisch. Sehr höflich, perfekt gekleidet, schwerreich. Aber etwas nervös. Der hat sich dauernd mit dem kleinen Finger an der Nase gekratzt."

„Na ja, vielleicht hat Guy morgen doch noch Erfolg bei seinen Umfragen. Wie sieht es mit den anderen Fällen aus, die ihr im Kommissariat gerade bearbeitet?", wandte sich

Papperin an seinen *lieutenant* Lavalle. Nun fingen die drei Polizeibeamten an, über Abteilungsinterna zu sprechen. Nia, die bis dahin aufmerksam zugehört hatte, interessierte das nicht mehr. Sie beobachtete jetzt lieber das Treiben auf der Terrasse und die anderen Restaurantgäste. Teilweise widmeten sich diese ihrem Digestif oder ihrem Schlummertrunk. Einige verließen mehr oder weniger hastig die Terrasse. Manche schauten neugierig zu Papperins Tisch. Langsam hatte es sich im Hotel herumgesprochen, das er Kommissar der *Police nationale* und mit dem Mordfall auf der Insel befasst war. Andere hatten sich demonstrativ abgewandt. Wohl um ihr Missfallen darüber kund zu tun, dass ihr nobler Urlaub von so etwas wie einfachen Polizisten erniedrigt wurde. Von einigen hatte Nia den Eindruck, dass sie sich bewusst weggedreht hatten, gerade so, als ob sie nicht von den Ordnungshütern erkannt werden wollten.

Wenn der dort hinten eine Zeitung dabei hätte, dann würde er sich diese sicher vor das Gesicht halten, dachte Nia.

Ein lautes Wummern ließ plötzlich die Luft vibrieren und die Trommelfelle erbeben. Ein gleißender Lichtkegel durchschnitt die Nacht, huschte über die Terrasse und saugte sich an dem weißen H auf dem Rasen fest, etwa hundert Meter vom Hotel entfernt, aber voll im Blickfeld der Restaurantgäste. Er kam von einem Hubschrauber, der sich langsam näherte und auf den Landeplatz herabsank. Ein kurzes Händeschütteln zum Abschied, und Jeannine und Claude eilten auf das Fluggerät zu. Nach Minuten des Stillstands hob der Helikopter wieder ab und verschwand im schwarzen Nachthimmel gen Norden.

„Gehen wir schlafen? Es war ein langer und irgendwie frustrierender Tag. Wenigstens ein Lichtblick, dass wir am Abend zusammen sein konnten."

„Ja schon, aber schöner wäre es ohne Gesellschaft gewesen. Ohne Olivier und deine Jeannine."

„Chérie, nicht meine Jeannine, sondern meine Mitarbeiterin, *brigadier* Jeannine Dalmasso – mehr nicht! Glaub mir das doch endlich!"

***

Sie lagen schweigend im Bett. Ein sanfter Windhauch trug etwas Kühle durch die weit offenstehenden Balkontüren, brachte den harzigen Duft der Pinien und die leisen Geräusche der Sommernacht ins Zimmer.

„Ist dir auch aufgefallen, wie sich manche Leute im Restaurant komisch verhalten haben, als deine beiden Beamten erschienen sind?", kam Nias Stimme aus dem Dunklen.

„Nein, erzähle! Was war so komisch?"

„Nun, nachdem Jeannine dich gerufen hatte, drehten sich die meisten um und schauten, wer da kam und so laut rief."

„Hhmm?", kam es schläfrig von Papperin.

„Aber dann haben manche versucht sich zu verstecken, so als ob sie nicht gesehen und erkannt werden wollten."

„Warum sollten sie das?"

„Weiß nicht, das hat halt so auf mich gewirkt."

„Und wer sollte das gewesen sein?"

„Also dieser merkwürdige dicke Geschäftsmann mit seinem tätowierten Bodyguard. Der hat zu seinem Adlatus irgendwas gesagt, und dann hat sich der so hingesetzt, dass er seinen Chef voll verdeckt hat."

„Vielleicht hat der gesagt, du stinkst so, setz dich weg von mir'!"

„Oder der Sportlertyp, der mit uns im Bus gesessen ist. Der hat sich plötzlich umgedreht und das Restaurant verlassen."

„Der hat pinkeln müssen."

„Jean-Luc, du nimmst mich nicht ernst!"

„Stimmt, tu ich nicht!"

„Dann sag ich dir auch nicht, dass dieser komische *monsieur le président* – der mit seiner Blondine – sich auf einmal so gesetzt hat, dass er von einem Oleanderbusch verdeckt war. Und der i-pad-Sohn von der irren Alten, der hat …"

„Und was habe ich damit zu tun? Soll ich die jetzt alle verhören? Oder gleich festnehmen? ,Ich verhafte Sie, weil

Sie heute Abend auf der Terrasse Ihren Stuhl verrückt haben!' Dann sagen die, dass nicht der Stuhl verrückt wurde,
sondern ich! Ich bin müde, lass uns schlafen!"

„Und ich habe gedacht, ich helfe dir. Willst du nicht
wissen, wer Jeannine ans Leder will, meint, dass sie tot ist,
und jetzt erschrickt, wenn er sie so putzmunter sieht?"

„Morgen! Jetzt will ich schlafen. Außerdem habe ich zu
viel getrunken. Erzähl mir das alles morgen nochmal."

Ein geheimnisvolles Telefonat

Mittwoch, 2. September, drei Uhr früh

Das Display seines neuen Handys leuchtete schwach im Dunkeln. Der Schein reichte nicht aus, um die Gesichtszüge des Telefonierenden zu erkennen. Er presste das Gerät nervös an sein Ohr. Niemand ging dran. Er ließ es lange läuten. Endlich! Jemand meldete sich. Er hörte eine Weile zu und sagte dann ohne Begrüßung:

„Mir egal, wie spät es ist. Du hast Mist gebaut!"

Er hielt das Handy ans andere Ohr.

„Nein, sie lebt noch. Ist wieder auf der Insel. Du hast die falsche umgebracht. Du bist ein ..."

Die Stimme am anderen Ende unterbrach ihn und redete auf ihn ein.

„Was heißt hier, du hast dich nach meiner Beschreibung gerichtet. Ich sagte, sie lebt noch!"

Wieder lauschte er in den Hörer.

„Du hast eine Doppelgängerin erschossen. Bügel deinen Fehler sofort aus, ehe es zu spät ist. Sonst ..."

Die andere Stimme wurde lauter, schriller. Wenn ein zweiter im Raum gewesen wäre, er hätte mithören können.

„Was heißt, das geht nicht, du bist nicht auf der Insel. Sie ist auch nicht hier. Es scheint, sie ist heute Abend weggeflogen."

Wieder lauschte er in den Hörer.

„Nein, du kümmerst dich sofort darum und erledigst das, egal wo du sie auftreibst. Und dass du nicht wieder so einen Bockmist machst!"

Erneut kam eine Widerrede.

„Dann bist du erledigt!", war seine Antwort – eiskalt.

Die andere Stimme wurde wieder leiser, gab offensichtlich klein bei.

„Die Beschreibung hast du, jetzt gibt es keine Ausrede mehr, ist das klar?"

„..."

„Nein, keine Erfolgsmeldung! Es darf keine Spur zu mir hier führen! Ab sofort keinen Kontakt mehr! Wie das letzte Mal: Ver-

nichte die Sim-Karte, besorg die eine neue mit einem der sicheren Ausweise und gib die Daten nach Marseille weiter."

Das war ein Schreck gewesen! Diesmal musste es klappen. Wenn die Polizistin erledigt war, dann konnte er wieder aus der Deckung. Aber solange musste er sich vor ihr verbergen.

Nagelprobe für die Liebe

Mittwoch, 2. 9. und Do. 3.9.

Trotz seiner neuen Aufgabe ließ es sich Papperin nicht nehmen, mit Nia gemeinsam zu frühstücken. Heute war, wie meistens in den letzten Tagen, auch Olivier wieder dabei. Es ließ sich nicht vermeiden, dass sich die Unterhaltung um Papperins Mission auf der Insel und um den Mord an Jeannines Doppelgängerin drehte. Nia berichtete nochmals ausführlich von ihren Beobachtungen am Vorabend, welche Personen sich beim Auftauchen der beiden Polizisten merkwürdig, nach Nias Ansicht sogar verdächtig, verhalten hatten.

„Kaum hatten die Jean-Lucs Mitarbeiter hier auftauchen sehen, haben sie sehr komisch reagiert", erläuterte sie für Olivier. „Jean-Luc hat es nicht gesehen."

Zu Papperin gewandt meinte sie:

„Du nimmst das alles nicht richtig ernst, hattest gestern auch schon ein bisschen viel getrunken."

Sie schaute wieder Olivier an:

„Du warst ja nicht dabei", meinte sie bedauernd. „Aber dir wäre das sicher auch aufgefallen. Einige haben sich hinter irgendetwas versteckt, so dass sie von unserem Tisch aus nicht mehr zu sehen waren. Zwei haben fluchtartig das Restaurant verlassen. Als ob sie Angst hätten, erkannt zu werden."

Sie ließ ihren Blick über die vollbesetzte Terrasse schweifen, auf der die Hotelgäste beim *petit déjeuner* saßen.

„Heute benehmen sich alle wieder völlig normal. Aber jetzt sind deine Brigadierin und dein Leutnant auch nicht mehr hier, Jean-Luc. Du hast sie ja nach Lyon geschickt."

„Und was machen die da?", erkundigte sich Olivier bei Jean-Luc.

„Die Tote stammt aus Lyon. Die sollen dort recherchieren: Lebensumfeld, Feinde, mögliche Mordmotive. Es ist immer noch möglich, dass man tatsächlich diese Frau umbringen wollte und nicht Jeannine. Zumindest dürfen wir diese Ermittlungsrichtung nicht ganz außer Acht lassen."

„Da werden sie lange weg sein, oder? Und was machst du solange hier auf der Insel – ohne Mitarbeiter? Wieder Urlaub?" Olivier schaute Papperin schmunzelnd an.

„Erstens habe ich fast mein ganzes Kommissariat nach Porquerolles beordert. Die sollten bald eintreffen. Ich bin also nicht alleine. Außerdem kommen die beiden aus Lyon in einem, spätestens zwei Tagen wieder hierher. Dazu noch die Unterstützung aus Toulon. Die zwei *brigadiers* meines Kommissarkollegen Bardineux sind mir jetzt auch zuge-ordnet. Die Maschinerie läuft auf vollen Touren. Das kann ich dir versichern."

„So ein Riesentheater, nur wegen dem Mord an einer Urlauberin! Und warum macht das nicht das für Porquerol-les zuständige Kommissariat in Toulon? Dein Kollege, der sich auch schon mit dem Mord an der Hotelangestellten hier befasst?"

„Den hat der nicht mehr, den Fall habe ich jetzt auch am Hals."

Mit Erstaunen und einem gewissen Respekt schaute O-livier den Kommissar an.

„Dann ist das, so scheint es, eine größere Sache. Erzäh-le!"

„*Désolé!* Ich bin ausdrücklich zum Schweigen verpflich-tet worden. Dienstgeheimnis – ich hoffe, du verstehst das."

Mit einer resignierenden Geste wechselte Olivier das Thema. Sie sprachen über die Menüauswahl für das Abendessen und was man tagsüber unternehmen könnte: Am Strand liegen, Schwimmen, Mittagssnack unter den Schirmpinien vor der Bar.

„Leider kann ich nicht mitkommen. Ich muss gleich ins Dorf – Lagebesprechung. Leider! Dass die Gangster auch immer dann etwas vorhaben, wenn ich im Urlaub bin. Er-innerst du dich noch, Nia? An meinen ersten Fall in der Provence. Da wurde ich auch brutal aus den Ferien geris-sen."

Im Aufstehen leerte Papperin seine Kaffeetasse. Dann verabschiedete er sich – von Nia mit einem Kuss und von Olivier mit einem freundschaftlichen Schlag auf die Schulter.

„Jetzt gehe ich noch schnell rauf, mich umziehen. Ich hoffe, ich kann zum *dîner* wieder hier sein. *Salut*, ihr beiden! Ich beneide euch um den freien Tag."

Auf dem Weg zum Appartement rief er in der Polizeistation an und bat, mit dem Jeep abgeholt zu werden.

***

Der Tag war für Nia traumhaft. Natürlich hätte sie ihn lieber mit Jean-Luc verbracht. Aber Olivier gab sich alle Mühe, diese Lücke zu schließen. Er las ihr jeden Wunsch von den Augen ab, ehe sie ihn aussprechen konnte. Am Strand wurde sie mit eiskaltem Champagner verwöhnt, den der Boy aus der kleinen Bar servierte. Dazu hatte Olivier Austern aus der Restaurantküche bestellt, die, begleitet von kleinen getoasteten Schwarzbrotscheiben, Salzbutter und Zitronenschnitzeln, in einem Kühlbehälter von einem Pagen an den Strand gebracht wurden. Später schwammen sie im tiefblauen, leicht vom warmen Südwind gekräuselten Meer, der aus Afrika sanft herüber wehte. Dann ließen sie sich von der Septembersonne braten. Sie sprachen über Gott und die Welt. Nia erzählte aus ihrem Berufsalltag. Olivier unterhielt sie mit amüsanten Anekdoten vom Leben auf den Plantagen in der Karibik.

„Weißt du, wozu ich jetzt Lust hätte? Wir leihen uns ein Motorboot und schippern dort drüben um die Felseninseln herum. Einverstanden?" Olivier blickte Nia Zustimmung heischend und erwartungsvoll an.

„Kannst du das? Beziehungsweise darfst du das? Ein Boot lenken, hast du einen Bootsführerschein für die See?"

„Nia, hast du etwa Angst? Ich bin so oft in der Karibik. Da ist das Bootfahren unverzichtbar, bei den vielen Inseln."

Angst, dass er das nicht konnte, hatte sie nicht. Das Meer war so ruhig. Unvorstellbar, in eine schwierige Situation zu geraten, die höchstes Seemannskönnen erforderte.

Eher fürchtete sie, er könnte zudringlich werden, wenn sie beide allein auf dem Meer waren, fernab von Menschen. Das wollte sie natürlich nicht laut sagen. Sie suchte und fand eine Ausrede:

„Eine verlockende Idee, aber daraus wird nichts. Hier ist weit und breit kein Schiff. Wir können uns höchstens Surfbretter leihen und ein bisschen damit rumpaddeln."

„Das ist kein Problem. Wenn du einverstanden bist, dann organisiere ich das."

Er wischte und tippte eine Weile auf seinem Smartphone herum, dann hielt er es ans Ohr.

„Ist dort der Yachtclub Porquerolles? ... Olivier Desjaques hier. Ich hätte gerne ein Motorboot gemietet für eine kleine Spritztour um die Insel. Ist das möglich? ... Können Sie das zum Privatstrand des *L'Étoile de l'Île* bringen? ... Kein Problem. Welche präferieren Sie: American Express, Dinersclub oder Mastercard?"

Er zog eine goldene Karte aus seiner Brieftasche und gab die Daten durch.

„In einer halben Stunde? Wir sind am Strand. Wie? Ach so, zwei Personen. ... *À tout à l'heure!*"

Olivier steckte das Handy weg und wandte sich Nia zu:

„Sie schicken ein Quicksilver-Sundeck, ein schönes Schiff. Ich kenne es von Guadeloupe. Bequeme Sonnenliegen, schnittig, zweihundert PS Mercurymotor. Es wird dir gefallen."

Das war Nia eigentlich nicht recht. Sie wollte nicht mit ihm mitten im Ozean ganz allein sein. Aber konnte sie jetzt noch nein sagen? Sie hatte es sich selbst zuzuschreiben mit ihrer vorgeschobenen Ausrede, dass es hier kein Schiff gäbe. Klar, Olivier war stinkreich, der hätte sich auch einen goldenen Rolls-Royce an den Strand bringen lassen können. Das hätte sie wissen müssen. Er war schließlich Klient ihrer Vermögensberatungsgesellschaft.

Wird schon gut gehen, dachte sie.

Sollte er allzu aufdringlich werden, dann könnte sie endlich einmal das anwenden, was sie im Taekwondo-

Studio in Paris gelernt hatte. Also stimmte sie mit verhaltener Begeisterung zu.

Tatsächlich, exakt nach einer halben Stunde hörte man ein tiefes, sonores Brummen. Kurz darauf rauschte ein elegantes Motorboot mit blauem Rumpf, weißem Aufbau und chromblitzender Reling um das Felsenkap, das den sichelförmigen Sandstrand auf der linken Seite abschloss. Mit gedrosseltem Motor glitt das Sportboot auf den Strand zu. Im vorgeschrieben Abstand zur Küste stoppte es. Ein kleines Schlauchboot wurde vom Heck ins Wasser gelassen, ein Mann sprang hinein, ruderte zum Strand, holte die beiden ab und brachte sie zum Motorschiff. Olivier setzte sich sofort ins Cockpit, um die Instrumente zu kontrollieren. Nia beobachtete ihn dabei, während sie es sich auf den weißen Polstern bequem machte.

Olivier vereinbarte mit den beiden jungen Männern vom Yachtclub, dass er das Schiff später zum Club zurückbringen werde. Jetzt fahre er zuerst zum Hafen, wo die zwei aussteigen könnten.

Da das Meer glatt und völlig ohne Wellen vor ihnen lag, war die Fahrt sehr ruhig. Das Boot schnitt durch das Wasser, weiße Gischtfontänen spritzten rechts und links in die Höhe. Nias langes schwarzes Haar flatterte im Fahrtwind. Als die beiden Angestellten beim Yachtclub von Bord gegangen waren, nahm Olivier Kurs auf die Porquerolles vorgelagerten kleinen Felsinseln *Le Gros Sarranier* und *Le Petit Sarranier*. Zunächst ging es in gehörigem Abstand von der Küste an den von zahllosen Badenden bevölkerten Sandstränden auf der Nordseite der Insel entlang. Sie umfuhren das felsige *Cap des Mèdes*, rauschten dann unter den steilen Abhängen der Klippen auf der Ostseite dahin. Nia genoss die Fahrt, den scharfen Wind in ihrem Gesicht und an ihrem Körper, die Gischtspritzer, von denen sie gelegentlich getroffen wurde, und die wie kleine Brilliantperlen auf ihrer braun gebrannten Haut glitzerten. Keine Spur von Benzingestank und Abgasen. Die ließen sie hinter sich. Unterhalten konnten sie sich allerdings nicht. Dazu brummte der Motor zu laut.

Plötzlich schwenkte das Boot nach links. Nia musste sich festhalten, so drückte sie die Fliehkraft zur Seite. Aus dem schräg in der Kurve liegenden Schiff blickte sie auf die gekrümmte weiße Schaum- und Gischtspur, die die Schiffschraube im aufgewühlten Meer zurückließ. Vor ihnen ragte das Steinmassiv der großen Insel aus dem Wasser. Plötzlich erstarb der Motor. Olivier hatte ihn abgestellt. Das Boot glitt jetzt lautlos an den Felsen vorbei. Er steuerte es in eine Straße zwischen der Insel *Gros Sarranier* und einem länglichen, ihr vorgelagerten Felsrücken.

„Herrlich hier!", schwärmte er.

„So ruhig, kein Mensch weit und breit. Ich liebe das: Ins Schiff steigen und das Getümmel hinter sich lassen. Ich mach das auch in der Karibik immer so, wenn die geschäftlichen Sorgen einem über den Kopf wachsen und die Verwalter meiner Plantagen mir keine Ruhe lassen. Dann kann man aufatmen, der Kopf wird wieder frei und die Sorgen bleiben alle am Ufer zurück. Natürlich holen die einen später wieder ein. Aber diese Momente der Ruhe sind ein Labsal für die Seele. Unverzichtbar, um innerlich wieder Fuß zu fassen."

Nia war erstaunt. Olivier, der nüchtern kalkulierende Geschäftsmann, als den sie ihn kannte, hatte eine besinnliche, fast eine philosophische Ader. Als das Boot völlig zum Stillstand gekommen war, ließ er das Ruder los und setzte sich neben sie. Er breitete die Arme aus, legte sie rechts und links auf die weichen Rückenlehnen. Er lächelte Nia zu.

Würde er jetzt ... Sie spannte sich innerlich an, bereit ihn abzuwehren.

„Das brauche ich jetzt. Die Ruhe, nur das leise Plätschern des Wassers am Bootsrumpf. Die Weite des Meeres, nur ein paar Felsen – und sonst nichts."

Er schaute sie mit gespieltem Entsetzen an: „Und natürlich mit der schönsten Frau weit und breit!"

Jetzt kommt es, dachte sie. Aber zu ihrem Erstaunen begann er zu reden.

„Schade, dass Jean-Luc nicht dabei sein kann. So wie ich ihn einschätze, würde es ihm hier gefallen. Er mag den

Trubel auch nicht, die Massen von Urlaubern. Hast du oder hat er euer Hotel ausgesucht?"

„Das war er."

„Habe ich mir schon gedacht. Das einzige Hotel auf der Insel, wo man den Luxus in Ruhe genießen kann. Deswegen habe auch ich dort gebucht."

„Na ja, so ruhig ist es nun auch wieder nicht. Der Mord an der Hotelangestellten, der hat doch ganz schönen Trubel gebracht. Da brauche ich bloß an diesen komischen Kommissar denken, wie ruppig der mit uns Hotelgästen umgegangen ist."

Sie schaute Olivier Bestätigung heischend an. Der fläzte in der weißen Polsterliege und schien die heißen Strahlen der Septembersonne auf seiner Haut zu genießen.

„Da war ich noch nicht da. Das war vor meiner Ankunft im Hotel. Aber du hast Recht, es bringt einige Unruhe, immer noch."

Eine Weile lagen beide im sanft schaukelnden Boot und genossen die Einsamkeit. Nia beobachtete ihr Gegenüber. Ein muskulöser, durchtrainierter Körper, perfekte Formen. Durch ihre dunkle Sonnenbrille sah er richtig braun gebrannt aus. Wie aus der Coverseite eines Lifestylemagazins herausgesprungen, dachte sie. Oder eines... Männermagazins? War er etwa homo...? Weil er so überhaupt keinen Annäherungsversuch machte. Hier wo sie ganz alleine waren. Die Ruhe, die Hitze, die leisen Bewegungen des Schiffes – das alles schrie direkt danach. Sie ignorierte das Kribbeln, das ihren Bauch zu durchziehen begann. Da legte er eine Hand auf ihre Schulter und rückte etwas näher.

„Der Kommissar aus Toulon wurde doch abgezogen. Aber wieso hat sich Jean-Luc den Fall aufhalsen lassen? Warum hat er sich nicht dagegen gewehrt, er ist doch im Urlaub?"

Froh und zugleich etwas frustriert über die Wendung zum Nüchternen hin, die ihre Zweisamkeit plötzlich genommen hatte, setzte Nia zur Verteidigung von Jean-Luc an:

„Er hat sich schon gewehrt. Aber da ist ein ganz großes Ding am Laufen – Drogen, Waffen und Mafia. Ich weiß selbst nicht, wie Jean-Luc da reingerutscht ist. Aber die in Paris haben ihm die Leitung der Ermittlungen übertragen. Irgendwie sind die überzeugt, dass er der Richtige dafür ist. Und der Mord an dieser Angestellten in unserem Hotel gehört da auch dazu. Sie wissen, wer der Mörder ist, kennen zwei seiner Namen, seine Fingerabdrücke und, ich glaube, auch seine DNA. Da gab es vor ein paar Jahren einen Mafiamord in Marseille, der geht auch auf sein Konto. Aber sie haben ihn nicht, der ist unsichtbar. Inzwischen glaubt auch Jean-Luc, dass der die Doppelgängerin von Jean-Lucs Jeannine erschossen hat. Aber beweisen können sie es nicht."

„Wieso sagst du ‚Jean-Lucs Jeannine'? Läuft da etwas zwischen den beiden?", erkundigte sich Olivier neugierig.

Nia presste die Lippen zusammen. Sie ärgerte sich – über sich selbst. Niemals wollte sie ihren immer noch schwelenden Verdacht öffentlich zugeben – einem Außenstehenden gegenüber. Und bei aller Urlaubsfreundschaft, das ging Olivier nichts an. Mit bewusst zur Schau gestelltem Desinteresse antwortete sie deshalb:

„Nöö! Aber sie ist seine wichtigste Mitarbeiterin in dem Fall. Sie hat das alles recherchiert. Und sie ist, glaube ich, eine sehr gute Ermittlerin, obwohl sie nur Brigadierin ist. Die anderen sind erst viel später dazugekommen."

Ihr Freund rückte noch ein Stück näher.

„Nia, du bist eine unglaublich schöne Frau – schön und intelligent. Ganz selten trifft beides zusammen. Du bist ein Glücksfall!"

Er fasst sie mit beiden Händen an der Schulter und zog sie zu sich hin.

Also ist er doch nicht schwul, war ihr erster, erleichterter Gedanke. Aber dann, als er sie küssen wollte, wehrte sie ihn ab.

„Olivier, bitte nicht! Zerstör nicht alles, unseren harmonischen Urlaub. Und Jean-Luc …!"

„Ach Jean-Luc! Der ist in seinen Ermittlungen gefangen, gefesselt. Der hat doch überhaupt keine Zeit mehr für dich, solange sein Fall nicht gelöst ist."

Er presste sie leidenschaftlich an sich, gegen die Kraft der ihn abwehrenden Arme. Nach einer gefühlten Ewigkeit gab sie den Widerstand auf.

***

Auf der Rückfahrt zum Hafen schwiegen beide. Olivier konzentrierte sich stumm auf das Lenken des Schiffes. Nia saß im Heck und starrte mit leerem Kopf auf die weiße Gischtspur, die der starke Mercurymotor ins Blau des Meeres malte. Während er das Schiff dem Angestellten des Yachtclubs übergab, saß sie auf einem Poller am Kai und wartete. Auch im Shuttlebus des Hotels, der sie zum *Étoile del'Île* zurückbrachte, sprachen Sie kein Wort miteinander.

Wieso ist sie plötzlich so komisch, grübelte Olivier. Das wollte sie doch. Ich habe es ganz deutlich gefühlt.

Mein Gott! Ich hätte es nicht so weit kommen lassen dürfen. Ob ich das vor Jean-Luc verheimlichen kann?

Der Bus hielt vor dem Hotel. Sie stiegen aus. Olivier reichte ihr seine Hand, die sie zögernd nahm.

„*À tout à l'heure*? Beim *dîner*?", fragte er mit bittendem Augenaufschlag.

„Vielleicht, ich weiß nicht", antwortete sie zweifelnd.

Dann gingen sie, jeder für sich, hinauf in ihre Apartments. Nia legte sich auf das leere *grand lit*, den Blick starr zur Zimmerdecke gerichtet und versuchte, an nichts zu denken. Als die Zeit zum Abendessen kam, gab sie sich einen Ruck. Nein, sie würde sich nichts anmerken lassen. Das war eine Episode, ein Ausrutscher. *Passé, oublié*! Sie würde sein wie immer. Elegant, unterhaltsam, amüsant – und treu! Tief in ihrem Inneren fühlte sie ein leises Verständnis aufkeimen, für Jean-Luc und Jeannine. Sorgfältig wählte sie die Garderobe für das *dîner* aus. Das lange schlanke Leinenkleid, dazu den blauen Chiffonschal als Kontrast zum Weiß des Kleides. Als Schmuck nur die Halskette aus großen Silberkugeln und den breiten Silberarmreif. Sie wollte Jean-

Luc gefallen und hoffte, dass sein Dienst ihm Zeit für das gemeinsame Abendessen ließ.

„*Nia, ma chérie*, du siehst atemberaubend aus."

Die Türe des Apartments mit dem Fuß zudrückend, kam Jean-Luc ins Zimmer gestürmt. Er nahm sie in den Arm. Zwischen den Küssen murmelte er in ihr dichtes schwarzes Haar:

„*Chérie*, leider habe ich nicht lange Zeit. Komm, gehen wir Essen!"

Er fasste sie an der Hand. Beschwingt verließen sie das Appartement und sprangen wie zwei junge Fohlen die breite, geschwungene Marmortreppe hinunter. Sie durchquerten die Halle und das Restaurant *Le Pin Parasol*, schlängelten sich zwischen den Tischen auf der Terrasse hindurch und gelangten schließlich zu ihrem Platz ganz vorne an der Brüstung. An ihrem Tisch saß Olivier, eine kleine Flasche Veuve Cliquot und drei Champagnerkelche vor sich. Als er die beiden erblickte, winkte er ihnen freudig und begann, den Champagner einzuschenken.

Was für ein guter Schauspieler, dachte Nia. Er verhält sich wie immer, als wäre nichts gewesen. Auch sie wollte ihr unbekümmertes Wesen beibehalten und sich so benehmen wie jeden Abend. Gegenseitiges Auf-die-Schulter-klopfen der Männer und bei ihr und Olivier zwei Küsschen auf beide Wangen, dann nahmen sie Platz und prosteten sich zu.

„Na, wie war euer Tag?", fragte Papperin.

„Schön!", sagte Nia.

„Wir haben eine Bootsfahrt gemacht", ergänzte Olivier. „Und wie steht es bei dir? Schon Ermittlungserfolge? Habt ihr euren Mörder endlich?"

Der Kellner kam an den Tisch und nahm ihre Wünsche auf. Bei jedem der fünf Gänge des Menüs gab es eine reichhaltige Auswahl zwischen verschiedenen Gerichten.

„Nein, noch nicht", knüpfte Papperin an Oliviers Frage an. „Aber wir wissen jetzt hundertprozentig, dass der Anschlag Jeannine gegolten hat."

„Die arme Tote. Es muss besonders frustrierend sein, nur aus Versehen sterben zu müssen, für jemand anderen."

„Aber Nia, das wusste die doch gar nicht. Deswegen kann sie nicht frustriert gewesen sein", warf Olivier ein. Als er ihren befremdeten Blick sah, ergänzte er: „Aber du hast natürlich recht. Ihr Tod ist umso tragischer."

„Jetzt können wir Lyon ausklammern und uns voll auf die Insel konzentrieren. Claude und Jeannine – mein Leutnant und *brigadier* Dalmasso", fügte er erklärend für Olivier hinzu. „...kommen noch heute nach Porquerolles zurück. Morgen legen wir mit der kompletten Mannschaft los." Mit Blick auf drei herbeieilende Kellnerinnen sagte er: „Oh, da kommen unsere *hors d'œuvres!*"

„*Terrine de foie gras d'oie au mousse de figues*", murmelte eines der Serviermädchen, während die Teller vor die drei Gäste gestellt wurden. Genießerisch machten sie sich über die exquisite Vorspeise her. Der Genuss der Gänsestopfleberpastete währte jedoch nicht lange.

„Patricia, Antoine! Nicht so wild! Kommt sofort her!" Die laut schimpfende Stimme kam vom Nachbartisch. Ein Vater rief seine beiden Kinder zur Ordnung, die lärmend zwischen den Gästen umhertollten. Das Mädchen blieb so abrupt stehen, dass ihr Bruder auf sie prallte. Dadurch verlor sie das Gleichgewicht, stolperte und stürzte gegen den Tisch von Nia und den beiden Männern. Der verrutschte, die Champagnergläser kippten um. Ihr Inhalt ergoss sich über Oliviers Hose, der erschrocken aufgesprungen war. Er trat einen Schritt seitwärts zurück, sein Stuhl stürzte um, er stolperte über Nias Handtasche. Krachend landete er auf dem Boden. Er lachte: „So ein blödes Missgeschick!" Eine Weile lag er lächelnd auf den hellen Marmorplatten. Dann wollte er sich aufrichten.

„Au!", zuckte er zusammen. „Mein Kreuz!"

Wieder versuchte er sich zu erheben, ließ es aber mit vor Schmerz verzerrtem Gesicht sofort wieder bleiben.

Nia, Papperin und viele andere Hotelgäste umringten ihn. Hilfreiche Hände wurden ihm gereicht, man versuchte ihn hochzuziehen.

„Bitte nicht! Diese verfluchten Bandscheiben!"

Er wehrte alle Hilfe ab.

„Sollen wir einen Arzt rufen?", drang Nias besorgte Stimme zu ihm. „Olivier, meinst du, es ist was gebrochen? Sag doch was!"

„Nein, nein, nein! Danke! Das ist nicht nötig."

Im Liegen erklärte er: „Ich komm schon wieder hoch. Das hatte ich schon einmal. Es sind die Bandscheiben. Das vergeht wieder, mit Ruhe und viel Diclofenac. Morgen oder übermorgen bin ich wieder fit."

Ächzend und unter den sorgenvollen Blicken Nias drehte er sich zuerst auf die Seite und kam dann ganz langsam auf die Knie, zog sich an der Tischkante hoch und versuchte zu gehen – vornübergebeugt und mit gekrümmtem Rücken. Papperin und Nia stützten ihn. Schritt für Schritt, in Zeitlupe, bewegten sie sich in Richtung Hotelhalle und Aufzug. Ein Page kam mit einem Rollstuhl. Darin Platz zu nehmen, verursachte wieder heftigste Schmerzanfälle und ging nur ganz langsam und behutsam vonstatten.

Papperin wollte ihn wieder zum Tisch zurück schieben. Schließlich war man erst bei der Vorspeise angelangt. Aber Olivier lehnte ab.

„Danke, aber da habe ich jetzt keine Lust drauf. Ich rolle in meine Suite. Ich brauche Ruhe. Aber eine Bitte hätte ich: Könntet ihr mir Diclofenac besorgen? Voltaren, so stark wie nur möglich?"

Nia fragte nochmal: „Sollen wir wirklich keinen Arzt holen?"

„Nein! Was soll der schon machen? Ich weiß, was es ist, ich hatte das schon ein paar Mal. Was anderes als Voltaren wird der mir auch nicht verabreichen. Wenn du mir helfen willst, dann besorge mir die Tabletten, bitte…. Ja? Das ist lieb von dir."

Die Entschuldigungen des Familienvaters vom Nachbartisch wehrte Olivier ab. „Schimpfen Sie bitte Ihre Kinder nicht. Das kann passieren. Solange bei Tisch still zu sitzen, das hält kein Kind in dem Alter aus. Die müssen einfach toben. Machen Sie sich keine Gedanken, das wird schon wieder." Auch das Angebot des Vaters, die Kosten für die Reinigung des Anzugs zu übernehmen, schlug Olivier großzügig aus.

Während Papperin den Rollstuhl mit seinem lädierten Freund in dessen Suite schob, besorgte sich Nia in der Hausapotheke des Hotels die gewünschten Schmerztabletten.

***

„So, und jetzt lasst mich bitte alleine. Geht zurück zum Essen. Genießt es! Es war ja erst die Vorspeise. Ich lasse mir ein Glas Cognac bringen und werde etwas fernsehen. Habt vielen Dank! Und jetzt: *Au revoir*!"

Als Nia und Papperin zu ihrem Tisch auf der Restaurantterrasse zurückkamen, war der Schaden beseitigt. Es war frisch eingedeckt, eine neue Flasche Veuve Cliquot stand im Kühler. Kaum hatte der Kellner die beiden entdeckt, wurden auch schon die Gerichte des nächsten Menüganges serviert. Anfangs war die Stimmung noch bedrückt. Beiden tat Olivier sehr leid. Bei Nia kam das schlechte Gewissen hinzu. Sie war drauf und dran, Jean-Luc alles zu erzählen. Sie sah aber, wie sehr er unter Stress stand. Das wollte sie nicht noch verschlimmern. Deshalb erzählte sie von ihren Erlebnissen an diesem Tag, verlor aber über die Episode im Boot zwischen den zwei Inseln kein Wort.

Jean-Luc aß zunächst schweigend und in Gedanken versunken. Auf Nias Frage: „Hörst du mir überhaupt zu?", entschuldigte er sich.

„Tut mir leid, Nia. Mir geht soviel im Kopf herum. Eine verdammte Scheiße ist es", brach es aus ihm heraus. „Wir stecken fest, wir kommen nicht weiter. Das einzige, was wir bis jetzt herausgebracht haben, ist, dass der Mord an der Maklerin tatsächlich Jeannine gegolten hat. Wir wissen es, aber nach außen ist das nicht bekannt. Und das soll so bleiben. Damit ist Jeannine weiter in Gefahr. Aber sonst wissen wir nichts, keinen Deut mehr als das, was sie bisher rausgefunden hat."

Dann sprudelte es aus ihm heraus, gerade so, als ob er durch Reden seine Sorgen loswerden könnte. Er erzählte von der Information, die der Geheimdienst abgefangen hatte, dass die drei Morde, zwei auf der Insel und der vor Jahren in Marseille, zusammenhingen und von einem mafia-ähnlichen Verbrechersyndikat verübt worden waren. Dass hier auf der Insel ein gigantisches Drogengeschäft abgewickelt werden solle, und dass dazu eine hochstehende Führungsperson dieser Mafiaorganisation erwartet werde. In Paris gehe man davon aus, dass sie in diesem Hotel logieren werde oder vielleicht sogar bereits jetzt wohnte. Das einzige, was sie wüssten, sei, dass der Killer Berthau beziehungsweise Haubert im Auftrag dieser Organisation unterwegs sei. Selbstverständlich gebe es eine Reihe von Verdächtigen, aber keinerlei Beweise. Er begann sie aufzuzählen. Auch die Nia beim Erscheinen von Jeannine aufgefallenen Gäste befanden sich darunter.

„Aber ohne Beweise – wir haben kein Foto, keine Fingerabdrücke, nicht mal eine Beschreibung, wie er aussieht – sind wir zum Warten verdammt. Wir wissen nicht einmal, ob es ein Mann oder eine Frau ist. Verstehst du mein Problem: Warten, bis wieder etwas passiert, bis sie Jeannine tatsächlich umgebracht haben, oder bis der Drogendeal über die Bühne gegangen ist? Womöglich merken wir nicht einmal etwas davon. Wir wissen nicht genau, um welche Art von Rauschgift es sich handelt. Höchstwahrscheinlich dieses neue Zeugs, *rayon du ciel*. Das vermuten die Spezialisten von der MILAD. Die und die Agenten von der Anti-Mafia-Abteilung würden am liebsten die ganze Insel mit Polizeibeamten und Spezialagenten unterwandern, in der Hoffnung, dass ihnen irgendetwas auffällt und sie alle Gangster in flagranti erwischen. Es hat mich viel Mühe gekostet, die Chefs in Paris zu überzeugen, dass das nicht funktionieren wird. Die gegnerische Seite ist so gut organisiert und vernetzt, die würden das sehr schnell spitz bekommen und die Aktion abblasen oder woanders hin verlegen. Dann können wir wieder von vorne anfangen. Dass nur ich mit meinen Leuten hier ermittle, das ist irgendwie plausibel. Das glauben die anderen vielleicht. Da ich ohnehin schon in Urlaub hier bin, überträgt man mir halt die Ermittlungen in den beiden Morden. Das ist naheliegend, so hoffen wir, denken die Gegner und lassen sich von ihren Plänen nicht abbringen. Vielleicht durchschauen sie uns auch, aber das müssen wir in Kauf nehmen. Das Hauptrisiko trägt Jeannine. Offensichtlich weiß sie etwas, was denen äußerst gefährlich wird. Sonst hätte man nicht versucht, sie umzubringen. Das Dumme ist, sie hat keine Ahnung, was das sein könnte. Wir könnten sie irgendwo hin schicken – weit weg, in die Bretagne oder so. Aber erstens: Wenn sie für die eine Gefahr darstellt, dann kriegen die sie überall. Zweitens will sie das auf keinen Fall. Und drittens würde es denen wohl auffallen, wenn sie plötzlich von hier verschwände. Dann wüssten die, dass wir wissen, dass Jeannine in Gefahr ist. Nach außen haben wir immer noch die Lesart verkündet, dass Jeannine eine Personenrecherche durchführt, ohne eine Verbindung zu den beiden Morden hier zu ziehen. Verstehst du jetzt? Wir ermitteln offiziell nur in zwei voneinander unabhängigen Mordfällen. De facto müssen wir verdeckt die Mafiaorganisation ausfindig machen und bei dem Drogendeal zuschlagen."

„Ihr ganz alleine? Du und deine paar Leute?"

„Klar, sonst würde das ja auffallen. Aber natürlich wird die Insel technisch komplett überwacht. Aus der Luft und mit Radar. Kein Schiff, das sich nähert, bleibt unbeobachtet. Außerdem werden laufend die Aufnahmen von Satelliten ausgewertet."

Nia erschrak. Sollte man sie und Olivier dabei auch entdeckt haben, heute in ihrem Boot?

Papperin, der nichts von Ihrem Erschrecken bemerkte, fuhr fort:

„Und auf dem Festland stehen genügend Mann bereit, die ich nur anfordern muss. In weniger als einer halben Stunde können die an jedem beliebigen Ort der Insel sein. Mit Hubschraubern und Schnellbooten. Aber solange wir nichts wissen ... Verstehst du jetzt meine Sorgen?"

Sein Handy meldete sich.

„Salut Claude! Wann kommt ihr? ...Morgen mit der regulären Fähre, ok. Ich erwarte euch am Hafen ... Gegen neun. *D'accord et bonne nuit.* Und pass bitte auf Jeannine auf!"

Volltreffer!

Donnerstag. 3.9.

„Und was macht Jean-Luc? Kommt er weiter bei seinen Ermittlungen?" Olivier prostete Nia mit seinem Champagnerglas zu. Er saß in dem Rollstuhl, den das Hotel für ihn organisiert hatte. Sie hob ihr Glas und ließ es leicht an seines stoßen.

„*Santé*, Olivier! Wie geht es dir heute?"

Sie blickte ihn besorgt an. Seiner Miene sah man die Schmerzen nicht an, die er offensichtlich hatte. Aber seine Bewegungen verrieten ihn. Wenn er den Oberkörper drehte, auch wenn dies nur ganz leicht geschah, tat er es mit einer Vorsicht und Behutsamkeit, die die Schmerzwellen erahnen ließen, die, von seinem Rücken ausgehend, durch seinen Körper peitschten.

„Das wird schon wieder! Momentan bin ich leider außer Gefecht gesetzt. Aber das hatte ich schon mal. Ein, zwei Tage, mit Ruhe und Diclofenac. Dann bin ich wieder der Alte. Dann gehen wir wieder schwimmen."

Nach einer kleinen Pause, in der er sie lächelnd anblickte, fügte er leise hinzu:

„Und Boot fahren!"

Sie nahm einen tiefen Schluck vom Champagner, weniger weil sie Durst hatte, sondern vielmehr um ihre Verlegenheit und das zarte Erröten zu kaschieren, das über ihr Gesicht huschte. Dann knüpfte sie an seine erste Frage an:

„Jean-Luc ist schon ins Dorf, seine beiden Mitarbeiter an der Fähre abholen. Die kommen heute aus Lyon zurück."

„Er hat so geheimnisvoll getan, gestern beim Frühstück", meinte ihr Gegenüber.

„Irgendwie angespannt, gestresst hat er auf mich gewirkt. Zwei Morde – das sollte nichts Neues für ihn sein. Das ist doch sein Job, tägliches Brot eines Kommissars der Mordkommission. Wieso regt er sich so auf?"

„Ach Olivier, es sind nicht nur die beiden Toten. Da steckt was Großes dahinter. Mit Mafia und Drogen. Und er ist verzweifelt, weil er nichts Konkretes in der Hand hat, weil sie nichts wissen. Nur, dass seine Mitarbeiterin in Gefahr schwebt."

„Deine Konkurrentin? Da solltest du eigentlich froh sein, wenn die jemand aus dem Weg räumt."

„Olivier! Mach nicht solche dummen Späße! Natürlich bin ich nicht froh. Ach … du vermutest das schon richtig. Da … da war … oder ist was … zwischen den beiden. Aber Jean-Luc hat mir geschworen, dass…"

Olivier unterbrach ihr verlegenes Stottern:

„Das habe ich schon gemerkt, an seiner Reaktion, immer wenn die Sprache auf diese Jeannine kommt. Ich kann mir nicht vorstellen, dass das auf Dauer gut geht."

„Doch! Das schaffen wir!"

Olivier blickte sie lange an. Sie fühlte, wie er mit seinen Gedanken rang, wie er in seinem Kopf Sätze vorformulierte.

„Nia, was hieltest du von folgender Idee: Bei mir zuhause, in der Karibik, könnte ich dir ein sorgenfreies Leben bieten. Ein Leben in Luxus, mit allem, was du dir wünschst – mich inbegriffen. Ohne Rivalinnen, ohne Eifersucht."

Sie schaute ihn entgeistert an. In ihrem Gesicht spiegelten sich nacheinander ihre Gedanken. Zuerst Überraschung, dann Zögern und schließlich Ablehnung. Ehe sie noch etwas sagen konnte, kam er ihr zuvor.

„Vergiss es, Nia. Sieh es als das, was es ist: Ein Wunschdenken, ohne die geringste Chance auf Realisierbarkeit." Er lächelte sie an. „Was machst du heute, so ganz allein? Schwimmen? Wandern? Shoppen im Dorf? Ich kann dich leider nicht begleiten, ich bin ein Krüppel, zumindest vorübergehend."

„Ach Olivier, ich lass dich doch nicht alleine, bloß weil du jetzt im Rollstuhl sitzt. Komm, wir gehen eine Kleinigkeit Essen. Ich schiebe dich runter, auf die Terrasse, und dort bestellen wir uns was Gutes. Ich hätte wahnsinnig Lust auf Austern. Dazu einen kühlen *Sauvignon blanc* und hinterher eine warme *tarte tatin*."

Als sie seinen zweifelnden Blick sah, gab sie ihm Recht:

„Ich weiß, das passt gar nicht zusammen. Aber ich habe einfach Lust darauf. Machst du mit?"

Da er nickte, packte sie die Griffe des Rollstuhls, schob ihn aus dem Apartment zum Aufzug und unten durch die Lobby auf die Restaurantterrasse.

***

Ein Ober in blütenweißem Hemd und schwarzer Kellnerschürze, auf die das Logo des Hotels, ein roter Seestern, gestickt war, stellte eine Platte mit zwölf Austern vor sie auf den runden Marmortisch. Im mit Eiswürfeln gefüllten Weinkühler aus Acryl steckte bereits die Flasche Sauvignon blanc. Eine Hotelangestellte brachte das Körbchen mit getoastetem Schwarzbrot, ein Schüsselchen voll Salzbutter und ein Schälchen mit gehackten Schalotten in *sauce vinaigrette*. Eine große Schirmpinie warf ihren angenehmen Schatten auf die Tafel und die beiden Genießer. Ab und zu, wenn der Wind die Äste bewegte, stahl sich ein Sonnenstrahl durch das dichte Nadelwerk des Baumes und ließ das Perlmuttinnere der Austern aufblitzen.

Nia legte drei Austern auf Oliviers Teller, um ihm das schmerzhafte Sich-Vorbeugen-Müssen zur Platte in der Tischmitte zu ersparen. Jeder nahm eine Muschel und kratzte mit der kleinen dreizinkigen Austerngabel den glibberigen Muskel von dem Strunk, mit dem er an der Schale befestigt war. Ein Teelöffelchen von der Schalotten-Essig-Sauce darüber gegossen und das Ganze mit einem genüsslichen Schlürfen in die Mundhöhle gesaugt. Ein kurzes Kauen, um den kühlen nussartigen Geschmack des Muschelfleisches voll zur Geltung kommen zu lassen, dann hinunterschlucken und mit dem fruchtigen Weißwein nachgespült. Als nächstes folgte ein Bissen von dem mit Salzbutter bestrichenen Toastbrot. Nia schwelgte in Wohlbefinden.

Nachdem die umständliche Prozedur vorüber, und jeder seine sechs Austern genossen hatte, meinte Nia:

„Der arme Jean-Luc, das hätte ihm jetzt auch sehr gefallen. Stattdessen muss er sicher vor einem Computer in der heißen Polizeistation sitzen, ohne Klimaanlage, und endlose Dateien und Archive von Polizei, Gendarmerie und Geheimdienst durchforsten. Du glaubst gar nicht, wie aufreibend und gleichzeitig langweilig Polizeiarbeit sein kann. Da tut er mir wirklich leid."

„Aber das können doch seine Mitarbeiter machen. Wozu hat er denn so viele Brigadiere, Brigadierinnen und Leutnants. Was suchen die überhaupt?"

Nun erzählte Nia von dem bevorstehenden Mafiacoup auf der Insel und von den wenigen Informationen und Erkenntnissen, die die Polizei hatte; dass ihre Arbeit zur Zeit mehr einem Stochern im dichten Nebel glich, als zielgerichteter Ermittlungstätigkeit. Man wisse lediglich, dass ein hochrangiger Mafiaboss auf die Insel kommen sollte, um den Coup zu überwachen, und dass die Morde an den beiden Frauen mit all dem zusammen hingen.

Die *tarte tatin* wurde serviert, dann der *café*. Schließlich wünschte sich Olivier:

„Jetzt möchte ich wieder zurück in mein Appartement und mich etwas hinlegen. Vom ewigen Sitzen im Rollstuhl wird mein Kreuz nur noch steifer. Kommst du mit und leistest mir Gesellschaft?"

Er schaute Nia verschmitzt an:

„Keine Angst oder keine Chance, dass ich dir zu nahe trete - das wäre viel zu schmerzhaft." Dabei schob er seine rechte Hand stöhnend hinter seinen Rücken und verzog das Gesicht.

Sie wolle sich lieber in ihrer Suite ein bisschen hinlegen und lesen. Auf Jean-Luc warten. Hoffen, dass er zum *dîner* bleiben könne.

„Aber ich besuche dich wieder. Keine Angst, du bist nicht verlassen. *Salut* Olivier!" Sie beugte sich zu ihm hinab und hauchte zwei Küsse auf seine beiden Wangen. Ihr Angebot, ihn zurück in sein Apartment zu schieben, lehnte er ab.

„Ich bin ja nicht völlig lahm! Das kann ich schon selber."

Mit kräftigen Armstößen lenkte er den Rollstuhl in die Hotellobby zum Aufzug.

***

Commissaire Papperin hatte Jeannine Dalmasso und Claude Lavalle am Hafen abgeholt und war mit ihnen auf schnellstem Weg zur Polizeistation gegangen. Dort hatte man inzwischen mehrere Computer aufgebaut und ans Internet und mehrere polizeiinterne Netzwerke angeschlossen. Papperin setzte seine Mitstreiter vom Arbeitspensum in Kenntnis, das er für den Vormittag geplant hatte. Er berichtete zunächst von den Beobachtungen, die Nia beim Auftritt von Jeannine auf der Restaurantterrasse seines Hotels am Dienstagabend gemacht hatte.

„Einige Hotelgäste waren offensichtlich sehr überrascht, nein: erschrocken, als sie Jeannine plötzlich sahen. Bei einem von denen könnte es sich um unseren unbekannten Mafiaboss handeln. Wir haben keinerlei Anhaltspunkte und schon überhaupt keine Gewissheit. Ich phantasiere jetzt einfach mal drauflos: Er ..." Nach kurzem Nachdenken fügte Papperin hinzu „...oder sie, selbst das wissen wir nicht, war der Überzeugung, dass sein oder ihr Killer Jeannine ausgeschaltet hat. Und dann taucht die plötzlich putzmunter auf der Restaurantterrasse auf. Er fürchtet, von ihr erkannt zu werden, deswegen versucht er, sich unsichtbar zu machen, indem er hastig das Restaurant verlässt, oder sich weg duckt, hinter einer Pflanze oder einer anderen Person versteckt."

Papperin blickte in die seine Ausführungen gespannt verfolgenden Gesichter. Lieutenant Lavalle meldete sich zu Wort:

„Dieses Verhalten ist allerdings nur dann plausibel, wenn er befürchten muss, dass Jeannine ihn als den von uns Gesuchten erkennt. Das heißt, sie muss ihn – oder sie –

früher schon einmal bei ihren Ermittlungen gesehen haben, und zwar nicht in der jetzigen Eigenschaft als Hotelgast …"

„Oder Hotelangestellter, diese Möglichkeit dürfen wir nicht außer Betracht lassen", wandte Guy-deux ein.

„Einverstanden: Gast oder Angestellter des Hotels."

Papperin setzte den Gedankengang fort:

„Wenn er oder sie vorgestern Abend nicht schnell verschwunden wäre, oder sich versteckt hätte, dann hätte Jeannine ihn wiedererkannt als jemanden, den sie früher schon einmal in anderer Funktion gesehen hatte."

„Das ist mir zu kompliziert, das verstehe ich nicht", wurde er von Christophe, dem Dorfpolizisten unterbrochen.

„Doch, der Chef hat schon Recht, da ist was dran. Pass auf", erklärte Guy-deux.

„Wenn zum Beispiel in den Akten, die Jeannine von den Verhören in dem Pariser Bordell hatte, wenn da ein Foto dabei war, vielleicht von dieser Edelnutte"

„Zédé, Lilou Zédé", warf Jeannine ein.

„Also wenn da ein Foto von dieser Zédé dabei war, und Jeannine hätte vorgestern genau diese Zédé als Hotelgast oder Hotelangestellte wiedererkannt, dann hätte sie sich sicher gedacht: Hoppla, da besteht ein Zusammenhang. Die Nutte war in Paris in unseren Fall verwickelt und jetzt taucht sie plötzlich hier auf – in völlig anderer Funktion. Das wäre eine heiße Spur, da hätte sie sich dahinter geklemmt, und wir hätten möglicherweise in ein Wespennest gestochen."

„Verstehe!", murmelte Christophe. „Oder wenn der Hoteldirektor, oder ein Kellner oder ein Gast ihr früher schon einmal untergekommen ist, dann wäre der jetzt enttarnt, und darum musste der verhindern, dass sie ihn erkennt, und hat sich deswegen unsichtbar gemacht."

„Er oder sie!" betonte Papperin aufs Neue die geschlechterneutrale Rolle des oder der Gesuchten.

Plötzlich war allen klar, was das für Konsequenzen hatte. Jeannine war in höchster Gefahr, solange die unbekannte Person befürchten musste, der Polizistin wieder zu begegnen und von ihr erkannt zu werden. Alle Augen richteten sich auf sie.

„Wenn ihr glaubt, ich tauche jetzt ab, weil ich Angst vor den Gangstern habe, dann täuscht ihr euch. Ich will dabei sein, wenn wir den Ganoven Handschellen anlegen."

„Mensch, Jeannine, denk doch mal nach: Du bist in Gefahr, und zwar doppelt. Hatte er vorher schon einen uns unbekannten Killer auf dich angesetzt, dann kommt jetzt noch ein neues Motiv dazu, dich unbedingt auszuschalten, und zwar schnell, bevor dir der Mafiaboss wieder über den Weg läuft. Du musst von hier weg!", drang der Dorfpolizist auf seine Kollegin von der Kriminalpolizei ein. Er schien sich ehrliche Sorgen um sie zu machen.

Alle versuchten jetzt, Jeannie davon zu überzeugen, dass es besser wäre, wenn sie die Insel verließe.

„Jetzt seid doch mal vernünftig. Wenn die mich umbringen wollen, dann schaffen sie das auch – egal wo ich bin. Die Riesenkrake Mafia hat unendlich viele Fangarme, die mich überall aufspüren werden. Vielleicht dauert es etwas länger. Wenn wir aber hier konzentriert weitermachen und so schnell wie möglich zuschlagen, das Hirn der Krake außer Gefecht setzen, nur dann können wir gewinnen. Ich bleibe hier und arbeite mit. Und wenn du mich wegbeorderst, Jean-Luc, dann nehme ich Urlaub und bleibe trotzdem hier. Nur damit das klar ist!" Jeannine hatte sich in Rage geredet. Papperin bewunderte ihren Mut und ihr Engagement, auch wenn es noch so unvernünftig war. Er fand sie hinreißend.

„Okay! Vorläufig gibt es sowieso nur Routinearbeit am Computer, hier in der Polizeistation. Da wird nichts passieren, außerdem bist du hier nie alleine, immer mit mehreren Kollegen zusammen. Trotzdem, ab sofort führt jeder seine Dienstwaffe mit. Und jetzt verteilen wir die Arbeit", kehrte Papperin zur Tagesagenda zurück. Er erläuterte seinen Plan, alle potentiell in Frage kommenden Gäste und Angestellten des Hotels gründlichst zu durchleuchten.

„Vom Hoteldirektor angefangen bis hin zum unbedeutendsten Pagen oder Serviermädchen, und sämtliche Hotelgäste, Kinder natürlich ausgenommen, alle müssen wir uns vornehmen und ihre Vergangenheit durchforsten. Gibt es Vorstrafen, gab es Zusammenstöße mit der Polizei, Kontakte zu Kriminellen, liegen Berichte über Drogenkonsum vor? Bestehen Verbindungen zum Rotlichtmilieu? Auch Steuerdelikte sind von Interesse – denken Sie daran: Al Capone wurde nicht wegen seiner Morde, sondern wegen Steuerhinterziehung gefasst. Alles, was wir ans Tageslicht befördern, kann von Bedeutung sein und uns auf die richtige Spur führen. Und beschränken Sie sich nicht nur auf die amtlichen Datenbanken. Pressemitteilungen, Facebook, Twitter, alles was verfügbar ist müssen wir anschauen. Wenn Anhaltspunkte bestehen, dass Telefonverbindungen oder e-mails brauchbare Informationen enthalten könnten, gebt ihr das an Guy-deux weiter. Und Sie", er wandte sich an den Informatikfreak seiner *équipe* „versuchen die *accounts* zu knacken."

Papperin machte eine Pause und zog mehrere Blätter mit von Hand angefertigten Tabellen aus seiner Tasche.

„Hier habe ich eine Liste mit allen zu untersuchenden Personen gemacht. Ich will, dass die Verdächtigsten hier vor Ort bearbeitet werden. Wer wem von uns zugeordnet ist, finden Sie auf der Liste. Die weniger wichtigen auf der zweiten Tabelle sollen sich die Kollegen auf dem Festland vornehmen. Die sind schon informiert und warten auf ihren Part. Ich habe das heute Nacht handschriftlich gemacht. Guy-deux, digitalisieren Sie das und schicken Sie bitte die Liste nach Toulon. Das Ganze sollte nicht länger als drei bis vier Stunden dauern. Anschließend besprechen wir die Ergebnisse. Und dann sollten wir uns die in Frage kommenden Personen vornehmen. *D'accord?"*

In der Folge setzte ein hektisches Treiben ein. Stühle wurden verrutscht, die Computer hochgefahren. Die Kaffeemaschine lief auf Hochtouren. Bald allerdings hörte man nur noch das Klappern der Tastaturen, gelegentlich durch gemurmelte Flüche wie *bon dieu de merde,* oder einfach nur *merde* oder ein harmloses *mince alors* unterbrochen.

***

Die Routinerecherchen hatten den ganzen Vormittag in Anspruch genommen. Nach einem kurzen Mittagessen in einem kleinen Bistro am Hafen begab man sich wieder in die Polizeistation, um die Ergebnisse zu besprechen.

Die Räumlichkeiten dort waren nicht dafür konzipiert, Arbeitsplätze für eine größere Personenzahl zu bieten. In der Wachstube war nur Raum für zwei Schreibtische, einen Tresen und den Platz dahinter für Besucher und den Parteienverkehr. Insgesamt ergaben das kaum mehr als zwanzig Quadratmeter. Auch der angrenzende Aufenthaltsraum war nicht viel geräumiger. Ein großer Tisch mit vier einfachen Holzstühlen, ältere plastikbeschichtete Regale in einem unansehnlichen, verblichenen Grauton, ein Wandschrank und ein Stahltresor bildeten das einfache Mobiliar. Das einzig wirklich Moderne war der Kaffeeautomat, der silbern glänzend in einem Regalfach stand. Das intensive Arbeiten während des gesamten Vormittags hatte die Luft in den beiden Räumen heiß, stickig und abgestanden werden lassen. Hinzu kam noch die warme Abluft, die die Kühlventilatoren der Notebooks und PCs in den Raum geblasen hatten. Man hätte die Fenster aufmachen können, aber das hätte nichts genützt. Im Gegenteil, dann wäre nur die noch viel heißere, glühende Luft hereingeströmt, die draußen herrschte. Es waren fast zu viele Menschen für den kleinen Raum, die sich auf den unbequemen Holzstühlen um den Tisch drängten. Schweißgetränkte Hemden und T-Shirts – auch die beiden Dorfpolizisten hatten ihre steifen Uniformjacken schon längst abgelegt – trugen auch nicht gerade zur Verbesserung des erstickenden Raumklimas bei. Die Computerrecherchen des Vormittags hatten zwar viele Details ans Tageslicht gebracht, die meistens nicht zum Vorteil der jeweiligen Person gereichten. Der *président* mit seiner wasserstoffperoxid-blondierten Begleiterin, über dessen Beruf Papperin und Nia schon bei ihrer Ankunft gerätselt hatten, war Chef einer kleinen Hafenarbeitergewerkschaft in der Bretagne und Vizebürgermeister der Hafenstadt. Renzo Peridec hieß er. Vor Jahren war ein Verfahren wegen Korruption gegen ihn eingeleitet worden, das aber

auf Druck der großen Gewerkschaftssyndikate niederge-
schlagen wurde, obwohl der Sachverhalt klar und seine
Schuld eindeutig erwiesen war. Außerdem schien er Kontakte zum Rotlichtmilieu zu unterhalten, nicht als Kunde,
sondern eher als Protektor. Die Informationen hierzu waren
allerdings äußerst vage. Es handelte sich vor allem um
Vermutungen und Verdächtigungen, die ein Reporter der
lokalen Tageszeitung in seinen Beiträgen lanciert hatte.
Verbindungen zur Drogenszene und zur Mafia schienen
hier aber nicht zu bestehen.

Die geschwätzige Comtesse Éloise de Montbéliard hatte
es nach den Recherchen von *lieutenant* Lavalle dick hinter
den Ohren. Alles andere als eine ehrbare Comtesse hatte
sie, praktisch aus der Gosse kommend, reich geheiratet und
den Titel und ihr Vermögen von ihrem ersten Ehemann er-
gattert, der unter nicht ganz eindeutigen Umständen das
Zeitliche gesegnet hatte. Die Lebensversicherung hatte seinerzeit den Tod des *Comte* gründlich untersucht, musste
aber dann doch die Versicherungssumme ausbezahlen.
Auch hier kamen die Informationen meist aus der Klatsch-
presse und nicht aus Polizeiakten. Ihr zweiter Ehemann,
den sie auch zu Grabe getragen und beerbt hatte, war dann
aber eindeutig eines natürlichen Todes gestorben. Er war
einem Schlaganfall erlegen.

Person für Person wurde durchgehechelt. Besonders in-
teressant waren die Ergebnisse, die zu dem Geschäftsmann
und seinen muskelbepackten und tätowierten Bodyguard
zu Tage gefördert worden waren. Jean-Claude Crapaud –
so hieß der vornehmere der beiden – war Besitzer zahlreicher privater Casinos und Glücksspielclubs, die über ganz
Frankreich verstreut waren. Die Aufmerksamkeit Papperins erregte vor allem die Tatsache, dass er schon mehrfach wegen Drogendelikten angeklagt war, dass er aber
immer nur zu einer ihn nicht allzu sehr treffenden Geldstrafe verurteilt wurde. Unbestätigten Gerüchten zufolge hatte
er die zuständigen Richter massiv bedroht. Nur ein Richter
hatte Rückgrat und Zivilcourage gezeigt und ihn zu einer
mehrjährigen Haftstrafe verurteilt. Im anschließenden Be-

rufungsverfahren wurde die Haft- in eine Geldstrafe umgewandelt, nachdem der vorsitzende Richter des ersten Verfahrens auf mysteriöse Weise von einem nach wie vor unbekannten Täter erschossen worden war.

„Der Mord an einem Richter, den man bis heute nicht aufklären konnte, weil die Tat so perfekt geplant war und durchgeführt wurde, das riecht nach organisierter Kriminalität, nach Mafia. Noch dazu sind Drogen im Spiel. Diesen Herrn Crapaud und seinen Adlatus dürfen wir nicht aus den Augen lassen. Das könnte eine heiße Spur sein. François", er blickte seinen *brigadier* Legrand an „übernehmen Sie das bitte, zusammen mit …" Papperin schaute fragend in die Runde. Dann deutete er auf den zweiten Dorfpolizisten. „Mit Ihnen. Es ist nicht schlecht, wenn Sie als Ortskundiger mit von der Partie sind. Und Sie, Guy-deux, setzen sich auf seine elektronische Spur. Sie wissen schon, was ich meine: Bankverbindungen und Überweisungen, Telefonkontakte, e-mail-Verkehr und so. Ich weiß zwar nicht, wie das technisch geht, aber ich weiß, dass Sie das können." Auch wenn es nicht ganz legal ist, was er da macht, dachte Papperin bei sich.

Die Beratungen gingen weiter. Jede Person, ob Hotelgast oder –angestellter, wurde anhand der gefundenen Daten unter die Lupe genommen. Rauschgift war ein großes Thema. Etliche der durchleuchteten Personen hatten eine mehr oder weniger beachtliche Drogenvergangenheit. Der jugendliche Sportlertyp, Marcel Bric, war vor Jahren als Dealer verurteilt worden, hatte sich aber, wenn man den Berichten trauen konnte, inzwischen völlig aus der Szene zurückgezogen.

Vor allem beim Hotelpersonal fanden sich mehrere Hinweise auf Drogenbesitz. Der bärtige Haustechniker Charles Orbier war die nächste interessante Figur, die aus den unergründlichen Tiefen der Archive ausgegraben wurde. Jeannine hatte entdeckt, dass er Hotelgäste mit Dope versorgt haben sollte, unter Mithilfe eines Zimmermädchens. Er war angeklagt, aber mangels Beweisen nicht verurteilt worden. Das war vor gut zwei Jahren gewesen. Papperin wunderte sich, weshalb der Hoteldirektor ihn trotzdem weiter beschäftigt hatte. Das Renommee des Hotels musste dadurch doch sicher enorm gelitten haben.

„Was hat denn die Journaille daraus gemacht?", fragte er sich laut.

„Da steht nicht viel in den Zeitungen", meinte Jeannine. „Die haben ihre Presseleute gut im Griff, so scheint es. Außer einem kleinen Artikel auf den hinteren Seiten des *Var Matin* war nichts über diesen Fall zu finden. Alles, was ich rausbekommen habe, stammt aus den Polizei- und Gerichtsakten."

Christophe Gilbert, der Dorfpolizist mischte sich ein. „Das wurde einfach unter den Tisch gekehrt. Die Hotelgesellschaft hat gute Kontakte zur Politik. Wir hier von der *Police rurale* haben einen Maulkorb verpasst bekommen, von ganz oben. Da wurden wir richtig unter Druck gesetzt, durften nichts an die Presse weitergeben, wenn wir unsere Laufbahn nicht gefährden wollten. So deutlich hat man uns das damals gesagt."

„Und das Zimmermädchen? Was stand über die drin?", fragte Papperin. Jeannine ging zum PC und blätterte in den Dateien.

„Erstaunlicherweise gar nichts. Offensichtlich hat er die nicht verraten. Es wird kein Name genannt, sie war auch nicht angeklagt. Die Beweislage scheint äußerst dünn gewesen zu sein. Soweit ich das aus den Gerichtsakten ersehen kann."

Da das *L'Étoile de l'Île* betroffen war, das Hotel, in dem auch der gesuchte Mafiaboss abgestiegen sein sollte, wandte sich die Aufmerksamkeit aller natürlich diesem alten Fall zu.

„Aber wieso hat der Hoteldirektor den Orbier nicht rausgeschmissen?", hakte Papperin nach.

„Da kann ich mir schon einen Grund vorstellen!" Der Gesichtsausdruck, mit dem Guy-deux das sagte, fiel allen sofort auf. Es war nicht sein freches Grinsen, das er sonst immer zur Schau trug. Schon ein Grinsen, aber eher verächtlich, verabscheuend. Auf die fragenden Blicke sagte er:

„Der wurde erpresst! Er ist pädophil. Jede Menge Fotos, Kinderpornos auf seinem PC."

„Pfui Teufel. Aber woher willst du wissen, dass er erpresst wurde? Und von wem?", fragte Jeannine entsetzt. Dass Guy-deux die Fotos auf dem PC des Direktors entdeckt hatte, wunderte sie nicht besonders, denn sie kannte die Fähigkeiten ihres Kollegen, der mit Computern, dem Internet und den ganzen digitalen Dingen souverän spielen konnte.

„Ich habe doch auch die e-mails des Hoteldirektors gecheckt. Der Orbier ist Techniker. Der kann das wohl auch, Computer hacken, Passwörter knacken und so. Auf alle Fälle hat der Hoteldirektor von ihm eine e-mail bekommen mit der Drohung, dass er das mit den Kinderpornos öffentlich macht, wenn der Direktor ihn und die Merlin rausschmeißt. Und dann hat der halt den Schwanz eingezogen und die beiden weiterbeschäftigt."

„Sag das nochmal! Wen sollte er nicht rausschmeißen?"

„Na den Orbier und die Merlin."

Christophe Gilbert sprang wie elektrisiert auf:

„Mensch Chef! Äh *monsieur le commissaire*, die Merlin, das ist doch die Frau, die erschossen worden ist, die wir in der Klimatechnik gefunden haben, vor ... wie lang ist das jetzt her? ... vor zwei Wochen?"

„Sie haben Recht, Christophe, das gibt unserem Fall eine ganz neue Wendung."

Man war sich einig, hier musste weiter nachgebohrt werden. Möglicherweise war das berühmte Hotel direkt in den Fall verwickelt. Kein Wunder also, dass der erwartete Mafiaboss in seinem eigenen Hotel absteigen wollte. Aber wieso ließ er dann seine Leute umbringen, dieses Zimmermädchen, das, wie sie jetzt wussten, identisch mit der ermordeten Chloé Merlin war. Diese hatte ja laut Gerichtsakten sein Rauschgift an die Hotelgäste verkauft.

„Ist doch klar, die hat das Dope insgeheim abgezweigt und auf eigene Rechnung verhökert. Das lässt kein Gangsterboss ungesühnt, wenn man ihn beklaut. Ich frag mich aber, was der Orbier damit zu tun hat, beziehungsweise, warum der noch nicht umgebracht worden ist. Der steckte doch mit der Merlin unter einer Decke."

Auf diese Frage folgte eine intensive Diskussion. Es wurden Theorien aufgestellt und wieder verworfen.

„Ich versuche jetzt mal zusammen zu fassen", übertönte Papperins sonore Stimme die anderen.

„Die Merlin hatte als Zimmermädchen die Kontakte zu den Hotelgästen. Aber sie kam vermutlich nicht an das Rauschgift ran. Das war der Part des Haustechnikers. Der wusste, wo das Syndikat den Stoff lagerte. Denn dass sich hier auf der Insel ein Zentrallager für importiertes Rauschgift befindet, wissen wir von den Geheimdiensten. Also: Der zweigt den Stoff ab, gibt ihn dem Zimmermädchen, und die verteilt ihn an interessierte Gäste. Die beiden verdienen sich damit sicher ein hübsches Sümmchen. Und das ist den Oberen nicht recht. Deshalb schalten sie die Kleine aus. Warum nur die und nicht auch den Orbier? Wohl weil sie nicht wissen, dass der auch mit drin steckt. Ist das plausibel?"

Allgemeine Zustimmung.

„Gut, dann sollten wir uns um den Haustechniker kümmern. Wenn meine Theorie zutrifft, dann steckt der mit drin. Er weiß, wo das Syndikat das Rauschgift lagert – sonst könnte er ja nichts abzweigen – und er arbeitet mit dem Zimmermädchen zusammen. Wie kommen wir hier an weitere Information?"

Papperin schaute den Informatikfreak erwartungsvoll an. In seinem Blick war die unausgesprochene Aufforderung zu lesen, Guy-deux möge die e-mails des *monsieur* Orbier unter die Lupe nehmen – auch ohne richterliche Berechtigung.

„Kein Problem! Es dauert nur etwas, bis ich sein Passwort geknackt habe."

Während er sich mit seinem Notebook in die Wachstube hinter dem Besuchertresen zurückzog, befassten sich die anderen Polizeibeamten wieder mit den Rechercheergebnissen zu den übrigen Hotelinsassen. Fakten wurden vorgetragen und Schlussfolgerungen diskutiert. Papperin verteilte Aufgaben. Langsam aber stetig bekamen sie einen vollständigen Überblick über die teils kriminelle, überwiegend aber gesetzestreue Vergangenheit der untersuchten Personen

Eine knappe Stunde später kam Guy-deux mit aufgeklapptem Notebook in den Beratungsraum zurück.

„*Alors*!", grinste er zufrieden. „Bei den e-mails konnte ich nichts Brauchbares finden. Weder bei Charles Orbier noch bei Chloé Merlin. Aber sie haben sich jede Menge SMS geschickt. Die waren tatsächlich so dumm und haben alles per SMS vereinbart: Wo sie sich jeweils treffen wollten, um das Geld zu teilen und wo die Merlin das Dope abholen konnte. Jetzt ratet mal, wo das war, das Versteck, in dem der Orbier das Rauschgift für sie zur Abholung deponiert hatte."

Allgemeines Schulterzucken.

„Fast genau da, wo man die Leiche gefunden hat. In dem Raum mit der Klimatechnik. Er hat geschrieben, sie soll das Gitter wegnehmen, etwa einen halben Meter zwischen den beiden großen Rohren müsse sie sich durchzwängen, links oben, da wäre dann eine Mauernische, in der sie den Stoff finde."

„Hat er auch gesagt, wo er das Rauschgift her hat? Also wo das Syndikat sein Zentrallager hat?"

„Nein, darüber schweigt er sich aus."

„Er wäre ja auch blöd, denn dann hätte sie das Geschäft ohne ihn machen können."

Papperin dachte angestrengt und laut nach:

„Wenn er den Stoff besorgt hatte, dann muss er gewusst haben, wo er ihn holen konnte. Die Mafia hat ihn aber nicht liquidiert. Das kann doch nur heißen, dass er zu denen gehört. Andererseits dürften ihn die Bosse nicht mit den Diebstählen in Verbindung gebracht haben. Sonst hätten sie ihn sofort erschossen. Für sie war das Zimmermädchen allein verantwortlich, deshalb haben sie sie umgebracht. Ist das logisch?"

„Aber er stand doch wegen Rauschgiftdealens vor Gericht. Das war ein öffentlicher Prozess, das müssen die doch mitgekriegt haben. Wieso haben sie ihn dann nicht ... Betonklotz an die Beine und ab ins Meer mit ihm?"

„Wissen wir überhaupt, wo das Dope herkommt? Vielleicht aus Kolumbien oder sonst wo aus Südamerika. Da unten bekommen die doch nicht jeden Strafprozess vor einem französischen Provinzgericht mit. Deswegen lebt er noch."

„Dann muss er aber der oberste Chef hier in der Provence sein."

„Wieso? Das verstehe ich nicht."

„Claude, das ist doch klar: Wenn er irgendein untergeordneter Gangster wäre, der wegen Drogendealens angeklagt wird, und es gäbe hier in der Provence einen Chef über ihm, dann hätte der von dem Prozess gewusst und den Orbier entweder sofort aus dem Verkehr gezogen oder die Firmenleitung in Kolumbien informiert. In beiden Fällen würde er jetzt nicht mehr am Leben sein. Klar?"

„O.K! Dann haben wir Charles Orbier als regionalen Mafiaboss, der gemeinsam mit einem Zimmermädchen die Oberbosse des Syndikats in ... sagen wir ... Kolumbien ... bescheißt", stimmte *lieutenant* Claude Lavalle zu.

„Wenn jetzt aber", wandte er sich *commissaire* Papperin zu „wie sie sagen, ein Mafia-Oberboss hierher kommen soll oder schon hier ist, dann wird das dem nicht verborgen bleiben, und die Tage des Haustechnikers dürften gezählt sein."

Papperin nickte zustimmend.

„Das klingt überzeugend. Wir müssen jetzt zwei Dinge machen: Erstens, den Haustechniker festnehmen. Denn wenn unsere Theorie stimmt, dann schwebt er in Todesgefahr und wäre, wenn wir ihn vor der Exekution durch die Mafia bewahren, ein wichtiger Kronzeuge. Und zweitens sollten wir das Versteck suchen, wo er den Stoff für das Zimmermädchen deponiert hat. Womöglich finden sich dort Hinweise, woher er den Stoff geholt hat."

Als nächstes wurden die Teams eingeteilt. *Brigadier* Legrand und ein Dorfpolizist sollten sich wie besprochen um den Spielhöllentypen und seinen Bodyguard kümmern.

Papperin und *lieutenant* Lavalle wollten den Haustechniker Charles Orbier aufsuchen und ihn möglichst überzeugen, freiwillig mit auf die Polizeistation zu kommen. Nur im äußersten Fall, wenn er sich weigerte, wollten sie ihn festnehmen.

Das Dopeversteck in der Klimatechnik sollten *brigadier* Guy Malmotte und der zweite Dorfpolizist untersuchen.

„Und ich? Ich soll wohl hierbleiben und Däumchen drehen, während ihr im Einsatz seid? *Non, non!* So geht's nicht. Ich komme mit!", regte sich Jeannine auf.

„Hast du schon vergessen, dass die einen Killer auf dich angesetzt haben? Hier bist du am sichersten. Und außerdem brauchen wir jemanden, bei dem alle Informationen zusammenlaufen und der alles koordiniert. Du und Guy-deux, ihr beide bleibt hier, haltet den Kontakt zu uns anderen und Guy-deux soll weiter im Netz nach Informationen fischen."

„Nein, ich komme mit. Und wenn du einen Kopfstand machst!" Jeannine war sichtlich erregt und ganz offensichtlich beleidigt, dass Jean-Luc sie so auf ein Abstellgleis schieben wollte. Papperin überlegte. Sollte er den Vorgesetzten herauskehren und sie per Befehl zum Hierbleien verdonnern? Andererseits war schließlich sie es, die bislang die Hauptarbeit geleistet, den Fall vorangetrieben und auch das größte Risiko bei den Ermittlungen getragen hatte. Er konnte schon verstehen, dass sie nicht abgeschoben werden, sondern unbedingt dabei sein wollte, jetzt, wo sie einen der mutmaßlichen Drahtzieher identifiziert zu haben glaubten, und wo vielleicht sogar eine Verhaftung bevorstand. Trotzdem: Sie stand auf der Abschussliste der Drogenmafia. Da konnte er sie doch nicht in die Höhle des Löwen mitkommen lassen. Wenn dieser Charles Orbier wirklich ein Regionalchef des Syndikats war, wie sie vorhin vermutet hatten, dann dürften Bodyguards in seiner Nähe sein, professionelle Killer. Und einer von denen hatte schon einmal versucht, Jeannine zu erschießen.

„Hm? Was glaubst du, was geschieht, wenn die Leibwächter von Orbier dich sehen? Die knallen dich ab! Wir wissen zwar nicht genau, warum, es wäre aber nicht das erste Mal, dass die es versuchen. Zum Orbier lasse ich dich auf gar keinen Fall mitkommen." Papperin war immer noch unschlüssig. Schließlich rang er sich durch und gestand Jeannine zu:

„Meinetwegen gehst du mit Christophe das Dopeversteck suchen. Und die beiden Guys halten hier die Stellung. Passt aber höllisch gut auf, und vergesst nicht, die Dienstwaffen mitzuführen! Das gilt übrigens ab sofort für alle!"

***

Papperin, Jeannine, Claude und Christophe waren mit dem Jeep auf dem Weg zum Hotel *L'Étoile de l'Île*. Inzwischen war es dunkel geworden. Die Scheinwerfer des Geländeautos fraßen sich durch die Nacht und rissen die Bäume und Büsche am Wegrand für kurze Zeit aus der Dunkelheit. In einer Linkskurve leuchtete ein Felsbrocken auf, als das Licht über ihn huschte.

„*Attention, un sanglier!*" Jeannines Warnruf ließ Christophe so abrupt auf die Bremse treten, dass der Wagen schlingerte. Die Wildsau und ihre drei Frischlinge, die die Schotterpiste überquerten, kamen unversehrt auf der anderen Straßenseite an. Blühende Oleanderbüsche tauchten vorübergehend im Halogenlicht auf und verschwanden wieder. Eine Eule, die sich gerade auf eine Maus stürzte, wurde vom grellen Lichtstrahl gestört und flatterte erschreckt und ohne Beute davon.

„Haben wir eine Taschenlampe dabei?", fragte Christophe in die Dunkelheit. „Die brauchen wir sicher, wenn wir uns zwischen den Rohren hindurch zu dem Dopeversteck zwängen müssen."

Daran hatte niemand gedacht.

„Ist an deinem Handy keine?", fragte Papperin Jeannine. Sie schüttelte den Kopf. „*Non*, ich hab so ein altmodisches Nokiahandy, das hat keine Lampe."

„Dann nimm meins", sagte Papperin, reichte ihr sein Smartphone und erklärte ihr die Taschenlampenfunktion. Im Gegenzug bekam er ihr Handy. Christophe stellte den

Wagen hinter einer dichten Oleanderhecke ab. Sie wollten kein großes Aufsehen erregen, was mit Sicherheit der Fall gewesen wäre, wenn ein Polizeifahrzeug vor dem Hotel vorgefahren wäre und vier Beamte, davon einer in Uniform, dem auffälligen Dienstfahrzeug entstiegen wären.

„Claude, wir gehen zum Appartement des Orbier im Personaltrakt und hoffen, dass er dort ist. Und ihr", wandte sich Papperin an Jeannine und den Dorfpolizisten „macht euch auf die Suche nach dem Versteck im Klimatechnikhaus. Auch wenn ich nicht glaube, dass der Killer dort auf Jeannine wartet: Passt trotzdem höllisch auf!"

***

Olivier Desjaques legte den Dessertlöffel auf den Teller zurück, auf dem sich bis vor kurzem noch ein *baba au rhum* befunden hatte. Er schaute Nia an, die gerade den letzten Bissen des Rum-Savarin auf der Zunge zergehen ließ. Der intensive Duft nach *Royal Ambré Saint James Martinique Rhum* erfüllte den Raum.

„Nia, ich bin dir unendlich dankbar, dass du mir beim *dîner* in meinem Appartement Gesellschaft geleistet hast. Im Rollstuhl, unten im Restaurant, unter den vielen Leuten, fühle ich mich nicht wohl. Ich weiß, das ist pure Eitelkeit, aber so bin ich nun mal. Und du musst das auch gar nicht verstehen. Aber umso schöner war es hier, nur wir zwei. Und das Menü war großartig – fandst du nicht auch?"

Er griff nach ihrer Hand, zog sie zu sich und hauchte einen Kuss auf den Handrücken.

„Zum Abschluss einen Cognac?"

Er lenkte seinen Rollstuhl zu einer Wandkonsole, auf der mehrere Kristallglasflaschen standen.

„Oder lieber einen Grand Marnier?", fragte er, da er Nias Digestifvorlieben kannte. Sie nickte und lehnte sich wohlig zurück, satt von dem Gourmet-Menü und leicht beschwipst vom edlen Wein und dem alkoholreichen Dessert. Olivier hob den Glasverschluss von einer der Kristallkaraffen und goss die goldgelbe Flüssigkeit zwei Finger breit in ein Glas. Er rollte zurück an den Tisch zu Nia und reichte ihr den Digestif. In der Brusttasche seines Polohemdes summte es und ein helles Licht schimmerte durch das Strickgewebe. Ganz leise ertönte ein harmonischer Glockenklang.

„Mein Handy, entschuldige bitte!"

Er tippte auf die ‚Gespräch-Annehmen-Taste' und sagte, während er das Gerät an sein linkes Ohr hielt leise „Oui?"

Eine kurze Weile hörte er zu. Etwas schien ihn aufzuregen, zu ärgern. Nia verfolgte sein sich änderndes Mienenspiel. Die zärtlich-freundlichen Gesichtszüge wichen immer mehr einem harten, erzürnten Ausdruck mit verbissenen schmalen Lippen und tiefer Zornesfalte, die sich von der Nasenwurzel bis zum Haaransatz zog.

„Sag, dass das nicht wahr ist!", brüllte er in den Hörer. Schweigend hörte er wieder eine Weile zu, wobei er sich unentwegt mit dem kleinen Finger der linken Hand an der Nase kratzte.

„Du Trottel! Versager!" Er sprang aus dem Rollstuhl auf und stampfte wütend durch das Zimmer.

„Erschrecken solltest du ihn, nicht erschießen! Hast du wenigstens diese Polizistin, die Dalmasso, erledigt? … Nein? *Putain de merde!*", fluchte er, und fuhr dann mit leiser drohender Stimme fort:

„Grégory, das war ein Befehl! Jetzt mach das endlich, aber ein bisschen plötzlich! Und dass du nicht wieder die falsche umbringst!"

Voller Entsetzen starrte Nia ihn an. Er schien seine Umgebung nicht wahrzunehmen, nahm keine Notiz von ihr. Kurze Zeit war sie wie gelähmt. In ihrem Kopf überschlugen sich die Gedanken. Erinnerungsfetzen jagten durch ihr Gehirn. Hatte Jean-Lucs Jeannine nicht von einem berichtet … der kleine Finger … das Kratzen an der Nase … der Chef von diesem Killer … Berthau, nein Haubert … und wieso kann er plötzlich laufen? … Mein Gott, das ist … Jean-Lucs Mafiaboss!

Panik ergriff sie. Sie sprang auf, wollte wegrennen. Nicht zum Ausgang, dort war er. Sie drehte sich um, lief ins

Schlafzimmer. Stolperte, fing sich wieder, hörte ihn dicht hinter sich, seine Schritte verhaspelten sich, ein Fluch drang zu ihrem Ohr ... da, die Tür zum Bad. Sie stürzte hinein, knallte die Türe hinter sich zu und drehte den Riegel. Nur einen Wimpernschlag später krachte sein Körper gegen das Türblatt. Sie bebte vor Entsetzen, aber es hielt dem Anprall stand!

Plötzlich Totenstille!

Dann seine Stimme, hart, eiskalt.

„Nia, komm raus! Dann muss ich die Türe nicht aufbrechen. Du hast keine Chance!"

Zitternd vor Angst fummelte sie an ihrer rechten Jeanstasche. Ihr Handy! Endlich hatte sie es. Klappte es auf. Drückte die grüne Taste ... einmal ... die Anrufliste erschien ... Jean-Luc ... drückte nochmal und presste das kleine Gerät ans Ohr.

„Geh ran! Bitte, bitte, geh ran!", betete sie.

„Brigadier Dalmasso am Apparat. Jean-Luc ist nicht hier."

„Hilfe!", flüsterte Nia. „Hilfe! Jeannine, sind Sie das? Helfen Sie mir! Bitte! Olivier, er bringt mich um."

Ein Schuss durchschlug die Badtüre. Der Knall gellte in Nias Ohren.

***

Der Knall prallte gegen Jeannines Trommelfell.

Verdammt, er schießt, dachte sie.

„Nia, wo sind Sie?"

„Im Bad von Olivier", bibberte Nias Stimme. „Er ist euer Mafiaboss!"

„Gehen Sie von der Tür weg! Stellen Sie sich neben die Türe, in Deckung! Reden Sie mit ihm, versuchen Sie ihn hinzuhalten! Ich komme!"

Ein zweiter Schuss! Jeannine hätte vor Schreck fast das Handy fallen lassen.

***

Holz splitterte, wieder ein Knall.

„Nia, mach auf und dann komm raus! Sonst schieße ich das Türschloss in Stücke."

„Nein! Du musst mich schon holen. Außerdem hört man die Schüsse im ganzen Haus."

„Das hält jeder für den Fernseher. Da läuft immer irgendein Gangsterfilm. Also komm endlich raus."

„Damit du mich umbringst. Warum willst du mich eigentlich erschießen? Ich hab dir doch nichts getan."

„Das weißt du ganz genau. Du hast alles mitgekriegt, ich habe es an deinem Gesicht gesehen, vorhin. Schade, dass es so enden muss. Also komm jetzt raus."

„Was soll ich mitgekriegt haben? Ich verstehe überhaupt nichts!"

„Tu doch nicht so naiv! Ich darf dich nicht am Leben lassen. Jetzt mach schon auf, dann geht es wenigstens schnell."

„Und du? Du hast doch dann auch keine Chance."

„Wir haben einen Hubschrauber in den *gorges du loup* stehen. Der bringt mich auf meine Yacht – in internationalen Gewässern. Und dann: *Au revoir France*! Mich kriegen die nicht, ha, ha, ha!"

„Und dein Drogencoup?"

„Den werde ich dann abblasen. Jetzt mach auf!"

„Non, jamais!"

***

„Christophe, wo ist die Suite von diesem Olivier, dem karibischen Rumimporteur, weiß du das?"

„Non!"

„Merde! Komm schnell zur Rezeption!"

Sie rennen los. Christophe stolpert, stürzt. Jeannine rennt weiter, quer durch die Strelitzienbeete, stürmt in die Hotellobby, die Pistole in der Hand.

„Die Suite von dem Freund vom Chef, wo ist die? Zimmernummer? Schnell! Es geht um Leben und Tod!"

Christine Padelle, die heute am Empfang Dienst tat, war zum Glück schnell von Begriff.

„Zweite Etage, Nummer 208, dort ist der Lift!" Sie deutete auf den gläsernen Aufzugsschacht.

Jeannine hatte keine Zeit auf den Lift zu warten. Sie hastete die Treppen hoch, immer drei Stufen auf einmal nehmend.

***

„Dann hole ich dich eben!"

Ein erneuter Knall. Metallteile und Holzsplitter sirren durch den Raum. Ein Tritt, und die Tür fliegt auf. Riesengroß, so kommt es ihr vor, steht der Boss in der Türöffnung. Nia drückt sich in die Nische zwischen Toilette und Wand und macht sich so klein wie möglich. Die Hand mit dem Revolver schwenkt langsam durch den Raum. Zuerst zielt sie auf das Waschbecken links von der Türe. Dann auf die Duschkabine. Sie wandert weiter nach rechts über die Badewanne zu einem schmalen hohen Spiegelschrank, weiter zum Handtuchhalter, zur Toilette. Dort verharrt sie. Das schwarze Loch im Lauf der Waffe starrt Nia drohend an. Sie versucht, sich noch kleiner zu machen, hinter der Toilettenschüssel zu verstecken.

„Es geht nicht anders, *je regrette infiniment!*"

Wie in Großaufnahme sieht Nia, wie sich der Finger krümmt, den Abzug berührt. Sie schließt die Augen, erwartet das Ende. Ein lauter Knall, dann ein Poltern.

***

„Warum tut mir nichts weh? Wieso kann ich die Augen aufmachen?" Sie blinzelt. Direkt vor ihr liegt eine Waffe, ein Revolver. Sie kann ihn durch die langen Wimpern nur verschwommen sehen. Sie schlägt die Augen weiter auf. Quer auf dem dunkelblauen Fliesenboden liegt jemand und schaut sie an. Aber ohne Gesicht? Alles ist rot. Sie blickt weiter auf. Das Bad mit neuen Kacheln - cremefarben mit roten Tupfen und Sprenkeln. Dann die Türe. Sie schreit auf. Dort steht er immer noch in der Öffnung, ein riesiger Schatten, die Pistole drohend nach vorne gerichtet.

„Nein!" flüstert sie.

Die Gestalt bewegt sich, kommt langsam herein. Sie stammelt:

„Ich ... ich ... habe ... ihn ... erschossen ... alles ist rot ... Blut. Ich ... wollte ... ihn ... doch nur außer Gefecht ... kampfunfähig machen."

Dann lehnt sie sich an die blutbespritzte kalte Wand und weint.

**

Plötzlich ist das Bad voller Leute. Nia wird hochgezogen. Arme umschlingen sie.

„Nia, Liebling, es ist alles gut, beruhige dich. Es ist vorbei! Ich bin es, Jean-Luc! Jeannine hat ihn ..." Erschossen wollte er sagen. Dann sah er seine Brigadierin, die immer noch verstört an der Wand lehnte und mit tränenverschwommenen Augen auf die Leiche zu ihren Füßen schaute. Mit dem linken Arm umfasste er ihre Schultern und zog sie zu sich und Nia.

„Jeannine, komm zu dir! Das ging nicht anders, das hast du gut gemacht! Du hast es völlig richtig gemacht", versuchte er, sie zu trösten, obwohl er keine Ahnung hatte, was geschehen war.

Er drückte die beiden Frauen fest an sich und murmelte:

„Ihr Armen! Meine beiden armen Mädchen!"

Eine Leiche kommt selten allein

Freitag, 4.9.

Christophe war gestolpert und gestürzt, als er der aus dem Klimatechnikraum davonstürmenden Jeannine nachlaufen wollte. Während er hinter ihr her humpelte, alarmierte er Papperin telefonisch. Er wählte Jeannines Nummer, da er wusste, dass sie mit Papperin das Handy wegen der Taschenlampe getauscht hatte. Als er schließlich am Ort des schrecklichen Geschehens ankam, war alles schon vorbei. Papperin hielt die beiden zitternden Frauen in den Armen, Olivier lag in einer Blutlache auf dem Fliesenboden.

Trotz des Entsetzens, das diese Szene in ihm auslöste, behielt er den Überblick. Er schob Papperin und die beiden Frauen aus dem Badezimmer, vergewisserte sich, dass der Mafiaboss wirklich tot war und telefonierte dann mit der Polizeistation.

„Hallo? Guy, sind Sie es? Hier ist etwas Schreckliche passiert. Jeannine hat einen Hotelgast erschossen, den Freund vom Kommissar. Soweit ich verstanden habe, soll er der gesuchte Mafiaboss sein ... äh ... gewesen sein. Fordern Sie bitte die Spurensicherung an, die muss kommen. Ich warte solange hier bei der Leiche."

Er hörte mit, wie Guy Malmotte die Nachricht seinem Kollegen, dem *brigadier* Guy Debordeau, mitteilte.

„He, noch etwas! Hallo! Gehen Sie noch mal ran ans Telefon!" Endlich, als Guy sich wieder meldete, konnte Christophe sein Anliegen loswerden:

„Kann einer von Ihnen beiden ganz schnell herkommen? Ich will nach Jeannine sehen, die ist völlig fertig. Aber ich bin hier allein und kann nicht weg. Bitte kommen Sie so schnell wie möglich!"

Lautes Stimmengewirr und Schritte drangen durch seine besorgten Gedanken und ließen ihn schnell das Todesbad verlassen. An der Eingangstüre zur Suite drängten sich Menschen. Allen voran Christine Padelle und der Hoteldirektor, dahinter Hotelgäste, die der Schuss aus ihren Zimmern gelockt hatte. Er trat auf den Korridor und blockierte mit weit ausgebreiteten Armen den Zutritt zum Appartement.

„Hier darf jetzt niemand hinein!"

„Da soll jemand umgebracht worden sein, erschossen! Wir haben den Knall deutlich gehört. Was genau ist passiert?"

„Kein Kommentar", verweigerte der Dorfpolizist die Auskunft. „Gehen Sie zurück in Ihre Zimmer. Hier behindern Sie nur die Arbeit der Polizei." Als niemand Anstalten machte, dies zu befolgen, wiederholte er seine Aufforderung in deutlich barscherem Tonfall.

***

„Jetzt trinkt erst mal einen Cognac, ihr seid ja beide noch ganz durcheinander."

Papperin hatte mit den beiden Frauen die Horrorsuite des Mafiabosses verlassen und sie in sein und Nias eigenes Appartement geführt. Jetzt saßen die beiden nebeneinander in dem bequemen weichen Sofa, waren aber immer noch sichtlich verstört. Während sich in Nias Kopf die Szene mit der auf sie gerichteten schwarzen, den Tod verkündenden Revolvermündung ständig wiederholte, hatte Jeannine der Schock, einen Menschen erschossen zu haben, noch fest im Griff. Papperin goss reichlich Cognac in zwei Gläser und hielt sie den Frauen hin. Beide nippten zuerst nur daran, dann blickten sie sich an, und wie in stillschweigendem Übereinkommen trank jede ihr Glas in einem Zug leer. Ob es die Wirkung des Alkohols war, oder die Ablenkung durch das scharfe, starke Getränk, blieb unklar. Auf alle Fälle verschwand dieser verstörte, abwesende Blick schlagartig aus ihren Gesichtszügen. Jeannine stellte das Glas so heftig auf den Glastisch, dass es zersplitterte und Nia schnappte mit weit offenstehendem Mund nach Luft.

„Könnt ihr jetzt sagen, was genau passiert ist? Ich weiß gar nichts, nur dass Christophe mich angerufen hat, ich soll sofort zu Olivier kommen, weil dort geschossen wird.

Ich habe mich im Personaltrakt verlaufen, darum hat es etwas gedauert, bis ich hingekommen bin. Na ja, den Rest wisst ihr. Was war los? Nia fang du an!"

Zuerst noch stockend und mit ganz leiser Stimme berichtete sie vom gemeinsamen *dîner* in Oliviers Suite. Von dem Anruf, der unmittelbar nach dem Essen kam und der ihn in höchste Aufregung versetzt hatte.

„Er hat ins Telefon gebrüllt: ‚Erschrecken solltest du ihn, nicht erschießen'. Ich habe erst gar nichts verstanden. Wie er dann aus dem Rollstuhl gesprungen und wie ein völlig Gesunder im Zimmer herumgetrampelt ist, war mir plötzlich alles klar. Jean-Luc, dass ist der Mafiaboss, den ihr die ganze Zeit gesucht habt. Der hat das alles nur gespielt, den seriösen Geschäftsmann, und dass seine Ärzte ihm einen Erholungsurlaub verordnet haben. Erinnerst du dich, du hast einmal gesagt, dass Jeannine einen verhört hat, den Chef von eurem Killer, und dass der sich immer so auffällig an der Nase gekratzt hat, mit dem kleinen Finger. Das hat Olivier da drüben auch gemacht, als er so erregt, völlig außer sich war. Und dann hat er noch gesagt, er soll jetzt endlich Jeannine umbringen, aber diesmal die Richtige. Ins Handy hat er das gebrüllt, zu dem, der ihn angerufen hat. Plötzlich habe ich eine irre Angst gekriegt, bin ins Bad gelaufen und habe mich dort eingesperrt. Ich hatte mein Handy einstecken – *Dieu merci!* Da habe ich dich angerufen."

„Und weil wir die Handys getauscht haben, wegen der Taschenlampe, hat es bei mir geklingelt", fuhr Jeannine fort. „Dann habe ich einen Schuss gehört und Nias Hilferuf, dass euer Freund Olivier sie umbringen will. Wir, Christophe und ich, sind sofort losgerannt. In seinem Appartement habe ich diesen Olivier mit einem Revolver in der aufgebrochenen Badezimmertüre stehen sehen. Da habe ich sofort geschossen."

Auf einmal wurde ihre Stimme leise und brüchig. Ihre Lippen begannen wieder zu zittern. Sie blickte Papperin mit großen Augen an und stammelte:

„I... ich wo... wollte ihm die Pistole aus ... aus ... der Hand schießen. Aber irgendetwas hat dann ... in meinem Kopf ausgesetzt und ich hab ihn mitten in den Kopf geschossen – von hinten!" Ihr Tonfall wurde flehentlich.

„Jean-Luc bitte glaub mir, ich wollte ihn nicht erschießen. Ich habe auf die Hand mit dem Revolver gezielt. Aber dann ist er plötzlich umgefallen, und ich habe das kleine Loch im Hinterkopf gesehen und dann war plötzlich sein Gesicht weg und alles war rot von Blut."

Sie schlug die Hände vor ihr Gesicht und begann aufs Neue zu weinen. Nia beugte sich zu ihr und umarmte sie.

„Hättest du anders gehandelt, wäre ich jetzt tot. Er hatte den Finger schon am Abzug und hat ihn immer weiter gekrümmt. Ich habe das in Schockstarre, wie auf einer Großleinwand im Kino gesehen und gedacht: Jetzt ist es aus. Und dann war Gott-sei-Dank alles vorbei! Dank deiner Geistesgegenwart."

Sie strich behutsam über Jeannines langes dunkles Haar.

Konnte es sein, fragte sich Papperin, dass Jeannine, die sonst in kritischen Situationen stets rational dachte und vernünftig handelte ... war es möglich, dass ihr Unterbewusstsein ihre Hand gelenkt hatte? Er wusste, dass sie eine hervorragende und treffsichere Schützin war. Sicher hätte sie die Hand mit dem Revolver getroffen und Nia wäre gerettet gewesen. Sie hatte ihn trotzdem erschossen – unbewusst. Das glaubte er ihr auf jeden Fall. Aber wenn das Unterbewusstsein für den Todesschuss verantwortlich war, wieso sollte es Nia retten wollen? Sie war doch Jeannines stärkste Rivalin. Es wäre doch einfach gewesen, zu warten, bis Olivier geschossen hatte und dann erst ... Ratlos blickte er die beiden Frauen an.

Aux Champs Élysées ... aux Champs Élysées ... das Anrufsignal seines Handys ertönte laut aus einer der Hosentaschen von Jeannines Jeans und riss Papperin aus seinen Gedanken. Sie fummelte das Telefon aus dem engen Kleidungsstück und reichte es ihm.

„*Oui?*"

„Spreche ich mit *commissaire* Papperin?", antwortete eine Frauenstimme.

„Ja, Wer sind Sie?"

„*La sécretaire du contrôleur général de la Police nationale de la région Provence-Alpes-Côte d'Azur.* Mein Chef wünscht Sie dringend zu sprechen. Er will Sie noch heute sehen, in seiner Privatvilla in Nice."

„Darf ich fragen, aus welchem Anlass?"

„Das darf ich Ihnen nicht sagen. Sie werden es erfahren, wenn Sie dort sind."

„Dann werde ich nicht kommen. Wir stecken hier mitten in einem Fall, und uns wächst die Arbeit über den Kopf. Ich kann es nicht verantworten, meine Zeit mit bürokratischen Nebensächlichkeiten zu vergeuden. Entweder sagen Sie mir, um was es geht, oder Sie teilen Ihrem Chef mit, dass ich hier unabkömmlich bin."

„*Monsieur le commissaire*, bitte verstehen Sie mich. Ich habe den ausdrücklichen Befehl erhalten, dazu nichts zu sagen. Ich soll Ihnen nur die Anordnung des *contrôleur général* bekannt geben."

„Dann übermitteln Sie bitte dem *contrôleur général*, was ich Ihnen eben gesagt habe."

„*Monsieur le commissaire*, Sie bringen mich in eine schwierige Lage. *Il y a un recours de tutelle*, es ist eine Dienstaufsichtsbeschwerde bei uns eingegangen. Sie hätten aus persönlichen Motiven eine des Mordes verdächtige Frau aus der Haft entlassen, obwohl die Beweislage eindeutig war. Gegen den ausdrücklichen Willen des zuständigen Ermittlungsleiters, Kommissar Bardineux. Aber bitte sagen Sie dem *contrôleur général* nicht, dass Sie diese Information von mir haben, sonst komme ich in Teufels Küche."

„Keine Angst, das werde ich nicht. Aber sagen Sie ihrem Chef trotzdem, dass ich hier unabkömmlich bin. Und vielen Dank für diese Information. *Au revoir madame!*"

Hatte ihn dieser ehrgeizige Widerling von einem Kommissar tatsächlich beim obersten Polizeichef der Region angeschwärzt. Dem würde er aber zeigen, was Sache ist!

Noch dazu, da jetzt feststand, dass Nia diese Maklerin nicht ermordet hatte.

„Eines verstehe ich nicht", meldete sich Nia zu Wort, die langsam wieder zu ihrer üblichen Selbstsicherheit gefunden, und deren scharfer Verstand das Erlebte noch einmal analysiert hatte.

„Wieso hat Olivier am Handy gesagt ‚erschrecken solltest du ihn, nicht erschießen'. Hat sein Handlanger noch jemanden ermordet, außer dieser armen unschuldigen Frau?"

Schlagartig kam Papperin der eigentliche Grund zu Bewusstsein, weshalb er und Claude zum Hotel gekommen waren. Die jüngsten Ereignisse hatten das völlig aus seinem Kopf verdrängt.

„Aber ja, das wisst ihr noch gar nicht. Wir wollten doch den Haustechniker, diesen Charles Orbier, festnehmen. Als wir hingekommen sind, saß der tot in seinem Zimmer, auf dem Sessel vor dem Couchtisch, mit einem Loch in der Stirne – erschossen. Da muss ich sofort wieder hin. Nia, Jeannine, kommt ihr ohne mich klar?"

In diesem Moment meldete sich Papperins Handy wieder. Das Display zeigte Claude Lavalle als Anrufer.

„Ja, Claude, was gibt es?"

„Chef, bitte kommen Sie schnell rüber, wir haben etwas entdeckt. Im Zimmer vom Haustechniker."

Da Jeannine unbedingt dabei sein, und er Nia nicht alleine in der Wohnung zurücklassen wollte, begaben sie sich zu dritt zu dem anderen Totenzimmer. *Lieutenant* Lavalle öffnete auf ihr Anklopfen und begrüßte die Eintretenden mit einem Kopfnicken. Mitten im Raum am Couchtisch saß Guy-deux am Computer und bearbeitete hektisch die Tastatur. Im Sessel neben ihm hing, in sich zusammengesunken, die Leiche des Haustechnikers. *Lieutenant* Lavalle hielt Papperin ein Handy hin.

„Da, das gehört ihm" Mit einem Blick zum Toten erklärte er die Eigentumsverhältnisse. Auf diesem Gerät kam vor wenigen Minuten ein Anruf. Ich habe ihn angenommen und mich mit ‚Ja' gemeldet, ohne meinen Namen zu sagen.

Vorsorglich habe ich auf den Aufnahme-*bouton* gedrückt und den Anruf aufgezeichnet. Hören Sie selber:"

„*Oui?*"

„*Charles, heute Nacht kommt die Sendung. Da ist meine Provision fällig. Zwanzigtausend, am vereinbarten Ort, wie immer in kleinen Scheinen. Wann bringst du sie vorbei?*"

Schweigen.

Claude flüsterte zu seinem Chef:

„Ich konnte nicht antworten, sonst hätte er gemerkt, dass ich nicht der Orbier bin."

„*Nun sag schon, wann?*", erklang wieder die Stimme des Anrufers.

Schweigen.

„*He Charles, bist du noch dran?*"

Schweigen.

„*Merde!*"

Dann knackte es, und die Leitung war tot.

„Wisst ihr schon, von wem der Anruf kam?"

„Gux-deux ist gerade dran und versucht es rauszukriegen. Aber es war ein Mann, eindeutig ein Franzose. Und er hatte einen leichten Dialekt, vielleicht aus dem *Langue d'Oc.*"

„So sehe ich es auch. Und irgendwie kommt mir die Stimme bekannt vor.

„Chef, schauen Sie mal her bitte!"

Guy-deux vergrößerte die Darstellung auf dem Display und drehte seinen PC zu Papperin hin.

„Das Gespräch lief über den französischen Provider Orange. Er hat eine *carte prépayée* verwendet. Das hier ist die Kartennummer. Und jetzt, sehen Sie … *Merde!* Jetzt ist es wieder weg! … Moment, ich hab es gleich wieder. Hier!"

Stolz wies er auf den Bildschirm, auf dem ein Personalausweis zu sehen war, offensichtlich gescannt. Das Bild war von nicht allzu guter Qualität, aber das Dokument war einwandfrei zu entziffern.

„Das haut mich um!"

Papperin wusste nicht, ob er erschüttert sein, oder sich freuen sollte.

„Nia und Jeannine, seht euch das an!"

Die beiden Frauen und hinter ihnen der Leutnant beugten sich zum Bildschirm hinab.

Das Foto eines etwa vierzigjährigen Mannes blickte ihnen entgegen. Es handelte sich um ein typisches Automatenfoto in unnatürlichen Farben, das die Gesichtszüge hart und unsympathisch zeichnete.

Wie ein Erkennungsfoto aus der Verbrecherdatei, dachte Papperin. Aber noch schmeichelhaft im Vergleich mit der Wirklichkeit. Natürlich kannte er die Person. Die Unterschrift war nicht zu entziffern, aber daneben war der Name in Courierschrift gedruckt und deutlich zu lesen:

Frank Bardineux.

Papperin hatte sich schnell von seiner Verblüffung erholt.

„Das muss vorläufig unter uns bleiben. Kein Wort hiervon. Zu niemanden, ist das klar?"

Der Reihe nach blickte er die vier Anwesenden ernst an:

„Nia?" Zustimmendes Nicken.

„Jeannine?" Nicken.

„Guy-deux und Claude?" Zweifaches bestätigendes Nicken.

„Okay! Ich fahre gleich morgen früh aufs Festland und kümmere mich um unseren dubiosen Kollegen. Einer von Ihnen muss hierbleiben, die Türe bewachen und auf den Medizinmann und die Spurensicherung warten. Die werden jede Menge mit den beiden Leichen zu tun haben. Wir glauben zwar zu wissen, dass unser Killer, dieser Berthau, den Orbier erschossen hat. Trotzdem müssen die sehr sorgfältig arbeiten, Fingerabdrücke, DNA-Spuren, das volle Programm. Er muss im Zimmer gewesen sein, also hat er Spuren hinterlassen. Bei dem anderen Toten, unserem …", Papperin zögerte bei der Wortwahl, „…Freund Olivier Desjaques, müsst ihr dem Polizeiarzt und den Technikern unmissverständlich zu verstehen geben, dass der finale Schuss unabdingbar war. Klar?"

Obwohl seine Mitarbeiter zustimmten, war sich Papperin bewusst, dass er mit dieser Anordnung gegen eine

Dienstvorschrift verstieß. Aber er meinte, das verantworten zu können. Nia und Jeannine sollten die nervenaufreibenden Untersuchungen durch Ausschüsse mit Juristen und Psychologen erspart bleiben, die immer dann von den Bürokraten in Paris eingeleitet wurden, wenn es Zweifel an der Unvermeidbarkeit des tödlichen Rettungsschusses gab. Die beiden hatten wahrlich schon genug durchgemacht.

„Guy-deux, Sie fertigen bitte eine Sicherungskopie des Telefonats an. Das Handy des Haustechnikers nehme ich morgen mit nach Toulon. Ich will das Gespräch dem *monsieur* Bardineux vorspielen. Jetzt schaue ich noch bei Christophe vorbei und bitte ihn, Oliviers Appartement zu bewachen, bis der Arzt und die Spurensicherung zu ihm kommen. Alle anderen sollten zusehen, dass sie noch eine Mütze voll Schlaf abbekommen. Vor allem du, Jeannine. Morgen wird es wieder hektisch und stressig zugehen."

Er verabschiedete sich von den Polizeibeamten und ging mit Nia zu ihrem gemeinsames Appartement. Eigentlich war er der Ansicht, Nia würde sofort zu Bett gehen und versuchen, den erlebten Schock wegzuschlafen. Doch sie machte das genaue Gegenteil. Sie holte ihren Koffer aus dem Schrank und begann zu packen. An Schlaf sei nicht zu denken, dazu sei sie noch viel zu aufgewühlt, erklärte sie. Sie werde morgen abreisen, könne jetzt nicht mehr hierbleiben. Nach diesem Erlebnis könne sie sich nicht vorstellen, seelenruhig ihren Urlaub weiter zu genießen. Vermutlich quelle ihr Schreibtisch inzwischen über vor unerledigten Dingen. Sehr sorgfältig legte sie ihre Kleidung zusammen und verstaute sie im Koffer, packte die Toilettenartikel in ihr Beautycase. Außerdem würde Jean-Luc jetzt noch weniger Zeit für sie haben, meinte sie. Papperin wollte erwidern, „Und Olivier kann dir auch keine Gesellschaft mehr leisten." Aber er verbiss sich diese unpassende Bemerkung.

Irgendwann später, die Morgendämmerung hatte gerade eingesetzt und war dabei, die Schwärze der Nacht zu vertreiben, setzten sie sich in die Sessel auf dem Balkon ihres Appartements und beobachteten stillschweigend den herannahenden Tag. Plötzlich sagte sie mit nachdenklicher Stimme:

„Wenn Jeannine nur eine Sekunde gezögert, einen Augenblick gewartet hätte, dann wäre alles ganz anders ausgegangen. Dann hätte sie dich für sich gehabt. Ich weiß, dass sie dich liebt, ich spüre es. Und trotzdem ... verstehst du das?"

***

Papperin und Nia setzten mit der ersten Fähre aufs Festland nach La Tour Fondue über. Der Mistral blies und setzte zahllose kleine weiße Schaumhäubchen auf das bewegte, tiefblaue Meer. Am Hafen wartete bereits ein Fahrzeug *der Police nationale* mit Fahrer auf sie, das Papperin noch in der Nacht telefonisch angefordert hatte. Er befahl dem Polizisten, einen kleinen Umweg über den Aéroport Le Palyvestre von Toulon-Hyères, dem gemeinsamen Flughafen der beiden Städte, zu fahren. Sie ließen den Fahrer dort warten und Jean-Luc begleitete Nia ins Gebäude. Sie gaben Nias Koffer auf und konnten, da er das Ticket in der Nacht per Internet gebucht und den Boardingpass bereits im Hotel ausgedruckt hatte, direkt zur Sicherheitsschleuse gehen. Der Air France-Flug Nr. 7513 wurde gerade aufgerufen. Sie umarmten sich, gaben sich einen Kuss.

„Und du kommst nach Paris, zu mir?"

„Sobald wie möglich, *ma chérie!*"

„Versprochen - *promis?*"

„*Promis, bien sûr! Si tôt que possible!*"

Wenn es nur wahr wäre, dachte sie wehmütig. Dann durchquerte sie die Sperre, zeigte der Securitybeamtin von Air France ihr e-tix, wandte sich noch einmal nach Jean-Luc um, und verschwand aus seinem Blickfeld.

Eine große Leere hatte von ihm Besitz ergriffen, als er zurück zum wartenden Streifenwagen ging.

***

Der Fahrer brachte ihn direkt zum *Hôtel de Police* in der *rue du commissaire Morandin* in Toulon. Das große, in den

296

unteren Etagen mit weißlich-grauen Fliesen gekachelte Gebäude wirkte abstoßend und kalt. Das dürfte aus den achtziger Jahren des vorigen Jahrhunderts stammen, mutmaßte Papperin. Über dem Haupteingang prangte das Wappen der Republik und eine schnörkellose Schrift kündete von der Funktion des Gebäudes. Beim Wachhabenden am Eingang wies er sich aus und ließ sich den Weg zum Büro von *commissaire* Bardineux erklären.

„*Merci*, aber das finde ich schon alleine", bedankte er sich für das Angebot, ihn dorthin zu führen. Nach einem längeren Marsch durch kühle Korridore und über Betontreppen stand er schließlich vor dem gesuchten Kommissariat. Er klopfte und trat ein. In dem Raum standen drei Schreibtische, an denen junge Polizisten vor Bildschirmen saßen. In einem von ihnen erkannte Papperin den *brigadier* Pulgerini wieder, den er auf der Insel kennengelernt hatte.

„*Bon jour*", grüßte er erfreut. „Wie geht es Ihnen? Wo finde ich Ihren Chef?"

Die Begegnung war dem Mitarbeiter von Bardineux sichtlich unangenehm. Er wand sich und suchte krampfhaft nach den richtigen Worten.

„*Bon jour monsieur le commissaire!* Ich … äh … wir, also mein Kollege Dumarais und ich, wir sind absolut nicht einverstanden mit der Beschwerde, die unser Chef gegen Sie eingelegt hat. Ich bin überzeugt, das wird im Sand verlaufen."

„Ach das! Vergessen sie es. Deswegen bin ich nicht hier. Ich suche Ihren Chef wegen etwas völlig anderem. Wo ist er?"

Der Brigadier deutete auf eine der Türen, die von dem Raum abgingen. Als Papperin darauf zuging, kam ihm der junge Beamte zuvor.

„Ich melde Sie besser an. Er will das so." Bei diesen Worten klopfte er an die Türe und öffnete sie.

„*Monsieur le commissaire!* Hier ist *commissaire* Papperin, der Sie zu sprechen wünscht."

„Die Pforte hat Sie schon angekündigt", knurrte der Kommissar dem eintretenden Papperin entgegen.

„Wenn Sie gekommen sind, um mich zu bitten, die Dienstaufsichtsbeschwerde zurück zu ziehen, dann haben Sie sich umsonst hierher bemüht. Selbstverständlich halte ich meine Anklage aufrecht. Also verschwinden Sie wieder!"

Nach dieser harschen Begrüßung, hatte Papperin keine Lust, auch nur ein einziges Wort mit dem korrupten Kommissar zu wechseln. Wortlos zog er das Handy des Hoteltechnikers aus der Brusttasche seines Leinensakkos und schaltete es auf Wiedergabe. Deutlich tönte die Stimme aus dem kleinen Gerät:

„Charles, heute Nacht kommt die Sendung. Da ist meine Provision fällig. Zwanzigtausend, am vereinbarten Ort, wie immer in kleinen Scheinen. Wann bringst du sie vorbei?"

Schlagartig verstummte das Klappern der Computertastauren im Vorraum. *Brigadier* Pulgerini, der das Zimmer seines Kommissars gerade wieder verlassen wollte, erstarrte mitten in der Bewegung.

„Raus hier und Türe zu", brüllte der Kommissar seinen Brigadier an, der daraufhin hastig das Zimmer verließ.

„Und Sie sollen verschwinden, habe ich gesagt", knurrte der Kommissar zu Papperin hin.

„Soll ich es nochmal abspielen? Wollen Sie es nochmal hören?"

„Ich weiß gar nicht, was Sie wollen. Jetzt verschwinden Sie endlich!"

„Das ist Ihre Stimme. Bestechung? Schweigegeld? Oder schlimmer: Mittäterschaft, Mitglied in einer kriminellen Vereinigung, Mafia!", zählte Papperin die möglichen Straftatbestände auf.

„Das ist nicht meine Stimme! Wie kommen Sie auf diese haltlose Idee?"

Papperin glaubte, eine leichte Verunsicherung aus dem Tonfall seines kriminellen Kollegen herausgehört zu haben.

„Doch, das sind Sie."

„Dann beweisen Sie es."

„Das Handy, von dem dieser Anruf kam, dieses Handy gehört Ihnen."

„Nein, mein Handy ist hier." Er suchte unter den Papieren auf seinem Schreibtisch, wurde fündig und hielt Papperin ein Smartphone triumphierend entgegen.

„Sie haben noch ein Handy. Eines mit Prepaid-Karte, haben wohl gedacht, man könne damit geführte Gespräche nicht zu seinem Besitzer zurückverfolgen. Das war ein Irrtum. Orange hat uns die Vertragsunterlagen einschließlich der Kopie ihrer *carte d'identité* überlassen. Das Handy gehört zweifelsfrei Ihnen."

„Ach, mein altes meinen Sie. Das wurde mir schon vor langem gestohlen. Damit kann weiß der Teufel wer telefoniert haben. Ich war es jedenfalls nicht."

„Aber es ist Ihre Stimme! Das können wir beweisen. Stimmfrequenzanalyse! Für die Techniker ist das ein Kinderspiel."

Der Kommissar schaute Papperin lange an, taxierte ihn. Endlich schien er zu einem Entschluss gekommen zu sein, denn er stand auf, schob seinen Bürostuhl mit den Kniekehlen nach hinten und umrundete den Schreibtisch. Langsam ging er auf Papperin zu, bis er unmittelbar vor ihm stand. Nur wenige Zentimeter trennten die beiden Beamten. Dann beugte er sich noch weiter vor und sagte mit einem Augenzwinkern:

„*Cher collègue*, das Leben ist kurz und teuer. Und unser Beamtengehalt reicht hinten und vorne nicht. Fifty-fifty, und Sie lassen das verschwinden! *D'accord?*" Dabei klopfte er Papperin kumpelhaft auf die Schulter.

Jean-Luc Papperin war entsetzt ob dieses Angebots. Er schaute sein Gegenüber sprachlos an. Dieser schien den Blick falsch zu verstehen, denn er setzte noch eins drauf:

„Nicht nur einmal, sondern ab sofort bei allen künftigen Deals. Es lohnt sich, ich muss es wissen. Das funktioniert perfekt und ist völlig ohne Risiko. Also: Einverstanden?"

Papperin machte ein paar Schritte zurück, Richtung Türe. Er öffnete sie und sagte, ohne den Kommissar aus den Augen zu lassen.

„Brigadier Pulgerini, rufen Sie bitte ihren obersten Chef hier, den Amtsleiter dieser Behörde, *commissaire divisionaire* …?"

Papperin hatte den Namen bei seiner Ankunft auf der großen Tafel in der Eingangshalle zwar gelesen, konnte sich aber nicht mehr daran erinnern.

***

„Chef, dieser Herr, *commissaire* Papperin aus Aix, erschwert meine Arbeit in unerträglicher Weise. Er maßt sich Kompetenzen an, die er nicht hat. Außerdem ist er für unser Département gar nicht zuständig."

Der Amtschef blickte streng von einem Kommissar zum anderen. Schließlich meinte er:

„Sie sind also dieser *commissaire* Papperin, gegen den eine Dienstaufsichtsbeschwerde läuft, weil Sie meine Beamten bei der Ausübung ihrer Amtspflichten behindert haben."

„Er hat eine des Mordes überführte Person gegen meinen ausdrücklichen Willen aus der Haft entlassen", warf *commissaire* Bardineux ein. „Und das nur aus einem einzigen Grund, nämlich weil er ein Verhältnis mit ihr hat. Ich war, wie Sie wissen, Chef, mit der Leitung der Ermittlungen in diesem Fall beauftragt. Der Herr Kollege hier", Bardineux bedachte Papperin mit einem verächtlichen Blick, „hat sich völlig unbefugt eingemischt und mich, was sage ich: unser Kommissariat, Ihre Polizeidirektion – Chef – aus dem Fall verdrängt. Nur um seiner Geliebten …"

„Darum geht es hier nicht", unterbrach ihn Papperin.

„Außerdem war die Beweislage völlig anders, und ich hatte aus Paris die Vollmacht dazu."

Papperin wandte sich wieder an den Amtsleiter.

„Bitte hören Sie sich das hier an!" Er deutete auf das Handy des Hoteltechnikers in seiner Hand, schaltete das Gerät auf Wiedergabe und stellte den Ton laut. Wieder war die Stimme von *commissaire* Bardineux zu hören:

„*Charles, heute Nacht kommt die Sendung. Da ist meine Provision fällig. Zwanzigtausend, am vereinbarten Ort, wie immer in kleinen Scheinen. Wann bringst du sie vorbei?*"

Papperin konnte beobachten, wie sich der Gesichtsausdruck des Amtsleiters verhärtete. Ganz offensichtlich hatte der die Stimme erkannt.

„Und dann", fuhr Papperin zum Polizeichef gewandt fort, „als *monsieur* Bardineux klar wurde, dass wir die Identität seiner Stimme mit der des Anrufers gerichtsfest beweisen können, wollte er mich bestechen. Ich sollte die Beweismittel verschwinden lassen."

„Chef, glauben Sie ihm nicht. Das ist eine infame Lüge! Er will sich für die Dienstaufsichtsbeschwerde an mir rächen."

Papperin hielt das Handy in die Höhe. Wieder ließ er es abspielen. Trotz des leicht quäkenden Lautsprechers konnte man Bardineux' Stimme gut hören und deutlich erkennen. „*Cher collègue, das Leben ist kurz und teuer. Und unser Beamtengehalt reicht hinten und vorne nicht. Fifty-fifty, und Sie lassen das verschwinden! D'accord? ... Nicht nur einmal, sondern ab sofort bei allen künftigen Deals. Es lohnt sich, ich muss es wissen. Das funktioniert perfekt und ist völlig ohne Risiko. Also: Einverstanden?*"

Sprachlos deutete der Polizeichef auf den leeren Stuhl hinter dem Schreibtisch. Bardineux schaute ihn an und erkannte den unerbittlichen Willen im Mienenspiel seines Chefs. Er folgte dem Befehl und setzte sich.

„So, und jetzt raus mit der Sprache! Wie lange geht das schon so?"

„Pardon, *monsieur*", unterbrach Papperin den Amtschef. „Das ist jetzt nebensächlich. Als erstes müssen wir herausbekommen, wann und wo heute Nacht die Lieferung des Rauschgifts stattfindet."

„Antworten Sie! Wo?"

Die Stimme des Polizeichefs klang erbarmungslos. Doch Bardineux schwieg, sagte kein Wort und starrte stur vor sich auf seine Schreibtischplatte.

„Für Ihr Vergehen werden Sie aus dem Dienst entfernt, verlieren sämtliche Pensionsansprüche und wandern zudem für lange Zeit ins Gefängnis. Vermutlich lebenslang. Das einzige, was Ihnen jetzt vielleicht noch ein wenig vor Gericht helfen kann, ist schonungslose Offenheit und Kooperation. Also?"

„Wenn ich das sage, dann bringen die mich um, auch im Knast. Sie haben ja keine Ahnung, wie mächtig die sind."

„Nach außen werden wir auf jeden Fall sagen, dass Sie gesungen haben. Dann sind sie erledigt, auch wenn Sie jetzt stumm bleiben wie ein Fisch", versuchte Papperin die Daumenschrauben anzuziehen.

„Wenn Sie uns aber jetzt die nötigen Informationen geben, dann werden wir das verhindern. Wir werden Sie beschützen – ein anderer Name, eine neue Identität, bereits im Gefängnis." Der Polizeichef und Papperin waren ein perfektes Verhörteam. Das Zusammenspiel ihrer Argumente schien den überführten Kommissar nachdenklich zu machen.

„Außerdem fühlt man sich besser, seelisch meine ich, wenn man sein Gewissen erleichtert und etwas Richtiges gemacht hat."

Es trat eine lange Pause ein. Der Kommissar saß bewegungslos und blickte nach wie vor auf die Schreibtischplatte. Auch die beiden Vernehmer wagten sich nicht zu rühren. Sie wollten ihr Gegenüber auf keinen Fall ablenken, fühlten sie doch, wie er mit sich rang.

„Heute Nacht um drei Uhr, in den *gorges de la galère*." Leise, fast tonlos kam diese Information über seine Lippen. In Papperins Ohren klangen sie allerdings wie ein befreiender Donnerhall.

„*Monsieur le commissaire*! Das war es. Ich muss so schnell wie möglich auf die Insel zurück, den Einsatz koordinieren."

„Schnellboot oder Hubschrauber?" Der Polizeichef hatte sofort verstanden, dass jetzt Eile geboten war.

„Ein EC 665 müsste auf dem Dach geparkt sein", dachte er laut nach, während sie ins Vorzimmer gingen.

„Pulgerini!", rief er. „Kümmern Sie sich darum, dass der 665 Tigre auf dem Dach sofort startbereit gemacht wird. Zu Papperin gewandt:

„Außer Ihnen und dem Piloten passen noch zwei Leute rein. Wen wollen Sie haben?"

Ohne nachzudenken forderte Papperin: „Die Brigadiere Pulgerini und Dumarais. Die kenne ich."

„D'accord!" Und zu seinem Brigadier gewandt: „Vergessen Sie nicht, Ihre Dienstwaffen mitzunehmen. Und dann ab aufs Dach. Ich kümmere mich um Bardineux."

Ein lauter Knall aus Bardineux' Büro unterbrach den hektischen Aufbruch. Alle stürzten zur Türe und sahen den Körper des gehassten Kommissars langsam aus dem Stuhl gleiten und auf dem PVC-Boden aufschlagen. Seine Dienstpistole hielt er noch im Tode fest umklammert.

Tout est bien qui finit bien – Ende gut, alles gut?

Freitag 4.9. nach Mitternacht

Tiefblau wölbte sich der Nachthimmel über der Galeerenbucht. Die schmale Sichel des zunehmenden Mondes verbreitete nur schwaches Licht. Auch das Blitzen der Sterne half nicht, den Strand und die Felsen, die die kleine Bucht eingrenzten, heller zu beleuchten. Tagsüber hatte der Mistral heftig geweht, doch jetzt hatte er deutlich an Macht verloren. Trotzdem ließ er die Kronen der Pinien und die niederen Büsche der Macchie leise rauschen. Papperin lag mit Jeannine Dalmasso und Claude Lavalle hinter einem Felsblock auf der südlichen Seite der Bucht und beobachtete die schwarz glänzende Wasserfläche. Sie hatten sich dieses Versteck sorgfältig ausgesucht. Es lag nicht zu nahe am Strand, denn sie wollten von den erwarteten Verbrechern nicht entdeckt werden. Andererseits war es dicht genug am vermuteten Schauplatz der Drogenübergabe, so dass sie schnell eingreifen konnten, wenn der geeignete Moment gekommen war. Auf der gegenüberliegenden Seite des kleinen Fjords hatte Papperin zwei weitere seiner Mitarbeiter postiert. Auch sie waren zwischen den Felsen gut verborgen – so hoffte er. Die Flanke zum Inselinneren hin sicherten Guy Malmotte und die beiden Brigadiere aus Toulon.

Da sie nicht wussten, wer auf der Insel alles zu ihren Gegnern zählte, mussten die Vorbereitungen für die nächtliche Aktion auf einen sehr engen Personenkreis beschränkt bleiben. Niemand sonst durfte von dem Plan erfahren, andernfalls wären womöglich die Drogenbosse gewarnt worden und hätten die Aktion abgeblasen. Aus demselben Grund verbot es sich, an dem Küstenstreifen, wo die Übergabe stattfinden sollte, eine größere Anzahl Polizisten einzusetzen. All das wäre zu auffällig gewesen und hätte den Erfolg von vorneherein in Frage gestellt. Selbstverständlich war die Küstenwache alarmiert. Außerdem standen auf dem Festland zwei Hubschrauber bereit, startklar, um bei Bedarf sofort losfliegen zu können.

***

Es hatte sich als höchst problematisches Unterfangen herausgestellt, selbst die wenigen ausgesuchten Beamten in der kleinen Bucht in Stellung zu bringen, ohne die Gegner auf die nächtliche Polizeiaktion aufmerksam zu machen.

Bereits kurz nach dem Start vom Dach des *Hôtel de Police* in Toulon waren *commissaire* Papperin Bedenken gekommen. War es wirklich sinnvoll, mit dem unübersehbar als Polizeihubschrauber gekennzeichneten Fluggerät auf der Insel zu landen. Das würde mit Sicherheit gerade den Personen auffallen, vor denen man die nächtliche Aktion unbedingt geheim halten musste. Was, wenn diese daraufhin ihren Plan änderten und die Anlandung des Rauschgifts absagten. Und wo konnte der Hubschrauber landen, ohne Aufsehen zu erregen? Auf dem dafür vorgesehenen Areal beim Hotel *L'Étoile de l'Île*, dem einzigen offiziellen Helikopterlandeplatz der Insel? Unmöglich, weil nicht auszuschließen war, dass noch weitere Mitglieder der Mafiaorganisation unerkannt im Hotel logierten. Die würden sofort Verdacht schöpfen, und das musste vermieden werden. Papperin schilderte den Polizisten auf den beiden Sitzen hinter ihm seine Bedenken.

„Und wenn wir irgendwo im Inneren der Insel landen, weit weg von den Häusern und Menschen? Das fällt niemandem auf", hatte *brigadier* Dumarais vorgeschlagen.

„Das wird denen nicht verborgen bleiben. Die werden alles genau beobachten. Und so etwas Außergewöhnliches, wie die Landung eines Polizeihubschraubers wird sie hochgradig alarmieren. Egal wo wir landen. Ich glaube, wir dürfen nicht bis zur Insel fliegen."

Deshalb hatte Papperin den Piloten gefragt, wo er in der Nähe der Schiffsstationen landen könnte.

„Am wenigsten fällt es auf, wenn ich Sie beim Hôpital Renée Sabran in Giens absetze. Die haben einen Landeplatz für Krankentransporte. Und von dort lassen Sie sich mit einem Zivilfahrzeug zum Schiff nach La Tour Fondue bringen. Das sind etwa zwei Kilometer. Ich kümmere mich um das Auto." Per Funk hatte er ein unauffälliges Auto zum Krankenhaus bestellt.

So waren sie mit dem Schiff auf die Insel gekommen, unauffällig in der schnatternden Menge der ungezählten Tagestouristen.

Das nächste große Problem hatte die Postierung der Beamten rund um die Bucht von La Galère dargestellt. Diese lag einsam an der süd-östlichen Ecke der langgestreckten Insel. Anhand einer Wanderkarte des ING und der Satellitenaufnahme von Google-Earth hatten sie in der kleinen Polizeistation darüber diskutiert, wo die Beamten dort in Stellung gehen sollten, und wie man ohne aufzufallen dorthin gelangen konnte. Schließlich war man zu einem Ergebnis gekommen: Nur die engsten Mitarbeiter von Papperin sollten sich auf getrennten Wegen der Bucht nähern, getarnt als Touristen, die zu einem nächtlichen Spaziergang aufbrachen. Mehr Polizeikräfte wollte Papperin nicht einsetzen, das würde den Erfolg der geplanten Aktion gefährden. Diese sollten auf dem Festland in Wartestellung bleiben. Auf Abruf könnten sie in Minutenschnelle mit Helikoptern am Tatort erscheinen.

***

„Können Sie mich alle hören?", testete Papperin das Funktionieren der Funkgeräte. Durchsetzt von leisem Rauschen und Knackgeräuschen kam sofort die Antwort:

„Guy-deux und François hier. Wir hören Sie deutlich. Bei uns ist alles ok. Haben direkte Sicht auf den Strand. Erkennen aber fast nichts, weil es so finster ist. Aber mit den Nachtsichtgeräten geht es."

„Hier spricht Guy Malmotte mit Antonio und Pierre. Auch bei uns ist alles ok. Wir liegen etwa hundert Meter vom Wasser entfernt in einem Ginstergestrüpp."

„*Bien!*", antwortete Papperin zufrieden und fügte noch eine Ermahnung an:

„Überprüfen Sie ihre Waffen und üben Sie sich dann in Geduld. Es dauert noch endlos. Bleiben Sie absolut ruhig! Keine unnötigen Gespräche. Sobald das Boot da ist, zünde ich die Leuchtraketen, und dann läuft alles wie besprochen ab. Zeitvergleich: Jetzt ist es genau Null Uhr zwölf."

**

Vincent Berthau saß in einer kleinen Bar in Sichtweite der Polizeistation des Dorfes Porquerolles und las im *Var Matin*. Eigentlich interessierten ihn die Berichte in der Zeitung überhaupt nicht, vielmehr spähte er über den oberen Papierrand hinweg zu dem Haus mit der Aufschrift *Police rurale*. Den ganzen Tag über hatte er auf einen geeigneten Moment gewartet, um seinen Auftrag endlich und befehlsgemäß ausführen zu können. Es hatte sich keine einzige Gelegenheit ergeben. Natürlich hätte er die Polizistin auf offener Straße erschießen können, aber das hielt er für zu gefährlich. Schließlich wollte er unerkannt entkommen. Der Fehler, den er mit dem Mord an der Doppelgängerin gemacht hatte, ärgerte ihn. Die hatten sich aber auch zu ähnlich gesehen. Trotzdem: Das schmälerte seinen Ruf als Auftragskiller, falls der Boss das weiterverbreiten sollte. Und es dürfte sich äußerst schädlich auf die Gagen bei künftigen Aufträgen auswirken.

Umso wichtiger, dachte er, ist es, dass ich jetzt sauber und präzise arbeite. Komisch, dass ich den Boss nicht erreiche. Vermutlich hat er es wirklich ernst gemeint mit seinem Befehl: ‚Ab sofort keine Kontakte mehr!'

Der Killer sah, wie sich die Tür der Polizeistation plötzlich öffnete und eine Handvoll Männer und seine Zielperson das Haus verließen. Sie verabschiedeten sich. Zwei Männer und die Polizistin gingen auf der belebten kleinen Hauptstraße dorfauswärts. Er warf ein paar Münzen auf den Tisch und folgte den dreien in sicherem Abstand, sich stets hinter einer der zahlreichen Fußgängergruppen verbergend. Die Polizeibeamten erreichten das Haus, in dem die *chambres d'hôtes* vermietet wurden. Er kannte das schon, hatte sie schon mehrmals beobachtet, wie sie mit ihren Kollegen aus- und eingegangen war. Auch jetzt wieder ergab sich keine Gelegenheit, sie ohne Gefährdung seiner eigenen Sicherheit auszuschalten. Allein schon der Knall seiner Pistole würde die Aufmerksamkeit der Passanten unweigerlich auf ihn lenken. Es blieb ihm nichts anderes übrig, als wieder zu warten, auf eine bessere Gelegenheit. Also stieg er den kleinen Abhang schräg gegenüber hinauf und ließ sich auf halber Höhe mit Blick auf den Hauseingang nieder – versteckt hinter einer dichten Bambushecke.

***

Nacheinander hatten die beiden Polizisten das Haus verlassen. Inzwischen war es dunkel geworden. Er stieg den Hang etwas weiter hinunter, näher zum Haus hin. Auf den Gardinen vor einem erleuchteten Fenster der ersten Etage sah er den Schatten einer Frau sich hin und her bewegen. Er studierte die genaue Lage des Zimmers. Alle anderen Fenster waren dunkel. Sollte er einfach in das Haus gehen – die Tür war anscheinend nicht abgeschlossen – das einzige erleuchtete Zimmer aufsuchen, die Frau erledigen und dann unerkannt in der Dunkelheit untertauchen? Offensichtlich wohnten die Vermieter nicht in dem Haus. Vermutlich war das die beste Gelegenheit!

Plötzlich erlosch das Licht hinter dem Fenster. Unschlüssig zögerte er, seinen soeben gefassten Plan auszuführen. Da öffnete sich die Haustüre und die Polizistin verließ mit eiligen Schritten das Haus. Sie trug einen Rucksack. Noch ehe er seine Pistole schussbereit machen konnte, war sie aus seinem Blickfeld verschwunden.

„*Putain de merde!*", fluchte er und machte sich an die Verfolgung. Er konnte sie nicht sehen, aber sie musste diesem Weg gefolgt sein. Es gab keine andere Möglichkeit. Eine gute Weile folgte er leise dem Pfad. Was, wenn sie bemerkt hatte, dass er ihr folgte? Wenn sie sich im Gebüsch neben dem Weg versteckte, auf ihn wartete, um ihn zu erledigen, wenn er vorbeischlich? Nein, das glaubte er eigentlich nicht. Außerdem: Das Risiko musste er eingehen. Da! Weit vorne blitzte ein Licht auf und leuchtete auf einen

Wegweiser. Sie wandte sich nach links und schaltete die Lampe wieder aus. Also war sie noch vor ihm. Am Hinweisschild angekommen, wagte er nicht, seine Taschenlampe zu benutzen. Mühsam und unter Zuhilfenahme seiner tastenden Finger entzifferte er die eingravierte Schrift. Sie hatte den Weg zur *Plage de la Galère* eingeschlagen. Ob sie dort ein nächtliches Picknick machen wollte? Der Rucksack ließ dies vermuten. Nachdem er ihr voraussichtliches Ziel zu kennen glaubte, konnte er sich etwas entspannen. Je weiter sie vom Dorf entfernt waren, desto eher blieb der Schuss unbemerkt. Er konnte sich also Zeit lassen. Im schwachen Licht der Mondsichel folgte er seinem Opfer mit sicherem Abstand. An der kleinen Bucht wandte sie sich nach rechts zu einer bizarr in den Nachthimmel ragenden Felsgruppe. Zwei Personen kamen dahinter hervor.

Merde! Die trifft sich mit jemandem. Picknick zu dritt! Oder was die sonst dort treiben, schimpfte der Killer still. Dann machte er einen großen Bogen und arbeitete sich durch die Macchie die Böschung hinauf. Hinter einem Ginsterbusch bezog er Stellung. Von hier aus konnte er die drei unter der Felsgruppe beobachten. In der Dunkelheit war allerdings nicht zu unterscheiden, wer sein Opfer und wer die anderen waren. Gut, dann musste er eben alle drei erschießen. Er arbeitete sich etwas weiter den Hang hinab, um so nahe zu sein, dass er seine Schüsse sicher ins Ziel bringen konnte.

Das Brummen eines Motors ließ ihn einhalten. Im schwachen Mondlicht konnte er ein schwarzes Auto erkennen, das sich durch das Gelände auf den Strand zubewegte.

***

Jean-Luc Papperin, Claude Lavalle und Jeannine Dalmasso saßen schweigend hinter der Felsgruppe und warteten. Die Zeit verging quälend langsam. Es war ermüdend und langweilig, denn sie durften sich nicht unterhalten. Papperin hatte absolutes Stillschweigen angeordnet. Das sanfte Rauschen des Windes, das Schwappen der Wellen und ab und zu der Ruf eines Nachtvogels, eines Käuzchens

oder einer Eule, waren die einzigen Geräusche in der nacht-
schwarzen Stille. Plötzlich kullerte ein Stein den Abhang
herunter, der sich hinter den dreien erhob. Dem ersten Erschrecken folgte ein erleichtertes Aufatmen. Es war nur ein
Fuchs, wie das heisere Bellen verriet. Da, ein knackendes
Geräusch und wieder ein rollender Stein. Wahrscheinlich
wieder der Fuchs, dachte Papperin, oder ein anderes Tier,
das nachts auf Beutesuche war. Dann wieder diese beunru-
higende Stille. Die Zeit wollte einfach nicht vergehen.

Plötzlich drang ein tiefes Brummen aus dem Wald zu
ihnen. Ein schwerer Dieselmotor?, fragte sich Papperin. Sie
blickten angespannt in die Richtung, aus der das Motorengeräusch kam. Da, langsam schob sich ein schwarzes Unge-
tüm aus dem Pinienwald auf den Strand zu. Es ackerte
durch das unebene, mit niederer Macchie bewachsene Gelände auf sie zu. Mit dem Nachtsichtgerät erkannte Papperin einen schwarzen Pickup. Er fuhr bis ganz vor zum
Strand, fast bis zur Wassergrenze, wendete dann und setzte
zurück, bis seine Hinterreifen von den Ausläufern der sich
brechenden Wellen umspült wurden. Drei Personen stiegen
aus. Drei Männer, das war durch das Spezialfernglas deutlich zu sehen. Es waren Fremde, Papperin kannte sie nicht.
Sie setzten sich auf den großen Betonblock, auf dem auch er
schon mit Nia bei ihrer Inselrundwanderung gesessen hatte. Mein Gott, wie lange ist das her, und was war inzwischen alles geschehen, dachte er. Und jetzt war Nia längst
in Paris. Er reichte das Nachtsichtgerät an Jeannine weiter.
Vielleicht erkannte sie den einen oder anderen der drei dort
unten.

***

Was das wohl bedeutet?, fragte sich der Killer. Die warten auf jemanden, aber sicher nicht auf die drei hinter dem
Felsen. Ich schieße jetzt besser noch nicht. Vielleicht fahren
die mit ihrem Jeep bald wieder weiter.

Er streckte sein linkes Bein aus, weil es von dem langen
Kauern taub zu werden begann, und wackelte mit dem
Fuß. Ein Blick auf den Felsen unter ihm bestätigte seine

Vermutung. Die Polizistin und ihre beiden Begleiter beobachteten die neu Angekommenen. Sie schienen genauso überrascht zu sein wie er.

Erneut war ein tiefes Brummen zu hören. Nur kam es diesmal aus einer anderen Richtung, von weit draußen auf dem Meer. Angestrengt suchte er den Horizont nach einem Schiff ab, konnte aber keine Lichter entdecken. Jetzt, langsam sah er etwas, einen dunklen Schatten, der sich vom schwarz glänzenden Meeresspiegel kaum abhob. Ein Boot, ohne Positionsleuchten. Auf das warten die mit dem Auto wohl, dachte er.

„*Casse-toi* – zisch ab!", murmelte er. Sah aber, dass das Schiff direkten Kurs auf die kleine Bucht nahm.

Verdammt! Verdammt! Ehe es hier von noch viel mehr Leuten wimmelt, bring ich meinen Job zu Ende und haue ab, quer durch die Hügel. Sorgfältig überprüfte er seine Pistole, eine Glock, dann umfasste er den Kolben mit beiden Händen und zielte.

***

„Hört ihr das auch?", flüsterte Papperin. „Da kommt ein Schiff. Unbeleuchtet. Man sieht noch nichts. Jeannine, reich mir das Nachtfernglas bitte rüber. Sie zog den Riemen über ihren Kopf und beugte sich zu ihrem Chef. Der Fels neben ihr schien in diesem Augenblick zu zerspringen. Steinsplitter sirrten um ihren Kopf. Dann erst hörte sie den Knall.

„Vorsicht! Da schießt jemand auf uns!"

Papperin zog Jeannine an sich, warf sich zur Seite und rollte, sie fest umschlungen haltend, aus der Schusslinie. Lieutenant Lavalle erwiderte das Feuer, indem er wahllos nach oben in die Büsche schoss. Jeannine löste sich aus Jean-Lucs Armen, kroch zurück, griff sich eine der Leuchtraketen, riss am Zünder und warf sie von sich. Gespenstisches rotes Licht ergoss sich über die Szene. Die drei Männer auf dem Betonblock sprangen erschreckt auf und starrten auf das Signallicht. Nach einer Schrecksekunde rannten sie zu ihrem Auto.

Zwei weitere Schüsse peitschten durch die rot flackernde Nacht.

„Verdammt! Er hat mich erwischt!" Der Schrei kam von Jeannine.

Noch ein Schuss, diesmal aus der Waffe von Claude Lavalle. Das Echo hallte von den Felsen wieder. Plötzlich herrschte Stille. Nur das Brummen des Schiffsmotors war zu hören. Papperin robbte zu Jeannine. Sie lehnte am Felsen und biss mit schmerzverzerrtem Gesicht in ihre linke Hand. Ein dunkler Fleck breitete sich links auf ihrem T-Shirt aus. Mit großen Augen starrte sie nach oben. Dort knackten Äste und Steine rollten den Abhang herab. Zwischen den Zweigen eines großen Ginsterstrauchs erhob sich eine dunkle Gestalt. Sie hatte eine Waffe in der Hand, wurde größer, neigte sich nach vorne ... langsam, wie in Zeitlupe kippte sie vornüber, schlug mit dem Gesicht auf dem steilen Geröllfeld auf und stürzte, sich zweimal überschlagend, den Hang herab, bis sie schließlich vor Papperins Füßen liegen blieb.

Erneut zerrissen Schüsse die Luft. Diesmal kamen sie von den gegenüberliegenden Klippen. Weiteres Feuer wurde von der Landseite, aus den Büschen Insel einwärts, eröffnet. Das ist Guy mit Antonio und Pierre, dachte Papperin. Während Claude dem Herabgestürzten die Waffe aus der Hand trat, beobachtete der Kommissar die Szenerie am Strand. Der Pickup stand noch dort, mit der Ladefläche zum Meer, manövrierunfähig mit zerschossenen Reifen. Die drei Unbekannten sprangen aus dem Wagen und rannten vom Ufer weg, auf den Pinienwald zu. Mehrere Schüsse schlugen unmittelbar vor ihnen in den Boden und ließen den Sand aufspritzen. Abrupt stoppten die Verbrecher, sahen die Polizisten aus ihren Verstecken kommen und sich von zwei Seiten auf sie zu bewegen. Zögernd und mit hoch erhobenen Händen gingen sie Schritt für Schritt rückwärts zu ihrem Fahrzeug, gefolgt von den Polizeibeamten. Handschellen schlossen sich um Armgelenke. Die Überwältigten mussten sich mit dem Gesicht nach unten in den Sand legen.

Papperin wandte seinen Blick zu Jeannine.

„Schlimm?", fragte er. Sie schüttelte den Kopf.

„Ich glaube nicht. Es tut nur weh."

„Tot!" Claude deutete auf den vor ihnen liegenden Körper. Plötzlich fiel allen die völlige Stille auf. Das laute Brummen des Bootsmotors, das bis vor ganz kurzem die Szene sonor untermalt hatte, es fehlte auf einmal. Nein – in der Ferne konnte man es noch hören, immer leiser werdend.

„Flugbereitschaft und Küstenwache, hören Sie?", brüllte Papperin in das Funkgerät. Ohne auf eine Bestätigung zu warten fuhr er fort:

„Das Schiff hat gewendet und flieht. Richtung Süd-Ost. Schnell, stoppen Sie es!" Er war sich bewusst, er hätte diesen Einsatzbefehl schon viel früher geben sollen. Aber bei den turbulenten Ereignissen – dem Feuergefecht, dem herabstürzenden Toten, der Flucht und der Überwältigung der drei Gangster am Pickup, und nicht zuletzt der Verwundung Jeannines – war nicht daran zu denken gewesen.

***

Die drei Insassen des Pickups saßen im Sand und wurden von *commissaire* Papperin und *lieutenant* Lavalle verhört.

Jeannine lehnte mit frisch verbundener Schulter am Betonblock. Der Schuss hatte zum Glück keinen großen Schaden angerichtet. Das Projektil hatte den Muskel des linken Oberarms durchschlagen und eine zwar heftig blutende Fleischwunde verursacht, aber Schlagader und Knochen verschont.

Die anderen Polizisten standen um sie herum. Alles wartete auf eine Erfolgsmeldung von der Küstenwache oder der Hubschrauberstaffel. Endlich quäkte das Funkgerät:

„Wir haben das Schiff, wir sehen es. Aber wir sind zu spät! Es hat vor kurzem die zwölf-Meilen-Linie überquert und unser Hoheitsgebiet verlassen. Es befindet sich in internationalen Gewässern. *Désolé!*"

Epilog

Sollten Sie, geneigter Leser, angeregt durch diesen Roman, in die Provence reisen und, den Spuren *commissaire* Papperins folgend, die Schauplätze und Orte dieser Geschichte aufsuchen wollen, dann werden Sie fast alles so vorfinden, wie es im Roman beschrieben wurde - die Insel Porquerolles, Dörfer und Städte, Landschaften, Straßen und Wege. Nur das Hotel *L'Ètoile de l'Île* und die kleine Polizeistation entstammen meiner Phantasie. Auch habe ich für diejenigen Unternehmen, Banken, Restaurants etc. fiktive Namen gewählt, die im Roman nicht so gut wegkommen.

Selbstverständlich sind die Handlung und alle Personen frei erfunden. Ähnlichkeiten meiner Charaktere mit lebenden oder toten Personen sind nicht beabsichtigt und wären rein zufällig.

Danke!

Die Geschichten mit Commissaire Papperin wären mir nie aus der Feder geflossen – eigentlich muss es heißen: wären nie ins Notebook getippt worden, hätte es nicht die zahllosen angeregten Diskussionen, meist unter dem Sternenhimmel der Provence bei ungezählten Gläsern eisgekühlten Rosés, mit Verwandten und Freunden gegeben, die den richtigen Pep in mein ursprüngliches Handlungsgerüst gebracht haben. Dafür möchte ich all diesen Helfern herzlich danken.

Besonderer Dank gilt meiner Frau und meinen Kindern, die durch Verbesserungsvorschläge und geduldiges Korrekturlesen immer wieder geänderter Manuskriptteile zum Gelingen des Buches entscheidend beigetragen haben.

Commissaire Jean-Luc Papperin von der
Police judiciaire in Aix en Provence löst spannende Fälle.

Band 1 der Commissaire-Papperin-Reihe:

„Mistralmorde"
Commissaire Papperins erster Fall
von Ignaz Hold

Foto © Ignaz Hold

Der Wald rund um Commissaire Papperins Heimatdorf Cabanosque brennt. Erhitzt sind auch die Gemüter, denn: Im Löschwassertank schwimmt die Leiche des örtlichen Umweltaktivisten. Wer soll jetzt den Baulöwen und den Bürgermeister in die Schranken weisen, die das idyllische Dorf in ein Wellness-Resort für die High Society verwandeln wollen? Commissaire Papperin, der den Fall auf Geheiß seiner Vorgesetzten in Paris schnell und gegen die Mehrheit der alteingesessenen Ortsbewohner ad acta legen soll, löst den Fall auf die ihm eigene, überraschende Weise.

Paperback 12 x 19 cm, 393 Seiten
Taschenbuch, 9,90 € (ISBN: 978-3-9815613-1-9)
e-book, 6,99 € (ISBN: 978-3-9815613-0-2)

Band 2 der Commissaire-Papperin-Reihe:

„Mordtour"
Commissaire Papperins zweiter Fall

von Ignaz Hold

Foto © Ignaz Hold

Auf der Provence-Etappe der Tour de France kippt ein Fahrer vom Rad – erschossen. Im gleichen Moment verschwindet aus den Reihen der Schaulustigen ein Kind. Was haben der Massenunfall auf der Tour de France mit einem Toten und zahllosen Verletzten und das Verschwinden des kleinen Jungen miteinander zu tun? Steckt die internationale Doping-Mafia dahinter? Oder handelt es sich um eine Marseiller Familientragödie? Commissaire Papperin steht vor einem Rätsel.

Paperback 12 x 19 cm, 408 Seiten
Taschenbuch, 9,90 € (ISBN: 978-3-9815613-3-3)
e-book, 6,99 € (ISBN: 978-3-9815613-2-6)

Band 3 der Commissaire-Papperin-Reihe:

„Todeseiland"
Commissaire Papperins dritter Fall

von Ignaz Hold

Foto © Michael Heinhold

Im Gourmetrestaurant auf der provenzalischen Urlaubsinsel Porquerolles stinkt's. Commissaire Papperin kennt diesen Geruch nur zu gut: der Odeur des Verbrechens hängt über dem Paradies. Zwei unerklärliche Morde und ein vom Geheimdienst abgehörtes Telefonat versetzen die Polizei in Alarmzustand. Der Kommissar und seine Lebensgefährtin müssen erkennen: Sie machen Ferien auf einem Todeseiland

Paperback 12 x 19 cm, 328 Seiten
Taschenbuch, 9,90 € (ISBN 978-3-9815613-5-7)
e-book, 6,99 € (ISBN 978-3-9815613-4-0)

Band 4 der Commissaire-Papperin-Reihe:

„Ein Hauch von Tod und Thymian"
Commissaire Papperins vierter Fall

von Ignaz Hold

Foto © Michael Heinhold

Was ist mehr wert: Ein voller Geldtransporter oder ein echter Cézanne? Für keines von beidem lohnt es sich zu sterben. Trotzdem gibt es Tote. *Commissaire* Papperin und sein Team müssen sich mit den verschrobenen Weltanschauungen des verarmten französischen Landadels auseinandersetzen. Gleichzeitig führen sie ihre Ermittlungen in das Milieu des Prekariats, der frustrierten, arbeits- und hoffnungslosen Welt der Kleinkriminellen in den Vororten der Arbeiterstädte des Midi.

Paperback 12 x 19 cm, 319 Seiten
Taschenbuch, 9,90 € (ISBN 978-3-945503-10-2)
e-book, 6,99 € (ISBN 978-3-945503-11-9)

Band 5 der Commissaire-Papperin-Reihe:

„Trüffel mit Schuss"
Commissaire Papperins fünfter Fall

von Ignaz Hold

Foto © Michael Heinhold

Ein Mord auf dem Wochenmarkt von Cabanosque – direkt unter den Augen von Commissaire Jean-Luc Papperin. Warum wurde der *truffier* erschossen? Droht die lokale Mafia ins Trüffelgeschäft einzusteigen? Oder haben Neid und Missgunst zwischen Trüffelbauern zu dieser brutalen Tat geführt? Die Ermittlungen führen Commissaire Papperin und sein Team in die einsamen Eichenwälder der nördlichen Provence und in die No-Go-Zonen von Marseilles Vorstädten.

Paperback 12 x 19 cm, 263 Seiten
Taschenbuch 9,90 €, ISBN 978-3-945503-18-8
e-book 6,99 €, ISBN 978-3-945503-19-5

Foto © Michael Heinhold

Über dem Cours Mirabeau in Aix glitzert Weihnachtsbeleuchtung. Besinnlichkeit stellt sich dennoch nicht ein, denn Mord kennt keine Feiertage. Die Passanten in der weihnachtlich geschmückten Altstadt von Aix en Provence erstarren vor Entsetzen:Ein Nikolaus, der stadtbekannte Père Noël, liegt tot im Schaufenster eines großen Ladengeschäfts – erschossen. Die Stadt ist in Aufruhr und die Polizei ratlos.

Paperback 12 x 19 cm
Taschenbuch, 9,90 €, ISBN 978-3-945503-12-6
e-book, 6,99 €, ISBN 978-3-945503-13-3

In der Bretagne zittern die Ganoven vor einer neuen Kommissarin:

Sanni Aran

Der bretonische Teufel
Commissaire Julie Roches erster Fall

Foto © Michael Heinhold

Im idyllischen Küstenort Cancale wird eine ermordete Frau aufgefunden. *Commissaire* Julie Roche und ihr Team machen sich auf die Suche nach dem Mörder und stoßen dabei auf eine ominöse Privatschule im bretonischen Hinterland. Welche Geheimnisse verbergen sich hinter den hohen Steinmauern der elitären Lehranstalt? Und was hat ihr charmanter Direktor zu verbergen? Die Ermittler finden eine Spur, die sie weit in die Vergangenheit zurückführt. Dabei müssen sie erkennen: Der Mörder ist bereits auf der Jagd nach weiteren Opfern. Werden sie ihn aufhalten können?

Paperback 12 x 19 cm, 176 Seiten
Taschenbuch 9,90 €, ISBN 978-3-945503-14-0
e-book 6,99 €, ISBN 978-3-945503-15-7

Sanni Aran

Der bretonische Wolf

Commissaire Julie Roches zweiter Fall

Im Eurostar von London nach Paris wird ein Mann ermordet. Zufällig sitzt *commissaire* Julie Roche im selben Wagen. Zurück in der Bretagne erhält sie einen Anruf: Die Kollegen aus Paris bitten sie um einen Gefallen. Da der Tote wie sie aus St. Maló stammt, soll Julie vor Ort die Ermittlungen durchführen. Als wenige Tage später eine weitere Männerleiche von der Flut an den Strand gespült wird, glaubt Julie nicht an einen Zufall. Schnell wird klar: Die beiden Morde hängen zusammen. Julie und ihr Team heften sich an die Fersen des Mörders, der eine blutige Spur durch das Land zieht.

Paperback 12 x 19 cm   210 Seiten
Taschenbuch, 9,90 € (ISBN   978-3-945503-16-4)
e-book, 6,99 € (ISBN   978-3-945503-17-1)

Der Tod trägt Lavendel

Eine Rundreise durch die Provence in zehn Kurzkrimis.
Von Gérard Mejer

Foto © Gérard Mejer

Paperback 12 x 19 cm, 220 Seiten
Taschenbuch, 9,90 € (ISBN 978-3-9815613-7-1)
e-book, 6,99 € (ISBN 978-3-9815613-6-4)